하다못해 밤만 아니었어도 조금 더 신이 났을 텐데…….
그런 생각을 하고 있는데, 이상한 사자에 올라탄 회색 마초가 마차
옆으로 지나갔다.
먹거리 라이더 키르키르 군이다. 먹거리는 흥분한 것처럼 후~후~
하고 으르렁대고, 키르키르 군이 힘차게 고삐를 당기고 있다.
역동감이 너무 넘치는 탓에 토할 것 같은 기분이 들어서, 나는 밖을
내다보는 걸 그만뒀다.
"……."
오늘은 웬일로 마물들이 안 보이네 같은 생각을 했었는데, 저런
것들이 달리고 있으면 마물도 도망칠 수밖에 없겠지. 오히려 키르키르
군 라이드 먹거리 쪽이 훨씬 마물 같다. 악몽 같은 데 나올 것 같다.
더해서는 안 될 것을 더했다.
……안전한 여행이 될 것 같네.

친애하는 마스터어가 변해버린 티노를 보고, 마
예정된 일이었다는 것처럼 중얼거렸다.
"초(슈퍼) 티노."
역시 마스터어가 하는 말은 잘 모르겠어. 바
머릿속에 떠오른 생각에서 어째선지 강한 만족감
느낀 티노는, 대지를 박차고서 눈앞에 있는 시련
향해 가속했다.

4

비탄의 망령은
Nageki no bourei ha intai shitai
은퇴하고 싶다

~최약 헌터에 의한 최강 파티 육성술~

C O N T E N T S

제**4**부

지명 의뢰

Chapter IV "ORDER QUEST"

Prologue　　　　　믿음직한 마스터어

"크라이 씨, 그라디스 가문에서 감사장이 왔는데요…….."

"음~ 알았어, 그쪽에 놔둬."

"……나중에 꼭 열어보셔야 해요?"

여러 가지 의미로 예상 밖이고 파란만장했던 제블디아 옥션이 끝난 지도 벌써 일주일.

클랜 마스터 방에 틀어박혀서 평화로운 일상을 구가하고 있는데, 에바가 유난히 호화로운 장정의 봉투를 가지고 왔다. 책상 위에 올려놓은 봉투의 봉랍(封蠟)에 그라디스 가문의 문장이 찍혀 있는 걸 확인하고는 바로 눈을 돌렸다.

그라디스 백작 영애, 에크렐 그라디스와 트러블이 있었던 것이 바로 며칠 전의 일이다.

결국, 보구 쟁탈전은 아크와 나 사이에 있는 유대의 힘을 이용해서 지극히 원만한 방법으로 내가 승리하게 되었다. 에크렐 아가씨, 그리고 그라디스 백작과의 관계도 쓸데없이 악화하는 일도 발생하지 않았고.

나한테는 더할 나위 없는 결과니까 그냥 이대로 끝나면 참 좋겠다고 생각했었는데, 헌터들과 다르게 귀족이나 상인들은 걸핏하면 편지를 보내서 참 귀찮다.

살짝 하드보일드하게 한숨을 쉬었다. 솔직히 감사장 같은 걸

받을 이유도 없는데 말이야…… 편지가 너무 빨리 온 거 아냐? 지난번 소동 때문에 쌓인 피로가 아직 하나도 안 풀렸는데. 정말 지긋지긋하다.

클랜 마스터 방에 있는 책상 위에는 아직 손도 안 댄 편지가 몇 통이나 방치돼 있다.

인정 레벨에 비례하는 것처럼 내 앞으로 오는 편지는 나날이 늘어만 갔고, 지금에 와서는 깜짝 놀랄 정도로 잔뜩 오고 있다. 특히 클랜 마스터 자리에 앉아 거의 제도 밖으로 나가지도 못한 뒤로는 그게 더더욱 심해졌다. 뭘 좀 도와달라는 편지나, 초대장, 감사장, 도전장, 이력서 같은, 받아도 하나도 안 기쁘고 인생에 도움도 안 되는 편지들만 쌓이고 또 쌓여가고 있었다.

언젠가는 봐야만 한다는 걸 알고는 있지만, 그래도 도무지 손이 가지 않는다.

나는 안 좋은 일은 뒤로 미루고 또 미뤄버리는 인간이다. 최근에는 너무 미뤄둔 탓에 일부는 에바가 나 대신 읽고서 답장을 보내는 상황이지만.

하지만 그렇게 해서 평판이 좋아졌다고 하니까, 내 대응이 옳다고 해야겠지.

"그러니까, 나도 많이 바쁘거든……."

"……클랜이나 파티 앞으로 온 편지라면 또 모를까, 개인 명의로 온 편지를 제가 실수로 열어봤다고 하는 건 좀 아닌 것 같습니다만…… 뭔가 기밀 내용이 적혔을 가능성도 있으니까요……."

그런 거 없어. 에바한테 숨기는 건 하나도 없어. 평소에 날 보고 있으니까 잘 알잖아?

나한테서 딱 한 가지 장점을 찾는다면, 그건 기밀이 없다는 점이겠지. 에바한테는 클랜 마스터 직인까지 맡길 정도니까.

에바는 어깨를 으쓱거리는 날 보고서 살짝 한숨을 쉬었고, 엄선에 엄선을 거듭했는데도 잔뜩 쌓여버린 편지 다발을 보면서 평소보다 빠르게 말했다.

"아무래도 에크렐 아가씨는 크라이 씨가 보낸 케이크가…… 그러니까, 상당히 마음에 들었다는 것 같습니다."

"! 당연히 그렇겠지."

"…….."

아, 맞다. 장점이 또 하나 있는 것 같네. 나는 에바의 말을 듣고서, 자신감을 담아서 크게 고개를 끄덕였다.

자랑은 아니지만, 나는 이 제도에 있는 단 음식을 파는 가게들을 전부 다 알고 있다. 찻집부터 제과점까지, 한 집 한 집 직접 내 발로 다녀봤다. 모르는 곳은 예전에 에바가 가르쳐준 곳처럼 『퇴폐지구』에 있는 가게뿐이다. 아크를 대접하기 위해서 준비했던 케이크 또한 자신 있게 추천할 수 있을 정도다.

제도에 온 지 얼마 안 됐을 때 처음 들렀던, 추억이 있는 제과점의 신작이다.

변두리에 있는 탓에 처음 갔을 때는 꽤 한적했었지만, 지금은 언제 가도 긴 줄이 있고, 그리고 줄을 서도 못 살 수도 있는 가게가 됐다. 접객 서비스도 맛도 별 세 개. 주인과도 잘 아는 사이가 됐다.

추천하는 무기점과 도장, 정보상에 관해서 물어보면 대답할 수가 없지만, 단 음식을 파는 가게라면 얼마든지 대답해줄 수 있다.

에크렐 아가씨가 귀족이기는 해도, 달콤한 것은 고급 재료를 쓴다고 무조건 다 맛있는 게 아니다.

그런데 설마 내가 고른 케이크가 백작 영애님의 입마저 매료시킬 줄이야…… 오랜만에 내 실력을 평가받은 것 같아서 상당히 기쁘다. 헌터들은 독성이 있는 걸 먹을 기회가 많은 탓에 미각이 둔해지는 건지, 동의해주는 경우가 거의 없었다.

에바가 날 쳐다보고 있다는 걸 알아차리고, 급하게 헛기침을 했다.

"그래, 뭐. 단 걸 그렇게 좋아하는 건 아니지만, 이 제도에 내가 모르는 건 없으니까."

하드보일드하지?

"…………그야 ……그렇겠죠."

그나저나, 그렇구나. 이건, 새로운 케이크 동료가 생길 것 같은 느낌이다. 귀찮은 귀족 아가씨라고 생각했었는데, 그래도 혀는 우수한 것 같다. 티노 대신 데리고 다닐 수는 없겠지만, 이 김에 귀족들이 이용하는 가게를 소개해줬으면 좋겠다.

…………뭐, 그거랑 이거는 다른 얘기지만.

나는 책상 위에 있는 편지들을 한 번에 다 처리하기로 했다.

"뭐 그냥 적당히, 큰 문제 없는 범위 안에서 답장을 보내줘. 의뢰나 초대는 전부 거절하는 쪽으로 처리해주고…… 왜, 내가 바쁘잖아."

에바가 차가운 눈으로 날 보고 있다.

바쁘다…… 아주 편리한 말이다. 봉투를 열어보지도 않고 답장을 보내는 건 정말 미안하지만, 글자를 읽으면 잠이 오는 데다 권력자나 상인들이 보내온 편지들은 딱딱한 말이나 돌려서 표현하는 경우가 너무 많아서, 솔직히 읽어봐도 무슨 내용인지 알아먹을 수가 없다. 이 우수한 부 클랜 마스터한테 맡겨버리는 쪽이 제일 무난하게 넘어갈 수 있다.

귀찮은 권력 싸움에 말려드는 건 피하고 싶고, 산전수전 다 겪은 상인을 상대하는 것도 무섭다.

처음 편지가 오기 시작했을 때는 그냥 무시하고 대응을 안 하면 알아서 그만 보낼 거라고 생각했었는데, 그럴 기미가 하나도 안 보인다. 나는 내 일만 하기에도 바빠 죽겠는데, 변명거리의 종류만 늘어난다.

그냥 아예 편지는 전부 확인도 안 하고 에바한테 처리해달라고 부탁하고 싶지만, 그건 『안 된다』는 것 같다.

내 스케줄을 나보다 잘 알고 있는 에바가 눈살을 찌푸렸다.

"……예정된 스케줄은 하나도 없습니다만."

"좀 비워둘 필요가 있다는 이야기야. 솔직히 말이야, 다들 일개 헌터 따위한테 편지를 너무 많이 보낸다는 생각 안 해? 다른 레벨 8도 이렇게 바쁘려나…… 헌터의 본분은 보물전 탐색인데 말이야."

"……그러고 보니, 스벤 씨한테서 먹거리를 어떻게 좀 하라는 민원이 들어와 있는데요."

"……예뻐해줘, 라고 대답해줘."

괴물을 상대하는 건 오히려 스벤이 전문일 텐데…… 다음에 시트리를 만나면 얘기를 해보자.

크게 하품을 했을 때, 문득 액자에 넣어서 벽에 걸어둔 새하얀 퍼즐이 눈에 들어왔다.

에바한테 부탁해서 같이 완성한 퍼즐이다. 사실 저 퍼즐은 완성한 뒤에 자기 손으로 그림을 그려 넣는 물건이지만, 귀찮아서 거기까지는 손대지 않았다.

"아, 그렇지. 그리고…… 슬슬 그림도 그려야 하는데 말이야. 음~ 그나저나 어디서부터 손을 대야 좋을까…… 이게 참 어려운 문제네."

하얀 퍼즐을 빤히 응시했다. 나한테는 그림 그리는 재주도 없고 상상력도 빈곤하다. 무엇보다 일단 그림 그리는 데 필요한 도구부터 사야겠지. 어째서 새하얀 퍼즐 같은 걸 사버렸는지, 보면 볼수록 과거의 나를 혼내주고 싶은 기분이다.

눈살을 찌푸리며 고개를 갸웃거리고 있는데, 에바가 마치 다른 이야기를 하자는 것처럼 이런 말을 했다.

"……그러고 보니까 크라이 씨. 아크 씨한테 대접했던 케이크, 아직 남아 있어요."

"뭐? 아~ 깜박했네. 몇 조각이나 남았지?"

"두 조각이요. 냉장고에 넣어뒀습니다."

퍼즐은 다음에 해도 되겠지…… 그림을 안 그린다고 죽는 것도 아니니까.

순식간에 사고가 케이크 쪽으로 가버렸다. 그나저나 두 조각이 라…… 애매한 숫자네. 아크네와 에크렐 아가씨를 접대하면서 나도 한 조각을 먹었다. 에바한테도 나눠줬고── 그렇게 남은 게 두 조각.

가을 신상품 케이크다. 다음에 언제 또 구할 수 있을지 모르는 물건이고. 이건 심각한 문제다.

편지 따위를 읽고 있을 때가 아니라고. 리즈와 시트리한테 줘도 되지만, 그 두 사람은 단것을 그다지 좋아하지 않는다. 솔직히 대부분의 헌터들한테는 섬세한 단맛을 느낄 수 있는 미각이 없다.

나는 심각하게 고민하고 또 고민한 끝에, 항상 그랬던 것처럼 생각하다가 지쳐서 포기해버렸다.

"티노다. 티노밖에 없어."

"…………티노밖에…… 없나요."

상냥한 『마스터어』니까. 게다가 하드보일드하고.

티노는 헌터 중에서는 정말 보기 힘든, 단맛을 제대로 느낄 줄 아는 케이크 동지다.

두 조각이 남은 신상품 케이크. 이건 티노가 먹기 위해서 남았다고 해도 과언이 아니겠지.

나와 티노, 두 조각. 딱 맞네. 티노도 좋아할 테고, 나도 리즈네가 항상 폐를 끼치는 데 대한 답례를 할 수 있어서 기쁘고. 어쩌고저쩌고해도, 그 후배한테는 항상 마음고생을 시키고 있으니까. 미안하다는 생각은 하고 있다.

오늘 나는── 머리가 아주 잘 굴러간다.

"에바, 미안하지만 포장 좀 해줄 수 있을까? 티노네 집에 가지고 가게."

"네? 지금 당장, 말인가요?"

뭐야, 에바는 뭘 모르네.

빨리 가지 않으면 케이크 맛이 떨어진단 말이야!

"! 알겠습니다. 잠깐만 기다려 주세요."

한심하다고 생각하는 걸 알아차렸는지, 에바가 서둘러서 자세를 바로잡았다.

아니, 그렇게까지 서두를 건 없는데…… 에바가 유능한 건 참 좋은데, 항상 반응이 너무 진지해서 문제라니까.

밖에 나가려면 가능한 호위를 데리고 가고 싶지만, 아쉽게도 꼭 이럴 때 리즈가 없다. 뭐, 티노네 집까지는 거리도 얼마 안 되고, 길에 지나가는 사람도 많으니까 어떻게든 되겠지.

나는 오랜만에 외출 준비를 하고는 에바의 배웅을 받으면서 의기양양하게 클랜 하우스 밖으로 나갔다.

최근에는 한심한 꼴만 보여줬는데, 오랜만에 배려할 줄 아는 마스터어의 모습을 보여줘 볼까.

"알았어, 티? 곤란하다는 건 한마디로—— 자신의 역량이 부족하기 때문에 그렇게 느끼는 거야. 부족한 게 경험이 됐건 능력이 됐건, 충분히 연마한 사람은 그렇게 쉽게 곤란해지지 않는다고!"

"아, 알겠습니다, 언니. 하지만——."

"'하지만'은 또 뭔데! 하지만은! 내가 몇 번이나 말했잖아? 얼마나 더 말해야 알아들을 건데?"

불꽃이 깃든 것처럼 흔들리는 눈동자가 티노를 내려다보고 있었다.

티노의 스승인 리즈 스마트는 티노보다도 키가 작지만, 매번 이렇게 스승 앞에 서기만 하면 자꾸만 위축된다.

장소는 티노네 집 거실. 의자에 몸을 푹 기대고 앉아서 다리를 크게 꼰 그 모습이, 집주인인 티노보다 더 주인처럼 보인다. 실제로 티노가 사는 이 셋집은, 언니가 제도에 머물 때 거점으로 사용하는 곳 중의 하나이기도 했다. 혼자 사는 집인데 침대도 의자도 식기도 2세트씩 있는 건 그런 이유 때문이다.

리즈는 거만한 자세로 앉은 채, 손바닥 크기의 은색 보물 상자를 붙잡고 있었다. 철사 모양의 피킹 툴을 상자의 열쇠 구멍에 쑤셔 넣고, 신중하게 손을 움직이고 있다.

테이블 위에는 그 밖에도 다양한 모양의 잠금장치가 달린 보물 상자들이 잔뜩 놓여 있었다. 도적(시프)이 보물 상자 자물쇠를 여는 연습을 할 때 사용하는 물건이다.

보물전에서 아주 드물게 발견되는 보물 상자의 자물쇠를 따는 건 도적에게는 중요한 역할이다. 발견된 보물 상자 안에 아이템이 여러 개 들어 있는 경우도 있는데, 그 상자를 발견하는 것을 헌터들은 일종의 행운이라고 여기고 있다.

그리고 동료 도적이 그것을 열지 못해서 어쩔 수 없이 무거운 상자째로 가지고 돌아오는 꼴을 겪었다는 이야기는, 헌터들 사이에서 자주 오가는 우스갯소리다. 도적에게는 상당히 명예롭지 못한 이야기지만.

보물 상자의 자물쇠를 따기 위해서는 보물전에 나타날 가능성이 있는 동서고금의 모든 자물쇠를 열 수 있는 기술이 필요하다. 상자의 모양이나 재질을 확인하고, 함정이 있는지 확인한 뒤에 자물쇠 따기, 상황에 따라서는 자물쇠를 따지 않고 상자를 파괴하는 쪽이 더 좋은 경우 등등 다양한 상황에 따른 판단을 해야 하는 도적은, 사실 순수한 전투 직업과 비교해서 해야 하는 일들이 아주 많다.

도적은 싸움만 잘한다고 되는 직업이 아니다. 《절영》은 그 넘치는 혈기 때문에 사람들이 두려워하는 존재지만, 그 밖의 다른 기술에서도 일류의 실력을 지녔다. 많은 경험을 쌓아온 자물쇠 따기 기술에서도 배울 점들이 많다.

"고난은 전부 시련이라 할 수 있다고. 어렵다고 도망치기만 하는 놈은 제아무리 오랫동안 헌터 노릇을 해봤자 평생 피라미로 끝난단 말이야, 사람은 큰 시련을 뛰어넘었을 때 성장하는 법이야! 불만을 토로하고 싶으면 할 일을 다 한 다음에나 늘어놓으라고!"

언니가 손에 들고 있던 보물 상자를 테이블 위에 던졌다.

황급히 받아낸 티노의 손안에서, 상자가 소리도 없이 열렸다.

"네가 고생하고 있는 건 지금까지 게으름을 피운 대가를 치르는 거야. 자기가 저지른 짓의 뒤처리 정도는 알아서 하라고!"

지당하신 말씀이라고, 티노도 그렇게 생각했다. 티노가 언니의 엄한 훈련을 두려워하면서도 불만을 품지 않는 건, 스승 자신은 그것보다 더 힘든 훈련을 하고 있다는 걸 알고 있기 때문이다. 그저 다른 사람들 앞에서 그것을 드러내지 않을 뿐—— 높은 레벨의 헌터는 재능만 가지고 될 수 있는 것이 아니다.

그런데, 라고 말하면서. 티노는 보물 상자 샘플을 테이블 위에 내려놓고는 쭈뼛쭈뼛 말했다.

"그런데, 언니. 그레그는 상인이 아니라, 헌터인데요…….."

"내가 알 게 뭐야. 크라이도 말이야, 헌터라고 헌팅 기술만 연마하지 말라고 했었잖아!"

"하지만……."

경매에서 티노 대신에 골렘을 낙찰받은 뒤로 며칠이 지난 지금까지도 얼굴이 수척해져 있는 아는 헌터의 얼굴을 떠올리고, 티노는 고개를 숙였다. 딱히 그레그한테 특별한 감정을 품은 건 아니지만, 자신 대신 고생하는 듯한 그 모습을 보면, 냉혈한이 아닌 티노로서는 마음이 너무나 아팠다.

10억 길은 그날 열린 경매에서 낙찰된 물건 중에서 제일 비싼 금액이었다.

아마도 그레그의 정체가 조직이 아닌 개인이고, 게다가 평범한 중견 헌터라는 점이 문제가 됐겠지. 그래서 그레그는 티노 대신 골렘을 낙찰받은 뒤로 여러 가지 귀찮은 문제에 시달리고 있었다.

큰돈을 빌려달라는 제안이 들어오거나 수상한 남자들이 따라다니기도 하고, 다른 상인들에게서 거래 제안을 받기도 하고, 하다 하다 귀족들한테까지 찍히고. 우연히 만났던 그레그는 익숙지 않은 시련 때문에 얼굴이 반쪽이 된데다, 최대한 사람들 많은 곳만 골라서 다니고 있다고 말했었다.

그것은 지금까지 티노가 겪었던『천 개의 시련』과 비교했을 때, 상당히 다른 부류의 시련이었다.

위험한 보물전에 던져 넣는 것과 비교하면 죽을 위험은 적다고 할 수도 있지만, 정신적인 부담은 보물전에 던져 넣는 것보다 더 심할지도 모른다. 그래도 자신이 평범한 대리인이었다는 점이나 의뢰자의 정보를 누설하지 않았다는 점을 보면, 역시나 헌터 경력이 긴 사람이라 할 수 있다. 어쩌면 도망치는 재주나 상황 판단 능력은 티노보다 뛰어날지도 모른다.

그 덕분에, 지금 상황 속에서 그런 고생을 하게 된 거겠지만——.

리즈는 말문이 막힌 티노를 매섭게 노려보고는, 거만한 태도를 유지한 채로 계속해서 말했다.

"솔직히 말이야, 티 넌 그런 거 신경 안 써도 된다고. 지금 시트가 사람을 써서 자세히 조사하고 있으니까. 크라이가 뭣 때문에 《발자국》에 소속된 것도 아닌 중견 헌터를 대리인으로 내세웠을 것 같아?"

"…………예?"

그 말을 듣고, 티노는 할 말을 잃었다. 그때 옆에 있던 그레그가 낙찰을 담당했던 건 티노가 준비를 못 했기 때문이고 그냥 우연이었다. 적어도 티노는 일이 그렇게 될 거라고 생각도 못 했었다.

"상대도 프로다 보니까, 경매에 참여할 때도 경계하고 있었다는 이야기야. 라이벌에 대해 조사해봤더니 대리인을 내세워서 정보를 은폐했고, 혹시나 해서 그 녀석을 심문해봤지만, 아무것도 안 나왔어. 하지만 물건은 이미 우리 쪽에 있으니까, 그걸 다시 가져가고 싶다면 아무래도 거친 일을 전문적으로 하는 놈들을 써야 하겠지? 그렇게 되면, 조금이나마…… 가까워지게 되는 거야."

"하, 하지만, 그레그한테 대신 경매에 참여해달라고 한 건 제 판단이었는데……."

"맞아. 티의 그 한심한 구석은 크라이도 다 알고 있으니까."

"…………."

"성질 같아선 철저하게 때려잡아서 고쳐놓고 싶지만, 크라이가 거기까지 고려했다면 내가 야단을 칠 수도 없거든. 무슨 말인지 알겠지?"

호된 말을 들은 티노는 눈물을 글썽거렸고, 리즈는 희미한 미소를 지으면서 손가락에서 뿌득거리는 소리를 냈다.

지금 그 말이 사실이라면, 역시 대단하다……고 해야겠지. 얼핏 생각해보면 우연인 것 같지만, 티노는 벌써 몇 번이나 마스터의 그런 수완을 봤었다. 스승의 말이 거짓일 리는 없을 것 같다.

티노는 마스터를 아주 좋아한다. 헌터로서 존경하고, 몇 번이나 구해준 것 때문에 감사하고 있다.

하지만 그 무시무시한 수완은 항상 티노에게 감탄보다 두려움을 품게 만든다. 그리고 동시에, 이렇게 무시무시한 언니한테도 제자가 있는데 마스터에게 제자가 없는 이유를 새삼 실감하게 된다.

"뭐, 위험해 보이는 놈들은 시트가 솎아내고 있을 테니까, 네가 걱정 안 해도 혼자서 어떻게든 할 수 있을 거야. 크라이가 그렇게 판단했으니까. 티는 그때까지 가능한 그 녀석이랑 접촉하지 마. 여기서 의심하고 손을 빼게 되면 일이 귀찮아지니까. 겨우 그 정도 때문에 크라이의 계획이 파탄 날 것 같지는 않지만, 사람을 상대하는 건 팬텀(환영)이나 마물을 상대하는 것보다 훨씬 귀찮으니까…… 티, 무슨 말인지 알겠지?"

"아, 예. 언니……."

그 말을 듣고, 티노는 그저 고개만 끄덕였다.

리즈 언니는 엄청난 실력을 가진 도적인 동시에, 유명한 범죄자(레드) 파티나 범죄 조직을 수도 없이 뭉개버린 현상금(바운티) 헌터이기도 했다.

가끔 티노도 훈련이라는 명목으로 데리고 갔는데, 인간 범죄자는 팬텀이나 마물보다 훨씬 귀찮다. 능력 자체는 낮아도 그자들에게는 지혜와 악의가 있다. 상대는 법 따위는 완전히 무시해버리지만, 이쪽은 법을 지켜야만 한다. 헌터 중에서도 지명수배까지 될 정도의 상대는 하나같이 만만치 않은 자들뿐이다.

그레그한테는 미안하지만, 이렇게까지 말한다면 티노가 해줄 수 있는 일은 아무것도 없다.

"티노 너도 언제 한번, 크라이한테 제대로 굴려달라고 부탁할 생각인데 말이야. 그런데 이번 일을 보면, 아직 송사리인 너한테 내가 할 수 없는 『역할』이 있는 것 같기도 하고……."

"마스터의 훈련…………."

지금 스승이 시키는 훈련에서도 항상 반은 죽고 반은 살아 있는 상태인데. 스승이 말하는 『제대로 굴려달라고』가 어느 정도 영역인지, 상상도 못 하겠다.

자신의 한심함을 다 들켰다는 건 상당히 분하지만, 지금의 자신에게 그런 훈련을 조금 이르다는 생각도 든다. 《비탄의 망령(스트레인지 그리프)》에 들어가는 건 어디까지나 마땅한 실력을 지닌 다음의 일── 미래의 목표다. 【흰 늑대 둥지】에서도 죽을 뻔했는데, 그건 마스터의 시련이라 할 수도 없다고 했다. 그렇다면──.

······아직 이르다. 저한텐 아직 너무 일러요, 마스터어. 저는 언니의 훈련만으로도 벅차요.

그렇게 생각하면서 혼자 겁을 먹고 있는데, 갑자기 문 두드리는 소리가 났다.

현관 쪽을 봤다. 아는 사람이 많기는 하지만 집까지 오는 사람은 한정돼 있다. 티노의 집에는 그날의 기분에 따라 대응 방식이 달라지는 무시무시한 스승이 있기 때문이다.

오늘 스승의 기분이 그렇게 나쁘지 않다는 걸 확인하고, 문을 열었다.

그리고 나타난 사람의 얼굴을 보고, 스승의 눈이 휘둥그레졌다. 손님은 위엄 있는 얼굴의 백발노인── 보구점 『마기스테일』의 점장, 마티스 카돌이었다. 지저분한 앞치마를 걸치고, 옆구리에는 작은 상자를 끼고 있다.

티노를 보더니 노인의 눈가가 약간 풀어졌다. 헛기침을 한 번하고는 미안하다는 것처럼 말했다.

"안녕하신가, 아가씨. 이렇게 갑자기 와서 미안하네. 의뢰했던 보구의 감정이 끝났는데── 요즘 이래저래 정신이 없어서 잊어버린 건 아닌가 싶어서 말이야. 애송이한테 직접 전해줘도 되지만, 이건 아가씨가 발견한 물건이라고 했잖아?"

눈이 휘둥그레졌다. 정말로, 완전히 잊어버리고 있었다. 그때는 마스터의 관심이 완전히 가면 쪽으로 가 있어서, 그쪽에 대응하느라 정신이 없었기 때문이다.

뭐, 그 보구는 이미 마스터께 바친 것이니까 티노의 물건은 아니지만, 굳이 티노한테 가지고 온 것은 마티스 씨의 나름대로 배려 때문이겠지.

언니는 마티스 씨를 보고는 노골적으로 눈살을 찌푸렸다.

"마티스잖아. 우리 티한테 함부로 손대지 말아줄래? 아줌마한테 이른다? 싫으면 크라이가 좋아할 만한 강한 보구를 가지고 오든지? 특별히, 한 개 가지고 올 때마다 티를 하루 빌려줄게. 이상한 짓 하면 죽여버릴 거지만."

"애송이 계집, 있었냐—— 내, 내가 그런 짓을 하겠냐, 이 멍청한 놈아! 애송이 놈도 그렇고, 이놈이고 저놈이고 노인네를 공경하는 마음이 말이야——"

리즈가 농담을 던지자, 마티스가 얼굴이 새빨개져서 소리를 질렀다. 지금까지도 몇 번이나 있었던 일이다. 이 정도로 끝나는 건, 언니가 이 제도에서 가장 오래 알고 지낸 사람 중 한 명이기 때문이겠지.

상자를 열어보니 안에는 감정 결과를 적은 종이와 전에 맡겼던 팔찌가 들어 있었다.

"왜 크라이가 아니라 티한테 가지고 온 건데? 무서워라~. 손녀한테 이른다? 세시였던가? 싫으면 크라이가 좋아할 보구를 가지고 오던가."

"어, 어디서 그 이름을── 시끄럽다! 아가씨가 발견한 보구 아니냐. 솔직히 애송이 놈이 좋아할 보구는 우리 가게에도 거의 들어오질 않아! 헌터라면 직접 찾아야 할 것 아니냐!"

"옛날에는 좋은 물건들이 훨씬 많았잖아? 얼마 전에 거크한테도 말했지만, 실력이 떨어진 거 아냐?"

"애송이 놈이 팔고 남은 재고를 전부 쓸어가서 그래! 맨날 사지만 말고 가끔은 와서 팔기도 하라고 좀 전해줘라!"

스승과 마티스가 입씨름하는 옆에서, 티노는 설명서를 읽어봤다.

"『미라지 폼(춤추는 광영)』? 광상투사장치(光像投射裝置)? 유효 사정거리 1m. 잘만 사용하면 손바닥 위에서 인형이 춤추게 할 수 있습니다………… 환영을 만드는 보구……?"

이건 또…… 평가하기 힘들어 보이는 물건이다.

헌터들이 좋아하는 것은 단순하면서도 강력한 보구다. 물이 끝도 없이 샘솟는 물통이라든지 참격을 날리는 칼처럼. 사용하기 쉬우면 쉬울수록, 효과를 알기 쉬울수록 비싸게 팔린다.

"신기한 물건이야. 최소한【아레인 원기둥 유적군】따위에서 나올 물건은 아니지."

한편, 이 반지는 값을 매기기 어렵다. 효과만 본다면 쓸모가 있을 거다. 하지만 유효 사정거리가 상당히 짧고 조작하기도 상당히 번잡해 보인다. 만약에 팔린다고 해도 비싸게 팔릴지는 미심쩍다고 해야겠지.

애당초 환영을 보여주는 정도라면 마술이라는 훨씬 단순한 수단이 있다. 조금만 실력이 좋은 마도사(마기)라면 얼마든지 사용할 수 있는 술법이다. 마스터의 지시에 따라서 손에 넣은 보구치고는 상당히 시시한 물건이다.

그때, 상자 안에 있던 팔찌가 갑자기 사라졌다.

조금 전까지 마티스와 입씨름을 하고 있던 언니가 팔찌를 집어 들고서 빤히 관찰하고 있다. 잠시 조용히 있다가 천천히, 티노를 보면서 말했다.

"…………이거, 내가 전해줄게. 그래도 되지, 티?"

"예? 아, 예. 물론이죠. 언니."

평소처럼 거의 반사적으로 승낙했더니, 언니는 최근 들어 거의 본 적이 없는 수준으로 기분이 좋아져서는 팔찌를 끌어안고 그 자리에서 빙글빙글 돌았다.

급격한 기분 변화에 눈에 휘둥그레진 마티스 앞에서, 기쁨이 넘쳐나는 목소리로 외쳤다.

"좋았어! 이거, 틀림없이 크라이가 기뻐할 거야. 티, 잘했어. 다음에 새 단검(대거) 사줄게!"

"예? 예? 그렇게까지요?! 저, 저기이…… 언니…… 그러니까── 잠깐만, 기다──."

언니가 티노한테 뭔가를 선물해 주는 일은 거의 없다. 지금은 정말 기분 좋은 상태라고 봐야 한다.

당황해서 거절하려고 했지만, 그 전에 뒤쪽에서 말리는 목소리가 들려왔다.

"잠깐만, 언니! 이런 건 공평하게 해야 하는 거 아냐? 그치, 티."

귀에 익은 목소리였다.

어느샌가 또 한 사람의 언니…… 시트리 스마트가 생글생글 웃는 얼굴로 티노 뒤쪽에 서 있었다.

티노의 어깨에 손을 얹는 바람에, 몸이 움찔하고 떨렸다. 그 목소리에 스승의 얼굴에서 웃음이 사라졌다.

"뭐라고? 티는 내 제자니까, 티가 발견한 건 내 물건인 게 당연하잖아? 왜 시트 네가 나대는데?"

"크라이 씨한테 폐를 끼친 건 나고, 애당초 일이 그렇게 된 건 언니가 골렘으로 훈련하고 싶다는 소리를 했기 때문이니까, 이번에는 나한테 양보해야 해. 티 너도 그러는 게 좋다고 생각하지? 그치?"

모든 이가 두려워하는 스승의 위압적인 목소리도, 친동생한테는 통하지 않는 것 같다.

시트리 언니가 마치 처음부터 정해져 있는 대사를 말하는 것처럼 말하더니, 마지막에는 티노한테 동의를 구했다. 스승님처럼 거칠고 험악한 목소리는 아니었지만, 거절은 절대 용납하지 않겠다는 느낌이 담겨 있었다. 그리고 마지막에 귀엣말로 이렇게 추가했다.

"나한테 맡겨주면 다음에—— 새 단검이랑 아주 예쁜 드레스, 사줄게."

지금, 티노가 사는 자그마한 집 안에서는 추악한 욕설들이 오가고 있다.

"멋대로 우리 티를 꼬드기지 말란 말이야! 티는 크라이가, 나한테 맡긴 애라고! 크라이가 마음대로 써도 된다면서 맡겼단 말이야!"

일단은 집주인인 티노는 아무것도 못 하고, 구석에서 몸을 움츠리고서 그 상황을 지켜봤다.

헌터란 기본적으로 보물전을 공략하면 할수록 물리적으로 강해지는 법이다. 마나 머티리얼을 흡수하기만 해도 기초 능력이 향상되는데, 거기에 전투 경험까지 쌓게 되면, 자신보다 수준이 높은 헌터를 이기는 것은 힘들다. 티노도 헌터 중에서 중견 정도는 된다고 자부하고 있지만, 티노가 헌터가 되기 전부터 가혹한 헌터 생활을 해온 두 언니에 비하면 수준이 한참 떨어진다.

이마에 핏대까지 세우고 날카로운 소리를 질러대는 언니한테서는 화가 난 용이 아닌가 싶을 정도의 힘이 뿜어져 나왔다.

"그건 언니가 떼를 써서 그런 거잖아! 처음엔 내가 받을 예정이었는데── 내가 맡았다면, 지금쯤 티노는 하늘도 날 수 있고 눈에서 빔도 쏠 수 있는 전대미문의 슈퍼 헌터가 됐을지도 모른단 말이야!"

거기에 대해서 또 한 사람의 언니는 평소보다 약간 낮은 목소리로 대답했다. 앞서 말한 사람과 비교하면 냉정한 것처럼 보이지만, 그 몸에서 뿜어져 나오는 힘은 스승과 비교해도 전혀 손색이 없다.

같은 수준의 재능을 지닌 사람들이 같은 파티에서 같은 경험을 했을 경우, 마나 머티리얼의 흡수량은 같은 수준이 된다. 언니와 시트리 언니는 직업이 전혀 다르지만, 티노 기준에서 봤을 때 두 사람의 힘은 거의 비슷한 수준이다.

평소에 목숨을 걸고서 솔로로 보물전에 들어가며 크게 성장해 온 티노지만, 두 사람과 비교하면 발톱에 때만도 못한 수준이다.

이런 상황에서는 구석에서 벌벌 떨면서 사태가 수습되기를 기다리는 수밖에 없다.

"솔직히 말이야, 티도 쓸데없이 들볶아대는 스승보다 돈도 많고 간단히 강해지게 해주는 스승이 더 좋지?"

"아앙?! 간단히 강해진 힘에 무슨 의미가 있다는 거야! 솔직히 말이야, 시트 너는 더하기만 하는 게 아니라 빼기도 하잖아!"

"대상은 가려가면서 한단 말이야! 티라면 자유 의지를 빼앗을 필요도 없고, 작으니까 데리고 다니기도 편하니까, 최고잖아?!"

"이 꼬맹이 놈들이! 갑자기 둘이서 싸우지 말라고, 아가씨가 겁 먹었잖아!"

전투 의지를 불사르고 있는 두 사람 사이에, 지금까지 얼굴을 찌푸리고서 보고만 있던 마티스 씨가 끼어들었다.

하지만 두 사람의 기세는 가라앉을 줄 몰랐다.

"그 보구는 나랑 티가 찾아낸 거야! 쓸데없이 끼어들지 마!"

"언니가 아니라 티가 열심히 해서 찾아낸 물건이잖아! 티는 나한테 양보한다고 했으니까, 권리는 나한테 있을 텐데?!"

그런 말 안 했어요…… 시트리 언니.

반론하려고 했지만 귀신같은 타이밍에 시선이 날아왔고, 결국 아무 말도 못 했다.

팔찌형 보구『미라지 폼』의 소유권은 티노의 손에서 완전히 벗어나 버린 것 같다.

단검이나 드레스도 좋지만, 티노로서는 그렇게까지 기뻐한다면 자기가 직접 전해주고 싶은 심정이다. 하지만 이제 와서 돌려달라고 해봤자 소용없겠지.

그나저나, 보구를 누가 가져다주는지 때문에 이렇게 싸움이 벌어지다니…….

"솔직히 말이야, 매번 이렇게 좋은 상황에 멋대로 끼어들지 말라고! 이 도둑고양이야! 연구실에나 틀어박혀 있어!"

"언니가 항상 민폐를 끼치는 게 문제잖아! 내가 얼마나 고생해서 무마하고 있는지──."

"뭐어?! 그건 루크도 하는 짓이고, 솔직히 무마해달라고 부탁한 적도 없거든!"

"루크 씨 경우에는 상대가 말할 수 없는 상태가 되니까 아무 문제 없거든! 문제가 되는 건 언니뿐이야!"

"저기…… 그…… 딴생각이 있는 건 아니고…… 다투지 마시고 그냥, 제가 전해드리는 건────?!"

티노의 작은 목소리 따위는 들은 척도 안 하고, 결국 언니가 바닥에 떨어져 있던 보물 상자를 시트리 언니한테 집어던지기 시작했다. 일말의 자비도 용서도 없이 집어던지는 그 상자들 앞에서 시트리 언니는 연금술사(알케미스트)라는 걸 믿을 수 없는 훌륭한 반사 신경을 발휘하여, 테이블 위에 있던 쟁반을 방패로 삼아서 막아냈다.

튕겨진 보물 상자가 식기 찬장을 파괴하고 벽에 처박혔다. 창문 유리가 깨지면서 요란한 소리가 났다.

티노는 마지막 용기를 짜내서, 가녀린 목소리로 외쳤다.

"그만 하세요, 언니! 이웃집 분들한테 혼나는 건── 저라고요!"

운동 에너지가 실린 찻잔을, 찻주전자를, 재빨리 양손으로 받아냈다. 다행히 언니가 제대로 힘을 준 건 아닌지, 집중만 하면 티노 실력으로도 충분히 대응할 수 있었다.

정신없이 날아다니는 가구 중에서 순식간에 깨지는 물건을 판단하고, 받아내서 구석에 내려놨다. 다른 것들은 쳐서 떨어트렸다.

필사적이었다. 지금이 식사하던 중이 아니라 정말 다행이다. 찻주전자나 잔이라서 다행이지, 포크나 나이프가 날아다녔다면 다치지 않을 자신이 없다. 하다못해, 마티스 씨만은 어떻게든 지켜내야만 한다.

물건들이 정신없이 날아다니는 와중에도, 두 사람은 계속 욕설을 퍼부었다.

마티스는 순식간에 뜨겁게 달아오른 자매 싸움을 보면서 부들부들 떨고 있었다.

"누, 누가 주건 상관없잖아…….'"

"언니, 진정해주세요! 그렇게 나오신다면, 제가…… 제가, 전해 드릴 거예요!"

큰마음 먹고 소리쳤지만 두 사람의 귀에는 전해지지 않았다.

아직은 그냥 밖에 나와 있는 물건들만 던지고 있어서 다행이지만, 이대로 내버려 두면 나이프나 포크를 집어 던져서 티노의 집을 반파시켜버릴 우려가 있다. 그렇게 되면 티노가 얼마 안 되는 저금을 탈탈 털어서 고칠 때까지는 너덜너덜해진 집에서 살아야 한다.

중간에 끼어들어서 힘으로 중재할 수도 없다. 스승님도 시트리 언니도, 티노가 끼어들어 봤자 멈출 리가 없다. 이 싸움을 말릴 수 있는 사람은《비탄의 망령》멤버, 또는 부 클랜 마스터 같은 마스터와 교류가 있고 상식적인 감성을 지닌 사람뿐이다.

그러나 아쉽게도, 그런 사람들은 어지간해서는 티노네 집에 오지 않는다.

혼란에 빠졌으면서도 필사적으로 유탄을 쳐내고, 어떻게 해야 피해를 최소한으로 줄일 수 있을지 필사적으로 생각하고 있던 그때, 갑자기 티노의 귀에 현관문 두드리는 소리가 들려왔다.

"마스터어! 뵙고 싶었어요오오오오오오!"

"?!"

이게 대체 무슨 일이지. 나는 한 손에 케이크 상자를 든 채로 눈이 등잔만해졌다.

어울리지 않게 흥분한 목소리로 소리를 지르며 달려든 티노를 봤다. 눈물이 글썽이는 눈으로 날 올려다보는 티노의 모습이, 묘하게 감싸주고 싶은 욕구를 자극했다.

대체 무슨 영문인지 모르겠다. 분명히 조금 하드보일드하고 배려할 줄 아는 마스터어의 모습을 보여주려고 생각하기는 했지만, 설마 이렇게까지 열렬하게 환영해줄 줄이야.

당황하면서도, 리즈를 쓰다듬어줄 때처럼 상냥하게 머리를 쓰다듬어준 뒤에 집 안으로 들어갔다.

티노네 집 안에 끔찍한 참상이 벌어져 있었다. 얼마 전에 왔을 때는 그렇게 잘 정돈돼 있었는데, 지금은 그 모습을 찾아볼 수도 없다.

바닥에 난잡하게 널려 있는 열린 보물 상자와 깨진 창문 유리, 식기 찬장. 조금 깔끔한 폐허 같은 꼴이다.

뭔가 얘기를 하던 중인가?

거실 한복판에서는 낯익은 스마트 자매가 서로 마주 보고 있었다.

내가 왔다는 걸 알아차리고는 리즈가 어째선지 나이프를 쥐고 있는 오른손을 열심히 흔들었고, 시트리가 시뻘겋게 불타는 포션이 들어 있는 병을 등 뒤로 감추고는 볼을 빵빵하게 부풀렸다.

"아………… 크라이다, 안녕~."

"봐, 언니가 쓸데없는 떼를 쓰니까 크라이 씨가 왔잖아──. 크라이 씨, 안녕하세요오."

"야, 이 애송이 놈아, 왜 이제야 왔어! 후딱후딱 다니란 말이다!"

시트리와 리즈가 티노네 집에 있는 건 이상할 게 없는데, 오늘은 어째선지 마티스 아저씨까지 있었다.

게다가 어째선지 얼굴이 시뻘게져서 날 노려보고 있었는데, 그냥 케이크를 가지고 왔을 뿐인데, 어째서 이런 상태인 걸까…….

나는 마침 좋은 위치에 있던 티노의 머리에 손을 얹고, 머리카락을 손가락으로 빗어서 진정시켜주며 고개를 갸웃거렸다.

무슨 상황인지 하나도 모르겠지만——.

"일단…… 무릎 꿇자."

"아니에요, 크라이 씨. 이건 오해가……."

"저기 말이야, 간단히 말하자면, 시트와 티가, 내 공을 가로채려고 했어. 응, 난 하나도 잘못 없지?"

시트리와 리즈가 나란히 카펫 위에 무릎 꿇고 앉은 채로 그렇게 변명했다.

나는 의자에 몸을 기대고 앉아서 깊은 한숨을 쉬었다. 옆에서는 겨우 진정된 티노가 어째선지 존경하는 눈으로 날 보았다.

"이건 아니야. 글러 먹었어."

무슨 상황인지는 잘 모르겠지만 사죄라는 건 그렇게 하는 게 아니다. 사죄 마스터인 내 기준에서 보자면 완전히 낙제점이다. 시트리와 리즈가 내 지적을 받고 눈물을 글썽이면서 입을 꾹 다물었다.

이렇게 나란히 있으면 두 사람이 자매라는 게 한눈에 들어온다. 옛날부터 시트리와 리즈는 걸핏하면 싸웠다. 말다툼부터 주먹다짐까지. 나한테는 익숙한 광경이지만 힘을 얻은 뒤에도 똑같은 감각으로 싸워댔으니, 주변 사람들은 정말 미칠 노릇이었겠지.

"어, 어째서 크라이 씨가…… 아니, 저희도, 진심으로 싸운 건 아니었어요."

"마, 맞아. 이런 건, 준비운동 같은 거거든! 티도 익숙하니까, 굳이 크라이가 나설 것까지는⋯⋯⋯⋯."

켕기는 구석이 있기 때문이겠지. 나랑 다르게 사죄할 기회가 거의 없었기 때문인지, 상당히 힘들어 보인다.

그냥 케이크만 주러 왔을 뿐인데 말이야.

마티스 씨가 남의 집에 온 고양이처럼 얌전해진 두 사람을 보면서 완전히 질려버린 표정을 지었다.

"⋯⋯여전히, 이 애송이가 약점이구나⋯⋯."

"괜히 오래 알고 지낸 사이가 아니니까요."

"아니, 이건 그런 문제가──."

보나 마나 이번에도 리즈가 먼저 손을 썼겠지. 대단한 일도 아닌데, 걸핏하면 손부터 나가고 말이야⋯⋯.

하지만, 그렇다고 리즈가 완전히 망나니라는 건 아니다. 잘 달래주면 얌전해지니까 말이야! ⋯⋯금방 잊어버리지만.

"역시 대단해요, 마스터어⋯⋯ 정말, 정말로 고맙습니다. 언니분들의 싸움을 말릴 수 있는 사람은 마스터어뿐이에요."

티노가 눈물을 글썽이며, 존경이라기보다는 숭배라고 표현하는 게 적절할 것 같은 눈으로 날 보면서 그렇게 말했다.

미안. 정말 미안해.

"티⋯⋯ 너 두고 보자."

"저는, 쌍방의 이익을 생각했을 뿐인데⋯⋯."

리즈가 주먹을 꽉 쥐고서 티노를 노려봤고, 시트리가 자비라도 구하는 것처럼 고개를 숙이고서 내 눈치를 봤다. 아무래도 반성할 생각은 없는 것 같네.

굳이 자매 싸움 자체를 하지 말라는 건 아니다. 싸울 정도로 사이가 좋다는 말도 있으니까…….

그나저나, 왜 싸웠는지 이유도 모르면서 야단치는 것도 조금 재미있네.

완전히 남의 일이라는 기분으로 그런 생각을 하고 있는데, 아무 말도 없는 날 보고서 뭔가 눈치챈 게 있는지, 시트리가 무릎을 꿇은 채로 재주도 좋게 슬금슬금 기어서 다가왔다. 애원하며 매달리는 것처럼 내 다리를 끌어안고, 갈라진 목소리로 말했다.

시트리는 리즈나 티노와 비교해서 몸매가 좋다. 구체적으로 말하자면, 흉부가 크다.

그렇게 꼭 끌어안으면 말랑한 감촉이 다리에 느껴져서, 상당히 떨떠름한 기분이 든다.

"죄송해요, 크라이 씨. 폐를 끼칠 생각은 없었어요. 시간이 조금만 더 있었다면, 평화적으로 결판을 냈을 거예요!"

나, 그렇게 가슴이 닿는 데 약하거든…… 아니, 거기에 약하지 않은 남자가 이 세상에 있을까.

……그나저나 그 광경에서 시간이 조금만 더 있었으면 평화적인 결판이라니, 그건 무리 아닐까. 대체 무슨 마법을 부릴 생각이었던 걸까.

"크라이, 나도, 크라이한테 민폐 끼칠 생각은, 없었거든? 티랑 시트가 조금만 참았으면 되는 일인데……."

리즈가 질 수 없다는 것처럼 일어나서는, 힘차게 내 무릎에 매달렸다. 왠지 왕이라도 된 기분이다.

나는 아무것도 모르면서도 그럴듯하게 고개를 끄덕이고는 딱, 하고 손가락을 퉁겼다.

"응, 그래, 그렇구나…… 일단, 너희 두 사람은 청소부터 해."

시트리와 리즈가 동시에 일어났다. 무슨 상황인지 몰라도 어떻게든 할 수 있다니깐.

"! 청소 정말 좋아해요! 열심히 할게요!"

"시트, 넌 가서 창문 유리나 알아봐. 치우는 건 내가 할게. …………이번엔 좀 더 튼튼한 유리로 해야겠다, 귀찮으니까."

"그럼 언니, 그냥, 제일 튼튼한 유리로—— 아, 아니, 아무것도 아니에요."

시트리가 밖으로 뛰쳐나갔고, 리즈는 바닥에 떨어진 식기를 줍고 쓰러진 찬장을 일으켜 세웠다.

이게 처음이 아니다 보니 익숙한 동작이다. 조금만 지나면 원래대로 돌아오겠지.

내가 오늘 새롭게 알게 된 것은, 리즈와 시트리가 사죄라는 것에 대해 아무것도 모른다는 점뿐이다.

……가슴이 닿은 건 아주 좋다고 생각하지만요.

먼 곳을 바라보는 표정을 짓는 나한테, 이제야 조금 부활한 티노가 쭈뼛쭈뼛 물었다.

"그런데 말이죠 마스터어. 오늘은 무슨 일로 오셨나요?"

"아. 신상품 케이크를 가지고 왔거든. 답례로 말이야."

항상 리즈와 시트리가 폐를 끼치고 있으니까…….

그렇게 말하려고 한순간, 티노가 엄청나게 감격했다는 것처럼 눈물을 흘리고 있다는 걸 알아차렸다.

"훌쩍…… 고……고맙, 습니다, 마스터어. 저, 평생, 마스터어를 섬길게요."

"응, 그래. 뭐, 그렇게 오버할 필요는…… 자, 울지 말고…….."

……오늘은 티노가 유난히 거창하게 반응하네. 겨우 케이크 하나 가지고 왔을 뿐인데…… 어쩌면, 평소에도 좀 더 잘 대해줘야 하는 걸까?

티노가 콧물을 들이키고, 엉망진창이 된 눈가를 비비면서 케이크 상자를 열었다. 안에 들어있는 케이크 두 조각을 보고 잠깐 눈이 휘둥그레졌지만, 바로 이해했다는 것처럼 고개를 끄덕였다.

"역시, 마스터어는 대단해요. 한 조각은 마티스 씨 몫이죠?"

???????

아닌데? 한 조각은 내 건데? 마티스 씨가 있을 거라고는 생각도 못 했으니까.

"흥, 쓸데없는 배려나 하고 말이야…… 그딴 데 신경 쓸 틈이 있으면, 후딱 와서 아가씨나 도와줄 것이지."

배려 같은 거 아니거든요. 줄 생각도 없으니까, 필요 없으면 안 먹으면 되잖아요?

생각지도 못한 말을 듣고서 굳었는데, 유능한 후배인 티노가 바로 한마디 거들어줬다.

"마스터어는, 정말 의리가 있는 분이세요. 마티스 씨도 그러지 마시고—— 마스터어가 고르는 케이크는 항상 최고니까요."

"……칫. 그렇게까지 말한다면 받아주는 수밖에 없겠구먼…… 집에 가서 우리 손녀나 줄까."

"……응, 그래요, 그러세요."

그렇게까지 말하면, 소심한 나는 도저히 안 된다고 말할 수 없다.

그때, 탁자 위에 놓인 상자와 그 안에 든 팔찌가 내 눈에 들어왔다. 팔찌는 분명 전에 본 적 있는 물건이다.

내 시선을 눈치챈 티노의 얼굴에 순간적으로 고민하는 기색이 스쳐 지나갔지만, 바로 활짝 핀 꽃처럼 웃으면서 말했다.

"마스터어, 마침 잘됐어요. 마티스 씨가 보구 감정이 끝났다고 가지고 와주셨어요! 왜, 전에 『제가』 발견한 그 보구예요! 『제가』 발견했던!"

"……언니, 쟤 교육 좀 다시 해야 하는 거 아냐?"

어느새 돌아온 시트리가 웃는 얼굴로, 티노를 빤히 쳐다보면서 말했다.

세상이 빛나고 있다.

클랜 마스터라는 무거운 책임에서 오는 스트레스도 미래에 대한 불안도 지금은 하나도 안 느껴진다. 콧노래를 흥얼거리면서 클랜 마스터 방으로 가던 중에, 마침 복도를 걸어가던 에바와 마주쳤다.

최대한 감정을 드러내지 않으려고 했는데도 내 포커페이스에서 평소와 다른 뭔가를 알아차린 건지, 에바가 눈까지 휘둥그레지면서 물었다.

"무슨 일이라도 있으신가요? 기분이 꽤 좋아 보이는데."

"뭐……? 그래? 기분이 좋아 보여? 정말로? 이거 큰일이네……."

지금의 나는—— 그래, 혼자서 노래하고 춤까지 추고 싶은 기분이다. 하드보일드하지 않아서 안 하지만.

역시나 오랫동안 나를 알고 지낸 만큼, 에바한테는 뭘 숨길 수가 없네. 나는 수상하다는 눈으로 쳐다보는 에바한테 오른팔에 차고 있는 검은색 팔찌—— 조금 전에 받은 『미라지 폼』을 보여줬다.

결국 케이크는 내 입에 들어오지 못했지만, 그 정도는 웃으면서 용서해줄 수 있는 수준의 물건이다.

티노네 집에 가길 정말 잘했다.

에바의 표정이 돌변하더니, 눈꼬리를 치켜들고 나한테 따져댔다.

"……세상에?! 또 새 보구를 사 온 건가요?!"

"뭐? 아, 아냐, 그게 아니고. 티노가 발견한 걸 나한테 준 거야. 빚은 한 푼도 안 늘어났어."

"……하아………… 그건 그것대로, 좀 아닌 것 같습니다만……."

뭐, 솔직히 나도 그런 생각이 없는 건 아니지만, 티노와 리즈의 사제관계에 대해서 내가 뭐라고 할 수는 없으니까.

몇 번이나 잘 달래줬지만, 리즈는 내 말을 전혀 듣지 않았다. 내가 할 수 있는 일은 최대한 눈을 떼지 않고 수시로 상황을 확인하는 것밖에 없겠지.

하지만, 지금은 그딴 건 어떻게 되건 상관없다. 훌륭한 것은,

이 보구의 힘이다.

티노가 【아레인 원기둥 유적군】에서 주워온 보구는 아주 유니크한 물건이었다.

능력은 환영 생성. 팔찌형 보구는 수도 없이 존재하고 내 컬렉션 중에도 몇 개 있지만, 환영을 만들어내는 물건은 처음이다. 보구는 수요에 따라 가격이 크게 변동하는 탓에 시세를 판단하기는 힘들지만, 내가 처음 들어보는 물건이니까 상당히 희귀하다고 할 수 있다. 좋다.

마티스 씨가 신경을 써줘서, 이미 마력(마나)까지 충전돼 있었다.

아직도 뭔가 떨떠름한 표정을 짓고 있는 에바한테 이 보구의 훌륭한 힘을 보여줬다.

팔찌형 보구를 여러 개 가지고 있어서 발동하는 요령은 알고 있다.

눈으로 응시하면서 마음속으로 빌었더니 팔찌가 살짝 뜨거워졌고, 펼쳐놓은 손바닥 위에서 빛이 춤췄다.

"자, 이거 봐, 에바! 케이크야!"

"아, 예…… 케이크네요……."

나타난 환영은 티노네 집에 가지고 갔던 케이크였다. 연두색의 특제 생크림에 마나 머티리얼이 짙은 숲에서 채취해온 희소한 과일을 얹은 물건이다.

『미라지 폼』은 입체의 이미지를 환영으로 만들어서 투영하는 보구다. 환술에는 크게 나눠서 상대의 뇌에 간섭해서 보여주는 타입과 실제로 상을 생성하는 타입이 있는데, 이쪽은 실제로 생성하는 타입이다.

에바는 손바닥 위에 나타난, 애매하게 비현실적인 라인을 지닌 케이크를 보고, 만지고, 환영 속으로 손가락이 들어가는 것을 확인한 뒤에 미묘한 표정을 지었다.

분명히 내가 티노네 집에 가지고 갔던 케이크와 뭔가가 다르다. 냄새나 맛이나 감촉이 없는 건 환영이니까 어쩔 수 없는 일이지만, 애당초 생김새부터가 다르다. 그 케이크는 거듭된 시행착오의 결과 끝에 숙달된 솜씨로 성형한, 마치 예술품처럼 생긴 물건이었지만, 내가 만들어낸 케이크의 환영은 색과 모양이 왠지 비슷해 보일 뿐인 다른 물건이다. 진짜 옆에 같이 놓아두면 아주 엉망이라는 게 한눈에 보이겠지.

……제가 이미지를 제대로 떠올리지 못한 탓입니다. 맛에 정신이 팔려서 생김새를 제대로 기억해두지 못했었다.

연습하면 잘 만들어낼 수 있을 거라고 믿고 싶다.

"……자, 그런 얼굴 하지 말고…… 여기, 에바도 만들어낼 수 있어! 에바!"

이 팔찌는, 마티스 씨가 조사한 결과에 의하면 유효 사정거리가 1m── 정확히 말하자면 1m하고 20cm라는 것 같다. 이것은 환영을 만들어낼 수 있는 거리이기도 하지만, 그것과 동시에 만들어낼 수 있는 환영의 최대 크기다.

즉, 이 보구를 사용하면 어지간한 인간을 실물 크기로 만들어낼 수 있다. 팔찌를 중심으로 1m 20cm이니까, 상하로 2m 40cm 까지라면 그 어떤 모습도 자유자재! 안셈은 반쯤 잘리겠지만, 거크 씨 정도라면 여유 있게 만들어낼 수 있다. 바로 옆에만 만들어 낼 수 있다는 게 단점이지만, 잘만 사용하면 보물전에서도 위협이나 견제하는 데 도움이 되지 않을까?

문제는 마도사가 사용하는 마법 중에 훨씬 간단하고 광범위하게 환영을 만들어내는 술법이 존재한다는 점이다.

나타난 에바는 바로 눈앞에 실물이 있는 덕분에 정말 똑같이 생겼다. 슬림한 안경부터 도끼눈까지 쏙 빼닮았다. 자세히 보면 세세한 부분이 다르겠지만, 쌍둥이라고 해도 될 만큼 닮았다.

······목 윗부분만 있지만.

에바는 웃음기 없는 얼굴로 허공에 나타난 자신의 머리를 때리고는, 환영과 똑같이 도끼눈으로 날 노려봤다.

"······장난치지 마세요."

"몸은 자신이 없거든······ 제대로 본 적이 없어서 어떻게 생겼는지도 모르기도 하고. 로브로 가리면 어떻게든 될 것 같기도 한데······."

머리 아래쪽이 펑퍼짐한 하얀 천으로 덮여 있는, 꼭 귀신처럼 생긴 자신의 모습을 본 에바가 다시 한번 확실하게 말했다.

"제, 발, 그, 만, 두, 세, 요!"

숨겨진 공간에 있는 내 개인 방. 직접 적고 있는 수집품 목록에 『미라지 폼』을 추가했다.

요령이 매우 필요하겠지만, 잘만 다루면 경매에서 그렇게까지 난리를 치고도 결국 손에 넣지 못했던 『리버스 페이스(전환하는 인면)』대신 변장하는 데 사용할 수 있을지도 모른다. 가능성은 무한대다.

지금 당장이라도 열심히 연습하고 싶은 기분이지만, 루시아가 아직 돌아오지 않았기 때문에 마력을 충전할 수 없다는 심각한 문제가 있다.

시험 삼아서 내 얼굴에 덧씌우는 형태로 아크의 얼굴을 만들어보고 거울을 확인, 너무 엉터리라서 헛웃음이 나왔다.

아크의 금발 사이사이로 내 검은 머리카락이 보이는 꼴이 너무나 기괴했다.

『리버스 페이스』과 다르게 『미라지 폼』으로 만들어내는 환영에는 실체가 없으니까, 변장에 사용하려면 주의를 기울여야 할 거 같다. 머리카락이 방해되지 않게 정리할 수 있는 모자 같은 게 필요하겠지.

그러고 보니까 시트리가, 머리카락을 짧게 자르고 다니는 게 변장하기 편해서라 했었지…….

지속시간을 확인하기 위해서, 엉터리 아크 모습으로 수집품 목록을 확인하기 시작했다.

목적은── 티노에게 어울리는 보구다.

이렇게 좋은 물건을 받았으니까, 뭔가 보답을 해야겠지.

원래 지금 리즈와 시트리가 메인으로 사용하고 있는 보구도, 내가 수집품 중에서 골라준 물건이다. 내가 보구 수집가이기는 하지만, 그걸 장식해놓고 구경만 하는 타입이 아니라 제대로 사용하고 동료들에게 도움이 되는 것에서 기쁨을 느끼는 타입이다.

티노가 보구를 사용할지 말지는 스승인 리즈의 판단에 달려 있지만, 언젠가는 우리 파티에 들어올 테니까 지금 미리 선정해둔다고 해도 헛수고가 되는 건 아니다.

오랜만에 즐거운 일을 하다 보니, 신이 나서 수집품을 하나하나 머릿속에 떠올렸다.

티노는 도적이니까 리즈랑 똑같은 타입의 보구가 좋으려나? 아니면 같은 파티에 들어오게 되니까 다른 타입의 보구가 좋을까?

내 컬렉션은 그야말로 방대한 수준이다. 강력한 물건도 있고 마법 등으로 대용할 수 있는 것도 있다. 메인으로 사용할 보구를 선택하는 것은, 헌터의 평생을 좌우하는 중요한 이벤트가 될 수도 있다. 티노는 성실한 아이고, 나도 내 수집품을 나눠준다면 제대로 다뤄줄 수 있는 사람이 좋으니까. 적당히 아무거나 줄 수는 없지.

침대 위에서 그동안 쌓이고 쌓인 목록을 넘기고 있는데, 문을 살짝 두드리는 소리가 났다. 내가 부른 티노다.

대답했더니 문이 살짝 열렸고, 검은 눈동자가 문 틈새로 쭈뼛쭈뼛 날 쳐다봤다.

"실례합니다…… 마스터어……."

가녀린 목소리. 평소와 다르게 상당히 긴장한 것 같다.

딱히 오늘 당장 보구를 주겠다는 건 아니다. 오늘은 이야기만 들을 생각이다. 그 이야기를 참고삼아 천천히 보구를 고를 예정이다. 상황에 따라서는 새로 살 수도 있고.

티노한테 선물하고 싶다는 이유라면, 마티스 씨의 수집품을 뜯어낼 수도 있으려나…….

가만히 서로 마주 보고 있는데, 티노의 등을 떠미는 것처럼 리즈가 튀어나왔다.

티노가 짧은 비명을 지르면서 앞으로 고꾸라졌다. 일부러 옷까지 갈아입고 왔는지, 티노네 집에서 봤던 것과 다른 짧은 치마가 살랑살랑 펄럭였다.

"크라이! 나 왔어!"

"……청소는 다 했고?"

"믿을 수 있는 업자한테 부탁했으니까 확실해요. 많이 부서진 것도 아니었으니까……."

활짝 웃는 리즈 뒤에서, 시트리가 생글생글 웃으면서 들어왔다.

난 티노만 불렀는데, 어째선지 언니 두 분까지 따라온 것 같다. 보구 선정에는 파티 멤버와 스승의 의견도 중요하니까, 나쁠 건 없지만…….

리즈가 내 모습을 보고서 깜짝 놀라더니, 바로 킥킥 웃었다.

"뭐야 그 얼굴은? 아크 흉내야? 웃긴다!"

"……잘도 나라는 걸 알았네."

"아하하하하하! 냄새랑 기척으로 알 수 있거든. 그렇게 알기 쉬운 변장 정도로, 내가 크라이를 못 알아볼 리가 없잖아?"

그러고 보니까 처음 『리버스 페이스』로 변장했을 때도, 리즈랑 동료들은 금세 나라는 걸 알아봤었다.

그건 실체도 있었는데, 하나도 안 통했다니까. 높은 레벨 헌터의 지각 능력은 정말 무시무시하다고 해야겠지. 그것보다…… 에바도 알아봤다는 게 정말 이해할 수 없는 일이다.

시트리도 찬찬히 내 변장을 확인하고, 고개를 살짝 끄덕였다.

"크라이 씨와 아크 씨는 체형도 다르고…… 크라이 씨를 모르는 사람이라면 또 모를까, 클랜 멤버 중에서는 속는 사람이 없을 것 같아요."

역시 연습이 필요하겠네. 다음에 리즈랑 시트리한테 도와달라고 해서 특별 훈련을 해볼까…… 그나저나 보구의 특성을 생각해 보면 다른 기능도 있을 것 같다. 예를 들어서── 환영을 저장하는 기능이라든지.

뭐 됐고. 오늘은 티노 일만 생각하자.

티노는 언니 두 사람 사이에 끼어서, 치맛자락을 만지작거리며 고개를 살짝 숙이고서 날 보고 있다.

그 시선은 나, 그리고 줄지어 있는 유리 진열장을 번갈아 가며 보고 있었다.

부른 이유는 사전에 전해뒀다. 티노도 뭔가 생각해둔 게 있겠지.

"저, 저기…… 마스터어──."

"크라이, 엄청 강한 보구로 줄래? 티는 아직 마나 머티리얼 흡수도 부족하고 수행도 안 끝난 송사리니까, 그걸 조금이라도 커버할 수 있는 거로! 티 실력에 『하이스트 루트(하늘에 도달하는 기원)』 같은 걸 줘봤자 아무 의미도 없잖아?"

리즈가 나쁜 뜻은 하나도 없다는 얼굴로 그렇게 말하고는, 자기 발끝으로 바닥을 톡톡 두드렸다.

리즈한테 준 보구는 아주 심플해서, 상황을 순식간에 뒤집을 수 있을 만큼 강력한 성능을 지닌 물건은 아니다.

『하이스트 루트』의 힘은—— 허공을 박찰 수 있게 되는, 그것뿐이다. 본인의 끊임없는 노력이 있을 때 비로소 활용할 수 있는 타입의 보구다.

나는 제대로 다루지 못했던 물건이기도 했다. 하긴, 티노한테는 아직 이를지도 모르겠네.

끝없이 물이 나오는 물총을 제대로 다루는 또 한 사람의 언니도, 그 말이 옳다는 것처럼 고개를 끄덕였다.

"맞아요. 저희가 커버할 수 있는 범위에도 한계가 있으니까…… 순수하게 내구력이나 신체 능력을 끌어올릴 수 있는 보구 같은 게 있다면, 그게 좋을지도 모르겠어요. 크게 향상할 수 있는 물건이 있다면, 말이지만……."

"언니…… 그건——."

티노가 눈물을 글썽거렸다. 헌터들은 보구로 신체 능력을 향상하는 것을 미숙하다는 증거로 여긴다. 그런 부분은 마나 머티리얼 흡수로 얼마든지 커버할 수 있는 범위니까.

나는 전혀 신경 쓰지 않지만, 개중에는 그런 보구를 사용하는 헌터를 대놓고 모멸하는 사람들도 있다는 것 같다. 그래서 헌터들 사이에서는 기초 능력을 강화하는 보구는, 그 유용성에 비해 그다지 인기가 없다.

두 사람의 의견을 듣고서 고개를 끄덕였다. 티노한테는 미안하지만, 레벨 8로 인정된 보물전은 엄청나게 흉악하다고 하니까 리즈나 시트리의 얘기도 농담이 아닐 수가 있다. 귀여운 후배를 괴롭히려고 하는 얘기도 아니겠지.

자, 어떻게 할까. 내 개인적인 생각으로는 리즈와 시트리의 의견을 듣는 건 물론이고, 티노 본인의 뜻을 제일 중요하게 여기고 싶다. 보구와 사람 사이에는 상성도 존재한다. 나는 한참 동안 눈을 감고서 신음을 냈지만, 굳이 오늘 결정할 필요는 없다는 걸 생각해내고, 고개를 크게 끄덕였다.

보구는 도망가지 않는다. 몇 번이고 불러서 천천히, 티노에게 어울리는 보구를 찾으면 되겠지.

그나저나 신체 능력이라…… 꽤 어려운 문제네. 티노가 열심히 하고는 있지만, 《비탄의 망령》의 보물전 공략 속도는 티노가 노력하는 것보다 훨씬 빠르다. 언제까지고 따라잡지 못할 수도 있다.

"저는, 하루라도 빨리 티와 같이 헌팅을 하고 싶어요. 하지만 솔직히, 아직 부족한 부분도 있다고 봐요. 커버할 방법이 있기는 한데…… 크라이 씨, 티를 저한테 맡겨주시겠어요? 절대로 후회하지 않게 해드릴게요."

시트리가 볼을 발그레하게 물들이고, 몸을 꼬물거리면서 슬쩍 눈짓을 보내왔다. 그 옆에서는 티노가 바들바들 떨고 있고.

나는 거기서, 얼마 전에 좋은 물건이 들어왔다는 게 생각났다.

"있어! 신체 능력을 엄청나게 강화해주는 보구."

"예?!"

티노한테 어울릴지 아닐지는 모르겠지만, 시험해보는 건 공짜니까. 마력도 아직 남아 있겠지.

어깨를 축 늘어뜨리는 시트리와 눈이 휘둥그레진 리즈 앞을 가로질러 걸어가서, 진열장 중의 하나를 열었다.

내용물을 꺼냈더니 티노가 얼굴이 새파랗게 질려서 한 걸음 뒤로 물러났다.

"어? 마스, 터어……?!"

"바로 얼마 전에 들어온 물건이거든."

리즈가 휘파람을 불고, 시트리가 활짝 핀 꽃처럼 미소를 지으면서 두 손을 맞잡았다.

꺼낸 물건은 지난번에 내가 써본 뒤로 한심한 표정이 돼버린 경매의 전리품, 『오버 그리드(진화하는 귀면)』였다. 의욕이 완전히 사라져버렸는지, 이렇게 집어 들어도 움직일 기미가 보이지 않았다. 글러 먹은 보구라니까.

티노가 격렬하게 혼란스러워하고 있다.

"어? 예에? 저, 제가, 마스터께── 어라? 농담, 이시죠?"

"생긴 건 기분 나쁘지만 엄청나게 강할 것 같거든? 귀족 아가씨가 중견 헌터에 필적하는 힘을 손에 넣었을 정도니까. 아하하…… 내가 썼더니, 내 힘은 올려줄 수 없다고 했었지만──."

헛웃음 소리를 냈지만, 티노는 조금도 웃지 않았다.

아크는 이 가면 때문에 험한 꼴을 당했다고 했지만, 어차피 보구도 단순한 도구일 뿐이다. 사용하기에 따라서는 문제가 일어날 수도 있지만, 지금 여기엔 리즈와 시트리도 있으니까 만에 하나 무슨 일이 있어도 큰 문제는 없겠지. 다른 사람이 벗겨낼 수 있다는 것도 알고 있으니까.

"시험 삼아…… 자, 잠깐만 써볼래? 쓰기만 해도 발동하는 것 같거든? 나도 내 눈으로 효과를 보고 싶기도 하고."

"세상에…… 마스터어는, 제가, 싫은 건가요?"

티노가 더 뒤로 물러나려고 했지만, 어느샌가 그 뒤에 가 있던 시트리가 어깨를 붙잡았다. 리즈가 반짝반짝 빛나는 눈으로 살 가면을 보고 있고.

지금 깨어난 건지, 타이밍도 좋게, 『오버 그리드』가 갈라진 목 소리로 말했다.

『오오, 새로운 양식인가. 참으로 강인한 영혼의 향기다! 이 몸 을 칭송하라! 그 격정을, 숨겨진 힘을 해방하라! 나는 인간을 진 화시키는 자. 그대의 존재, 그 모든 것을 외적을 치는 칼날로 만 들어주겠다.』

"?! 싫어?! 마스터어, 살려주세요! 마스터어! 절대로, 이거 틀 림없이, 저주받았어요!"

"괜찮아. 안 아파. 안 아팠어…… 나도 써봤거든. 자, 안심하고. 그냥 보구니까. 심호흡하고."

"시……싫어요오오오오오오오오오!"

내가 쥐고 있는 가면에서, 고정하는 데 편리한 촉수가 꾸물꾸 물 뻗어 나왔다.

찢어지는 비명소리가 내 개인 방 안에 울렸다.

제1장　　　레벨 8의 책임

《시작의 발자국(퍼스트 스텝)》의 클랜 하우스 꼭대기 층. 클랜 구성원 중에서도 사무과 클랜 마스터만 출입이 허락된 클랜 마스터 방에서, 나는 실실 웃으며 책상 위를 보고 있었다.

책상 위에서는 5cm 정도의 작은 인형 다섯 개가 술래잡기하고 있었다.

인형은 마치 사람을 그대로 줄여놓는 것처럼 정교했다.

각각 생김새는 마도사(마기), 수호기사(팔라딘), 검사(소드맨), 도적(시프), 연금술사(알케미스트) 모양이고, 세세한 부분은 로브나 갑옷으로 대충 얼버무렸지만, 내가 생각해도 잘했다고 칭찬해주고 싶은 기분이다.

이것들은 실체가 있는 인형이 아니라 바로 얼마 전에 손에 넣은 보구――『미라지 폼』을 사용해서 만들어낸 환영이었다. 책상에 그어놓은 코너 라인과 작은 산까지 전부 환영이다.

처음에는 모양이나 색의 이미지를 제대로 떠올리지 못했지만, 최근 며칠 동안 연습한 끝에 그럭저럭 정교한 인형의 환영을 만들어내는 데 성공했다.

원래 보구 자체에 어느 정도 이미지를 보완해주는 기능이 있는 것 같기도 하고.

하지만, 그래도 이렇게 연습의 결실을 보니깐 정말 즐겁다. 유용한지 아닌지는 둘째치고, 일단 보기에는 좋으니까—— 취미용으로 사용한다면 이렇게 재미있는 보구는 찾아보기 힘들겠지.

환영 중의 하나를 집게손가락으로 콕 찌르면서 주춤하는 동작을 하게 만들었다. 다른 환영들한테는 항의하는 것 같은 동작을 시키고. 전부 나 혼자 조작하고 있지만, 마치 내가 작은 정령(엘리먼트)들을 사역하고 있는 것 같은 기분이다. 얼굴에서 실실 웃는 미소가 사라질 줄을 모른다.

누구한테 보여주고 싶은 기분이지만, 이렇게 인형 놀이를 하는 모습을 들키면 내 하드보일드한 이미지가 부서질 거 같아서 너무나도 아쉽다.

이어서 추가로, 손바닥 위에 올라올 정도로 작은 드래곤을 만들어봤다. 그것도 한 마리가 아니라 두 마리, 세 마리, 네 마리…… 계속 늘려갔다. 물론 하나하나 전부 색이 다르다.

아직 파티 멤버들을 따라다니던 시절에, 몇 번이나 드래곤과 마주친 적이 있다. 자잘한 부분이 조금 이상하기는 하지만, 대략적인 환영을 만드는 데는 아무 문제 없다.

드래곤을 머리 위에서 파닥파닥 날면서 선회하게 했다. 집중해서, 보다 리얼하게 보일 방법을 모색해봤다. 환영을 만들어내는 건 어렵지만, 움직이게 하는 쪽은 그다지 어렵지 않은 것 같다.

이 보구의 유일한 약점은 유효 범위가 1m 20cm밖에 안 된다는 점이다. 범위가 조금만 더 넓으면 더욱 다양하게 가지고 놀 수 있을 텐데 말이야. 유효 범위가 넓은 상위 호환 보구가 있는 건 아닐까 궁금해진다.

환영이라서 물리적인 장벽에는 영향을 받지 않는다. 드래곤을 조종해서 창문 밖으로 날렸더니, 유효 범위를 벗어나서 공기 속에 녹아드는 것처럼 사라져버렸다.

"나약한 드래곤이구나."

뭐, 드래곤한테 문제가 있는 건 아니지만.

실실 웃으면서 드래곤을 날리며 놀고 있는데, 갑자기 클랜 마스터 방의 문이 열렸다.

나도 모르게 움찔하고 놀랐다. 나타난 사람은 에바였다. 내가 해야 할 일 따위는 없지만, 애들처럼 놀고 있었다는 걸 들키는 건 좀 그러니까. 황급히 날아다니던 드래곤을 없애버렸다.

아슬아슬하게 늦었는지, 안경 렌즈 너머에 있는 에바의 눈동자가 휘둥그레져 있었다.

"?!???? 뭐, 뭐죠, 지금 그거?"

"……아무것도 아냐. 갑자기 들어와서 놀랐을 뿐이야."

"예…… 문은, 두드렸는데요."

……드래곤을 날리고 노느라 바빠서 문 두드리는 소리도 못 들었나 보다. 역시 이건 이 방에서 할 짓이 아니네.

무슨 일 때문에 왔는지는 굳이 물어볼 필요도 없다. 에바가 또 질려버릴 정도로 엄청난 양의 편지를 들고 있었으니까.

원래 《비탄의 망령》은 다른 높은 레벨 파티들과 비교하면 귀족들과의 접촉이 적은 편이었는데, 경매 때 그라디스 경과 엮인 뒤로 어째선지 우리 클랜으로 오는 편지가 엄청나게 많아졌다.

에바가 조사해준 결과에 의하면, 정말 신기하게도 바깥세상에

서는 내가 에크렐 아가씨를 구해줬다는 이야기가 돌고 있다는 것
같다. 구해준 건 내가 아니라 아크인데 말이야…….

벼락출세를 꿈꾸거나 연줄을 원하는 헌터라면 귀족들한테서
오는 편지를 감사히 받아들이겠지. 하지만 아쉽게도 나는 은퇴하
고 싶어 미칠 지경인 헌터다. 정중하게 사양할 뿐이다.

"나 말고, 그 사람들한테 어울리는 상대가 있을 텐데 말이
야……."

정말로 위험하다 싶으면 제블디아에서 도망치는 것도 생각하
고 있다.

정말이지, 이 나라 귀족들은 사람 보는 눈이 없다니까. 혼잣말
로 투덜거리면서 자세를 바로잡다가, 문득 에바의 눈이 책상 위
를 보고 있다는 걸 알았다. 더 구체적으로 말하자면── 깜빡하
고 그냥 놔뒀던 작은 사람들의 환영을.

에바가 고개를 들고 나를 쳐다봤다. 마치 제정신이냐고 의심하
는 눈빛이다.

작은 사람들이 당황한 것처럼 정신없이 책상 위에서 뛰어다니
다가, 내가 있는 쪽으로 뛰어내렸다. 나는 살짝 헛기침한 뒤에,
의자에 앉은 채로 다리를 꼬고 몸을 한껏 뒤로 젖혔다.

"……그래서, 무슨 일인데?"

"??? 그렇게 넘어갈 셈인가요? 지금 그거, 대체 뭐죠?"

에바가 뒤쪽으로 돌아와서 책상 아래쪽을 들여다봤지만, 작은
사람들은 이미 없애버렸다. 그런다고 나올 리가 없지.

나는 하드보일드에다가 미스티어리어스까지 겸비해보기로 했

다. 두 손을 맞잡고, 니힐하게 웃어 보였다.

"훗…… 나한테도 비밀 정도는 있거든."

"그건………… 알고 있습니다만."

에바가 계속 고개를 갸웃거리면서도, 억지로라도 이해하려는 것처럼 크게 고개를 끄덕였다.

마음을 다잡았는지 헛기침을 한 번 하고,

"이번에는 귀족 쪽에서 온 편지가 많은 것 같습니다. 가능하다면 한 번쯤 읽어주시면——."

책상 위에서, 조금 전까지는 없었던 나랑 똑같이 생긴 미니어처가 편지를 받으려고 두 팔을 머리 위로 들어 올리고 있는 모습을 본 에바의 얼굴이 굳어졌고, 천천히 내 쪽으로 고개를 돌렸다.

고개를 끄덕여 보였더니 조심조심 그 두 손 위에 편지를 내려놓으려고 했지만—— 편지의 무게 때문에 미니어처 크라이가 납작해져 버렸다.

에바가 얼굴이 새파랗게 질려서 바로 편지를 집어 들었지만, 당연히 그 밑에는 아무것도 없었다. 미니어처 크라이는 마치 환영처럼 사라져버렸다.

환영처럼이라고 할까…… 말 그대로 환영이지만.

"어?? 저기요? 제가——."

"아, 그건 신경 쓸 필요 없고. 그래서, 뭐라고?"

웬일로 당황해하는 에바한테 부드러운 미소를 띠어 보여줬다. 이거, 진짜 재미있다…….

『제블디아 남서 퇴폐지구』.

제대로 된 사람이라면 절대로 들어오지 않을 어두운 골목길 한쪽에서, 리즈는 짜증이 난다는 것처럼 혀를 찼다.

"……아~ 흐아. 마술 결사라는 놈들은 이래서 싫다니까. 정면으로 싸우려고 들지를 않는단 말이야……."

"살아남은 마술 결사들은 대부분 조심성이 많으니까……『아카샤의 탑』은 그중에서도 특히 귀찮다고 생각하지만……."

대답한 사람은 눈을 덮을 정도로 후드를 눌러서 최대한 얼굴을 가린 시트리였다.

리즈와 시트리는 경매 과정에서 얻은 정보를 바탕으로 아카샤의 흔적을 찾고 있었다.

타락한 대현자. 노토 커클레어가 만들어낸『아카샤 골렘』은 혁신적인 병기였고, 아카샤의 탑에 소속된 다른 연구실(랩)에서도 주목하고 있던 물건이다. 경매장 창고에 들어간 도적의 목적이 그 골렘이라는 건 의심할 여지가 없다. 그 도적은 아무것도 훔치지 않았는데, 그건 경매가 끝난 직후에 시트리가 골렘을 회수했기 때문이리라.

경매에서 경쟁했던 상대를 조사하고, 골렘을 맡아두고 있었던 유물 조사원 쪽에 그 골렘이 경매에 나온 이유를 확인하고, 마지막으로 경매에서『아카샤 골렘』을 낙찰받은 헌터── 그레그에게 접촉한 자들에 관해 캐봤다. 리즈를 비롯한 《비탄의 망령》은 범죄자 집단을 상대하는 데 익숙하다. 범죄자 파티들과 시비가 붙는 건 일상다반사고, 범죄 조직이나 마술 결사를 뭉개버리는 것도 처음 있는 일이 아니다.

하지만 이번 상대는 지금까지 리즈가 상대해온 잔챙이들과 차원이 다르다.

먼저, 국가 기관인 유물 조사원까지 움직일 수 있는 자는 한정된다. 한마디로 이번 적이 권력층과 이어져 있는 존재라는 것을 의미한다.

리즈 앞에, 체격이 좋은 남녀 세 명이 무릎을 꿇고 있다.

실전에서 단련한 육체에는 대량의 마나 머티리얼을 흡수한 자에게서만 느껴지는 위압감이 감돌고, 오랫동안 사용한 갑옷의 표면에서도 그 실력을 엿볼 수 있다. 길바닥에 떨어져 있는 시커먼색으로 칠한 단검과 칼은 품질이 좋은 것인데, 새것으로 사려면 못해도 개당 1천만 길은 줘야 할 것이다.

제도는 헌터들의 성지다. 하지만 빛이 있으면 동시에 어둠도 있다. 세 사람은 리즈가 가느다란 실을 더듬어서 찾아낸, 헌터 출신의 해결사들이다. 폭력을 포함한 법에 저촉되는 일들을 맡아서 암약하는, 사람을 상대하는 전투 실력이 뛰어난 어둠의 헌터다. 그 실력은 헌터들의 평균 수준을 뛰어넘어서, 탐협에서도 문제시하는 자들이다.

하지만 리즈 기준에서 봤을 때, 그 남자들은 평범한 낙오자들이다. 헌터의 본분을 잊어버리고, 마물이나 팬텀, 흉악한 트랩들이 우글거리는 보물전에서 도망친 주제에 자신보다 약한 자들이나 착취하는 쪽을 선택한 패배자들이다.

그렇다고 약자를 착취하는 행위 자체를 부정하는 건 아니지만, 그렇게 자신보다 약한 자들만 상대하는 패배자들 따위 두려워할 이유가 없다.

세 사람의 두 팔은 뒤로 묶였고, 머리에는 종이봉투를 씌워 놨다. 그 덕분에 표정이 보이지 않았지만, 긴장했는지 몸에서 나온 땀과 피가 뒤섞인 악취로 인해 바람이 잘 통하지 않는 좁은 골목길 안에 가득 고였다.

상대는 항상 경계를 게을리하지 않고, 복수 인원이 패를 짜서 행동하는 진정한 프로 해결사들이지만, 해치우는 건 아주 간단했다. 찾아내는 편이 더 힘들었을 정도로. 하지만 기껏 고생해서 위치를 파악하고 죽지만 않도록 정중하고 또 정중하게 제압, 포박해서 심문한 끝에 정보를 얻어냈지만, 결과적으로 리즈가 원하던 정보가 아니었다.

그들에게 의뢰한 자와 연결되는 정보가 하나도 없었기 때문이다. 편지를 이용해서 의뢰 내용을 전달했고, 보수는 선지급. 만약에 물건을 탈취했다면 의뢰주가 나타났겠지만, 이제 와서 작전을 바꾸는 건 너무 늦었다고 봐야겠지.

거짓말을 하는 것 같지도 않았다. 시트리가 입을 열게 하려고 금지된 포션까지 주사했는데, 이름과 가족 구성, 경력 등의 개인 정보를 술술 불었던 걸 보면 약물에 내성이 있는 것도 아니다.

며칠에 걸친 탐색이 헛수고가 된 탓에 완전히 김이 새버린 리즈가 시트리한테 투덜댔다.

"너 말이야, 한 식구였는데도 아무것도 모른다는 게 대체 무슨 소리야?"

"완전히 분업 체제였고, 좀 더 있을 생각이었으니까……."

리즈의 말에, 후드를 뒤집어쓴 시트리가 난처하다는 표정을 지었다.

『아카샤의 탑』은 비밀주의다. 마술 결사 자체가 기본적으로 비밀주의지만, 『아카샤의 탑』은 거의 최고 수준이었다. 다양한 이유로 추방당한 마도사들이 제각기 독자적인 이론에 따라서 연구를 진행하고 있지만, 각 연구실 사이에는 교류도 없고 자세한 정보가 흘러들어 오는 일도 없다. 연계를 위한 전담 인원이 배정돼 있기까지 해서, 기본적으로 멤버들이 알고 있는 정보는 자신이 소속된 연구실 내부의 일들 뿐이다.

시트리는 노토 커클레어의 수석 제자로서 여러 가지 연구에 참여했었지만, 노토 연구실 밖으로 나가는 일은 없었다. 언젠가는 바깥까지 손을 뻗을 생각이었지만, 노토 커클레어의 연구는 『아카샤의 탑』에서도 높이 평가되어서 설비도 예산도 풍부했기에, 새로운 연구실을 찾아볼 필요성을 느끼지 못했다. 만약 크라이가 귀환 명령을 내리지 않았다면, 지금까지도 신이 나서 그 연구에 종사하고 있었겠지.

하지만 일이 이렇게 될 줄 알았다면 조금이라도 더 정보를 모아뒀어야 했다. 연구실의 수장인 노토 커클레어라면 뭔가 알고 있을지도 모르지만, 그 대현자였던 자도 지금은 기억을 잃어버린 채로 대감옥에 갇혀 있다. 아무런 도움도 안 된다.

상대는 오랜 세월 동안 세상의 적으로 군림해온 거대 조직이다. 리즈와 시트리가 아무리 강하다고 해도, 그런 상대에 맞서기 위해서는 완력이 아니라 다른 힘이 필요했다. 제블디아 상층부에 뿌리를 내리고 있는 건 분명한데, 고생해서 조사하고 규탄해봤자 아무 소용도 없겠지. 그리고 만약에 그런 사태가 벌어졌을 때, 아마도 법은 리즈의 편을 들어주지 않을 것이다. 증거도 남지 않을 테고.

리즈는 고양이처럼 크게 기지개를 켜고서 태연하게 말했다.

"이제 질렸어. 포기할까? 시간도 아깝고, 그레그도 이제 안전할 거잖아, 아마도. 나, 이런 겁쟁이들이랑 놀아줄 시간 없거든. 골렘은 이미 손에 들어왔으니까 뒷일이 어떻게 되든 알 바도 아니고."

권력층에 뿌리를 내리고 있는 마술 결사는, 그 힘도 문제지만 무엇보다 너무나 귀찮은 존재다. 어설픈 방식으로 싸우면 화근만 남기게 되겠지. 그리고 더 솔직하게 말하자면, 그렇게까지 관심이 가지도 않는다. 위험 부담과 대가를 저울질했을 때 그다지 수지맞는 일이 아니라는 뜻이다.

"언니…… 정말이지, 너무 금방 질린다니까!"

"새 재료가 필요하면, 지금 잡은 저것들을 쓰면 되잖아?"

리즈가 턱짓으로 이미 저항할 기력도 없는 포로 셋을 가리켰다. 그러자 시트리가 눈살을 찌푸리면서 반론했다.

"어떻게 운반할 건데?! 여기서 연구실까지 가져가면 너무 눈에 띄잖아? 그리고 말이야, 다음 실험체는 마도사 타입이 필요하다고——."

"난 몰라. 어디서 알아서 잡아 오든지?"

"너무해—— 언니도, 우리 파티의 규칙은 알잖아?!"

《비탄의 망령》의 규칙은 세 가지.

다 같이 사이좋게 지낼 것.

일반인을 건드리지 말 것.

민주주의. 의견이 다를 때는 다수결로 정한다(참고로 리더는 다섯 표를 행사한다).

조금 과도하게 신중한 것 같기도 하지만 합리적인 규칙이라고 생각한다. 그리고 두 번째 규칙이 있는 한 시트리는 일반인한테 손을 댈 수가 없다. 아카샤의 탑에 참가했던 때도 『퇴폐지구』에서 잡아 온 일반인을 사용한 인체실험은 사형제들에게 맡겼고, 시트리 본인이 직접 손댄 적은 없었다. 그것 때문에 전 스승인 노토한테서 『아직 어설프다』는 평가를 받은 적도 있지만, 그건 시트리가 어떻게 할 수 있는 일이 아니다.

피로에 찌든 주민들의 탁한 눈이 골목길 밖에서, 건물 창문 안쪽에서, 리즈와 시트리가 벌인 소동의 결말을 관찰했다. 생각에 잠겨 있는 동생을 보며, 리즈는 좋은 생각이라도 떠올랐다는 것처럼 환하게 웃는 얼굴로 짝, 하고 손뼉을 쳤다.

"……좋았어, 결정! 조금 분하지만, 크라이한테 부탁할까?"

"…………."

"괜찮아, 크라이는 착하고, 이번 일도 예상했을 테니까. 시트가 무섭다면 내가 사과하고 부탁할게! 그러면 쓸데없이 시간을 허비하지 않아도 되고, 크라이와 데이트할 시간도 생기고, 티를 단련시킬 시간도 생기고, 아주 좋은 생각이지? 결정!"

시트리가 대답도 하기 전에, 리즈는 자기 혼자 재빨리 결론을 내리고는 자신만만하게 팔짱을 꼈다.

그 웃는 얼굴을 보면서, 시트리는 생각했다.

솔직히 크라이한테 폐를 끼치는 일만은 최대한 피하고 싶었다. 하지만 이대로 조사를 진행해봤자 끝이 없을 가능성도 있고, 헌터가 된 이후로 지금까지 이미 몇 번이나 폐를 끼쳤다. 예전부터 무슨 일이 있을 때마다 상담을 해왔으니까, 이제 와서 귀찮은 일을 하나 끌어들였다고 두려워할 사이도 아니다.

한참 동안 고민했지만 좋은 생각이 나지 않았다. 그리고 결국, 시트리도 같은 결론에 도달했다.

두 사람의 의견이 어긋났을 때면 거의 매번 도달하는 결과이기도 했다.

리즈는 동생의 표정을 통해서 결론을 읽고, 크게 기지개를 켜고는 포로 셋을 가리키며 말했다.

"그래서, 이 자식들은 어떻게 할까?"

"음~ 가지고 갈 수도 없으니까……."

리즈의 질문에, 시트리는 다시 한번 포로 세 명을 봤다.

팔을 묶고 자백제 주사까지 맞아서 만신창이가 됐지만, 한참 동안 내버려 두면 정신은 몰라도 신체 쪽은 어떻게든 부활할 것이다.

솔직히 말하자면 어떻게 되거나 말거나 상관없다. 연구실은 멀고, 가지고 가기에는 위험 부담이 너무 크다. 원한을 사기는 했지만, 그것도 《비탄의 망령》에서는 흔히 있는 일이다. 입술에 손가락을 대고, 시트리가 눈을 깜박거렸다.

"죽여서 그냥 내던져 두면 여기 주민들이 달려들 테고, 내일쯤이면 뼛조각 하나 안 남을 것 같기는 한데……."

"흐~응, 그럼 그렇게 할까~?"

마치 오늘 저녁 반찬이라도 정하는 것 같은, 아무렇지도 않은 말투.

두 사람의 대화를 들었는지, 종이봉투 안쪽에서 들려오는 숨소리가 거칠어졌다. 만약에 얼굴이 보였다면, 지금쯤은 새파랗게 질려 있을지도 모른다.

그 일상적인 대화를 하는 것처럼 아무렇지도 않은 말투에서 진심을 느낀 것이다.

이 두 사람은 자신들의 목숨을 아무렇지도 않게 생각한다. 살기도 뭣도 없이 손을 더럽힐 수 있는 인간이다.

무릎을 꿇고 있는 세 사람의 몸이 흔들렸다. 그때, 시트리가 좋은 생각이라도 났다는 것처럼 밝은 목소리로 말했다.

"아, 잠깐만 기다려봐 언니. 죽이는 것보다 부하로 삼는 게 좋을지도 모르겠다! 마침 더러운 일을 하는 데 익숙한 부하가 필요했고, 키르키르 군으로 만들기에는 좀 조악하지만, 버리는 것보다는 재활용하는 게 더 좋을 것 같지 않아?"

"뭐~ 부하? 난 약한 부하 따위 필요 없는데?"

"그럼 내가 셋 다 가질게! 아, 하지만…… 본인의 생각을 물어보고, 싫다고 하면 처분하는 수밖에 없지만…… 게다가 크라이 씨는 죽이는 걸 그다지 좋아하지 않는 것 같고……."

시트리가 무릎 꿇고 있는 세 사람 앞쪽으로 가서, 훤히 드러나 있는 목덜미를 살짝 건드렸다. 종이봉투 안쪽에서 숨이 턱 막히는 소리가 들렸다. 시트리가 만들어낸 마법 생물── 키르키르 군이 쓰고 있는 종이봉투와 다른, 눈구멍도 없는 더러운 종이봉투에서는 아무것도 읽을 수가 없었다.

호흡을 진정시키고, 시트리가 상냥하게 물었다.

"저기요, 여러분. 해결사 일은 계속해도 되니까…… 제 부하가 돼주실래요? 물론 강요는 안 해요. 할 생각이 있다면, 말이지만."

"뭐야~ 당연히 싫지? 시트의 부하 같은 건. 앞날이 캄캄해지고── 죽는 게 차라리 나을지도 모르니까…… 그치? 야, 뭐라고 말 좀 해봐. 이 쓸모없는 것들아!"

무섭게 생긴 민머리 아저씨가 험악한 눈빛으로 자신을 바라보았다. 바로 옆에 치유계 캐릭터 카이나 양이 있지만, 그 분위기는 하나도 중화되지 않았다.

그것이 트레저 헌터들에게 얕보이지 않고 체면을 유지하기 위한 행동이라는 걸 알고 있어도, 그리고 그 표정이 거크 씨한테는 그냥 평소 기본 표정이라는 걸 알고 있어도, 근본적으로 겁쟁이

인 나는 그 앞에 앉으면 어쩔 수 없이 위축되고 만다.

오랜만에, 탐색자 협회로 납치당했다.

제도 지부 지부장으로서 지극히 바쁘실 거크 씨가 나 같은 걸 잡으려고 일부러 클랜 하우스까지 납시는 건 아무리 생각해도 이상한 것 같다. 그리고 내 천적인 지부장을 아무렇지도 않게 들여보낸 에바한테도 한마디 해드리고 싶은 기분이고.

탐협 응접실에 앉아서, 그것만 가지고도 팬텀을 죽여버릴 수 있을 것 같은 눈빛을 받은 지 몇 분.

거크 씨는 천천히 입을 열더니 평소와 똑같은 낮고 협박하는 것 같은 투로 말했다.

"크라이 너, 그라디스 백작 가문하고 문제를 일으켰다면서?"

"아뇨…… 안 일으켰는데요."

"지부장님, 그렇게 말씀하시면 마치 크라이 군을 질책하려고 부르신 것 같습니다만."

일으키지는 않았지만 일단 엎드려 빌 준비를 하고 있던 나에게, 카이나 씨의 나무라는 것 같은 목소리가 들려왔다.

어라, 아무래도 잔소리하려고 부른 게 아닌가 보네. 눈이 휘둥그레졌다.

나는 야단맞는 데 너무 익숙하고, 거크 씨는 야단치는 데 너무 익숙했다.

잠깐 떨떠름한 표정을 짓고, 거크 씨가 슬쩍 헛기침을 했다.

"그럴 생각은 아니고. 그라디스 가문에서 감사장이 와 있다. 너와 아크 앞으로."

나한테 감사장이 들어온 이유는 모르겠지만, 나랑 아크한테 감사장이 왔다면 내가 아니라 아크를 잡아 왔어야 하는 게 아닌가. 아쉽게도 난 아주 바쁘거든. 거짓말이 아니라 진짜로.

환영 생성은 아주 깊이가 있는 일이다. 빨리 돌아가서 미니어처 제도를 만드는 연습을 계속해야 하는데——.

"그리고, 감사장에다가 추가로 지명 의뢰도 들어와 있다. 그 헌터를 싫어하는 그라디스 백작이 말이지. 그럭저럭 위험해 보이는 안건이지만 보수는 충분해. 감사, 그리고 실력을 시험해보려는 생각이겠지. 받아라."

지명 의뢰라는 것은 특정한 헌터나 파티의 이름을 의뢰 수주 조건으로 설정한 의뢰를 말한다.

지명 의뢰가 들어왔다는 것은 그 헌터의 지명도가 높아졌다는 증거고, 신뢰받고 실력을 인정받았다는 증거도 된다. 의뢰 내용의 경향은 주로 난이도가 높지만 보수는 그것보다 더 많은 경우가 대부분이고, 의뢰자의 격에 따라서는 더욱 큰 영광을 약속해 주기도 하는 크게 수지맞는 일이라고 할 수 있다. 나도 처음으로 지명 의뢰가 들어왔을 때는 파티 멤버들이 다 모여서 축하 파티를 했던 적도 있다(참고로 의뢰 자체는 너무 위험해 보여서 안 받았다).

탐색자 협회를 통한 정식 의뢰. 상대가 귀족이라면 신중하게 대응해야만 한다.

나는 진지한 표정으로 제일 중요한 부분을 확인했다.

"그거, 아무나 받아도 되는 건가요?"

"너, 머리가 어떻게 됐냐?"

헌터를 싫어하는 귀족의 의뢰다. 탐협 측에서는 그라디스 경에게 헌터의 유용성을 보여줄 중요한 기회라고 생각하겠지만, 난 죽어도 받고 싶지 않다. 내용을 듣지 않아도 그게 내 허용 범위를 벗어난 일이라는 건 뻔히 알 수 있고, 은퇴하고 싶은 헌터한테 귀족한테서 들어온 의뢰라는 건 그저 귀찮은 일일 뿐이다.

진지하게 생각하는 척하면서 항상 하던 수법을 사용했다.

"지금 우리 파티, 두 명밖에 없으니까…… 뭐 제가 굳이 그 일을 맡고 싶지 않다는 얘기가 아니라, 그냥 아크한테 맡기는 게 좋을 것 같은데요."

안색을 살피면서 말했더니, 거크 씨가 깊은 한숨을 쉬었다.

뒤쪽에서는 카이나 씨가 씁쓸하게 웃고 있다. 거크 쓰는 예상과 달리 차분한 목소리로 말했다.

"…………받는 게 좋을 거다. 크라이 너, 이번 반기에 의뢰를 하나도 안 받았잖아?"

"……아, 할당량 말이죠. 벌써 그렇게 됐나."

"웃을 일이 아니다만?"

탐색자 협회에 소속된 헌터에게는 그 인정 레벨에 따라 의무적으로 처리해야 할 할당량이 존재한다.

그 할당량은 보물전 탐색인 경우도 있고 강력한 팬텀이나 마물의 토벌인 경우도 있고, 외부에서 들어온 의뢰의 달성인 경우도 있는데, 일정 기간 연속으로 할당량을 충족시키지 못하면 헌터로서 실격이라는 낙인이 찍히게 되고, 탐색자 협회에서 제명당하는 무거운 처분을 받게 된다.

사실 할당량은 등록만 해놓고 활동을 안 하는 『이름만 헌터』를 방지하기 위한 대책이고, 탐협에서 제명 처분당하는 일은 어지간해서는 일어나지 않는다.

할당량은 평범하게 헌터로서 활동하면 딱히 신경 쓸 필요도 없는 양이다. 부상이라든지, 명백하게 헌터로서 활동할 수 없는 이유가 있는 경우에는 고려해서 줄여주기도 하고, 어쩌다가 한 번 할당량을 채우지 못했다고 해도 다음 반기에 달성하기만 하면 아무 문제가 없기에, 그게 있다는 자체를 잊어버린 헌터들도 많다.

하지만 평소에 의뢰를 받지 않는 나한테는 악몽 같은 제도다.

《시작의 발자국》과 《비탄의 망령》 멤버들의 활동 덕분에 리더인 내 공적 포인트는 반자동적으로 계속 쌓이지만, 할당량만은 본인이 직접 채워야 하는 일이다.

기본적으로, 의무적으로 처리해야 하는 의뢰의 난이도는 레벨에 비례한다. 눈살을 찌푸리고 생각해봤지만, 아무리 생각해도 내 할당량이 얼마나 되는지 생각나지 않았다. 그렇구나…… 아마도, 처음부터 기억하지 않았나 보네.

"……이번까지 몇 번째죠?"

"세 번 연속이다, 이 멍청한 놈아! 크라이 너, 이번엔 제명당한다?!"

반기, 한마디로 반년 단위로 계산하니까, 세 번 연속이라는 얘기는 내가 약 일 년 반 동안 아무 의뢰도 안 받았다는 뜻이 된다.

듣고 보니 반년 전에도, 작년 이맘때도 비슷한 소리를 들은 것 같은 기억이 나네.

카이나 씨도 곤란하다는 것처럼 미소를 지었다.

"크라이 군이 아무 일도 안 하는 게 아니라는 건 저희도 알고 있지만, 대외적으로는 다른 헌터들만 의뢰를 처리하고 있는 것처럼 보이니까요……."

"사과할 필요 없다, 카이나. 공적을 전부 양보하는 건 이 녀석 마음이니까."

솔직히 나, 아무것도 안 했거든.

예를 들어서【흰 늑대 둥지】에서 유골 수습 일을 했던 건 티노네 파티였고, 이상 현상을 조사했던 건 스벤네 파티였다. 의뢰를 던져주기만 하고 거의 고생도 안 한 내가, 어떻게 그걸 내 공적이라고 주장할 수 있겠냐고.

게다가 헌터의 의뢰란 대부분 처음부터 보수가 정해져 있다. 내가 참가하게 되면 그만큼 다른 헌터들의 보수가 줄어들게 된다. 그리고 내가 일단은 인정 레벨이 8이나 되는 헌터다 보니 내 몫으로 분배되는 보수와 공적도 많아지게 돼서, 그만큼 다른 헌터들이 손해를 보게 된다.

다른 헌터들의 몫이 줄어들지 않는다면 내 이름을 얹어놓는 것도 나쁘지 않지만, 아무래도 민폐를 끼칠 수는 없으니까. 의뢰는 내던지고, 빚을 지고, 클랜 운영은 에바한테 전부 맡겨버리고. 내가 제대로 된 인간이 아니라는 건 잘 알고 있지만, 그렇게까지 후안무치한 인간은 아니다.

"레벨 8이 할당량을 달성하지 못해서 제명 처분당한 일은 지금

까지 단 한 번도 없었다. 좋은 기회 아니냐? 내가 부르러 가지 않
으면, 넌 정말로 제명당할 때까지 오지도 않았을 테니까."

지부장님께서 친히 부르러 오시다니, VIP 대우인가? ……항상
폐를 끼쳐서 정말 죄송합니다.

하지만, 그래도 나는 정말로 할 생각이 없었다. 무엇보다 내 솔
직한 심정으로는 제명당하는 쪽이 더 좋을 것도 같고, 만약에 의
뢰를 받는다면 지명 의뢰 같은 게 아니라 좀 더 간단한 의뢰였으
면 좋겠다.

그리고── 할당량을 달성하지 못하더라도 거크 씨가 어떻게
든 손을 써주지 않을까, 하는 치사한 생각이 없는 것도 아니고.
그렇구나…… 난 글러 먹은 인간이구나.

누가 환영으로 제도의 미니어처를 만든다든지, 그런 의뢰를 해
주세요.

"음~ 사실은 지금, 좀 복잡한 상황이라서……."

"크라이 군은 항상 복잡했죠……."

"으응? 이번에는 또 어디에 끼어들었냐?"

거크 씨가 볼을 씰룩거리고 입술까지 일그러뜨리면서, 마치 위
압하는 것 같은 미소를 지었다.

이 표정…… 내 거짓말이 완전히 들통났다.

슬쩍 벽에 걸려 있는 달력을 봤더니, 이번 반기는 아직 석 달
정도 남았다.

아무튼, 만에 하나 의뢰를 받는다고 해도, 귀족한테서 들어온
의뢰는 실패가 용납되지 않는다. 나 혼자서는 죽어도 무리다. 루

크네가 돌아올 때까지 어떻게든 시간을 벌어야 한다.

기껏 새 보구를 손에 넣어서 신이 나 있었는데, 골치 아픈 문제가 벌어지고 말았다.

나는 내 눈앞에 놓여 있었지만, 지금까지 손도 대지 않았던 찻잔을 집어 들고 단숨에 비워버리고는, 대놓고 적당한 소리를 늘어놓았다.

"뭐~ 아직 기간이 남아 있고, 저도 스케줄이 있으니까요. 조정하면서 긍정적인 방향으로 검토해볼게요."

"중요한 의뢰다. 일주일 이내에 결정해. 그때까지 안 오면 또 내가 부르러 갈 거다. 아, 그렇지. 일단 그라디스 가문에서 들어온 의뢰서는 너한테 주마."

"지금은 필요 없어요. 준비되면 가지러 올게요."

나한테는 믿음직한 아군이 있다. 자존심 따위는 처음부터 있지도 않으니까, 정 안 되면 아크한테 엎드려 빌어서 합동으로 의뢰를 받으면 되겠지. 탐색자 협회의 제도에는 빈틈이 있다. 할당량은 어떻게든 채울 수 있다. 문제는 그라디스 경께서 하사하신 감사한 지명 의뢰를 어떻게 넘겨버려야 좋을지, 그것뿐이다.

"아, 그렇지. 그라디스 경이 지명 의뢰를 발행한 건 이번이 처음이다. 보조로 탐색자 협회 사람을 한 사람 붙여줄 예정이야. 최대한 민폐는 안 끼치도록 하겠지만…… 상관없겠지?"

"음…… 뭐, 좋아요. 사실 해야 할 일도 많고, 아직 한다고 결정한 것도 아니니까."

귀족은 불편하니까. 프로가 따라와 준다면 그만큼 마음 든든한 일도 없지.

그나저나, 아무것도 안 했는데도 엄청나게 피곤하다.

내 방으로 돌아가서 미라지 폼을 가지고 놀며, 좋은 방법이 없는지 천천히 생각해봐야겠다.

긴장 때문에 살짝 뭉친 어깨를 풀기 위해서 팔을 빙빙 돌리며 탐색자 협회 안을 걸어갔다. 애매한 시간이라서 그런지 항상 줄이 길게 늘어서 있던 로비에도 사람이 적었다.

처음 제도에 왔던 때는 탐협 건물 내부가 아주 대단해 보였지만 5년이나 지나고 나니 너무 익숙해졌다. 의뢰표가 붙어 있는 게시판을 흘긋 보면서 지나치고, 최근의 뉴스들이 붙어 있는 게시판을 흘긋 보면서 지나치고, 현상 수배자들 정보가 붙어 있는 게시판을 흘긋 보면서 지나쳤다.

어차피 확인해봤자 나 혼자서 레벨 8의 할당량은 처리할 수 없으니까.

탐색자 협회 안을 천천히 걸어 다니다가 카운터 앞을 확인하고, 납품, 감정소도 확인하고, 자료실도 확인하고, 결국 원하는 것은 하나도 찾아내지 못하고서 깊은 한숨만 쉬었다.

내가 찾던 것은 호위였다. 더 명확하게 말하자면 내 말을 들어줄 것 같은, 《시작의 발자국》 마크를 달고 있는 헌터다.

기본적으로 나는 혼자서 밖에 나가는 걸 좋아하지 않는다. 탐색자 협회에서 클랜 하우스까지 가는 길에는 지나가는 사람도 많아서 중간에 공격당할 가능성은 없다고 할 수 있지만 그래도 가능한다면 나가고 싶지 않다.

자발적으로 밖에 나갈 때는 클랜 하우스에서 호위해줄 사람을 찾아서 적당한 이유를 대고서 데리고 다니지만(솔직히 호위가 있을 때가 아니면 외출을 하지도 않지만), 거크 씨한테 납치당하거나 갑자기 호출당하든지 하면, 어쩔 수 없이 혼자서 돌아다닐 수밖에 없다.

올 때는 거크 씨가 있어서 문제가 없었지만, 돌아가는 길이 너무나 무섭다. 물론 장비는 완벽하다. 머리끝에서 발끝까지 보구를 두르고 있지만, 그래 봤자 마음의 위안 정도밖에 안 된다.

"정말이지, 거크 씨는 매번 이렇게 갑자기 불러내서 문제라니까. 그렇게 급한 볼일도 아닌데…… 말 안 해도 아는데 말이야."

허리에 찬 사슬을 짤랑짤랑 울리면서 슬쩍, 입구 문을 통해서 밖을 내다봤다.

탐협 문을 나가면 바로 마차 여러 대가 나란히 지나갈 수 있는 넓은 도로로 이어져 있다. 바쁘게 오가는 상회 소속 마차와 내리쬐는 햇살이 눈 부시다는 것처럼 눈을 가늘게 뜨는 주민들. 나처럼 불안해하는 표정을 짓고 있는 사람은 없다.

어쩔 수 없지…… 틀림없이, 아무 일도 없을 거야.

나는 가슴을 활짝 펴고 태연한 표정을 짓고 기합을 넣은 뒤에 에잇, 하고 큰마음 먹고서 밖으로 한 걸음 내디뎠다.

이곳 제블디아에서 높은 레벨 헌터는 네임 밸류가 상당히 크다.

같은 헌터라고 해도 각각의 직업과 실적, 특기 분야가 다른 법인데, 어지간한 헌터들은 레벨 5 언저리부터 일류로 간주해서 나라와 귀족, 큰 상회 등 여러 곳에서 접촉해 온다. 그 뒤에는 레벨에 비례해서 강력한 후원자를 지니게 되고.

일반인 팬이 생기는 것도 이 무렵이다. 영웅의 후예라는 이유로 제블디아에서 폭발적인 지명도를 자랑하는 아크는 물론이고, 폭력적인 리즈한테도 팬이 있다. 이 트레저 헌터의 황금시대, 헌터란 한 사람의 전사인 동시에 일종의 아이돌이다.

그런 지명도는 헌터에게 막대한 부와 명예를 가져다주는 요인 중 하나인데, 그런 와중에 뭔가 신기한 힘이 작용한 탓인지, 이 제도에도 한 손에 꼽을 정도밖에 없는 레벨 8이 돼버린 나한테는 그런 팬이 거의 없다.

어느 정도 유명해지기 시작했을 무렵에 위기감을 느끼고 최대한 얼굴을 감추고 다녔기 때문이다.

신문에 얼굴이 나간 적이 없기도 하고. 뭐 그렇다고 해도 얼굴을 완벽하게 감출 수는 없어서 나를 아는 사람이 조금이나마 존재하기는 하지만, 일반적으로 《천변만화》는 정체불명의 존재로 알려져 있다. 얼굴이 알려지지 않은 점만 따지면, 이 제도에 있는 다른 두 사람의 레벨 8까지 포함한 높은 레벨 헌터 중에서 톱 클래스라고 할 수 있겠지.

이게 다 높은 레벨 헌터에게 따라다니는 『적』을 최대한 줄이기 위한 일이었다.

예를 들자면, 상대가 강하다는 걸 알자마자 실력을 겨뤄보려고 드는 루크 같은 전투광. 예를 들자면, 헌터가 자기 동료를 체포했다는 이유로 강한 원한을 품은 범죄자. 헌터가 소유한 보구를 전문적으로 노리는 무시무시한 범죄 조직이나 권위에 빌붙으려고 다가오는 놈들까지, 헌터의 적은 헤아릴 수도 없을 지경이다.

그러나 나는 다른 높은 레벨 헌터와 다르다. 나한테는 그런 자들에게 대응할 실력이 없다.

그래서 얼굴을 감추고, 밖에 나갈 때는 호위를 데리고 다녔다. 보구도 최대한 많이 챙기고, 사람이 없는 길은 가능한 피해 다녔다. 믿어주는 사람은 하나도 없지만, 나는—— 겁쟁이다.

신중에 또 신중을 기하여 클랜 하우스로 가는 길을 걸어갔다.

얼굴을 가리고 싶지만, 이 상황에서 얼굴을 가리면 되레 눈에 띄니까 가릴 수도 없다.

아쉽게도 『미라지 폼』도 아직 내 얼굴을 바꿔버릴 수 있는 수준에 도달하지는 못했다. 『리버스 페이스』는 처음부터 어느 정도 조작할 수 있었지만, 이건 보구의 강약보다는 적성 문제라고 해야겠지.

다행히 날 쳐다보는 사람은 아무도 없다.

주변에 있는 보통 사람들 사이에 섞여드는 능력으로 날 따라올 사람은 없다. 리즈가 '역시 크라이는 대단해! 진짜로 보통 사람 같아!'라고 말하는 수준이다. 마나 머티리얼 흡수량이 최저 수준인 건 물론이고, 몸놀림이 하나도 무인답지 않다는 것 같다나.

그 정도면 연기가 아니잖아…….

그런 엉뚱한 생각을 하면서 걸어가는데, 갑자기 누가 뒤쪽에서 내 어깨에 손을 얹었다.

오싹하는 기분에 천천히 뒤를 돌아봤다.

"크라이 씨. 오랜만입니다."

"……그래, 오랜만이네."

정중한 태도로 말한 사람은 얼음처럼 차가운 눈빛에 파란 머리카락을 가진 중성적인 소년이었다.

나이는 아마도 티노랑 동갑이거나 조금 어리다. 일반 시민 같은 차림새라서 뭔가 특징적인 방어구를 착용한 것도 아니고 무기도 안 들고 있지만, 그렇기에 그 날카로운 눈빛이 더욱 인상적으로 보인다.

하지만, 그것보다, 내 가슴속에서 가장 많은 부분을 차지하고 있는 것은 어떤 의문이었다.

…………누구지?

"갑자기, 죄송합니다. 오랜만에 만나자마자, 정말 죄송합니다만―― 크라이 씨와 이야기하고 싶은 일이 있습니다."

…………누구지?

나도 모르게 오랜만이라고 말하기는 했지만, 하나도 기억이 안 난다.

아까도 말했지만, 내 얼굴과 이름을 동시에 알고 있는 사람은 많지 않다. 하지만《발자국》멤버는 아닐 것이다. 어떻게 된 일인지,《발자국》에는 새로운 멤버가 가입할 때마다 내가 직접 면담해야 한다는 규칙이 있다. 이름과 얼굴이 매칭되지 않는 건 어쩔 수 없는 일이지만, 얼굴 자체를 잃어버렸을 가능성은 거의 없다.

말하는 걸 보면 나는 이 소년과 면식이 있는 모양이다. 다른 사람과 착각했을 가능성도 없다고 봐야겠지.

혹시 내 팬인가? ……그럴 리가. 오뚝한 콧날에 얼어붙을 것처럼 새파란 눈동자. 차가운 인상의 미남이다. 우리 파티에는 없는 타입이고.

…………누구지?

"이렇게 제가 찾아온 시점에서, 어떤 용무인지는 눈치채셨을 것 같습니다만——."

…………누구지?

당혹스러워하면서도 일단은 부드럽게 웃고 있는 내 앞에서, 소년이 주절주절 떠들어댔다.

처음부터 자기소개하든지, 아니면 클로에처럼 가슴에 명찰을 달아줬으면 좋겠다.

내가 당연히 널 기억하고 있으리라 생각하는 거야? 우리 클랜 멤버들도 기억하지 못하는데.

"거크 지부장이 당신을 불렀다는 사실은 알고 있습니다. 시간을 많이 빼앗지는 않겠습니다. 부디 저와 함께………… 크라이 씨?"

"…………아, 그렇구나…… 신기한 우연도 다 있네. 마침 나도 너와 만나야 할 것 같다고 생각했었는데."

"?!"

나는 생글생글 웃으면서 열심히 상대의 이야기에 맞춰주기로 했다. 뉘신지는 모르겠지만, 어차피 거절해봤자 『예, 그러시군요』하고 물러날 리는 없을 테니까. 이름도 모른다는 말은 죽어도 못 한다.

내가 리즈 정도로 기가 셌다면 기억하지 못한다고 딱 잘라서 말하겠지만, 아쉽게도 나는 소심한 남자라서 말이야. 뭐, 일단 지금 시점에서는 살기 같은 것도 느껴지지 않으니까

소년은 잠깐 눈이 휘둥그레졌지만, 바로 원래 표정으로 돌아왔다.

"역시나――《천변만화》. 말이 통하는군요. 그럼, 같이 가주시죠. 이렇게 서서 이야기할 내용이 아니니까. 가까운 찻집에라도――."

지금이다!

정 원한다면 같이 가줄 수는 있다(아니, 냉정하게 생각하면 같이 가기 싫지만). 하지만 이야기만 한다고 해도 이 크라이 안드리히 혼자서 거기에 참가할 생각은 털끝만큼도 없다. 상대가 무기도 없는 나보다 어린 사람이라고 해도 말이야!

이야기를 듣는 김에 클랜 하우스까지 호위도 부탁해볼까.

"미안, 바로 요 앞이니까, 일단 클랜 하우스에 가서 짐을 놔두고――."

"찾았다, 아룬! 갑자기 뛰어가면……?! 어?! 혹시, 찾았어?!"

갑자기 나타난 사람이 내 말을 잘라버렸다.

길 건너편에서 뛰어온 사람은 태양처럼 눈 부시게 빛나는 금발의 여자아이였다.

커다란 초록색 눈과 얼룩 한 점 없이 고운 피부. 특별한 부분이 없는 차림새고, 역시 헌터처럼 보이지는 않는다. 그리고 이쪽도 마찬가지로 누군지 모르겠다.

밝은 목소리로 부른 소녀에게, 아룬이라고 불린 소년이 낯빛 하나 변하지 않고 대답했다.

"아, 마리. 아무래도 크라이 씨도 우리를 찾고 계셨던 것 같아. 같이 가주신다나 봐."

"! 고맙습니다, 크라이 씨. 다행이다, 이걸로 걱정거리가 하나 줄었어……."

마리라고 불린 소녀가 안심했다는 것처럼 가슴을 쓸어내렸다.

그 줄어든 걱정거리, 왠지 나한테 넘어오는 것 같거든? 도로 가져가 줄래?

마리와 아룬. 이름을 들었어도 여전히 기억나지 않는다. 불안해서 토할 것 같다.

어떻게든 이 상황을 헤쳐나가야겠는데 말이야.

일단 이야기는 클랜 하우스 근처에 있는 찻집에서 하기로 했다. 전에 클로에와 데이트했을 때도 갔던 곳인데, 홍차 맛 파운드 케이크가 맛있는 가게다.

일단 갑자기 어디로 납치당하지 않았다는 사실에 안심했다. 너무 걱정하는 게 아니냐고 할 수도 있지만, 실제로 나는 종종 납치당한다. 게다가 아무 저항도 없이 납치당하는 탓인지, 항상 일부러 납치당하는 거라고 여겨진다. 그럴 리가 없잖아. 제 발로 납치당하는 인간이 세상 어디에 있어!

사준다는 것 같으니까 사양치 않고 케이크와 홍차를 주문했다. 당분을 보급해서 고물 같은 뇌를 조금이나마 돌아가게 만들어야겠다. 최소한 누구인지 생각날 정도까지는.

주문한 뒤에, 아룬이 눈을 가늘게 떴다.

"단것은 싫어하신다고 들었는데…….."

"…………뭐든지, 너무 가리는 건 좋지 않으니까."

아무래도 내 하드보일드한 이미지가 퍼져나가고 있는 것 같다.

비밀스러운 만족감을 느끼면서 어깨를 으쓱거리는 나를 보고, 안 그래도 차가웠던 눈빛이 마치 칼날처럼 날카로워졌다. 그리고, 아룬이 냉철한 목소리로 말했다.

"……당신을 상대로 밀고 당기는 수 싸움 같은 짓을 필요 없겠죠. 단도직입적으로 말씀드리겠습니다, 손을 떼주셨으면 합니다."

"???"

너무 단도직입적이라서 무슨 소린지 모르겠거든.

뭐가 뭔지 알 수 없어서 눈살을 찌푸리는 나한테 말했다.

"분명히, 노토 커클레어를 포박하면서 당신은 레벨 9에 한 걸음 더 다가갔습니다. 그라디스 경이 빚도 졌다고 하더군요. 잔당들을 섬멸하면 당신은 다른 레벨 8들보다 한 걸음 앞서가게 됩니다. 하지만, 그건 너무나…… 성급한 일입니다. 그렇게 생각하지 않나요?"

"???"

"원래 아카샤는 저희가 쫓고 있던 사냥감이었습니다. 거크 지부장은 세대교체를 생각하고 있는지도 모르겠군요. 하지만 크라이 씨, 경험이라는 의미에서 봤을 때, 당신은 다른 레벨 8들보다 뒤떨어져 있습니다. 《비탄》의 쾌진격에 대해서는 잘 알고 있습니다만, 그걸 고려해도 당신은―― 아직 레벨 9의 실력이 아닙니다. 당신 입장에서 봤을 때는 그 사실이, 굳이 외부 클랜에서 지적받을 일이 아닐지도 모릅니다. 하지만, 그것이 저희 전체의 뜻입니다. 당신이 위에 서면 저희가…… 멸시당하게 됩니다.”

“……응, 그래, 그렇구나.”

점원이 가져다준 홍차를 한 모금 입에 머금었다. 홍차 맛있다.

완전히 현실 도피 모드로 들어가 버린 내 앞에서, 마리가 당황한 것처럼 아룬을 제지했다.

“아룬, 갑자기 그런 소리를 하면── 싸우자는 것 같잖아…….”

“마리, 이건 언젠가는 해야만 하는 얘기야. 귀신같은 지모를 지닌 《천변만화》를 상대로, 나 같은 게 말로 흥정을 할 수 있을 리가 없잖아.”

마리가 쭈뼛쭈뼛 내 얼굴을 살폈다. 하지만 난 아무것도 모르겠다.

아룬의 얼굴에서 진한 긴장이 전해져왔다. 나는 싱글싱글 웃으면서 다음 말을 기다렸지만, 아무리 기다려도 다음 이야기는 나오지 않았다.

자, 이제 어떻게 할까. 설명을 들었지만 나는 아룬이 한 이야기의 반도 못 알아들었다. 아니, 무슨 말인지는 알겠지만, 서로의 인식에 큰 차이가 있는 것 같다.

보통 사람이라면 여기서 모르는 일에 대해 하나하나 확인하고 그 차이를 맞춰가겠지. 하지만 나한테는 지금까지 키워온, 뭔지는 모르겠지만 일단 이야기를 좋은 쪽으로 흘려넘기는 스킬이 있다.

“한마디로, 아룬은──.”

아룬의 표정이 굳어지고, 눈살을 찌푸려졌다.

어?! 아직 아무 말도 안 했는데, 내가 뭔가 잘못했나?

옆에 있는 마리의 입가가 마치 웃음을 참는 것처럼 부들부들 떨리고 있다. 못 본 거로 하기로 했다.

"……아룬은 말이야, 내가 손을 뗐으면 싶다는 거지."

"……예. 처음에 말씀드렸습니다만……."

일단 난 어디에 손을 댄 기억 자체가 없지만, 그건 일단 미뤄두자. 지금까지의 경험상, 이런 일이 일어났을 때는 보통 리즈가 멋대로 뭔가를 저지르고 있다. 그리고 나는 그 일에 대해서 연대책임을 지게 되고.

"크, 크라이 씨! 부, 분명히, 저희가, 손을 놓고 있었던 건, 진실이에요. 하지만, 그렇다고 옆에서 끼어드는 건, 도리에 어긋난다고 생각해요. ……안 그런가요?"

마리가 떨리는 목소리로 말했다. 그 눈은 내 안색을 살피고 있었다.

나는 다리를 꼬고, 파운드 케이크를 포크로 푹푹 찌르면서 고개를 크게 끄덕였다.

"응, 그래. 그러네. 손을 떼도록 하지."

"예?! 저, 정말인가요?! 고맙습니다!"

케이크 맛있다.

아룬과 마리가 눈이 휘둥그레져서, 급하게 고개를 숙였다.

손을 대지도 않았으니까 빼고 자시고 할 것도 없지만, 리즈나 시트리한테는 나중에 내가 사과하면 된다. 지금까지 몇 번이나 했던 일이니까. 잘은 모르겠지만, 난 그저 빨리 돌아가고 싶을 뿐이다.

"이거 참, 일부러 얘기하러 오게 만들어서 미안해. 난 사실 그 잔당? 에도, 레벨 9에도 그다지 관심이 없거든. 그냥, 이 파운드 케이크 쪽에 더 관심이 간다고나 할까."

그런 알지도 못하는 일 때문에 끌려다니는 건 지긋지긋하다.

말하는 걸 들어보면 아룬과 마리는 현상금 사냥꾼이나 헌터 중의 하나일 것 같은데, 나는 이름만 리더인데다가 멤버들의 행동에 대해서는 전혀 관여하지 않는다. 불만이 있으면 본인에게——아니, 저한테 말씀하셔도 됩니다, 그렇게 해주세요.

목적을 달성한 덕분인지 아룬과 마리의 분위기가 조금 전보다 약간 풀어져 있었다.

바로 해를 끼치지 않겠다고 어필해두자.

"솔직히 말해서, 거크 지부장이 부른 것도 그냥 내가 할당량을 못 채운 것 때문이었고, 아룬이 생각하는 일 때문은 아닌 것 같거든."

"할당량……?"

"아, 아니. 그렇다고 농땡이 피웠다는 건 아니야. 그냥, 뭔가 확실한 게 없을 뿐이고."

약초 채집 같은 거로 할당량을 채울 수 있으면 좋을 텐데.

내 말을 듣고 아룬과 마리가 깜짝 놀란 표정을 지었다.

어디서 내 얼굴과 이름을 알아냈는지는 모르겠지만, 난 너희들이 생각하는 그런 사람이 아니야.

겨우 경매와 관련된 소동이 잠잠해졌으니까, 당분간 조용히 쉬고 싶다고.

　크게 하품을 했을 때, 갑자기 아룬이 험악한 표정을 짓고 자리에서 일어났다.

　거의 동시에, 내 시야에 그늘이 졌다.

　"……무슨 볼일이지?"

　"……닥쳐라. 볼일이 있는 건, 네가 아니다."

　바로 뒤쪽에서 엄청나게 귀에 익은 목소리가 들려왔다. 아무래도 아룬이 어깨를 두드린 순간부터 내 기척 감지 능력이 쓰레기 이하로 떨어져 버린 것 같다.

　우리가 앉아 있는 테이블을, 무섭게 생긴 남자들이 숙달된 움직임으로 둘러쌌다. 아룬과 마리와 다르게 무기를 들고 갑옷을 입은, 완전 무장한 남자들이다.

　갑작스러운 난입자 때문에 찻집에 있던 다른 손님들이 깜짝 놀랐다.

　머리 위에서 협박하는 것 같은 목소리가 들려왔다.

　"오랜만이다,《천변만화》. 지난번엔 아주 건방진 짓을 했겠다."

　"……누구시죠?"

　"큭………… 레벨, 8. 젠장, 꽤나, 여유를, 부리고 있군……."

　아니, 미안. 알아, 당연히 알고 있어.

　레벨 7. 경매와 관련된 일로 이래저래 교섭했던《안개의 뇌룡(폴링 미스트)》멤버들이 좁은 가게 안에 모여 있다.

　……이렇게 날 노려볼 이유가 있던가? 그야 뭐, 최종적으로 가

면은 에크렐 아가씨가 낙찰받았지만, 그게 내 탓이 아니라는 건 아놀드도 잘 알고 있을 텐데.

나는 고개만 뒤로 젖혀서 목소리의 주인을 올려다봤다.

아놀드의 얼굴은 귀신처럼 험악했다. 탁한 눈동자에는 분노의 불빛으로 이글거리고, 훤히 드러나 있는 내 것보다 몇 배는 굵어 보이는 팔은, 당장이라도 힘을 해방하고 싶어서 미칠 지경이라는 것처럼 부들부들 떨고 있었다.

이건 위험하다. 위험한 패턴이다. 교섭할 여지도 엎드려 빌 여지도 없다.

"레벨 8. 아무리 나보다 레벨이 높다고 해도—— 그렇게까지 무시당하고도 가만히 있을 만큼, 우리는, 겁쟁이가 아니다."

"⋯⋯⋯⋯약속했을 텐데. 우리 클랜의 다른 파티들을 쓰러트리면 도전을 받아줄 수도 있다고, 말이야."

어라? 혹시 쓰러트리고 왔나⋯⋯?

만약 그랬다면 항복이다. 안 그래도 항복이지만.

"닥쳐라! 약속 따위 알 게 뭐냐!"

그런 횡포가⋯⋯ 솔직히 말이야, 교섭했을 때는 레벨에 걸맞게 차분한 태도였잖아.

이 찻집에서 날뛰다가 출입금지라도 당하면, 내 마음을 치유할 곳이 없어진다. 필사적으로 달래보자.

"자, 자, 진정해, 진정하라고. 분명히 문제가 있기는 했지만, 일단은 화해한 사이잖아?"

"큭! 자⋯⋯ 잘도. 뻐, 뻔뻔한 소리를!"

이게 대체 어떻게 된 거지. 마치 짐승 같은 표정, 억누른 목소리로 아놀드가 말했다.

"여자는, 오늘은 없나?"

"……부를 테니까, 기다려줄래?"

"반쯤 죽여 놓은 너를, 그 여자들 앞에 내던져주겠다."

진짜 싫다. 혹시 리즈네가 또 무슨 짓을 저지른 건가?

보는 사람들이 많은데도, 아놀드의 부하들이 일제히 무기를 뽑았다. 딱 봐도 무기가 없는 나와 아룬네 앞에서, 과도한 반응이다.

심장이 아플 정도로 세게 뛰고 있다. 틀렸다, 완전히 백기를 들어야 할 상황이다. 기사회생할 방법이 떠오르지 않는다.

루시아가 만약의 상황을 위해서 준비해준 마법도 다 써버렸고…… 아냐, 잠깐만.

그리고 보니까 시트리가 선물로 준 반지형『리얼라이즈 아우터(타향에 대한 동경)』에도 뭔가 마법이 들어 있었지.

『리얼라이즈 아우터』는 마법을 저장해둘 수 있지만, 이미 그 안에 저장돼있는 마법이 어떤 것인지 확인할 방법은 없다. 공격마법인지 회복마법인지 정도는 크리스털 안쪽에 있는 빛의 색을 보고서 판별할 수 있지만, 그 이상은 모른다.

시트리가 준 반지에는 검은 안개 같은 빛이 깃들어 있었다. 보물전에서 산출된 직후에는 아무것도 들어 있지 않았으니, 아마도 나중에 집어넣었겠지.

어디서 손에 넣었는지는 못 들었지만, 시트리가 얼마 전까지 들어가 있었던【만마의 성(나이트 펠리스)】에서 손에 넣은 물건이라면 마법을 담은 사람은 루시아일 것이다. 빛의 색을 보면 안에 들어있는 마법은 지난번에 아놀드 일행을 제압했던『타이런트 오더(폭군의 권능)』는 아닌 것 같지만, 그것과 비슷한 위력의 마법이 들어있다고 봐야겠지.

세이프 링(결계지)은 충분히 준비해뒀다. 제아무리 레벨 7 헌터라고 해도 내가 마법을 해방하기 전에 그 많은 결계들을 돌파할 수는 없을 것이다.

다는 각오를 다지고서 살짝 한숨을 쉬고는, 어째선지 화를 내는 아놀드를 보면서 말했다.

"……그다지 내키지 않네. ……엎드려 빌 테니까 용서해주면 안 될까?"

"?! 무슨…… 웃기는 소리를──."

"지난번에 그건 잊어버렸어? 여기서 힘을 해방하면 피해가 꽤 커질 텐데."

나 혼자서는 아놀드의 부하 한 명도 못 이기지만, 그런 건 상관없다.

하지만 싸우고 싶지 않다는 건 진심이다. 그다지 내키지 않는다고 할까, 엄청 내키지 않으니까. 내가 평화주의자이기도 하고, 이 보구 안에 무슨 마법이 들어 있는지도 모른다. 게다가 여기서 마법을 해방하면 마법의 종류의 따라서는 클랜 하우스까지 영향이 미칠 수도 있으니까. 태연한 표정을 짓고 있지만, 토할 것 같다.

쏟아지는 불똥을 필사적으로 피하고 있을 뿐인데, 왜 이렇게

험한 꼴을 당하는 걸까.

힘이 쪽 빠져 있는데 아놀드가 다가온다. 그런데 그때, 지금까지 가만히 지켜보고 있던 아룬이 자리에서 일어났다. 그리고는 아놀드 앞을 가로막고 서서는 날카로운 목소리로 말했다.

"이봐, 너. 지금, 우리 손님을, 반쯤 죽이겠다고, 했나?"

"……꺼져라. 누군지는 모르겠지만, 우리 목적은 《천변만화》뿐이다."

날씬한 아룬과 비교하면, 아놀드는 키도 머리 하나만큼 더 크고 선도 훨씬 굵다. 엄청난 위압감이지만 아룬의 눈에 두려워하는 기색은 보이지 않았다. 그저 모멸하는 것 같은 눈으로 아놀드를 보면서 말했다.

"……촌것인가. 레벨 8에게 도전하려고 들다니. 하지만…… 크라이 씨, 여기는 저희가 맡겠습니다. 갑자기 무례한 부탁을 했는데도 받아주신 것에 대한—— 답례라고 생각해주세요."

"음……."

조금 매력적인 제안이라서 마음이 끌릴 뻔했지만, 급하게 생각을 바꿨다.

아냐 아냐, 그건 아니지. 아룬은 모를 수도 있겠지만, 눈앞에 있는 남자는 진짜 레벨 7이다. 게다가 수적으로도 우세하고. 아무리 그래도 이길 가망이 없잖아.

뭐, 나라고 어떻게 할 수 있는 건 아니지만.

고민하는 나를 보며, 아룬이 살짝 미소를 짓고는 손가락으로 아놀드를 가리켰다.

그때, 나는 아룬이 손목에 차고 있는 무광 은색 팔찌를 봤다.

세 갈래 지팡이 모양의 문양.

아룬이 나를 슬쩍 보고, 아놀드에게 자기소개를 했다.

"걱정하지 마세요. 저희가 신참이기는 하지만—— 이봐, 촌것. 그 작은 뇌에 잘 새겨둬라. 내 이름은—— 아르트바란. 아르트바란 헤닝…… 《마장(魔杖, 히든 커스)》에 소속된 자다."

"아룬?! 다투지 말라니까………… 마찬가지로—— 《마장》의 마리 오덴입니다. 사실 저희는 《심연화멸(深淵火滅)》과 같은 파티는 아니지만……."

그 말을 들은 순간, 온몸에 충격이 덮쳐왔다.

그제야 아룬—— 아르트바란과 마리가 누구인지 생각이 나서 나도 모르게 탁, 하고 손뼉을 쳤다.

어지간히 얼빠진 얼굴이었는지, 사람들의 시선이 나한테 집중됐다. 심호흡하고, 아놀드와 아룬네를 순서대로 둘러보고, 미안하다는 표정을 지었다.

"미안, 시작하기 전에 화장실 좀 갔다 와도 될까……?"

《마장》은 알고 있었는지, 아놀드의 경계가 나한테서 아룬 쪽으로 옮겨가 있었다.

위험한 일에 말려들었다. 《마장》은 제도에 있는 클랜 중에서도 오래된 곳이고 소수 정예로 알려진 곳이다. 그리고 그 클랜의 마스터인 《심연화멸》은 제도에서도 최고라고 일컬어지는 마도사 중 한 사람이고, 동시에 나와 마찬가지로 이 제도에 세 명밖에 없는 레벨 8 헌터다.

정말이지, 오늘은 무슨 액이 씌인 날인가? 대체 왜 이러는 거냐고……

이 찻집에 여러 번 와본 덕을 봤다. 화장실에 있었던 커다란 창문을 통해서 힘들게 밖으로 탈출하고, 한숨을 돌렸다.

이젠 뭐가 어떻게 된 건지 하나도 모르겠다. 《안개의 뇌룡》이 시비를 걸어온 데도 놀랐지만, 《마장》이 접촉해 온 것도 예상 밖이다. 이럴 줄 알았다면 시트리라도 데리고 올 걸 그랬다.

지금쯤 찻집 안에서는 《안개의 뇌룡》과 《마장》이 계속 으르렁대고 있겠지.

나도 일단은 한 사람의 헌터로서 제도에 주재하는 높은 레벨 헌터…… 인정 레벨 7이상인 헌터들의 정보는 머릿속에 들어 있다. 마리와 아룬의 레벨은, 아마 아놀드보다 낮겠지.

하지만 크게 걱정하지는 않았다.

《마장》은 특급 재능을 지닌 마도사만으로 구성된 특수한 클랜이다. 그들의 활동은 주로 학술계 쪽에 치우쳐 있고, 각지의 마도사 육성 학교나 강력한 마도사를 원하는 군대 등과 강한 연줄이 있다. 그리고 클랜의 활동 방침상, 그 구성원들은 실력에 비해 인정 레벨이 낮은 경향이 있다.

게다가 눈앞에서 대놓고 상대하겠다고 말했으니까, 내가 없어도 문제는 없겠지. 나 같은 게 제도에서도 톱클래스의 클랜에 소속된 엘리트 마도사인 마리와 아룬을 걱정하는 건, 주제를 넘어도 한참 넘을 일이니까.

그나저나 대낮부터 일반 시민들이 있는 찻집에서 싸우려고 들다니, 헌터한테는 이성이라는 게 존재하지 않는 걸까. 아룬의 차가운 눈빛을 떠올리니 나도 모르게 오싹한 기분이 들어서 몸을 부르르 떨었다.

《안개의 뇌룡》도 무섭지만, 《마장》은 그것보다 훨씬 더 무섭다. 구성원의 숫자도 질도, 그리고 제도에서의 영향력을 따져봐도, 인정 레벨은 높지만 고작해야 일개 파티에 불과한 아놀드네하고는 비교도 안 된다.

이젠 주변 광경이 눈에 들어오지도 않는다. 호흡을 진정시키면서 빠른 걸음으로 클랜 하우스로 돌아갔다.

내 머릿속에 있는 생각은 단 하나, 가능한 한 빨리 안전한 곳으로 돌아가야겠다는 것뿐이다.

《마장》의 클랜 마스터. 이 제블디아에서도 최강의 섬멸 능력을 자랑한다고 전해지는 《심연화멸》은 무시무시한 헌터. 그 성격은 활활 타오르는 불꽃처럼 거칠고, 그러면서도 리즈랑 다르게 노회한 구석까지 있고, 그리고 아주 예전에 조금이기는 하지만 문제가 있었다. 아룬을 잊어버렸던 건 일종의 현실 도피였겠지.

내가 헌터가 되겠다고 마음먹기 전부터 계속 레벨 8의 지위에 있었던 그 마도사와 우리가 다투게 된 계기는, 《시작의 발자국》의 설립 때문이었다. 내가 클랜을 세우면서 적당히 점찍어뒀던 파티 중에, 마침 《마장》이 스카우트 제의를 하고 있던 파티가 있었다. 그리고 어떻게 된 일인지, 그 스카우트 싸움에서 이겨버렸다. 그것도 내가 모르는 사이에.

법적으로는 아무 문제도 없는 일이지만, 헌터들 사이에는 체면이라는 아주 귀찮은 요소가 존재한다.

그때는 정말 난리도 아니었다. 당시에 레벨 6이었던 신참 클랜 마스터가 최강으로 유명한 레벨 8 헌터와 싸울 수도 없고, 그렇다고 역시 필요 없다고 할 수도 없어서, 그 당시의 나는 매일같이 토할 것 같은 기분이었다.

그 일은 내가 헌터가 된 뒤로 체험한 트라우마 중에서도 베스트 30안에 들어간다. 다행히 소동 자체는 어떻게든 진정됐고 나도 이렇게 사지육신 멀쩡하게 살아 있기는 하지만, 기억에 깊이 새겨진 《마장》에 대한 공포가 그렇게 쉽게 지워질 리가 없다.

아룬과 마리의 요청을 거절하지 않아서 정말 다행이다. 문제 거리가 더 늘어나면 그 무시무시한 할머니가 신이 나서 우리 클랜 하우스를 불태워버릴 수도 있으니까.

또 습격을 받는 일 없이, 무사히 클랜 하우스에 도착했다.

반짝반짝하게 닦아놓은 창문 유리에 피곤해 보이는 내 얼굴이 비쳤다.

당분간은 클랜 하우스 밖으로 나가고 싶지 않은 기분이다. 해야 할 일이 너무 많아서 골치도 아프고.

할당량과 그라디스 경의 의뢰. 아놀드와의 문제. 아룬네가 말했던 일도 확인해야 하고, 미니어처 제도도 아직 어중간한 상태다. 앞쪽에 두 개는 다른 사람한테 어떻게든 해달라고 하면 되니까, 우선은 리즈와 시트리한테 아카샤나 아놀드한테 무슨 짓을 한 건 아닌지 확인해야겠지.

동료들이 무지무지 보고 싶다. 이럴 때 안셈이나 루시아가 있으면 얼마나 마음이 든든할까. 아니, 루크가 있어도 기분은 달랠 수 있겠지. 동료들은 대체 지금 뭘 하는 걸까.

계단을 올라가서 클랜 마스터 방의 의자에 앉았다.

자, 리즈와 시트리를 찾기 전에—— 일단 미니어처 제도나 계속 만들어볼까.

『미라지 폼』을 기동시킨 그때, 마치 그때를 기다리고 있었다는 것처럼 세차게 문이 열렸다.

숨을 헐떡이면서 들어온 사람은 에바였다. 대체 무슨 일인지, 흥분한 탓에 볼이 발그레하게 물들어 있었다.

에바는 제블디아의 문장이 새겨진 호사로운 하얀 봉투를 들고 있었다. 에바는 만들고 있던 미니어처 제도는 신경도 쓰지 않고 날 똑바로 보면서, 고양된 목소리로 외쳤다.

"크라이 씨! 드디어 크라이 씨한테, 그 『백검(白劍) 모임』에서 초대장이 왔어요! 정말 축하드립니다!"

"…………?"

순간적으로, 오늘 종일 있었던 소동들이 머릿속에서 사라졌다.

『백검 모임』이란 제블디아의 헌터들 사이에서 가장 유명한 모임이다.

제국에 크게 공헌한 극히 일부의 헌터들에게만 출석이 허락되는 유서 깊은 모임이고, 그 초대장을 받았다는 것은 이 제블디아에서 최고봉의 헌터 중에 한 사람으로 인정받은 증거라고 한다.

무엇보다 그 모임을 주최하는 사람이—— 이 나라의 황제다.

"《비탄의 망령》은 평판이 좋지 않아서 경원시 당한다고 들었습니다만, 얼마 전에──."

에바가 빠르게 설명해줬지만 하나도 머리에 들어오지 않았다. 이젠 뭐가 뭔지 영문을 모르겠다.

소문에 듣기로는 외국의 최고위 헌터가 게스트로 온다나 뭐라나, 엄청난 엘리트 기사와 다른 헌터들과 실력을 겨루게 한다나 뭐라나, 맛있는 디저트가 나온다나 뭐라나.

죽어도 가기 싫다. 다른 고위 헌터들과 마주치고 싶지도 않다. 디저트는 조금 궁금하지만, 지금은 그걸 때질 때가 아니다. 왜 나만 이렇게 끔찍한 일을 겪어야 하는 거지. 아크를 보내란 말이야, 아크를.

정말로, 내가 대체 뭘 어쨌다는 거냐고. 아무것도 안 했거든? 아니, 겸손하게 하는 말이 아니라, 진지하게, 난, 아무것도, 안, 했다고!

레벨만 따지면 높기는 하지만, 난 의외로 대단한 사람이 아니라고.

오늘 하루 동안 귀찮은 일들을 잔뜩 겪었는데, 거기다가 『백검 모임』이라니…… 운이 없어도 너무 없잖아.

주저하지도 않고. 나는 순식간에 결단을 내렸다.

"…………저기…… 왜 그러세요, 크라이 씨?"

에바가 나를 똑바로 바라보았다. 나는 슬쩍 헛기침하고, 힘이 들어간 목소리로 말했다.

"아, 미안해. 내가 마침 중요한 볼일이 있어서 제도를 떠나야 하거든. 『백검 모임』에 초대받은 건 정말 명예로운 일이지만, 출석할 수 있을지는 잘 모르겠어. 다른 초대장도 말이야, 미안하지만 그렇게 처리해줄 수 있을까? …………최대한 빨리 돌아올 테니까."

"……예?"

도망치자. 엎드려 빌기 스킬과 변명 스킬에 버금가는, 내 화려한 도피 스킬을 보여주겠어.

"없어졌……다고?! 무슨 소리야?!"

"그렇습니다, 아놀드 씨. 화장실에 이런 게——.

동료가 가지고 온 반으로 접은 종잇조각을 빼앗듯이 받아서, 펼쳤다.

종이는 은행의 수표였다. 원래 금액이 적혀 있어야 하는 곳에 급하게 갈겨쓴 글씨로 이렇게 적혀 있었다.

——바빠서 먼저 갑니다.

아놀드는 할 말을 잃었다.

"아무래도, 화장실 창문으로 탈출한 것 같습니다…….."

"그 남자는…… 레벨 8, 이잖아?"

얼굴을 일그러트리면서, 수표를 구겨버렸다.

설마 도망칠 줄이야. 그런 생각은 해보지도 못했다.

상대가 평범한 헌터나 일반인이라면 그것도 경계했겠지만, 그자는 이 헌터들의 성지에서 아놀드보다 높은 레벨로 인정받은 진정한 강자다. 사람을 무시하는 뻔뻔한 구석이 있기는 하지만, 아놀드는 그자의 실력을 그 몸으로 직접 확인했다. 어째서 체면을 중시하는 헌터가 화장실 창문으로 탈출하는 짓을 했을까. 게다가, 아직 제대로 싸워보지도 않았는데.

하지만 냉정하게 생각해보면, 그 남자는 예전에도 같이 데리고 온 소녀한테 싸우라고 했었다. 이 정도는 예상해야 했다.

고개를 들고, 눈싸움을 벌이고 있던 두 사람의 표정을 봤다.

아놀드는 제도에 오자마자 헌터들의 정석에 따라서 이 나라의 저명한 헌터와 파티, 클랜에 대해 조사했다. 당연히 그중에 《마장》도 있었고.

이 제도에서도 톱 클래스인 헌터가 마스터를 맡은 마도사 계열 클랜의 최고봉. 눈앞에 있는 두 사람은 그 고명한 마도사 집단의 일원이다. 아직 젊지만 방심할 수 없는 상대다.

수적으로는 아놀드 쪽이 우세하다. 버림받았다고 해야 할 처지인 아르트바란이라는 자는 그 편지를 보고도 표정 하나 달라지지 않고, 태연하게 콧방귀를 뀌고는 자신만만하게 선언했다.

"뭐지 그 표정은? 잘 들어라, 촌것. 진정한 강자는— 안이하게 칼을 뽑지 않는다."

"이 제도의 레벨 8은…… 화장실 창문으로 도망치는 건가?"

그래도 되는 거냐, 제블디아?! 아놀드의 목적은 자신의 파티에 싸움을 걸었던 《절영》과 그 동료들에 대한 보복이다. 리더인 《천변만화》가 없어졌으니 더 이상 여기 있어봤자 의미가 없다.

마리와 아르트바란의 복장은 고급스러워 보이지만, 아무리 봐도 싸우기 좋은 차림새는 아닌 것 같다.

하지만 우수한 마도사에게는 무기는 필요 없다.

자세히 관찰해보니 아르트바란은 물론이고 그 뒤에서 일그러진 미소를 짓고 있는 마리도 이미 임전 태세에 들어가 있다는 걸알 수 있다. 그런 의미에서 보면 아무리 봐도 싸움을 할 수 있게생기지 않은《천변만화》와 크게 다르다.《마장》의 멤버라면 숨 쉬는 것처럼 마법을 발동할 수 있겠지.

　하지만 마도사의 특기는 원거리 공격이다. 상대가 제아무리 강력한 마도사라고 해도, 이 거리는 검사의 공격 범위다. 순수한 검사인 아놀드가 질 리는 없겠지.

　하지만 이겨봤자 아무런 의미도 없다.《마장》은 아놀드의 타깃이 아니니까.

　동료들도 무기를 든 채로 아놀드의 결정을 기다리고 있다.

　아르트바란이 얼음처럼 차가운 눈으로 아놀드를 보면서, 말했다.

　"무엇보다, 도망쳤다고? 웃기는군."

　"……아니, 아무리 봐도 도주잖아."

　그걸 보고, 대체 뭐라고 판단하라는 건가.

　너무나 익숙한, 깔끔한 철수다. 이젠 화도 안 나고 그저 놀라울뿐이다.

　아놀드의 낮은 목소리에, 아르트바란이 늠름한 목소리로 외쳤다.

　"적혀 있지 않았나. 도망친 게 아니라, 크라이 씨는…… 바쁜것이다! 제도의 레벨 8은 한가한 몸이 아닌데, 안 그래도 우리가시간을 빼앗아버렸다. 크라이 씨가 약할 거라는 오해는 하지 마라. 너희는 시간을 들여서 상대할 가치도 없다는, 그런 뜻이다."

말도 안 돼…… 이 나라에서는…… 바쁘면 화장실 창문으로 도망치는 건가?

무슨 소리인지…… 전혀 모르겠다. 아놀드가 생각하는 영웅의 모습과는 너무나도 동떨어졌다.

《천변만화》의 이상한 힘을 알고 있기 때문에 더더욱 이해할 수가 없다. 전전긍긍하면서 확인했다.

"너도, 같은 입장이었다면 창문을 넘어서 도망칠 건가?"

설마 제도의 헌터들은 전부 그런 건가?!

순수한 의문에서 나온 질문에 아르트바란은 눈이 휘둥그레졌고, 바로 빈정대는 것 같은 미소를 지었다.

"나는 아직── 미숙하다. 크라이 씨 같은 행동은 못 하지."

"…………."

"아놀드 씨, 오늘은 그만 물러납시다. 저 자식들, 상대할 필요도 없어요."

그때, 아놀드 옆에 서 있던 부 리더 에이가 작은 소리로 진언했다.

매섭게 노려봤지만, 에이의 시선은 여전히 젊은 마도사 두 사람에게 향해 있었다.

"우리의 상대는 어디까지나 《천변만화》다. 여기서 《마장》과 싸우면 또 그 남자 손에 놀아나는 꼴이 되겠지."

주점에서는 허를 찔려서 얻어맞았고 돈을 뜯어내는 짓까지 했던, 제도에 온 뒤로 이런저런 문제가 있었던 《비탄의 망령》과 갑자기 나타난 눈앞에 있는 두 사람, 정말로 해치워야 하는 건 어느 쪽일까.

주위를 확인해보니 겁먹은 눈치로 이쪽을 보고 있는 점원과 일반인 손님들이 보였다. 이미 가게 밖으로 도망친 손님도 있겠지. 어쩌면 치안 유지 기사단을 불렀을지도 모른다.

에이의 말이 옳다. 목적을 잊어버리고 날뛰는 건 삼류가 하는 짓이다. 안 그래도 경매에서 그렇게 바보처럼 당했으니, 최대한 신중하게 판단해야 한다.

한순간 갈등한 뒤에, 아놀드는 큰 소리로 혀를 찼다.

"…………쳇. 좋다, 지금은 그 사내가 먼저다."

어디까지고 도망쳐주겠어. 일단 그렇게 결심하니까 마음이 너무나 편했다.

물론 나 혼자서 도망친다는 건 아니다. 제도 밖에는 마물도 있고 팬텀한테 공격당할 가능성도 있다. 길을 따라가면 비교적 안전하다는 것 같지만, 그래도 공격당할 때는 당한다. 실제로 나는 몇 번이나 공격받은 적이 있다.

밖에 나갈 때 호위를 데리고 가는 것은 반쯤 상식이다. 내가 강하거나 하늘을 날 수 있다면 얘기가 달라지지만, 『나이트 하이커 (밤하늘의 어둠 날개)』는 마력량 문제 때문에 그렇게 멀리까지 날아갈 수도 없고, 밤에만 사용할 수 있다.

제도 밖으로 나갈 준비를 했다. 클랜 마스터 방을 나와서 계단을 내려가다가, 때마침 리즈와 마주쳤다.

평소처럼 건강해 보이는 헌터 룩이다. 나를 보더니 활짝 핀 꽃처럼 웃으면서 다가왔다.

"아, 크라이네! 마침 잘됐다! 좀 상담할 게 있는데 말이야———."

상담 정도는 얼마든지 들어줄 수 있는데, 그 얘기…… 길어지려나?

나한테는 시간이 없다. 아무튼, 다른 사람이 내 고민거리를 더 늘리기 전에 도망쳐야 하니까.

지체하면 지체할수록 『백검 모임』 초대를 거절한 변명처럼 보일 수도 있다. 사태는 한시가 급하다. 화가 난 아놀드가 앞뒤 가리지 않고 쳐들어오기 전에 제도 밖으로 나가야 하고.

리즈와 어깨동무를 하고, 계단을 내려가면서 비밀 이야기라도 하는 것처럼 확인했다.

"상담은 나중에 들어줄게. 혹시 리즈 너 말이야, 가까운 시일 내에 무슨 예정이라든지 있어?"

"뭐? 음………… 딱히 없는데? 무슨 일 있어?"

예상했던 대답이다. 사실 리즈는 어지간해서는 내 제안을 거절하지 않는다. 전제조건은 날려버리고, 간결하게 말했다.

"제도 밖으로 나갈 거야. 같이 가자."

리즈가 눈이 휘둥그레지더니, 내 허리를 끌어안았다. 얼굴이 가까이 다가오고, 살짝 달콤한 향기가 감돈다.

촉촉한 입술이 살짝 벌어지고, 속삭이는 것 같은 목소리로 대답한다.

"알았어~ 목적은?"

목적……? 도망? 도주? 전략적 철수? 전부 해당되는데……그래.

나는 고민한 끝에, 미소를 지으며 말했다.

"바캉스, 겠지. 아, 이거 다른 사람들한테는 비밀이다?"

리즈의 눈이 반짝이고, 마치 충동에 떠밀린 것처럼 나를 꼭 끌어안았다.

내 몸에 닿은 리즈의 살갗은 여전히 달아오른 것처럼 뜨겁다.

"!! 그거 진짜 좋다! 몇 명이나 죽일 건데? 몇 명이 갈 건데? 나만? 언제 갈 거야? 크라이와 밖에 나가는 거, 진짜 오랜만이지 않나?"

죽이지 마……. 그리고 질문이 너무 많아.

리즈가 있으면 안심은 되겠지만, 호위는 많으면 많을수록 좋겠지. 이번에는 제도 밖으로 나가야 하니까.

그래, 클랜 여행으로 해버리면 어떨까? 온갖 초대장을 다 거절한 상황이다 보니 사무직원들까지 데리고 갈 수는 없지만, 멤버들을 전부 데리고 밖으로 나가는 것도 좋을지도 모르겠다.

소속된 헌터들이 전부 없어지게 되면 외부에서 봤을 때는 상당히 중요한 이유 때문이라고 생각하겠지. 그래, 『백검 모임』 초대를 거부할 만큼의 이유가 있다고 생각해주면 정말 좋겠다.

"당장 갈 수 있는 사람들만 있으면 되고, 최대한 많이 데리고 가고 싶어. 출발은 오늘이야. 그래, 밖에 나가는 건 오랜만이네."

"꺅~! 정말…… 기대된다. 티도 데려가도 돼?"

"어………… 그, 그래, 물론이지. 뭐, 티노가 가겠다면, 말이지만."

얼마 전에 그 가면 때문에 엄청나게 풀이 죽었으니까…… 그냥 놔두는 게 좋을 것 같기도 하고.

내가 대답하자 리즈가 황홀한 미소를 지었다. 오랜만에 같이 밖에 나간다는 게 그렇게 좋은가── 밖으로 나가겠다고 생각한 이유가 현실 도피라는 걸 알면 어떤 표정을 지으려나.

대낮이라서 그런지, 라운지에 모여 있는 건 극히 일부의 파티뿐이었다. 아쉽게도 지난번에 보구를 충전해줬던 《별의 성뢰(스타라이트)》도 없는 것 같다. 그 사람들이 있으면 정말 마음이 든든할 텐데…….

안쪽 테이블에 앉아 있던 아크네 파티 동료 중에 이자벨라와 유가 나와 리즈를 보자마자 싫다는 표정을 지었다. 정작 아크는 없나 보네.

자, 최대한 많은 사람이 같이 가줬으면 좋겠는데, 무슨 명목으로 데리고 가야 하려나.

거짓말을 해서 신뢰를 해치는 것도 문제고, 사실을 말하면 그건 그것대로 더 문제가 된다.

정말 아무 생각이 없었네…… 힘이 쪽 빠져나가는 내 옆에서, 리즈가 기분 좋은 목소리로 소리쳤다.

"크라이가 오랜만에 제도 밖으로 나간대! 바캉스야 바·캉·스! 최대한 많은 사람이 같이 갔으면 싶다는데, 같이 가고 싶은 사람 있어~?"

라운지의 공기가 얼어붙었다. 비밀이라고 하자마자 바로 큰 소리를 지르다니…….

곤혹스러워하는 시선이 나와 리즈를 향해 날아왔다. 틀림없이 날마다 클랜 마스터 방에서 놀고 있는 주제에 바캉스라니 대체 무슨 생각이냐고 생각하고 있겠지. 내 위엄은 완전히 제로다.

포기하는 미소를 지은 내 옆에서, 리즈가 분위기 파악도 못하고 계속해서 말했다.

"아, 출발은 지금 당장이니까! 바로 무장할 수 있는 사람만. 약한 것들은 거치적거리기만 하니까 필요 없고! 아~ 기대된다……요즘 몸이 굳은 건 아닌지 엄청 걱정됐거든. 잘됐다."

혼자서 엄청나게 신이 난 리즈와 다른 멤버들의 분위기가 엄청나게 차이 났다.

어쩔 수 없이, 한쪽 테이블에서 카드놀이를 하고 있던 남자 헌터—— 그럭저럭 사이가 좋은 라일한테 물었다.

"갑자기 미안해. 라일은 같이 갈 거지?"

그렇게 물었더니 라일이 갑자기 배를 쥐어 잡고 얼굴을 찌푸리면서 앓는 소리를 내기 시작했다. 팔을 크게 움직인 탓에 카드가 테이블 밑으로 후두두둑 떨어졌다.

"……미안해, 크라이. 갑자기 배가 아파서…… 아무래도 못 갈 것 같아."

갑작스러운 동작은 아무리 봐도 연기 같았지만, 얼굴은 창백했다. 정말로 몸이 안 좋은가 보네.

같은 테이블에 있던 다른 멤버들 쪽을 봤더니 일제히 고개를 돌렸다.

"미안해, 마스터. 나, 이번에 여동생 결혼식이——."

"할머니 장례식이——."

"나는…… 그러니까…… 칼이 부러져서 새로 주문하는 중이야."

"그럼 그 테이블 위에 있는 칼은 뭔데?!"

"시끄러! 이 칼은…… 그냥 예비용이야! 못 써먹을 물건이라고!"

"뭐라고?! 계속 내 영혼이네 뭐네 했으면서!"

"닥쳐! 정말이야 마스터. 믿어줘! 지금 난, 싸울 수가 없다고!"

대체 이게 무슨 일이지. 그냥 바캉스 가자고 했을 뿐인데…….

다른 테이블 쪽을 봤더니 아까보다 사람이 확 줄어 있었다. 고개를 돌려보니 거의 넘어져서 굴러갈 기세로 라운지에서 나가는 클랜 멤버들의 모습이 보였다. 갑자기 급한 일이라도 생각났나?

리즈가 뚱한 표정으로 그 사람들을 지켜보고 있다.

나는 어쩔 수 없이 아크네 파티 동료들 쪽으로 다가갔다.

아크 정도는 아니지만, 잠깐 나갈 때 데려갈 호위로 쓰기에는 아까울 정도로 호화로운 멤버다.

이자벨라는 고개를 돌리고 있었다. 맞은편에 앉은 신관(세인트) 유의 반응은 이자벨라만큼 노골적이지는 않았지만, 눈동자가 엄청나게 흔들리고 있었다.

"저기, 이자벨라……."

"죽어도, 싫어."

"유……."

"파, 파티에 관한 일은, 아크 씨를 통해서 얘기해주세요."

말도 못 붙이게 하네. 솔직히 협력을 요청하고 싶어도 중요한 아크랑 다른 멤버들이 대체 어디 있는지도 모르는데 말이야.

할 수만 있다면 나도 아크한테 얘기하고 싶어.

이자벨라가 그 긴 머리카락을 쓸어 올리더니, 팔짱을 끼고 날 쳐다보며 말했다.

"무엇보다, 우리는, 지금, 휴가 중이라고! 아크 씨도 본가에 갔고, 헌터 활동은 쉬는 중이야!"

"우리도 바캉스 가는 건데?"

"그건, 당신한테만, 그런 거고!"

대체 무슨 소리야……. 뭐, 분명히 내가 말을 건 목적이 호위 때문이기는 한데, 그건 어디까지나 만약을 위해일 뿐이고…… 일 때문은 아니라고 생각한다. 완전한 바캉스는 아니지만 그렇다고 완전한 일도 아닌.

곤혹스러워하고 있는데, 이자벨라가 기관총 같은 기세로 쏘아붙였다. 이자벨라의 고향인 북방의 여성들은 이쪽 나라보다 기가 세다고 들은 적이 있는데, 그 말이 사실인지도 모르겠다.

"솔직히 말해봐, 이번엔 뭐랑 싸울 생각인데!? 팬텀?! 마물?!"

"그, 그게 아니라——."

"팬텀도 아니고 마물도 아니면—— 인간?! 설마 이번 상대는 인간이라는 거야?! 최악이잖아! 내가 사람이랑 싸우려고 마법을 단련한 줄 알아!"

그냥 바캉스라니까…… 진짜라니까.

이자벨라는 완전히 경계하는 눈빛이었다. 유도 깜짝 놀란 표정으로 나한테서 조금 떨어졌다.

이 엄청난 불신—— 내가 인망이 없어도 너무 없다고 실망하고 있는데, 리즈가 성큼성큼 걸어와서 내 앞으로 나서더니, 부글부글 끓는 것 같은 목소리로 날 거들어줬다.

"아앙? 당신, 지금 크라이 결정을 무시하는 거야? 같이 가자고 했으면 가면 되는 거야. 그렇게 안전해지고 싶으면, 헌터 짓 때려치우지?"

거들어주는 게 아니었다. 갑자기 싸우자는 태도로 나오는 리즈의 말에 이자벨라가 자리에서 벌떡 일어나려고 했다.

그리고 입을 벌리려고 한 이자벨라에게, 리즈가 이글이글 타오르는 눈으로 노려보면서 큰 소리로 질렀다.

"그래서, 뭐? 팬텀이랑 마물만 상대하면, 인간을 상대할 때 제대로 못 싸우게 되지 않겠냐고! 가끔씩은 인간을 죽이는 게 적당~히 좋단 말이야! 크라이가 그랬다고!"

그냥 바캉스라니까…….

다들, 날 어떻게 생각하는 걸까.

클랜 마스터 방으로 돌아온 뒤에도 답답한 심정은 사라지지 않았다.

분명히 내가 운이 나쁘긴 하다. 레벨 8이 되기 전부터 번번이 온갖 소동에 휘말렸으니까.

꽃구경을 가면 보물전이 생겨나고, 동굴을 탐색했더니 큰 지진이 일어나서 무너졌다. 보물전에 들어가면 높은 확률로 출현 확률이 낮다고 하던 보스와 마주치고, 세계 곳곳으로 이동하는 초고난이도 보물전과 조우한 적도 있다. 폭풍우가 휘몰아치는 중에 걸어가고 있었더니 갑자기 벼락이 떨어진 적도 있다(참고로 내 옆에 있던, 제일 큰 안셈한테 명중했다).

하지만 그런 일에도 한계가 있다. 이번에는 소동을 피하고자 제도를 떠나는 것이다. 마물이나 팬텀과 싸울 생각도 없고, 당연히 사람을 죽일 예정도 없다. 그냥 사람들을 좀 데리고 밖에 나가려고 했을 뿐인데, 역전의 헌터들이 그렇게까지 말하니 오히려 뭔가 큰일이 날 것 같은 느낌마저 든다.

내가 정말 인망이 없다는 생각에 완전히 넋이 나가 있는데, 에바가 방으로 들어왔다.

"크라이 씨, 마차를 준비해뒀습니다. 플래티넘 호스 여섯 마리가 끄는 대형 장갑 마차입니다."

우리 파티가 밖에 나갈 때는 항상 《비탄의 망령》에서 보유한 마차를 이용하는데, 이번에는 루크네가 끌고 나가서 사용할 수 없다. 그래서 에바한테 알아봐달라고 부탁했는데, 에바의 입에서 나온 단어는 예상을 뛰어넘는 것이었다.

플래티넘 호스란 일반적인 말의 백 배에 가까운 힘을 지닌 마물이다. 이름 그대로 백금 같은 털을 지녔고, 아무리 거친 땅에서도 달릴 수 있는 다릿심과 지구력을 지닌, 말 중에서는 최고급에 해당하는 품종이다. 그만큼 가격도 엄청나게 비싼데, 이번에 문제라고 할 수 있는 점은 에바가 준비한 것이 육두 마차라는 점이다. 플래티넘 호스는 한 마리가 대형 마차를 가볍게 끌 수 있는데 말이야.

"……그거, 너무 요란하지 않아?"

플래티넘 호스도 대형 장갑 마차도, 틀림없이 클랜에서 보유한 물건이 아니다.

조심조심 물었더니 에바가 눈을 깜박거렸다.

"그야…… 뭐. 하지만 플래티넘 호스라면 용 무리한테 쫓기더라도 도망칠 수 있지 않을까요?"

용한테 쫓길 예정 같은 건 없거든?!

뭐 에바한테는 바캉스라는 얘기를 안 했으니까 이상한 오해를 사도 어쩔 수 없지만…… 플래티넘 호스 여섯 마리가 끄는 장갑 마차라니, 제블디아 황제도 함부로 쓰지 못할 텐데 말이야.

어떻게 구했는지 궁금할 지경이다. 턱에 손을 대고 생각하는 척을 하며 말했다.

"너무 눈에 띄지 않는 게 좋을 것 같은데 말이야. 장갑은 필요 없고 플래티넘 호스도 마력(馬力)이 너무 세. 그냥 보통 마차면 돼. 아니, 오히려 조금 허름한 정도가 좋겠지."

이런 타이밍에 제도에서 나가는 자체가 에바한테 폐를 끼치는 일인데 말이야. 그런 거창한 물건까지 준비하게 하면 너무 미안하니까.

"하지만————……알겠습니다."

잠깐 뭔가 말하려고 했지만, 결국 내키지 않는다는 얼굴로 고개를 끄덕이는 에바.

나는 애매한 미소를 지으면서 농담하듯이 말했다.

"그러니까, 절약해야지."

"예…… 바캉스 말인가요……? 당연히, 같이 가야죠!"

클랜 하우스 연구실에 있던 시트리한테 말을 걸었더니, 시트리는 싫은 기색 하나 없이 바로 좋다고 했다.

기뻐 보이기는 하지만 리즈 정도로 흥분한 건 아니라서, 나까지 차분한 기분이 든다.

그래, 이거야. 바로 이 반응이야, 내가 원했던 건.

"무장은 필요한가요?"

"아냐, 그냥 바캉스니까 필요 없어. 아…… 아니지. 최소한 자기 한 몸을 지킬 정도의 무기는 필요하려나."

"알겠습니다."

척하면 착하는 이 기분 좋은 반응. 리즈나 다른 멤버들도 이런 자세를 보고 배웠으면 좋겠다.

거기서, 생글생글 웃고 있던 시트리의 얼굴에 그늘이 졌다. 고개를 살짝 숙이고, 나를 보면서 말했다.

"아………… 그런데—— 맞다. 아카샤에 관련된 조사가 아직 안 끝났는데——."

……아카샤와 관련된 조사? 아룬네가 말했던 게 이건가?

역시 내가 몰랐을 뿐이고, 시트리가 뭔가 손을 쓰고 있었던 것 같다.

내가 시트리의 행동을 이해할 수 있는 것도 아니니까 어쩔 수 없는 일이지만, 위험한 일을 하려면 나한테 한마디해줬으면 좋겠는데 말이야…… 뭐, 이제 와서 이런 얘기를 해봤자 소용없는 일이지만.

"아~ 그쪽은 《마장》한테 부탁했으니까 문제없어."

"!! 고맙습니다! 그리고, 죄송해요. 귀찮게 해서……."

"아니 뭐, 그냥 우연이었거든…… 뭐, 자기네가 하고 싶다고 했으니까 알아서 잘하지 않을까 싶어."

《마장》은 오래된 클랜이다. 시트리의 실력이 그쪽 멤버들보다 뒤떨어진다고 생각하지는 않지만, 조직적으로 조사하는 능력은 그쪽이 더 뛰어나겠지. 사실 나는 원래 아카샤 따위에는 관심도 없었고, 시트리가 위험한 일을 안 했으면 좋겠다.

유일하게, 멋대로 부탁해버린 일이다 보니 거기서 무슨 일이 일어나는 건 아닐까 걱정했었는데, 그런 일도 없는 것 같다.

잠시, 시트리의 웃는 얼굴을 보면서 치유 받았다. 저쪽에서 플라스크에 불을 붙이고 있던 탈리아도 이쪽을 보며 생글생글 웃고 있다. 진정한 힐링이 여기에 있었다.

옆에서 조각상처럼 서 있는 키르키르 군이 이질적인 분위기를 내뿜고 있기는 하지만, 뭐 그 정도는 참아야겠지.

"그런데, 바캉스의 목적은 뭔가요?"

시트리가, 앞치마처럼 사용하는 로브에서 팔을 빼면서 나한테 물었다.

……목적? 목적이 없으면 바캉스도 못 가는 건가요, 당신들은.

하지만 리즈나 시트리는 한가한 나랑 달라서 많이 바쁘니까, 당연한 질문일 수도 있겠지.

"그러니까………… 온천?"

"알겠습니다. 화염 내성이란 얘기죠? 마그마?"

"사실은 아주 조금, 도망치려는 생각도 없지는 않고."

"그렇군요…… 강적에게 쫓길 가능성도 있다, 고."

"맞다, 에바가 말이야, 플래티넘 호스 마차를 준비하려고 했다니까. 하하하, 너무 거창하지. 그러면 너무 눈에 띄는데."

"흠, 흠, 은밀성이 필요하다, 고. 그런데 멤버는 저희뿐인가요?"

"다른 사람들한테도 얘기를 해봤는데 도망쳤거든. 정말 곤란하네."

그렇게 말했더니 시트리가 잠깐 생각하는 표정을 지었지만, 바로 웃는 얼굴로 돌아오더니 두 손으로 손뼉을 치는, 항상 하던 동작을 했다.

"마침 잘됐네요. 제 쪽에서 세 명, 써보고 싶었던 사람들이 있거든요. 협력을 받은 지 얼마 안 돼서 능력이 조금 불안하기는 하지만, 잃어도 아까울 건 없으니까………… 준비는 제게 맡겨주세요!"

아무래도 시트리도 짐작 가는 게 있는 것 같다. 역시 인망이 없는 나랑 다르게, 시트리는 아는 사람이 많다.

좀 독특한 표현을 사용했던 것 같기도 하지만, 시트리한테 맡겨두면 아무 문제 없겠지.

거기서 마침 좋은 생각이 났다.

"가는 김에 루크네 마중도 갈까. 중간쯤까지 와 있지 않으려나?"

오랜만에 멀리 나가니까. 보물전 안까지 들어갈 생각은 없지만, 가끔은 기다리기만 하는 게 아니라 마중 나가는 것도 좋겠지.

키르키르 군이 잘 발달한 상완 이두근을 자랑했다.

내 제안에, 시트리가 찬성한다는 것처럼 미소를 지었다.

"으으…… 아니에요, 마스터어, 언니. 저기, 저는, 진짜 제가 아니──."

커튼을 쳐놓은 방 안에서. 티노는 침대에 누운 채 베개에 얼굴을 묻고서 웅얼웅얼 신음을 내고 있다.

기분은 최악이었다. 언니의 훈련을 받고서 엉망진창이 됐을 때도 끔찍한 기분이었지만, 그것보다 심하다. 적어도 언니의 훈련을 받은 직후에는 고민할 힘도 없다.

원인은 얼마 전에 마스터어가 씌운 가면 때문이다.

『오버 그리드』. 마스터어가 경매에 참여해서까지 손에 넣으려고 했던 만큼, 그 물건은 티노가 지금까지 본 적도 들은 적도 없는 무시무시한 보구였다.

가면은 마스터어가 말한 대로 티노에게 힘을 줬다. 하지만, 준 것은 힘만이 아니었다.

눈을 감으면 선명하게 떠오른다. 촉수가 연결된 순간에 흘러들어 온 힘에 의한 강렬한, 전지전능이라도 된 것 같은 기분과 도취감.

가면은 힘과 함께 광기를 불러들인다. 그 순간, 티노는 세상의 중심이었다.

아니, 정확히 말하자면, 그 순간에 세상에는 티노와 경애하는 『마스터어』밖에 없었다.

"아니에요, 마스터어. 그럴 생각은, 없었어요…… 그래요, 그건 가면이, 멋대로 떠든 거예요…… 제 뜻이랑 상관없이……."

쥐구멍이라도 있으면 기어들어 가고 싶다. 그리고, 그대로 죽어버리고 싶다.

침대 위에서 몸을 꾸물거리면서 후회했지만, 아무리 시간이 지나도 기분은 풀리지 않았다. 항상 빼놓지 않고 하던 자주 훈련도 쉬고 말았다. 이대로 가면 마스터어 같은 훌륭한 헌터가 못 되겠지. 자기 자신이 너무나 싫어진다.

가면이 씌워진 그때의 티노는 미쳐 있었다. 그렇지 않았다면, 언니와 시트리 언니한테 선전포고하는 건 말도 안 되는 짓이다. 하지만, 동시에, 티노는 알고 있었다.

그 보구는── 증폭기다. 직접 써봤기 때문에 알 수 있다.

차라리 다른 사람이었다고 말할 수 있을 정도로 과도하게 증폭되기는 했지만, 그때 그 언동의 바탕이 된 것은── 틀림없이 티노의 마음속 깊은 곳에 잠들어 있던 감정이었다.

머릿속은 너무나 맑았다. 가면은 적성이 좋다고, 티노에게 속삭였다.

즉, 티노는 자기 자신의 의지로 큰 은혜를 입은 무서운 언니들한테, 게다가 당사자인 마스터의 눈앞에서, 『나야말로 마스터어한테 어울린다』라고 큰소리를 치고 말았다.

그때의 티노는 자신감이 넘쳤었다. 마스터어가 자신을 선택하리라는 확신이 가득했다. 소심한 티노가 그런 확신을 품을 정도의 힘을, 그 가면이 티노에게 줬다.

가면이 벗겨진 뒤에도 그동안의 기억이 선명하게 남아 있는 것도, 지금 티노가 이렇게 죽고 싶어 하는 이유 중에 하나다. 마스터어와 언니들은 티노의 추태를 웃으면서 용서해줬지만, 그런 건, 아무 도움도 안 된다.

"진심이 아니에요, 언니! 아아, 제발 잊어주세요…… 그런 생각 안 해요. 그런 생각 안 한다고요, 언니는 가슴이 작고 성장기도 끝나서 더 자랄 가망도 없으니까, 마스터어한테 어울리지 않는다는 생각 따위는 안 해요. 시트리 언니는 저보다 나이가 많으니까 제가 장래성이 있다는 생각 따위는, 절대로 안 한다고요!"

솔직히 티노와 시트리 언니의 나이 차이는 겨우 세 살밖에 안 된다. 어째서 그런 소리를 마스터어 앞에서 자랑스럽게 떠들어댄 걸까. 무엇보다 티노한테는 마스터어의 소꿉친구인 언니들을 당해낼 요소 자체가 존재하지 않는데…….

그 뿔이—— 틀림없이, 가면을 썼을 때 자라났던 뿔이 문제다. 그 뿔을 안테나로 삼아서, 티노의 머리가 이상한 것을 수신해버렸다. 이젠 마스터어도 언니들도 얼굴을 볼 수가 없다. 그때 언니가 한 대 후려쳐서 가면을 벗겨주지 않았다면, 자신감이 흘러넘치던 티노는 아마도 마스터어한테 아주 못된 짓을 해버렸을 것이다.

이 나라에는 소문도 75일이면 사라진다는 말이 있다. 한마디로 최소한 75일은 마스터어와 얼굴을 마주쳐서는 안 된다.

클랜 하우스는 근처에도 가면 안 된다. 어쩌면 티노의 추태가 다 알려졌을 수도 있으니까. 언니나 마스터어는 그런 짓을 안 하겠지만, 그때 티노의 자신만만한 선언을 듣고 시트리 언니가 지었던 표정은 그런 짓을 하고도 남을 만큼의 위험한 느낌이 담겨 있었다.

호랑이 꼬리를 밟고 말았다. 어떻게 해야 용서해줄까. 아마 그냥 사죄해봤자 용서해주지 않겠지. 마스터어한테 미움을 받을 수 있는 범죄를 도우라고 할 게 틀림없다.

싫어, 솔직히, 이미 마스터어가 자신을 미워하고 있을 가능성도 있다.

그 가면은 틀림없이 강력한 보구였다. 티노가 자신의 감정을 좀 더 제대로 제어할 수 있었다면, 아마도 그런 꼴사나운 모습은 보여주지 않았을 것이다. 그리고 항상 상냥한 마스터가 억지로 그 가면을 씌웠다는 건, 그런 모습을 기대했다는 뜻이다.

즉, 티노는 천 개의 시련에서 탈락했다. 전부 마스터어의 관심을 끄는 보구를 손에 넣어서 상을 받을 거라고 들떠 있던 티노가 잘못했다. 항상 방심하면 안 된다고, 마스터어도 언니도 그렇게 말했었는데, 그걸 실천하지 못했다. 티노는 헌터로서 실격이다. 헌터로서 실격인데, 어째서 그때는 그렇게 자신만만해질 수가 있었던 걸까. 이게 다 그 뿔 때문이다.

고개를 살짝 들었다가, 바로 베개에 묻어버리고 이불을 뒤집어썼다. 문은 잠가뒀다. 지금은 아무도 만나고 싶지 않은 기분이다.

한참 동안 침대 밖으로 나가질 않았기 때문에, 다른 사람과 만날 수 있는 몰골도 아니다.

그때, 굉음이 울려 퍼졌다. 뭔가가 깨지는 격렬한 소리. 당황해서 고개를 들어보니 침실 문이 박살 났다. 닫혀 있던 침실에 뜨거운 공기가 흘러들어 왔다.

나타난 사람은 조금 전까지 죽어도 얼굴을 마주치고 싶지 않다고 생각한 스승이었다. 아니, 티노가 열심히 돈을 모아서 구입한 집을 파괴하면서 들어올 사람은 언니밖에 없었다.

"야, 티! 후딱 일어나! 나갈 거니까!"

"?! ?!?? 어, 언니?!"

그렇게 꼴사나운 모습을 보였었는데, 언니의 표정은 평소와 하나도 다를 게 없었다. 평소에 훈련하면서 땅바닥에 엎어져 있던 티노를 내려다보던 그때처럼, 그 눈에는 살벌하게 번뜩이는 빛이 깃들어 있었다.

얼굴을 보면 너무 창피해서 도망쳐버릴 거라고 생각했었는데, 막상 이렇게 얼굴을 보니까 그런 생각 따위는 싹 날아가 버렸다.

침대 위에서 몸을 일으키고, 이불을 꼬옥 쥐었다.

"그렇게 갑자기—— 어, 어디로 가려는 건데요?!"

"바캉스. 크라이랑 같이. 지금 당장 갈 거니까, 자, 빨리 준비해!"

"세, 세상에—— 아, 안 돼요, 언니. 그렇게 꼴사나운 모습을 보여놓고, 전 마스터어를 볼 낯이——."

티노의 저항을 무시하고, 언니는 티노가 매달려 있거나 말거나 힘으로 이불을 걷어버렸다. 그래도 아직 이불을 끌어안고 있는 티노의 모습을 보고는, 이불과 같이 바닥에 내동댕이쳐버렸다. 뼈가 바닥에 부딪히면서 둔탁한 소리가 울렸다. 묵직한 아픔 때문에 자기도 모르게 신음이 나왔지만, 엄한 언니는 배려란 단어를 몰랐다.

"아앙?! 시끄러, 닥치고 준비나 하란 말이야! 솔직히 크라이는, 티 너의 그 꼴사나운 모습 따위는 질리도록 봤으니까, 이제 와서 신경도 안 쓴다고! 자, 자, 빨리!"

"아윽! 무무, 무리, 무리라고요! 제, 제가, 창피해서 죽을 거예요오⋯⋯."

안 되는 건 안 된다. 지금까지는 언니가 시키는 대로 해왔지만, 이번만은 아니다.

몇 번이나 바닥에 처박히면서도 이불을 놓지 않는 티노를 보고, 언니가 손을 멈췄다.

이해해준⋯⋯ 걸까?

살짝 마음을 놓는 티노에게, 언니는 마치 동료들이 전부 죽었는데도 포기하지 않고 덤벼드는 귀찮은 고블린이라도 보는 것 같은 눈빛을 보냈다. 그리고 차가운 목소리로 말했다.

"크라이한테 데리고 간다고 했어. 5분 준다. 그동안에 준비를 끝내지 않으면, 그 까치집 지은 머리 그대로 그냥 질질 끌고 갈 거니까."

"?!"

순식간에 잠이 깼다. 찬물을 뒤집어쓴 것 같은 기분이다. 언니는 한다고 하면 반드시 하는 사람이다. 이대로 가면 지난번에 저지른 것보다 더 창피한 꼴을 당하게 된다.

"자, 잠깐만 기다려 주세요── 5분 만에 준비하라니──."

"이제 4분."

"?!"

틀렸다. 생각할 틈도 없다. 티노는 이불을 내던지고는 외출 준비를 하기 위해서 황급히 뛰쳐나갔다.

해는 지고, 희미한 어둠이 제도를 감쌌다. 클랜 하우스 앞에는 마차가 한 대 서 있다.

특별한 점은 찾아볼 수 없는 말 두 마리가 끄는 상자 모양 마차다. 클랜이 소유하지 않은 마차라는 증거로, 차체에서 발자국의 심볼을 찾아볼 수 없다. 이거라면 얼핏 봐서는 《시작의 발자국》이 사용하는 마차라고 알아볼 수 없겠지.

자신의 업무 범위 밖의 일이지만, 훌륭히 마차를 구해온 에바가, 어떠냐고 묻는 것 같은 눈으로 날 쳐다보면서 말했다.

"눈에 띄지 않는 쪽이 좋다고 하셔서……."

"응, 그래, 괜찮네."

역시 대단하다. 원래 마차라는 것은 사전에 예약해야만 빌릴 수 있는 물건이다. 탐협이 보유한 마차라면 어느 정도 융통성을 발휘해주지만, 눈앞에 있는 마차는 그런 것이 아니다.

말을 꺼낸 지 하루도 안 됐는데, 에바의 수완은 정말 대단하다.

"빌린 물건이니까, 망가트리면 변상해야 합니다. 그렇게 비싼 건 아닙니다만……."

"……안 망가트려."

"……그렇게 말해놓고, 지금까지 몇 번이나 망가트렸었죠?"

에바가 안경 렌즈 너머로 도끼눈을 한 채, 날 쳐다보고 있다.

아무래도 날 전혀 안 믿는 것 같다. 나는 살짝 헛기침하고서 말했다.

"망가트린 게 아니야. 망가진 거야."

내 탓이 아니야. 어쩔 수가 없었단 말이야.

옛날에는 마차가 튼튼한 물건이라고 생각했다. 하지만 지금은 얼마나 약한지 아주 잘 알고 있다. 마물이나 팬텀 무리가 공격해 오면, 제아무리 금속 장갑을 두른 마차라고 해도 순식간에 부서져 버린다.

물론 일부러 그런 것도 아니고 마물들 소굴로 뛰어든 것도 아 닌지만, 헌터란 어쨌거나 위험한 일을 하는 직업이다.

사실 지금 나는, 헌터들을 대상으로 하는 마차 보험에서 가입을 거부당하고 있는 상황이다. 정말 이상하다니까…….

에바는 온몸에 보구를 칭칭 두른 나를 빤히 쳐다보면서 사무적으로 말했다.

"…………최대한 빨리 돌아와 주시면 고맙겠습니다."

"응, 당연히 알고 있어."

그 시선에 가시 같은 것은 느껴지지 않았다. 에바는 나 같은 놈한테는 너무나 아까운 사람이다.

최대한 빨리 돌아오라고. 그래, 최대한 빨리 돌아와야지. 하지만 언제 온다는 말은 안 했다.

내가 돌아오는 건…… 아무리 빨라도 『백검 모임』이 끝난 다음이다.

"『백검 모임』이 언제였지?"

"예? ……매년 같은 날짜니까…… 딱 3주 남았습니다."

3주…… 의외로 많이 남았네. 아무래도 긴 바캉스가 될 것 같다. 루크네를 마중 나가는 정도로는 시간이 한참 남을 것 같은데. 하는 김에 진짜로 바캉스를 가는 것도 나쁘지 않으려나.

결국, 다른 클랜 멤버 중에서는 동행하겠다는 사람이 없었다. 제사가 있다느니 결혼식이 있다느니 몸이 안 좋다느니 등등, 뭐 갑자기 말을 건 나한테도 잘못이 있기는 하지만, 타이밍이 너무 안 좋았어.

하지만 생각하기에 따라서는 인원을 줄여서 다행이라고 할 수도 있다. 마차 한 대로 끝나니까.

"크라이 씨, 오래 기다리셨죠."

길 건너편에서 여행복 차림의 시트리가 종종걸음으로 뛰어왔다.

짙은 녹색 로브를 입고 등에는 커다란 회색 가방을 멨다. 튼튼해 보이는 트렁크 케이스를 들었고, 뒤에는 로브를 뒤집어써서 눈에 띄지 않게 한(어떤 의미에서는 더 눈에 띄지만) 키르키르 군이 따라오고 있었다.

여행 준비—— 보물전의 정보 수집이나 물자 준비는 항상 시트리가 맡아왔다. 특히 루크나 리즈는 걸핏하면 필요한 물건들을 깜박하기 때문에, 시트리가 알아서 챙겨주기도 한다.

등에 짊어진 커다란 가방은 용량이 무한대인 『매직 백(차원 가방)』은 아닌 것 같은데, 필요한 물건은 뭐든지 다 들어 있는 정말 신기한 가방이다. 시트리의 서포터로서의 능력은 정말 탁월하다고 해야겠지.

옛날 생각이 나서 그윽한 표정을 짓고 있는데, 내 앞까지 온 시트리가 살짝 뒤쪽을 돌아봤다.

"크라이 씨, 소개할게요. 새로운 협력자예요."

"……뭐?"

한눈에 봐도 나쁜 사람처럼 생긴 남녀 세 명이 매서운 눈빛으로 날 쳐다보고 있었다.

눈에 들어오기는 했지만, 시트리랑 같이 온 사람이라고는 생각하지 못했었다.

세 사람 모두 나보다 덩치가 크다. 한 사람은 여성인데, 그래도 나보다 크다. 머리카락 색이나 눈동자 색은 제각기 다르지만, 전체적으로 악랄한 생김새다. 한 사람은 뺨에 오래된 상처가 있고, 한 사람은 훤히 드러나 있는 어깨 대부분이 문신으로 새겨져 있었다. 마지막 한 사람은 상처도 문신도 없지만 교활해 보이는 눈을 가지고 있다.

공통으로 목에 장착하고 있는 살벌한 금속제 초커가 이채롭다.

만약에 길을 가다가 마주치면 당장 피하고 싶은 수준이다. 죽어도 같은 마차에 타고 싶지 않아.

세 사람은 나를 보고도 아무 말이 없었다. 그저 무겁고 답답한

침묵과 위압감. 에바도 눈살을 찌푸렸다.

시트리 혼자만 생글생글 웃었다. 아무리 봐도 보통 사람이 아닌 것 같은 남녀 세 명한테 둘러싸인 상태에서, 어떻게 이렇게 웃을 수 있는 걸까. 옛날 같았으면 틀림없이 엉엉 울었을 텐데…….

"그러니까………… 검둥이와 흰둥이, 회색이에요."

"……그거, 본명이야?"

"코드네임 같은 거라고 해야겠죠."

검둥이와 흰둥이, 회색이…… 머리카락 색으로 구분한 건가? 알기 쉽다고 할 수도 있기는 하지만, 정작 본인들은 납득했으려나? 대체 무슨 관계인지는 모르겠지만.

뒤에 있는 세 사람은 그 말을 듣고서 노골적으로 마음에 안 드는 표정을 지었다. 빡, 하고 이마에 핏줄이 튀어나왔고, 이를 가는 소리가 들린다. 차려 자세를 취하고 있는 손도 부들부들 떨리고 있다. 왜 아무 말도 없는 걸까.

빈틈없는 시트리가 하는 일이니까 문제는 없겠지만, 그래도 작은 소리로 물어봤다.

"음…… 이 협력자들, 본인들의 양해도 구한 거야?"

"물론이죠. 저한테 빚이 있거든요."

그렇게 보이진 않는데 말이야. 세 사람이 날 쳐다보는 시선은 적을 보는 부류의 시선이다. 살기까지 느껴진다.

대체 무슨 빚을 진 건지는 모르겠지만, 즐거운 바캉스에 데리고 가야 할 사람들은 아닌 것 같다. 솔직히 가능하다면 안 데리고 갔으면 좋겠다.

"셋 다 데리고 갈 거야?"

"그러니까…… 시험 삼아 써보려고 데리고 갈까 하는데——."

시트리가 다시 한번 뒤를 돌아서 세 사람을 보고는, 좋은 생각이라도 났다는 것처럼 손뼉을 쳤다.

"만약에 크라이 씨가 마음에 안 드는 멤버가 있다면, 처분할게요. 언니가 오기 전까지는…… 어떻게든 될 것 같으니까."

처분이라니, 무슨 그런 살벌한 소리를.

시트리의 말을 들은 세 사람의 얼굴이 순식간에 굳었다. 아마도 이 셋은 고용된 사람들이겠지. 시트리는 씀씀이가 좋으니까, 일이 없어질지도 모른다고 생각하면 안색이 변할 만도 하지.

나도 그 기분은 이해한다. 고된 일이라도 해야만 한다. 먹고 사는 건 정말 큰일이다. 그리고 정말 미안하지만, 아무리 그래도 세 사람은 너무 많거든.

리즈와 티노도 올 테고, 키르키르 군도 있으니까, 마차가 꽉 찬다.

시트리가 희미한 미소를 지었다.

"사양 말고 말해주세요. 원한을 살 걱정은 없으니까요."

"그러니까……."

팔짱을 끼면서 홍일점. 검둥이라고 부른 검은 머리 여성을 확인했다.

여성치고는 덩치가 크고, 키도 나보다 머리 하나만큼은 더 컸다. 피부는 검은색이고 탄탄한 육체였다. 검은 머리카락을 짧게 잘랐고, 뺨에는 오래된 큰 상처가 남았다. 가련한 느낌이 하나도 없는 만큼, 겉모습만 보면 리즈보다 강해 보였다. 용병이려나…… 어쨌거나 그 서 있는 자세에서는 수많은 전장을 헤쳐 나온 역전의 용사 같은 분위기가 감돌았다. 다른 살벌한 두 사람한테도 뒤지지 않는 외모를 지닌 검둥이가 긴장한 얼굴을 한 채로, 처음으로 소리를 내서 말했다. 톤이 낮기는 하지만 틀림없는 여성 목소리다.

"거, 검둥이. 죽이는 데는, 자신이 있다."

생각도 못 한 대답이다. 나도 모르게 눈이 휘둥그레졌다.

죽인다니…… 과연 그 특기를 쓸 기회가 있을까? 뭐, 호위 능력은 충분할 것 같지만.

못 들은 거로 하고, 이어서 흰 머리카락을 머리 오른쪽으로 넘긴 스타일의 흰둥이를 확인했다. 잘 단련된 육체. 어깨 전체에 문신이 있고, 한눈에 봐도 나쁜 사람처럼 생겼다. 흰둥이가 메마른 목소리로 말했다.

"희, 흰둥이다. 이, 이렇게 뵙게 돼서 영광이다. 뭐, 뭐든지 하겠다."

"뭐든지?"

"큭…… 뭐든지다!"

흐음…… 의욕은 충분하단 말이지. 짐꾼도 호위도 다 한다는 얘긴가? 어쩌면 얼굴이랑 안 어울리게 좋은 사람이려나?

마지막 한 사람── 회색 머리카락의 회색이를 봤다.

회색이는 다른 두 사람과 비교해서 덩치가 작다. 어쩌면 도적일지도 모른다. 다른 두 사람과 비교하면 전투 능력은 그다지 높지 않아 보이지만, 나를 품평하는 것 같은 눈빛이 엄청 교활해 보인다.

세 사람 모두 시트리가 고용한 만큼 (믿어도 되는지는 별개로 치고) 상당히 믿음직해 보인다.

그런데 말이야. 냉정하게 생각해보면 리즈랑 티노가 있으면 호위는 충분하지 않은가? 키르키르 군도 있고. 클랜 멤버들이라면 모를까 모르는 사람들이 있으면 불편하지 않겠어?

나는 시트리 쪽으로 시선을 돌리고, 애매한 미소를 지었다.

"미안하지만, 셋 다 필요 없을 것 같은데……."

"!!"

시트리가 눈이 휘둥그레져서 한 손을 입에다 얹었다.

그리고 뭔가를 말하려고 입을 벌린 순간, 갑자기 흰둥이와 검둥이가 회색이를 때렸다.

조금도 주저하지 않는 일격이었다. 마치 둔기로 힘껏 내리친 것 같은 엄청난 소리가 나더니 세 사람 중에서 제일 마른 체격인 회색이가 땅바닥에 자빠졌고, 데굴데굴 굴러서 길 건너편까지 날아갔다.

갑작스러운 폭력사태 때문에 얼어붙은 내 앞에서 고함이 날아다녔다. 흰둥이와 검둥이가 장절한 표정으로, 굴러가는 회색이한테 일말의 자비도 없는 발차기를 날렸다. 끔찍한 소리가 났다.

"이! 망할 놈! 일단은! 얌전하게 굴겠다고, 약속했잖아! 뒈져!"

"사과해! 시트리………… 씨한테, 사과해! 개똥만큼도 쓸모없는 놈! 그놈의 자존심이 뭐라고! 아앙?!"

머리를 붙잡고 바닥에 찧어댔더니 길바닥에 금이 갔다. 피가 튀었다. 악몽이라도 꾸는 것 같은 기분이다.

에바가 새파랗게 질렸다. 하지만 시트리는 낯빛 하나 달라지지 않았다.

이거…… 시트리의 의뢰에 대체 얼마나 목숨을 건 거야?

갑자기 일어난 처참한 현장을 보고 멍하니 서 있는 내 앞에서, 시트리가 난처하다는 목소리로 말했다.

"저도, 하나 정도는 어떻게 해서 본보기를 보여줘야겠다고 생각하기는 했는데, 설마 셋 다, 필요가 없다니…….'"

"노……농담이야. 그냥 농담."

응, 당연히 농담이지. 좋아, 같이 가도 좋아. 그냥 내가 참으면 되니까. 내가 참으면 되는 거야.

내 말을 들은 시트리는 안심했다는 것처럼 가슴을 쓸어내리더니, 일방적으로 맞고 있는 회색이를 보면서 말했다.

"예……? 뭐야, 그냥 농담이셨나요. 다행이다………… 사실은, 아직 교육이 덜 됐거든요. 최대한 설득할 테니까, 조금 시끄럽더라도 참아주세요."

"응, 그래, 알았어……."

정말 괜찮은 거야?

두 사람 사이에 끼어든 시트리를 보면서 의문이 격렬하게 샘솟았지만, 억지로 고개를 저어서 잊어버리기로 했다. 신경 써봤자 내가 어떻게 할 수 있는 일도 아니니까.

시트리가 나한테 보여주던 표정이 거짓말인 것 같은 험악한 얼굴로 소리쳤다.

"제가 아니라, 사과하려면 크라이 씨한테 하세요! 지금 그 태도라면, 없는 게 차라리 나아요! 절 창피하게 만들면, 당신들——목을 날려버리겠어요."

해는 이미 저물었지만 주위에는 아직 지나다니는 사람들이 있다. 지금은 멀리서 구경하고 있지만, 이대로 가면 기사단을 부를지도 모른다.

뒤쪽에서 날아오는 시트리의 날카로운 질책 소리를 들으며, 에바한테 웃어 보이며 말했다.

"…………아주아주 즐거운 바캉스야."

"…………예, 예에. …………재미있게 즐기다 오세요…… 최대한 빨리 돌아오시고요."

보아하니 에바도 같이 가줄 생각은 없는 것 같다. 나 역시 계속 집에 있고 싶으니까.

큰 소리가 난 탓인지, 클랜 하우스에서 낯익은 사람들이 뛰쳐나왔다.

혹시 같이 바캉스에 가주려는 걸까? 일말의 희망을 품은 나에게, 몸 곳곳에 붕대를 감은 장년 헌터가 울면서 매달렸다.

"자, 잠깐만 기다려! 마스터, 제도에서 나간다면서?! 그럼, 그 놈도 데리고 가줘!"

"……그놈?"

"먹거리 말이야! 이젠 감당이 안 돼! 이대로 가다간 사망자가 나올 거야!"

눈에 핏발이 서 있었다. 내 기억이 분명하다면, 이 클랜 멤버의 인정 레벨은 5였다.

남자 뒤쪽에서는 초췌한 표정의 클랜 멤버 몇 명이 고개를 크게 끄덕이고 있다. 하나같이 부위는 달라도 여기저기에 붕대를 감고 있다.

먹거리…… 계속 맡겨놓고 있었는데, 마물을 상대하는데 프로인 헌터들을 이렇게까지 힘들게 하다니, 대체 얼마나 성장한 걸까. 어쩌면 죽이지 않고 돌본다는 것 자체가 엄청나게 어려운 일이었는지도 모른다. 하지만 그 책임은 전부 시트리한테 있다고 생각하거든.

먹거리를 돌보는 담당들은 내 대답을 듣지도 않고 안으로 쏙 들어가더니, 손가락 정도 굵기의 쇠사슬을 다섯 명이 억지로 잡아당겨서 먹거리를 데리고 나왔다.

맡겨둔 지 아직 한 달도 안 지났을 텐데, 오랜만에 보는 먹거리는 완전히 성체가 돼 있었다. 일단 크기가 지난번에 봤을 때와 다르다. 처음 시트리가 데리고 왔을 때는 손으로 들 수 있는 케이스 안에 들어있었는데, 지금은 높이가 2m 가까이 되고 내가 간단히 올라탈 수 있을 정도로 크다. 등에는 커다란 날개가 달렸고, 얼마 전까지는 없었던 훌륭한 갈기도 자라 있었다. 어릴 때도 날 죽일 수 있을 정도로 강했는데, 지금의 먹거리는 완전히 몬스터가 되었다.

먹거리는 나를 보더니, 그 생김새를 봐서는 상상도 할 수 없을 만큼 귀여운 목소리로 마치 응석이라도 부리는 것처럼 "야옹~" 하고 울었다. 하지만 그 입에는 날카로운 이빨이 잔뜩 나 있었다.

먹거리를 보고, 회색이네의 얼굴이 새파랗게 질렸다. 마음이 꺾인 내 귀에, 시끄러운 목소리가 들려왔다.

"싫어요! 용서해주세요, 언니! 역시, 저는, 마스터어를, 볼 낯이, 없어요!"

"그만 포기하란! 말이야! 언제까지 그렇게 풀 죽어서 찌그러져 있을 거야── 네가 송사리라는 건! 크라이도 다 알고 있다고, 몇 번이나 말해야 하냐고! 계속 그렇게 징징거리면, 스승인 내 체면에도 문제가 생긴다고!"

아직 출발도 안 했는데 먹구름이 감돌고 있다. 비명을 지르는 티노를 질질 끌고 오는 리즈를 보고, 나는 조용히 마차 안으로 들어가 아무 일도 없었다는 것처럼 무릎을 끌어안았다.

그냥 집에 가고 싶다…….

"감정 부탁했던 포션 말인데…… 그거, 강력한 술 깨는 약인 것 같아."

"…………뭐?"

제도에서도 저명한 약사의 말에, 아놀드의 머릿속이 부글부글 끓어올랐다. 동료들도 술렁거렸다.

시트리 스마트한테 속았다. 1억 길이 넘는 돈을 주고 손에 넣은 포션이 단순한 술 깨는 약이라니. 어떤 의미에서 보면 해독제라고 할 수도 있지만, 그딴 건 상관없다.

확실히, 냉정하게 생각해보면 아무리 위험한 헌터라고 해도 같은 헌터의 음식에 독약을 타는 짓을 할 리가 없다. 가지고 논 거다. 법에 호소해서 보복할 수도 있겠지만, 감정 결과가 이래서는 재판에서 이기기도 힘들다.

하지만 그런 건 어찌 되든 상관없다. 아놀드는 일시적으로 모든 활동을 중단하기로 결단했다.

그놈들은《안개의 뇌룡》,《호뢰파섬》의 역린을 건드렸다. 긍지에 상처를 냈다. 상대가 레벨 8이건 아니건 상관없다. 대가를 톡톡히 치루게 해야 분이 풀릴 것이다. 이대로라면 머지않아 자신을 따르는 사람도 없어질 거다.

한시라도 빨리《비탄의 망령》을 친다. 조건 따위는 아무 상관없는, 아주 심플한 행동 지침이다.

생각해보면 아놀드는 이 제도에 온 뒤로 계속 험한 꼴을 당해왔다.

주점에서는 리즈 스마트한테 기습당해서 기절해버렸고, 그 꼴을 다른 멤버들도 보고 말았다.

많은 사람 앞에서《천변만화》한테 패배했고, 생트집에 가까운 이유로 술 깨는 약을 비싼 값에 강매당하지를 않나, 그다음에는 놈들의 지모에 의해 이 제도에서도 유명한《마장》과 대치하는 일을 겪었다. 그리고 또 적지 않은 사람들한테 그 모습을 보여주고 말았다.

하지만 무엇보다 큰 문제는, 아놀드 일행이 단 한 번도 힘을 과시하지 못했다는 점이다.

헌터에게 있어 『강함』은 가장 중요시되는 요소다. 문제만 일으키는 헌터보다 힘이 없는 헌터가 더 가치가 없다고 여겨질 정도로. 이대로 가면 제도에서의 활동 자체가 위태로워진다. 상황이 안 좋았다. 전력에 차이가 났다. 그딴 소리는 변명거리도 안 된다. 무엇보다 이대로 가면 파티가 붕괴한다.

지금의 입장을 단번에 바꿔버리기 위해서는 『역시 《안개의 뇌룡》은 레벨7 수준의 실력을 지녔다』라고 생각하게 할 공적이 필요하다. 그것도 과거가 아니라 현재의 능력을 증명해서, 어떻게든 실력을 보여줄 필요가 있다. 이대로 가면 자신보다 레벨이 높은 헌터나 탐색자 협회 등의 평가는 물론이고, 레벨이 낮은 헌터나 일반 시민들마저 자신들을 얕보게 될 것이다. 물리적으로 입을 다물게 만드는 데도 한계가 있다.

《비탄의 망령》을 쓰러트리면 그 모든 것이 단번에 해결된다. 한때는 칼을 거뒀지만, 먼저 도발한 건 그쪽이다. 이유는 충분하다. 봐줄 필요는 없다.

걸어온 싸움은 받아줘야만 한다.

《비탄의 망령》을 쓰러트려서 이 제도에 《안개의 뇌룡》의 이름을, 《호뢰파섬》의 이름을 떨칠 것이다.

설령 패배한다고 해도 크게 한 방을 먹인다. 그것이 헌터들의 살아가는 방식이다.

찻집에서는 놓쳤지만, 두 번 다시 똑같은 실수는 하지 않는다.

숙소의 훈련장. 낮에 겪었던 굴욕을 풀려는 것처럼 일사불란하게 애검을 휘두르고 있는 아놀드에게, 오른팔인 에이 라리어가 달려왔다.

"아놀드 씨, 큰일 났습니다! 《발자국》놈들이 얘기하는 걸 들었는데——《천변만화》가 제도 밖으로 나갔다는 것 같습니다. 바캉스 간다고 하는데, 언제 돌아올지도 모른답니다."

그 말을 듣고, 순간적으로 아놀드의 머릿속이 새하얘졌다.

낮에 사람을 그렇게 바보로 만들어놓고는, 바캉스라고?! 정말로 웃기는 자식이다.

피가 확, 하고 머리로 솟구쳤지만, 거칠어진 호흡을 진정시키고 짧게 명령했다.

"…………쫓아간다. 준비해."

"크라이가 제도 밖으로 나갔다고? 이번에는 꽤나 빠른데……."

탐색자 협회 제도 지부 지부장실. 오늘도 자기 앞으로 올라온 서류들을 열심히 처리하던 거크는, 제도의 성문에서 들어온 보고를 듣고서 눈이 휘둥그레졌다.

《천변만화》는 인정 레벨 8이 부끄럽지 않은 헌터지만, 유일한 약점이라면 일을 시작할 때까지 시간이 오래 걸린다는 점이다.

전부 계산된 일인 것 같지만, 아무것도 모르는 거크 입장에서는 항상 조마조마할 뿐이다.

이번 지명 의뢰는 수많은 의뢰 중에서도 특히 중요한 것이다. 성공하면 그라디스 백작의 헌터를 싫어하는 성격이 완화되면서, 다른 헌터들에게도 돈으로 바꿀 수 없는 메리트가 발생할 것이다.

……아무리 크라이라도 그렇게 중요한 의뢰는 뒤로 미루지 않는 건가.

그런 생각을 하면서도 계속 얼굴을 찌푸리고 있는 거크에게, 카이나가 눈을 한 번 껌벅거리고 나서, 말했다.

"그런데, 크라이 군은 의뢰표를 안 가지고 가지 않았던가요? 그리고 같이 보내겠다고 했던 클로에도————."

"?! 이………… 이 망할 자식이————!"

의뢰표란 탐색자 협회가 발행하는, 상세한 임무 내용이 적혀 있는 종이다. 원래는 의뢰를 받은 헌터에게 건네주는 물건이다. 호출했을 때 주려고 했는데 크라이가 거절했었다.

설마 지명 의뢰의 내용도 모른 채 제도를 떠난 건 아니겠지. 크라이 안드리히는 그렇게까지 바보가 아니었다. 과거에도 의뢰표를 제대로 보지도 않고 출발했는데도, 제대로 일을 끝내고 돌아온 적이 몇 번이나 있었다(어떻게 의뢰표도 안 보고 내용을 알았는지는 모르겠지만).

하지만 이번 의뢰는 지금까지와 사정이 다르다.

이번에 크라이에게 발주한 지명 의뢰는 그라디스가 보유한 기사단과의 공동작전이다. 의뢰표는 내용을 확인하기 위한 것이 아니라 신분증 역할을 하는 것이다. 《천변만화》 본인은 유명하니까 어떻게든 되겠지만, 그래도 확실한 물적 증거가 없으면 부족한 것은 사실이다. 그리고 헌터를 싫어하는 귀족이 상대인 경우, 그것이 치명타가 될 수 있다.

이번에는 클로에를 같이 보내서 원만하게 해결할 생각이었는데, 설마 두말하지 않고 하겠다고 대답한 클로에까지 두고 가버릴 줄은 몰랐다.

다음에 만났을 때는 확실하게 혼쭐을 내줘야겠다. 얼굴을 찌푸리는 거크에게, 카이나가 씁쓸하게 웃으면서 말했다.

"크라이 군도 의외로 얼빠진 구석이 있으니까요…… 바캉스 간다는 소리를 했다는 것 같기도 하고."

"빌어먹을, 자유로운 것도 정도가 있지. 그 자식, 그 도발하는 버릇은 어떻게 고칠 수 없는 건가? 귀족한테서 들어온 의뢰를 바캉스 기분으로 받는 놈이 어디에 있냐고!"

크라이는 성과도 행동도 하나같이 뜬금없는데, 거기에는 몇 년이 지나도 익숙해지질 않는다. 아마 클로에를 두고 간 것도 특별한 이유가 있어서 그런 건 아니겠지. 어쩌면 그냥 잊어버렸을 가능성도 있다.

거크는 욱신거리는 머리를 붙잡고서 카이나에게 명령했다.

"클로에한테 당장 쫓아가라고 해. 무슨 수를 써서라도 도착하기 전에 합류하라고. 절대로, 그라디스의 심기를 거스르지 않게! 아, 혼자 가는 건 위험하니까 호위로 헌터를 붙여주고. 보수는, 그 자식 보수에서 빼고 줘."

제2장   특이한 시련

제도 제블디아는 주변 제국까지 포함한 수많은 도시 중에서 가장 번영한 도시 중 하나다.

잘 정비된 도로와 줄지어 서 있는 가로등.『퇴폐지구』등의 일부 구역을 제외하면 밤에도 어두워서 곤란한 일은 없다. 인구도 많고, 기본적으로 거친 성격인 헌터들도 잔뜩 있기에, 기사단도 비교적 빈번하게 순찰을 돌고 있다.

하지만 제도를 둘러싼 벽에서 한 걸음만 밖으로 나오면 약육강식의 세계가 펼쳐지는 것은 다른 나라와 다를 게 없다.

인공적인 불빛은 없고, 적지 않은 빈도로 마물이 나타난다. 지난번의【흰 늑대 둥지】처럼 팬텀이 흘러나오는 때도 있고, 인간 도적들이 습격해오는 일도 있다. 제국은 치안 유지에 힘을 쓰고 있지만, 그런 위험들을 완전히 박멸하지 못하는 것을 보면 바깥 세상이 얼마나 위험한지를 잘 알 수 있다.

제도를 나와서 느릿한 속도로 달려가는 마차 안에서, 나는 벌써 이번 바캉스의 첫 번째 후회를 하고 있었다.

하늘에는 두꺼운 구름이 달을 가렸다. 창밖으로 흘러가는 풍경은 한없이 새카만 색에 가까워서, 밤눈이 어두운 나는 어디가 어디고 뭐가 뭔지 전혀 판단할 수가 없었다. 하다못해 아침에 출발했어야 했다.

난 정말 바보다. 이번엔【흰 늑대 둥지】때와 다른데. 이쪽에 결정권이 있는데, 어째서 밤중에 뛰쳐나온 걸까. 몇 시간 전의 나 자신을 때려주고 싶다.

사실 헌터들의 상식에서는, 어떠한 행동을 할 때는 특별한 이유가 없는 한 아침에 행동하는 것을 추천한다. 마물이나 팬텀 중에 밤눈이 좋은 놈들이 많기 때문이다. 리즈도 시트리도 티노도, 그리고 에바도 그걸 알고 있을 텐데…… 한 번쯤은 나한테 정말로 밤에 출발할 거냐고 물어봐 줬으면 싶었는데 말이야.

전부 내가 잘못한 일이기는 하지만, 이 사람들은 날 너무 신뢰하고 있는 게 아닐까.

평소에는 제도는 고사하고 클랜 하우스 밖에도 거의 안 나가다 보니까, 마차에 타는 건 정말 오랜만이다. 온몸에 전해지는 독특한 진동에서 왠지 모르게 그리운 기분이 든다.

트레저 헌터가 돼서 어느 정도 금전적인 여유가 생기면 마차를 이용하는 경우가 많아진다.

이동이 아닌 손에 넣은 아이템을 운반하기 위한 경우가 대부분인데, 마차를 사용하고 그걸 끝까지 지켜낼 만큼의 실력을 얻었을 무렵부터 헌터의 수입은 크게 불어난다.

《비탄의 망령》도 마차를 사용하고 있다. 안셈은 너무 커서 마차 안에 들어가지도 않고, 리즈와 루크는 밖에서 뛰어가니까 타는 사람은 나(와 가끔씩 루시아) 정도인데, 지금 생각해보면 그건 그것대로 재미있었던 것도 같다. 현재 진행형 수라장은 싫지만, 과거에 했던 위험한 모험은 좋은 추억이 되는 법이니까.

에바가 준비해준 상자형 마차는 중간 정도 크기였다. 아마도 헌터들이 사용하는 걸 상정했는지 다리를 뻗고 누울 수 있을 만큼 넓고, 만듦새도 튼튼한 데다 지붕 위에는 파수대도 있다. 서스펜션이 달려서 진동도 줄여주고 있다. 짐까지 고려하면 한 파티의 멤버들이 전부 탈 수 있겠지만, 원래 헌터한테 마차란 짐을 싣기 위한 물건이니까.

후회하는 사이에도 마차는 멈추지 않고 계속 달려갔다. 마부석에 앉아 있는 흰둥이와 검둥이(와 파수대에 앉아 있는 회색이)는 이렇게 어두운 데 잘도 마차를 몰고 있다.

이번에도 밤눈이 어두운 건 나 하나뿐인가…… 『오울즈 아이(올빼미 눈)』도 충전해두기는 했지만 그걸 쓸 상황은 아니다.

그때, 맞은편에서 지도를 보고 있던 시트리가 옆에 있는 리즈를 슬쩍 봤다.

"언니, 오늘은 왜 마차 안에 타고 있어? 평소에는 뛰어다니더니……."

"아앙? 너랑 크라이를 둘만 놔두면 이상한 짓 할 거잖아. 그렇게는 안 되지."

"…………흰둥이와 검둥이와 회색이만 가지고는 좀 불안하니까, 언니가 밖에서 뛰어가 줬으면 좋겠는데……."

"내가, 불안하다고! 그리고 키르키르 군이랑 저 키메라가 있으니까 아무 문제 없잖아! 시트 너도, 평소에는 마부 노릇 했으면서, 오늘은 왜 안에 있는데?"

"그건…… 흰둥이와 검둥이 시험 사용도 겸해서——."

어둠 속에서 눈동자를 이글이글 불태우며, 리즈와 시트리가 말다툼하고 있다.

구석에서는 유괴당한 것처럼 끌려온 티노가 나랑 똑같이 무릎을 끌어안고 앉아 있고.

그 가면 때문에 아직도 이러는 걸까. 처음에 인사했을 때와 사과했을 때를 빼면, 티노는 계속 이러고 있었다. 대화를 안 하니까 쓸쓸하기도 하지만, 이렇게 대놓고 거절하니까 내가 먼저 말을 걸기도 힘들다.

시트리가 고용한 악당처럼 생긴 세 사람의 얼굴이 안 보여서 그나마 다행이다. 그나저나, 이 광경을 보고서 바캉스 가는 일행이라고 생각하는 사람은 없겠지.

하다못해 밤만 아니었으면 신이 났을 텐데…….

그런 생각을 하고 있는데, 이상한 사자에 탄 회색 마초가 마차 옆으로 달려갔다.

먹거리 라이더 키르키르 군이다. 먹거리는 흥분한 것처럼 후~ 후~ 하고 으르렁대고, 키르키르 군이 힘차게 고삐를 당기고 있다. 역동감이 너무 넘치는 탓에 토할 것 같은 기분이 들어서, 나는 밖을 내다보는 걸 그만뒀다.

"…………."

오늘은 웬일로 마물이 안 나오네, 같은 생각을 하고 있었는데, 저런 게 달려오면 당연히 마물도 도망가겠지. 오히려 키르키르 군 라이드 먹거리 쪽이 훨씬 마물 같다. 악몽 같은 데 나올 것 같다. 더해서는 안 될 것들을 더했다. ……안전한 여행을 할 수 있겠네.

"크라이 씨, 어떤 루트로 갈까요?"

시트리가 펼쳐놓은 지도 옆에 빛나는 병을 내려놨다. 어렴풋한 빛이 지도를 비췄다. 제도를 중심으로 주변 각지가 기재된 지도에는, 시트리가 적어놓은 메모가 여러 곳 있었다.

이번 목적은 시간 벌기 겸 바캉스 겸 루크네의 마중이다. 루크네가 공략하는 【만마의 성】은 국내에 있지만 변경이니까, 곧장 그리로 가기만 해도 가벼운 여행이 될 지경이다.

"뭔가 의견은 없어?"

"난 크라이만 따라갈 건데?"

내가 묻자 리즈가 기뻐하면서 바로 대답했고, 시트리도 생글생글 웃으면서 고개를 끄덕였다.

헌터가 된 이후로 계속 이런 느낌이었다. 내 지휘 실수 때문에 험한 꼴도 잔뜩 당했을 텐데, 멘탈이 너무 강하다고 해야 하는 건지, 날 신뢰해준다고 기뻐해야 하나…… 슬쩍 티노 쪽을 봤더니, 티노는 고개를 들고서 눈가에는 눈물을 머금은 채로 고개를 끄덕였다.

왠지 지켜주고 싶어진다. 무리지만.

"마스터어를…… 따라갈, 게요……."

"미안해, 티 저 녀석, 왠지 자신을 잃은 것 같아서 말이야!"

"응, 그래, 그럴 수도 있지……."

제자가 컨디션이 안 좋은 탓인지, 리즈도 평소보다 상냥하게 말했다. 최근에는 티노한테 멋진 모습을 보여주지 못했다. 그

렇다면 이쯤에서 마스터어도 할 때는 하는 남자라는 걸 보여줘
야지.

나는 팔을 들어서 손가락을 하나 뻗고는, 제도에서 【만마의 성】
사이에 있는 한 부분에 크게 동그라미를 그렸다.

"일단, 이 범위는 안 지나가."

"예. 여기는 안 지나간단, 말이죠…… 이유를 물어봐도 될까요?"

"……내 감이야. 한 발짝도 들어가지 말자."

동그라미를 그린 장소는 그라디스 백작령이다.

내가 재주는 없어도 경험은 있다. 이《천변만화》에게 빈틈은 없
다. 에크렐 아가씨와 문제를 일으킨 탓에 그쪽 가문의 영지가 어
디 있는지 조사해뒀다. 수령하지는 않았지만, 지명 의뢰까지 받
았다. 가까이 가지 않아도 위태위태한 상황인데, 가면 무슨 일이
일어나게 될지는 생각도 하기 싫다.

논리적인 근거라고는 하나도 말하지 않았는데도, 시트리는 싫
은 표정은커녕 따뜻한 미소를 지어줬다. 치유된다.

그라디스령에 한 발짝도 들어가지 않고 보물전에 가려면 멀리
돌아가야 한다. 뭐, 최악의 경우에는 루크네랑 엇갈려도 되니까,
안전을 최우선으로 생각해야 한다.

"알겠습니다. 그럼 북쪽 산을 횡단하거나 서쪽 숲을 가로지르는
것 중에── 산과 숲, 인가요. ……티, 참고삼아 물어보는데『뇌
룡』이랑『포테 드라고스(방황하는 거귀(巨鬼))』 중에 어떤 게 좋아?"

"……예?"

티노가 고개를 들고, 어째선지 시트리가 아니라 내 쪽을 봤다.

작은 동물 같은 겁먹은 표정.『뇌룡』은 굳이 말할 필요도 없는, 벼락을 다루는 강력하고 희소한 용이다.

포테 드라고스는── 들어본 적은 없지만, 티노가 깜짝 놀랄 수준으로 위험한 마물이겠지.

"아니, 안 나오거든?!"

당황해서 부정했다. 일단 뇌룡은 어지간해서는 보기도 힘든 마물이다. 분명히 산에 서식한다는 얘기를 들은 적이 있고 실제로 조우한 적도 있지만, 뇌룡은 용종 중에서도 상당히 희소해서 일부러 찾으려고 해도 보이지 않는 존재다. 후자 쪽은── 이름도 처음 들어보는 존재라서 잘은 모르겠지만, 숲에서 조우하는 위험한 마물에 대해서는 나름대로 잘 아는 내가 모를 정도니까, 일반적인 마물은 아니겠지.

시트리는 걱정이 너무 많다니까. 리즈가 볼을 빵빵하게 부풀리고, 팔짱을 끼고서 나한테 지원사격을 해줬다.

"시트? 나올 리가 없잖아? 크라이가── 적은 인간이라고 했으니까! 쓸데없는 예상은 하지도 마!"

그러니까 아무것도 안 나온다고! ……아무래도, 전혀 믿어주질 않는 것 같다.

"……크라이 씨의 생각을 조금이라도 이해해보려고 하는 게 뭐가 문제인데? 그야 뭐 적중률은 낮지만, 타당한 라인업이라고 보는데…… 크라이 씨, 제 생각이 빗나간 건가요?"

안 나와. 틀림없이, 아무것도 안 나와. 이건 모험이 아니라 바캉스라고!

하지만, 그렇게까지 말한다면 나는—— 신중에 신중을 기하자.

두근두근하는 얼굴로 날 보고 있는 시트리의 말에는 대답하지 않고, 지도를 가리키는 손가락을 옮겼다.

그라디스령을 피해서 변경에 있는 【만마의 성】까지 가려면 산과 숲 중에서 선택해야 한다. 하지만 산은 몰라도 숲 쪽은 크게 우회하면 회피할 수 있다. 굳이 서두를 필요도 없으니까.

"산맥 쪽은 몰라도, 숲 쪽은 크게 돌아가면 피해갈 수 있잖아?"

"하지만, 그렇게 하면 【만마의 성】에 도착하는 데까지 시간이 너무 오래 걸리고—— 평야에서는 희소한 마물의 출현율이 상당히 낮아서 수입이 거의 없게 돼요. 건방진 소리일지도 모르지만—— 검둥이와 흰둥이와 회색이는 사정 봐줄 필요 없으니까, 어느 정도 위험을 부담해도 될 것 같아요."

어지간해서는 No라고 말하지 않는 시트리의 입에서 나온 논리 정연한 말.

학자처럼 보이지만 시트리도 근본은 트레저 헌터라는 건가. 수입이라는 게 뭔데…….

평소 같으면 그 말에 넘어갔겠지만, 오늘의 나는 뭔가 다르다. 확실하게 말해주겠어.

"괜찮아, 이번 목적은 바캉스니까! 자, 티노도 겁먹지 말고…… 가끔은 날 믿어줬으면 싶거든."

"마스, 터어……."

눈물을 글썽이는 티노 쪽을 보고, 이어서 다른 두 사람을 크게 둘러보면서 살짝 한숨을 쉬었다.

"정말로 다른 생각은 없어. 요즘 많이 힘들기도 했고—— 티노는 물론이고 리즈랑 시트리도 일을 너무 많이 했잖아. 제도 밖으로 데리고 나와서 이런 소리 하는 건 좀 그렇지만, 이쯤에서 한번쯤 몸을 쉬면서 컨디션을 조절하는 게 좋을 것 같아. 그냥 평범한 여행이야, 여행. 바캉스라고. 마물이고 팬텀이고 다 쉬는 거야. 맛있는 음식 먹고, 느긋하게 쉬고, 재미있는 일을 하고—— 위험한 건 하나도 없어. 정말이거든?"

휴식만 취하고 있는 내가 할 소리도 아니고 바로 얼마 전에 티노한테 유골 회수 벌칙 게임을 던져준 입장에서 할 소리도 아니지만, 그래도 그게 내 진심이었다. 일을 떠넘긴 나도 쉬고 싶은 나도, 양쪽 모두 진실이다.

진심이 담긴 말을 들은 티노가 어깨를 부들부들 떨면서 나를 똑바로 쳐다봤다.

"믿어도…… 되나요? 마스터어."

그래. 믿어도 돼…… 티노. 크게 고개를 끄덕인 그 순간, 내 귀에 작은 빗소리가 들려왔다.

고개를 돌려 창문을 확인했다. 창문 유리에 생긴 물방울 자국이 순식간에 늘어나, 몇 분 전까지만 해도 비가 올 기미는 전혀 없었다는 게 믿기지 않을 만큼 엄청 쏟아지고 있었다.

거세게 휘몰아치는 바람과 빗소리. 갑작스러운 날씨 변화에 말도 깜짝 놀랐는지 마차가 크게 흔들렸다.

차체는 밀폐돼 있어서 빗물은 들어오지 않지만, 마차를 끄는 말은 생물이다. 플래티넘 호스라면 폭풍 정도는 아무렇지도 않겠지만, 이 폭우 속에서 평범한 말한테 마차를 끌면서 달리라고 하는 건 무리라고 봐야겠지.

바람과 빗소리에 섞여, 바깥에서 살짝 짜증 내는 목소리가 들려왔다.

밖에 있는 검둥이와 흰둥이와 회색이는 괜찮으려나…… 갑자기 안 좋아진 날씨 때문에 어떻게 해야 좋을지 고민하고 있는데, 별안간 벼락이 쳤다. 이어서 천둥소리가 울렸다. 마차가 크게 튀었고, 정차했다.

아슬아슬하게 비명을 참았다. 다른 사람들은 아무도 겁먹지 않았는데 혼자만 비명을 지르면 너무 꼴사납잖아.

차체를 두드리는 비바람은 거세서, 금세 멎을 것 같지 않았다. 어떻게 하지…… 이래서는 꼼짝도 못 하는데. 폭풍우가 조금만 일찍 왔으면 내일 출발했을 텐데, 타이밍이 너무 안 좋다.

몸이 차가워졌다. 외투를 입고 단추를 꽉 잠갔다.

밖에서 폭풍우와 마주치는 건 처음이 아니다. 사실 나는——비를 부르는 남자다. 운도 지지리도 없고…….

"갑자기 엄청나게 쏟아지네……,"

"일단 밖으로 나갈까요…… 빌린 말이니까 조심해서 다뤄야겠죠."

그때, 가만히 창밖을 보고 있던 리즈가 말했다.

"좋았어, 티…… 뛰자."

"…………예?"

티노가 얼빠진 표정을 짓거나 말거나, 리즈는 벌떡 일어나 가

볍게 몸을 풀기 시작했다. 기온이 낮은 탓인지 그 피부에서 희미
하게 김이 피어오르고 있다. 다시 한번 가만히 창밖을 확인하고
는 만족스레 고개를 끄덕였다.

"엄청난 폭풍…… 수행하기 딱 좋잖아? 역시 크라이라니까! 시
트, 포션 있지? 아, 하는 김에 뇌속성도 키우고 싶으니까 유뢰약
(誘雷藥)도 줄래?"

"그래, 알았어."

뭐야…… 날씨까지 내 탓이라고 하면 곤란하거든.

시트리가 가방에서 흰색으로 빛나는 포션을 꺼냈다. 유뢰
약…… 전에 본 적이 있는, 벼락을 끌어들이는 정신 나간 포션이
다. 원리도 들어본 적이 있는데 잘 기억나지 않는다. 그리고 시트
리는 그 밖에도 이런저런 포션들을 척척 꺼내더니, 특수한 원형
통에 넣어서 리즈한테 줬다.

티노는 완전히 경직됐었다. 꿈이라도 꾸는 것 같은 넋 나간 표
정으로 리즈를 보면서.

어쩌면 지금, 티노의 머릿속에서는 주마등이 지나가고 있는지
도 모른다.

"리즈──."

말리려고 불렀는데, 리즈가 오늘 본 것 중에서 제일 눈 부시게
빛나는 웃는 얼굴을 하고서 말했다.

"괜찮아 크라이! 티도 마나 머티리얼을 꽤 흡수한 데다 훈련도
잘하고 있으니까, 벼락 한 방 가지고는 죽지 않을 거야!"

"?! ??? 마스터어……."

"잠깐 기다려어어어어!"

거의 반사적으로 리즈를 말렸다. 아무리 그래도 후배한테 그렇게 끔찍한 훈련을 시킬 수는 없다.

티노가 촉촉하게 젖은 눈으로 날 보고 있다. 괜찮아, 괜찮으니까.

"크라이는 걱정이 너무 많다니까. 괜찮아, 티도 이젠 어린애가 아니니까, 자기 책임이야. 내 계산대로라면 내구력도 꽤 늘었을 테고, 바로 죽지만 않으면 시트가 만든 포션도 있으니까."

눈을 반짝거리면서 말도 안 되는 이론을 주장하는 리즈. 너무 가혹하기는 하지만, 리즈의 옛날 스승과 다른 건 리즈 자신도 같은 수행을 했다는 점이다. 큰일이다.

리즈와 티노는 능력 차이가 너무 심하다. 티노가 시선으로 나한테 도움을 청하고 있다.

그때, 좋은 물건을 가지고 왔다는 게 생각났다.

품 속의 주머니에 손을 넣어 질척한 감촉의 물건을 꺼냈다.

그 물건을 본 티노의 얼굴이 새파랗게 질렸다.

『오버 그리드』. 잠재능력을 해방하는 힘을 지닌, 비장의 보구다. 그냥 두고 올까 고민했지만, 최근에 손에 넣은 보구다 보니 어딘가 쓸 데가 있지 않을까 싶어서 가지고 왔다.

나는 쓸 수 없지만, 티노가 이 가면을 썼을 때는 온갖 능력들이 크게 향상됐었다. 민첩성도 근력도. 그리고 아마 내구력도 향상됐겠지. 기분이 약간 고양된다는 점만 빼면 엄청나게 강력한 보구고, 정신적인 영향도 익숙해지면 어떻게든 될 것 같다는 예감이 든다.

억지로 주머니 속에 넣어뒀던『오버 그리드』가 짜증 난다는 목소리로 말했다.

『끔찍한 꼴을 당했군── 내가 나설 때인가……?』

이 가면을 쓰면 틀림없이 티노도 벼락을 견딜 수 있을 거야. 트라우마가 된 것 같지만, 티노가 빨리 그걸 극복해줬으면 좋겠다. 기대를 담아서 고개를 들었을 때, 티노가 소리쳤다.

"언니. 저, 저기, 지금 당장 수행하고 싶어졌어요!"

"아──."

굴러떨어지는 것처럼, 티노가 마차 밖으로 뛰쳐나갔다.

그리고 남은 건 눈이 휘둥그레진 리즈와 살 가면을 두 손으로 펼치고 있는 나. 그리고 나는 활짝 열린 문을 통해서 쳐들어온 강한 바람과 빗방울을 맞아서 흠뻑 젖어버렸다.

리즈는 잠시 조용히 있다가 탁, 하고 손뼉을 쳤다.

"역시 크라이는 대단하다니까! 이렇게 간단하게 티의 겁쟁이 근성을 고치다니── 나도 갔다 올게!"

"언니, 티, 유뢰약 놓고 갔어, 잊지 말고 챙겨가! 정말이지, 티는 도망치는 버릇이 생겼다니까……."

그걸 도망치는 버릇이라고 해야 하나. 리즈가 유뢰약을 챙겨 들고 사라졌다.

어둠 속으로 사라져버린 리즈와 티노의 모습은 내 눈으로는 찾을 수가 없었다. 그리고 내 머릿속에는 사라지기 직전에 티노가 보여줬던 믿었던 사람한테 배신당했다는 것 같은 표정이 똑똑하게 새겨졌다.

나는 축 처진 표정을 짓고 있는 『오버 그리드』를 봤다.

항상 소중한 것들은 내 손에서 빠져나가 버린다. 언제나 그랬었다.

"바로 텐트를 준비할게요. 크라이 씨는 잠깐 안에서 기다려 주세요."

시트리가 아무 일도 없었다는 것처럼 생글생글 웃으면서 야영 준비를 시작했다.

창밖에서는 거대한 하얀 키메라에 탄 키르키르 군이 폭풍 속에서 포효하고 있었다.

마치 이 세상의 종말 같다. 정말 끔찍한 바캉스다.

내 생각을 지워버리려는 것처럼, 벼락이 떨어지면서 엄청난 소리가 울려 퍼졌다.

강한 비와 바람이 《발자국》의 클랜하우스 라운지의 유리를 두드렸다.

하늘에는 두꺼운 구름이 꼈고, 가끔씩 벼락이 치고 천둥소리까지 울렸다. 라운지는 사람들로 꽉 차 있었다.

의뢰를 받을 예정이었다가 폭풍 때문에 허탕 치고 돌아온 사람. 단골 주점이 날씨 때문에 임시로 문을 닫은 탓에 갈 곳이 없어서 모여든 사람. 내일 보물전 탐색하러 출발하기 위해 준비하려고 했지만, 이대로라면 내일도 밖에 나가지 못할 것 같다는 생각에 그냥 틀어박혀 있기로 결심한 사람. 그런 사람들이 테이블 앞에 앉아서 커다란 창 너머로 하늘을 올려다보고 있다.

복통이 다 나은 라일이 가지고 온 술병을 들고는 큰 소리를 질렀다.

"바캉스는 얼어 죽을, 망할 크라이 자식. 처음부터 불길하잖아."

"마스터가 자발적으로 움직일 때는 뭔가 험한 꼴을 당하게 된다니까……."

파티 멤버 중에 한 사람이 라일에게 맞장구를 쳤다.

《천변만화》의 천 개의 시련은 위험하다. 아무리 해도 편해지는 일이 없다. 그것은 모든 사람이 알고 있는 사실이었다.

보통 트레저 헌터란 실력이 향상되면 향상될수록 일하기 편해지는 법이다.

하지만 천 개의 시련은 다르다. 시련이라고 하는 만큼, 그 난이도는 항상 아슬아슬하게 한계에 가까운 수준이다.

《시작의 발자국》 멤버들이 정예라고 불리는 것은 시련을 뛰어넘어왔기 때문이다. 그건 알고 있지만, 매번 부탁하지도 않은 일에 말려드는 건 도저히 참을 수가 없다.

"솔직히 말이야, 시련을 겪은 지 얼마 되지도 않았다고! 간격이 너무 짧은 거 아니야?! 그렇게 자주 목숨을 걸게 만들지 말라고!"

취기가 오른 라일의 고함소리에 다른 멤버들도 동조했다.

"그래, 맞아!"

"망가진 장비도 아직 새로 조달하지 못했어!"

"정보를 숨기지 말란 말이야!"

"마스터의 횡포를 용서하지 마라!"

"이렇게 거센 폭풍우가 치는데 밖에 나가라는 게 말이나 돼!"

"레벨 8이랑 똑같이 취급하지 말라고!"

"리즈랑 똑같이 취급하지 마!"

"정보를 내놔라!"

"돈을 내놔라!"

"정보~~~~!"

불만의 대상이 자리에 없는데도 어깨동무까지 하고 소리를 질러대는 클랜 멤버들을 보며, 그 사람들 사이에 끼지 않고 지켜보고 있던 이자벨라와 유는, 서로 얼굴을 마주 보고는 질린 듯이 한숨을 쉬었다.

"우리 클랜은, 다들 사이가 좋군요……."

"리즈랑 시트리는 괜찮겠지만, 끌려간 티노는 괜찮으려나."

《비탄의 망령》멤버들은 시련에도 익숙하지만, 걱정되는 건 거기에 말려든 후배 쪽이다.

천 개의 시련은 한 번 말려들게 되면 사람을 도망치지도 못하는 상황으로 몰아넣는다.

걱정하는 표정을 짓는 이자벨라의 눈앞에서, 하늘이 마치 그 말에 대답이라도 하려는 것처럼 번쩍거렸다.

그때, 클랜 멤버 한 사람이 입에 거품을 물고서 라운지로 뛰어들어 왔다.

온몸이 흠뻑 젖었는데 그건 신경도 쓰지 않고, 숨을 헐떡이면서 소리쳤다.

"이, 이봐, 큰일 났어! 《마장》이 전쟁을 시작하려는 것 같아. 상대는 그 아카샤의 탑이고, 그쪽 클랜 마스터가 움직이고 있어. 여파가 올 거야!"

"?!"

그 말의 의미를 깨닫고, 라운지에 모여 있던 멤버들의 안색이 확 달라졌다.

《마장》이라면 제블디아에서도 손꼽히는 오래된 클랜이다. 특히 그 클랜 마스터, 레벨 8의 《심연화멸》은 《비탄의 망령》에 뒤지지 않을 정도로 거친 인물이라고 알려져 있으니, 항쟁이 벌어지면 얼마나 많은 사람이 말려들게 될지 예상도 할 수 없다. 탐색자 협회에서 출근 요청이 나올 가능성도 높다.

머리를 벅벅 긁으면서, 라일이 절망적인 표정으로 소리쳤다.

"크라이 자식…… 바캉스라고?!"

"으아아아, 또 속았다!"

"기껏…… 기껏, 먹거리한테서 풀려났는데!"

또다시 아비규환의 양상을 보이기 시작한 클랜 동료들을 보며, 이자벨라는 깊은 한숨을 쉬었다.

엄청난 비와 바람이 어둠 속에 잠긴 초원에 휘몰아치고 있다.

계속해서 번쩍이는 벼락과 굉음을 동반하는 충격을 제대로 맞으면 목숨이 위험하겠지. 원래는 이렇게 밖에 나올 날씨가 아니다. 헌터도 사람이다 보니, 자연의 위력 앞에서는 할 수 있는 일이 거의 없다.

"……젠장, 폭풍이라고?! 최악이군."

옆에서 때려대는 것처럼 휘몰아치는 폭풍 앞에서, 평범한 외투 따위가 얼마나 효과를 발휘하겠는가.

큰 소리로 내뱉은 목소리는, 폭풍우 속에서 그 누구의 귀에도 전해지지 않고 사라져버렸다. 마차 차체 지붕── 파수대에서 파수를 보던 회색이가 참지 못하고 마차에서 뛰어내렸다. 마부석에 앉아 있던 검둥이와 흰둥이도 온몸이 흠뻑 젖은 채로 겁먹은 말을 달래고 있다.

시야 한쪽에 폭풍이 불거나 말거나 신경도 쓰지 않고 담담하게 텐트를 준비하고 있는 징그러운 여자가 보인다.

마차에 실어놨던 짐 속에서 텐트를 꺼내서는 익숙한 손놀림으로 조립하고 있다. 비와 바람, 진창과 어둠 속인 데도, 그 움직임은 너무나도 깔끔했다. 두꺼운 밧줄과 거대한 배낭. 세련된 용모에 무기도 들고 있지 않아서, 얼핏 봐서는 헌터가 아닌 것처럼 보이지만, 저 움직임은 틀림없는 일류 헌터의 기술이다.

하지만 회색이네와 가장 다른 점은 그 표정이다.

그 얼굴에는 고통이 없었다. 거센 비바람에 날아가지 않도록 마차 차체 뒤쪽에서 텐트를 조립하는 모습에서는, 이 정도 수라장은 몇 번이나 경험했다는 것 같은 기색이 엿보였다.

그때, 갑자기 그 눈이 마차에서 뛰어내린 회색이 쪽으로 향했다.

벼락이 번쩍이고, 그 빛으로 보인 투명한 핑크색 홍채가 회색이 일행 세 명을 차례로 봤다.

상대는 평범하게 날씬한 여자 한 사람이다. 세 사람을 쓰러트린 건 다른 한 사람—— 악명 높은 《절영》이었다.

그리고 《절영》은 이 폭풍 속에서 마차에서 뛰쳐나갔다. 나란히 달리던 뭐라 표현할 방법이 없는 키메라도 눈에 보이지 않았다. 도망치려면 아주 좋은 기회라고 할 수 있었다.

폭풍우 때문에 앞이 거의 보이지는 않지만, 아직 제도에서 그렇게 멀리 떨어진 것도 아니니까, 추적하기도 힘들겠지.

잠깐 그런 생각을 한 회색이에게, 시트리 스마트가 약간 짜증이 난 것처럼 눈살을 찌푸리고서 말했다.

"흰둥이 씨, 검둥이 씨, 회색이 씨. 겨우 기회를 얻었으니까, 절창피하게 만들지 마세요."

"……."

유일한 문제는—— 세 사람의 목에 있는 목걸이다.

더러운 목걸이는 일종의 마도구였다. 원래는 노예의 움직임을 제한하기 위한 것이다.

제블디아에는 노예 제도가 없어서 어지간해서는 볼 기회가 없지만, 오랫동안 뒤쪽 세상에서 활동해온 회색이는 그 물건의 효과를 잘 알고 있다. 원격 조작 방식이고, 스위치를 누르면 장착한 자에게 강력한 전류를 흘려보내는 마도구다.

현대 기술로 만들었기 때문에 보구만큼 강력하지는 않지만, 지속시간이 길고 위력도 안정적이기 때문에, 장시간 계속 전류를 흘리면 아무리 대량의 마나 머티리얼을 흡수한 몸이라고 해도 도저히 버텨낼 수가 없다.

튼튼하고 파괴하기 힘들어서, 어떤 나라에서 노예 제도를 유지하게 해주는 신뢰성 있는 물건이다. 강한 충격을 주면 전류가 흘러나오는 기믹도 있으므로, 해제를 시도해볼 수도 없다.

그야말로, 회색이를 비롯한 세 명은 보이지 않는 사슬에 묶여 있는 꼴이다. 그리고 그 주인은 아무리 봐도 그 목걸이의 사용을 주저할 인격이 아니다.

애당초 제블디아에서 이런 도구를 손에 넣으려면 비합법적인 수단이 필요하다.

흰둥이와 검둥이도 같은 결론을 내렸겠지. 시트리 스마트가 갑자기 호출했는데도 이렇게 세 명이 다 모여 있다는 사실이, 견해가 일치한다는 걸 보여주고 있다.

실수했다. 경매 낙찰품을 회수하는 일 따위 맡는 게 아니었다.

이제 와서 후회해도 늦었다. 이미 주사위는 던져졌다. 헌터 중에는 착한 사람도 있지만, 눈앞에 있는 놈들——《비탄의 망령》은 그것과 정반대의 존재다. 원래는 그냥 경비병한테 넘겨버리기만 하면 끝나는 일인데, 이렇게 자기들 밑에서 굴리려고 드는 걸 보면, 자신들을 죽이는 걸 망설이지 않겠지. 거역했다간 죽는다고 생각하면 된다. 아니, 어쩌면 아까처럼 이유도 없이 처분시켜버리려고 할 가능성도——.

지금 회색이 일행이 할 수 있는 일은 심기가 불편해지지 않기를 빌면서 시키는 대로 따르는 것뿐이다. 그 끝에서 기다리는 것이 파멸뿐이라는 걸 알고 있다고 해도—— 모른 척하면서 계속 살아가는 수밖에 없다.

그런데 그때, 회색이의 머릿속에 어떤 생각이 떠올랐다.

셋이서 동시에 공격하면, 시트리가 스위치를 누르기 전에 쓰러트릴 수 있지 않을까?

쓰러트리고 열쇠와 스위치를 빼앗는다. 목걸이만 어떻게 하면 조금이나마 자유를 되찾을 가능성이 보인다. 흰둥이도 검둥이도 회색이도 전부, 헌터를 상대하는 거친 일을 전문적으로 하고 있다. 정면에서 대결하는 일은 거의 없지만, 실력에는 나름 자신이 있다. 마차에 남아 있는 시시한 남자가 문제인데, 그쪽은 회색이 일행에게 그다지 관심이 없는 것 같으니까 잘만 처신하면 문제가 안 될 가능성이 크다.

아니, 시트리가 무방비한 상태고 다른 동료들도 멀리 떨어져 있는 건 지금이 처음이자 마지막일지도 모른다.

계속 따라가 봤자 끝은 뻔하다. 다행히 무장도 해제당하지 않았다.

마음을 먹고 고개를 든 그 순간, 빛이 어둠을 가르고 엄청난 굉음이 울려 퍼졌다. 소리와 충격 때문에 눈앞이 흔들리고, 비틀거렸다. 겁먹어서 울부짖는 말을, 흰둥이와 검둥이가 필사적으로 소리를 지르면서 달랬다.

근처에 벼락이 떨어진 것이다. 반사적으로 눈을 감고 두 손으로 머리를 감싼 회색이에게, 조용한 목소리가 들려왔다.

"익숙하지 않은가 보군요, 벼락이."

쭈뼛쭈뼛 눈을 떴다. 코앞에서, 시트리가 회색이를 보고 있다.

냉정한 눈동자와 입가에 띤 그 미소가, 이런 상황 때문인지 초월적이라기보다는 뭔가 광기 같은 것이 느껴지게 했다.

시트리는 품속에서 포션을 하나 꺼내더니, 아직 비틀거리고 있는 회색이의 손에 쥐여줬다.

혼란스러워하는 회색이에게, 시트리가 속삭이는 것처럼 말했다.

"저희는── 이미 오래전에 익숙해졌거든요. 벼락에 대한 내성을 단련하는 요령은── 잘 들으세요? 벼락을 계속 맞는 거예요. 처음에는 죽을 뻔했었지만, 그걸 계속 반복하다 보면 마나 머티리얼이 육체를 그런 쪽으로 강화해주죠. 이『유뢰약』은── 그러기 위해서 연구한 물건이에요."

말도 안 된다. 제정신이 아니다. 자살행위다.

그렇게 말하고 싶었지만, 그 말에서는 그런 발언을 허락하지 않는 진실성이 느껴졌다. 무엇보다 인간의 의지로 마나 머티리얼에 의한 강화의 방향성을 유도할 수 있다는 것은, 헌터들 사이에서는 잘 알려진 일이다. 그리고 높은 레벨의 헌터들이 그것을 이용해서 자신의 몸을 개조하고 있다는 것도.

하지만 그 정보를 전제조건으로 삼는다고 해도── 그 훈련은 훈련이라고 불러도 되는 시시한 일이 아니다.

깜짝 놀란 얼굴로 손에 쥐여준 포션을 보고 있는 회색이에게, 시트리가 결정타를 날리는 것처럼 말했다.

"아, 그렇지. 어쩌면 말이죠. 벼락에 내성이 생기면 목걸이의 전류 정도는 아무렇지도 않게 될지도 모르겠네요. 이건…… 곤란하군요. 이 날씨는 아주 좋은 기회예요. 이건 크라이 씨가 보내준

메시지인지도 몰라요. 각오가 되어 있다면 도망쳐도 된다는, 그런 메시지."

메시지. 또다시 벼락이 떨어졌다. 오늘 밤 폭풍은 유난히 벼락이 많이 친다.

"번거롭겠지만, 흰둥이 씨와 검둥이 씨와 회색이 씨는 말들을 돌봐주세요. 키르키르 군은 그런 일에 쓸 수가 없으니까…… 아, 텐트는 신경 쓰지 마시고요. 저는 이런 상황에 익숙하거든요. 도와주려고 해봤자── 방해만 될 뿐이에요."

시트리가 빙글, 하고 몸을 돌려서 무방비하게 등을 노출하더니 다시 텐트를 준비하러 갔다. 억지로 건네준 유리병 안에서는 지금까지 본 적도 없는 흰색으로 빛나는 액체가 흔들리고 있다. 회색이는 도주 계획을 다시 짜봐야겠다고 결심했다.

《천변만화》.《비탄의 망령》의 리더이자 제국 사상 최연소로 레벨 8에 도달한 헌터.

끝을 모를 힘과 지모. 그가 지금까지 거둬온 승리는 헤아릴 수도 없을 만큼 많고, 그러면서 그 누구도 그의 진정한 실력을 모른다는 특이한 사내다. 클로에 벨터는 지금까지 탐색자 협회의 일원으로서 헌터들을 서포트하는 한편, 그 사람에 관한 소문을 수집했다.

그 귀신같은 지모는 적은 물론이고 아군까지 두려워해서,《시작의 발자국》소속 헌터들은 그 너무나 이해하기 힘든 힘과 미래를 내다보는 것 같은 책모를 『천 개의 시련』이라고 부른다고 한다.

그 밖에도 클로에는 여러 번, 삼촌이자 탐색자 협회 제도 지부 지부장이기도 한 거크로부터 그 헌터의 뜬금없는 행동에 관한 이야기를 들었다. 하지만, 아무리 그래도 자신을 두고 갈 줄은 몰랐다.

헌터들이 행동할 때 신속할 필요도 있다는 건 잘 알고 있지만, 임무에 동행하게 됐다고 마음을 다잡고 있던 클로에에게는 너무나 황당한 일이었다. 소문대로 뜬금없는 행동이었다.

밖은 이미 새카맣게 어둡고, 거센 빗줄기와 바람이 휘몰아치고 있었다. 도저히 밖에 나갈 수 있는 날씨가 아니다. 타이밍이 안 좋았다. 정확히 말하자면, 클로에가 지부장에게 불려가서 쫓아가라는 명령을 받았을 때부터 날씨가 안 좋아지기 시작했다.

마차는 이미 준비해뒀다. 서둘러 준비를 마치고 문 쪽으로 뛰어갔다.

평소에는 탐색자 협회 제복만 입었지만, 지금의 클로에는 여행복 차림이었다. 예전에 헌터가 되고자 했던 시절에 준비해둔 것이었다. 오랜만에 허리춤에 한 손 검까지 찼다.

문 근처에는 탐색자 협회 문장이 그려진 마차와 호위를 의뢰한 헌터들이 모여 있었다.

간이 지붕 밑에서. 그들은 어딘가 납득할 수 없다는 얼굴로 하늘을 보고 있었지만, 클로에가 온 걸 보고는 선두에 서 있던 빨강 머리 소년이 큰 소리로 말했다.

"끔찍한 폭우네. 정말로 갈 거야?"

"예. 급한 일이라서……."

옆에 서 있던, 가슴이 큰 갈색 머리 여자 헌터————— 루다 룬벡이 나무라는 것처럼 말했다.

"길베르트, 의뢰자한테 그렇게 말하면 실례잖아!"

"아뇨. 신경 쓰지 마세요. 헌터라면 피해야 할 날씨라는 건 알고 있어요."

"마, 맞아. 그런데, 설마 내가 이렇게 빨리 탐협에서 발행한 일을 하게 될 줄은 몰랐어."

길베르트 뒤쪽에 서 있는 파티 멤버도 고개를 끄덕였다. 하늘은 어둡고 비도 쏟아지고 있지만, 얼굴은 그리 어둡지 않았다. 탐색자 협회가 의뢰인으로서 발행하는 의뢰는 실적 면에서 봤을 때 아주 짭짤한 일이다. 그리고 그런 일을 받을 수 있는 건 유망한 헌터나 신뢰할 수 있는 헌터뿐이고.

이번에 탐색자 협회가 클로에의 호위로 고른 것은 장래가 유망한 솔로 헌터 루다 룬벡과 마찬가지로 젊은 헌터들 중에서 나름대로 이름이 알려진 길베르트 부시가 포함된 파티, 《염선풍(焰旋風)》이었다.

전투 능력도 공적도 충분하다. 길베르트는 한때 태도가 불량했던 시기도 있었지만, 최근에는 아주 얌전해졌다고 들었다. 하지만 그들을 호위로 선택한 이유 중에 가장 큰 것은, 루다와 길베르트가 지난번 【흰 늑대 둥지】 의뢰 때 크라이와 같이 행동해서 얼굴을 아는 사이라는 점이겠지.

이번 의뢰는 난이도만 보면 그렇게 어려운 것은 아니다. 최종적인 목적지가 어디인지도 알고 있다. 신경 쓸 점은 어떻게 해서 따라잡을지, 그 방법뿐이다. 클로에는 주먹을 꽉 쥐고 사람들을 둘러봤다.

"이번에 중요한 건 속도예요. 무슨 일이 있어도, 크라이 씨가 그라디스령에 도착하기 전까지 합류해야만 해요."

물론 《천변만화》라면 클로에가 없어도 아무 문제가 없겠지.

하지만 크라이한테는 권력에 너무 무심한 성향이 있다.

어쩌면 크라이는 오래전에 제도에 군림했던 로단의 선조——솔리스 로단만큼이나 권력에 관심이 없어 보인다. 실제로 지금까지도 다양한 공적을 다른 사람에게 양보하는 태도를 보여왔다. 그리고 그 행동은, 탐색자 협회로서는 우려해야 할 일이다. 겸허함은 호감을 불러오지만, 아무리 그래도 정도라는 게 있다.

이번 일은 그라디스 백작과 탐색자 협회 사이의 앞날을 결정한다고 해도 과언이 아닌 일이다.

거크가 클로에에게 동행을 부탁한 것은 한가한 시기를 활용해 경험을 쌓게 해주려는 의도도 있었지만, 크라이 안드리히한테 꼭 보수를 받으라고 못을 박아두려는 것이 가장 큰 목적이다.

사실 예전에 클로에가 《발자국》에 들어가고 싶어 했던 것도 관계가 없는 건 아니었지만…….

"그나저나 아무리 레벨 8 헌터라도—— 아니, 레벨 8 헌터니까, 이런 날씨에는 밖에 돌아다니지 않으려고 할 텐데 말이죠? 마물은 그렇다 쳐도 벼락까지 이 난리니까."

《염선풍》의 리더, 차분한 분위기의 중전사(헤비 워리어) 카마인 사이언이 말했다.

당연한 얘기다. 하지만 클로에는 가슴을 활짝 펴고서 말했다.

"지금까지의 공적을 보면 《천변만화》는 폭풍을 두려워하지 않아요. 오히려 앞장서서 폭풍 속으로 뛰어들었다는 이야기가 있을 정도예요."

"으아……."

거짓말 같은 진짜 이야기다. 아무리 헌터라도 자연은 당해낼 수 없다는 건 상식이지만, 레벨 8씩이나 되면 그렇지도 않은 것 같다. 뭐 비바람은 물론이고, 높은 레벨 헌터쯤 되면 벼락을 맞아도 괜찮을 테니까 이해할 수 없는 얘기는 아니다.

"괜찮아요, 그렇게 쉽게 벼락을 맞는 건 아니니까."

클로에도 이런 폭풍 속에서 밖에 나가고 싶은 건 아니다.

하지만 클로에는 이번에 자신을 두고 간 것에서, 뭔가 강한 메시지 같은 것을 느끼고 있었다.

『천 개의 시련』. 때때로 클랜 밖에도 영향을 준다고 한다. 그리고 이 폭풍.

헌터 지망생이었고, 지는 것을 싫어하는 클로에로서는 기분이 고양될 따름이다.

"괜찮아요, 상대도 같은 마차니까요. 그리고 이쪽은 말이 달라요. 서두르면 충분히 따라잡을 수 있을 거예요. 오히려 시간이 벌어지면 벌어질수록 루트가 복잡해져서 합류하는 데 시간이 걸리겠죠.

클로에 일행의 마차를 끄는 건 아이언 호스—— 강인한 마물 말이다. 평범한 말한테는 지지 않는다.

"……알았어. 뭐, 이 근처 마물들이라면 밤에도 문제는 없을 테니까."

루다가 고개를 끄덕였다. 클로에도 탐색자 협회 직원으로서 어느 정도 전투 능력은 지니고 있다. 정기적으로 마나 머티리얼도 흡수했고. 검술 실력도 전혀 녹슬지 않았다. 방해가 되지는 않을 것이다.

"하지만, 조심해. 티노가—— 크라이를 아는 사람이 말했는데, 크라이는 제 발로 사건에 뛰어든다는 것 같으니까."

"높은 레벨 헌터가 하는 일에는 저희도 관심이 있습니다. 바라는 바예요. 사실 저는 원래 크라이 씨를 수행할 예정이었거든요."

"그렇게 좋은 게 아니야."

【흰 늑대 둥지】에서의 의뢰가 그렇게 힘들었는지, 루다가 지친 표정으로 웃었다.

그런데 그때, 갑자기 뒤쪽에서 거친 목소리가 들려왔다.

"크라이…… 댁들 지금, 크라이라고 했나?"

말을 걸어온 것은 인원이 많은 파티였다. 중형 마차 두 대에 남자 헌터가 여덟 명. 그 중심에 태연하게 서 있는 거한의 모습을 보고, 클로에는 자기도 모르게 눈이 휘둥그레졌다.

《안개의 뇌룡》.《호뢰파섬》 아놀드 헤일.

거기에는 바로 며칠 전에 《천변만화》와 문제를 일으켰던 멤버들이 모여 있었다.

"쳇, 운도 지지리도 없지…… 제블디아에도 이런 날씨가 있군요."

문 근처. 간신히 비를 막아주는 지붕이 있는 공간에서, 《안개의 뇌룡》의 부 리더 에이 라리어가 질력을 내면서 하늘을 올려다봤다.

갑작스러운 폭풍과 벼락은 예전에 《안개의 뇌룡》이 거점으로 삼았던 일 년 내내 우기가 계속되는 안개의 나라── 네블라누베스를 방불케 했다. 게다가 바람과 빗줄기를 보면 이 폭풍은 금세 지나갈 것이 아니다. 꼬박 하루 정도는 계속되겠지.

《안개의 뇌룡》이 악천후 속에서의 전투에 익숙하기는 하지만, 좋아서 익숙해진 게 아니다. 아니, 안개의 나라 헌터들에게 폭풍은 천적이라고도 할 수 있다. 폭풍우 치는 밤에 위험한 시내 밖으로 나가는 건 피하고 싶은 일이었다.

예전에 안개의 나라를 습격했던 『뇌룡』도 폭풍과 함께 나라를 덮쳤다. 하늘을 뒤덮은 칠흑의 구름은 불길함의 상징이다.

아놀드의 표정은 씁쓸했다. 그리고 그 눈동자 속 깊은 곳에는 이글이글 타오르는 것 같은 짜증이 깃들어 있었다.

숙적이 이미 제도에서 나간 건 틀림없다. 아놀드도 지금 당장이라도 추적하고 싶을 것이다. 그리고 에이와 다른 동료들도 군말 없이 따를 테고.

《천변만화》와의 일은 아놀드 혼자만이 아니라 《안개의 뇌룡》의 체면이 걸린 문제다. 상대가 레벨 8이라서 약간 주눅이 들기도 했

지만, 보복 자체는 멤버 전체의 생각이다.

그래도 아놀드가 강행군을 결행하지 않은 것은, 우천 시는 추적이 너무나 힘들기 때문이다.

아놀드 일행은 《천변만화》의 목적지를 모른다.

정보를 수집했지만, 바캉스를 간다는 이야기밖에 못 들었다. 제도와 길이 이어진 도시는 한정되지만, 만약에 잘못된 길로 가게되면 말 그대로 끝장이다.

그리고 아놀드 일행은 여덟 명—— 마차는 두 대로 나눴다. 무기와 아이템까지 생각하면 한 대로 처리하는 건 상당히 힘들다. 파티 인원이 많으면 전력이 강해지는 장점이 있지만 움직이기 힘들어진다는 단점도 있다.

"그렇다고 네블라누베스처럼 몇 달이나 계속 비가 오는 건 아니겠죠. 오늘 하룻밤 상황을 지켜보는 게 좋을지도 모르겠습니다."

에이 라리어의 귀에 숙적의 이름이 들려온 것은, 딱 그런 제안을 한 그때였다.

고개를 돌렸다. 젊은 헌터들로 구성된 파티 속에서 본 적 있는 얼굴을 찾아낸 에이는 미소를 지었다.

탐색자 협회 직원이다. 클로에라고 했었는데—— 아놀드 일행에게 《천변만화》의 말을 전해준 사람이기도 했다. 클로에 쪽도 아놀드 일행을 기억하고 있었는지 눈이 휘둥그레졌다.

그러고 보니 말을 전해준 뒤에는 만난 적이 없다. 수행하고 있는 다른 멤버들도 처음 보는 자들이고.

클로에는 눈을 깜박이고, 이상하다는 것처럼 말했다.

"《안개의 뇌룡》…… 멤버 평균 레벨이 6인 상급 파티가 어째서 이런 시간에?"

해는 이미 저물었고 비까지 내리고 있다. 보통 헌터라면 밖에 나오지 않는 시간이다.

아놀드는 눈을 가늘게 뜨고 팔짱을 끼고서 입을 꾹 다물고 있다. 이건 에이한테 전부 맡기겠다는 뜻이다. 《호뢰파섬》은 파티의 상징적인 존재다. 가볍게 보이지 않기 위해서라도 함부로 입을 열어서는 안 된다.

실력을 보여줄 때가 왔다. 자기소개를 나눈 뒤에 열심히 머리를 굴리고, 이야기를 나눴다.

이야기를 들은 빨강 머리 소년── 길베르트가 말했다.

"아저씨네도 《천변만화》한테 볼일이 있는 거구나. 이런 우연도 다 있네."

우연. 그래, 우연이다. 그리고, 행운이기도 하고.

아무래도 클로에 일행은 일 때문에 《천변만화》와 합류하려고 하는 것 같다. 최종적인 행선지도 알고 있는 것 같고. 사실 거대한 조직인 탐색자 협회의 정보망과 권한은 일개 파티와 비교할 수 없는 수준이다.

"아놀드 씨, 마침 잘 됐습니다. 저쪽에서 괜찮다고 한다면, 같이 행동하는 게 어떻겠습니까?"

"……좋다."

아놀드가 천천히 고개를 끄덕였다. 루다가 입을 열려고 했지만 의뢰자 앞이라서일까, 입을 다물었다.

클로에는 뭔가를 생각하는 표정이었다.

아마도 클로에는 아놀드 일행과 《천변만화》 사이의 문제에 대해 생각하고 있겠지.

하지만 일종의 약육강식이 통하는 헌터들 사이에서 싸움은 일상다반사다. 탐색자 협회에서는 범죄 행위만 저지르지 않으면 싸움 정도는 묵인해주고. 아니…… 묵인이라기보다는 간섭하지 않는다고 해야 할까. 아무래도 죽이는 건 피해야 하지만, 일반인들만 말려들게 하지 않으면 큰 부상 정도는 뭐라고 하지도 않는다.

만약에 거절한다고 해도 문제없다. 아놀드 일행은 일류 파티다. 마찬가지로 레벨이 높은 《천변만화》를 추적하는 건 힘들어도, 루다 일행의 추적 정도는 간단하다. 힘도 이쪽이 더 강하고.

그렇게 무의미한 짓은 안 하지만, 마음만 먹으면 전멸시키고 모든 것을 어둠 속으로 묻어버리는 것도 가능하다.

헌터에게 있어 무력(無力)하다는 것은 죄다.

클로에는 잠시 입을 다물고 있더니, 싱긋 웃으면서 고개를 끄덕였다.

"그런 얘기라면…… 탐색자 협회로서도 거절할 이유가 없습니다. 단, 중간에 어떤 일이 일어나서 전투를 벌이게 되더라도 호위 보수를 지불할 수 없다는 점을 유의하신다면 말이죠."

클로에의 눈은 웃고 있지 않았다. 대단한 배짱이다. 그 지부장의 조카라고 들었는데, 그렇다면 이해가 간다.

클로에는 아놀드 일행의 목적을 어렴풋이 눈치채고 있다. 그러면서도(물론 어쩔 수 없는 일이라서 그런 것도 있지만) 안내해줘도 문제없다고 생각하는 모양이다. 아놀드 일행 쪽이 약하다고, 그렇게 생각하고 있다.

아놀드가 오른쪽 뺨을 끌어 올려 사나운 미소를 지었다.

"흥·········· 재미있군. 에이, 출발하자."

"절도를 지켜주시길 바랍니다. 아놀드 씨."

그런 리더에게, 클로에가 웃는 얼굴로 손을 내밀었다.

역시 폭풍이 불 때 밖에 나오면 안 된다. 그을린 냄새에 눈살을 찌푸리면서, 나는 새삼 그런 생각을 했다.

아니, 처음부터 알고 있었다. 아무리 멍청한 나라도 새삼 생각할 필요도 없는 일이다.

하지만 굳이 반론하자면—— 돌발적으로 찾아온 폭풍이니까 어쩔 수 없잖아아아아아! 나도 피해자라고. 피해자!

하지만 몸에서 시키면 연기가 풀풀 피어오르는 티노를 앞에 둔 상황이다 보니 대놓고 그런 소리를 할 수는 없다.

리즈가 시키는 대로 폭풍 속을 달리면서 벼락을 실컷 맞은 듯한 티노는, 눈을 살짝 뜨고서 나를 보더니 입만 슬쩍 움직여서 웃었다.

"마스, 터어······ 보고 계신가요? 저······ 열심히, 했어요······."

"······응, 그래, 그렇구나."

"지, 금까지, 고마, 웠습니다······ 저······ 마스터어랑, 언니를 만나서, 정말…… 다행…………이……었…….”

숨을 헐떡이면서 그렇게 말하고, 티노의 몸에서 힘이 빠져버렸다.

중간부터 감각이 마비된 탓인지 조금 모호하기는 하지만, 벼락이 떨어진 횟수는 장난이 아니었다. 중간부터 세는 걸 포기했을 정도로. 시트리의 포션 제조 실력이 더 좋아진 거 같다.

그리고 그렇게까지 했는데도 마지막으로 남기는 게 고맙다는 말이라니, 티노는 정말 착한 아이다.

그을린 티노를 어깨에 들쳐메고 돌아온 나쁜 아이 리즈가 그 말을 듣고는 흥분한 것처럼 말했다.

“봐, 이거 봐! 크라이, 내가 말한 대로, 걱정할 필요 없었지?! 분명히 살아 있잖아? 티도, 하루하루 성장하고 있으니까!”

“응, 그래, 그렇구나. 하지만, 조금만 상냥하게 대해주자…… 왜, 바캉스니까. 또 그러면 안 된다?”

벼락 맞은 사람을 보는 데 익숙하지 않았다면 크게 난리를 쳤을 뻔했다.

“예~! 이 정도 맞았으면 어느 정도 내성이 생겼을 테니까…… 벼락은 그만 끝낼게?”

오버 그리드를 썼다면 훨씬 가벼운 상처로 끝났을 텐데…… 다음 마을이나 도시에 도착하면 꼭 잘 대해줘야지.

회복 포션에 빨대를 꽂아 억지로 입에 주입하고 있는 티노를 보며, 나는 그 생각을 마음속에 깊이 새겨뒀다.

길가에 캠프를 치고 몇 시간을 보냈다. 동이 틀 무렵에는 빗줄기도 조금 약해졌다.

아직 검은 구름이 하늘을 점령하고 있어서 한밤중처럼 어둡지만, 천둥소리가 들리지 않는 것만 해도 다행이라고 해야겠지.

키르키르 군을 태우는 데 완전히 익숙해진 듯, 가랑비가 내리는 와중에 먹거리가 뛰어다니고 있었다. 아무래도 키메라한테 이 정도 비는 아무것도 아닌 것 같다. 종이봉투를 뒤집어쓴 2m가 넘는 반나체의 거한과 흉포한 키메라의 모습은, 정말 몇 번을 다시 봐도 이 세상의 종말을 보여주는 것만 같다.

"괜찮아요, 이 포션이 있으면 빗속에서도 체력 소모를 억제할 수 있어요. 최악의 경우지만, 말이 쓰러지면 먹거리한테 끌라고 하죠."

시트리의 평소와 똑같은 미소가 눈 부시게 보였다. 뭐, 시트리한테 전부 맡겨두는 게 제일 좋겠지.

마차에 타고, 입고 있던 내수성 외투를 벗었다. 오늘은 밖에서 달리지 않는 건지, 리즈와 온몸으로 피로를 표현하고 있는 티노도 마차에 올라탔다. 마지막으로 시트리가 타자, 마차가 움직이기 시작했다.

오늘도 검둥이 씨네가 마부 역할을 맡는 것 같다. 얼굴이 허연게 어딘가 안 좋아 보이는데, 괜찮은 걸까?

이것저것 걱정거리는 많지만, 나는 심호흡을 한 번 하고서 더는 못 참겠다는 기분으로 리즈한테 말했다.

"특훈 금지."

"?! 뭐~?"

갑작스러운 선언에 생글생글 웃으면서 무릎을 끌어안고 앉아 있던 리즈가 눈살을 찌푸렸고, 불만이라는 것처럼 입술을 삐죽 내밀었다.

생각해보면 내 소꿉친구들은 항상 온 힘을 다했다. 헌터가 되기 전에, 고향에서 특별 훈련을 하던 시절부터 수많은 고난을 뛰어넘어 명성을 손에 넣은 지금까지, 단 한 번도 대충하는 모습을 본 적이 없다.

아마도, 그것도 헌터로서의 자질 중에 하나겠지. 나는 지금까지 계속, 전율하면서 그 모습을 지켜볼 뿐이었다. 하지만…… 이번만은, 아무리 그래도 한도라는 게 있다.

티노는 만신창이가 됐다. 시트리가 만든 포션 덕분에 간신히 숨이 돌아왔다. 그 뒤로 하룻밤을 쉬었지만 눈 밑에는 시커먼 다크 서클까지 생길 정도로, 한눈에 봐도 알 수 있을 만큼 지쳐 있다. 훤히 드러난 가느다란 어깨도 살짝 떨고 있었다.

어젯밤에 숯덩이가 돼서 시커먼 연기까지 피어오르던 모습을 생각해보면 정말 엄청난 회복력이지만, 이번 바캉스의 목장은 뇌속성을 키우는 게 아니고, 훈련도 아니다. 그리고 물론…………가면을 테스트하는 것도 아니고.

그렇다. 나는 티노와 리즈와 시트리가, 가끔은 느긋하게 쉬어줬으면 싶단 말이야! 호위 역할을 시키기 위해 데려온 것도 있지만, 그렇다고 내 생각만 해서 같이 온 게 아니다. 항상 쉬고 있는 내가 이런 소리를 해봤자 설득력이 없을지도 모르겠지만, 가끔씩은 훈련을 잊고 몸과 마음을 푹 쉬게 해주는 것도 중요하다.

창밖에는 어두운 초원이 펼쳐져 있었다. 주위에 다른 마차나 여행자들은 보이지 않고, 가랑비가 내리는 초원은 어딘가 적막한 인상을 주었다. 또 폭풍이 올지 아닐지 모르는 일이지만, 바캉스니까 가능한 노숙은 피하고 싶다.

……그래, 바캉스다! 이번엔, 그냥 여행이다! 수행 여행이 아니다!

"이번 목적은 바캉스라고! 티노가 불쌍하잖아!"

몇 번이나 말했지만, 리즈와 시트리는 아직도 그걸 이해하지 못한 것 같다.

진심을 담아서 단언하는 나를, 티노가 믿을 수 없는 뭔가를 보는 눈으로 쳐다보았다.

리즈가 반성하는 기색도 없이, 나를 살짝 올려다보면서 말했다 (참고로 리즈도 벼락을 맞은 것 같지만 다행히도 멀쩡해 보인다…… 그런 일도 다 있구나).

"그렇지만 크라이, 절호의 기회였단 말이야. 할 수 있을 때 훈련을 해두지 않으면, 실전에서 죽거든?"

"괜찮아………… 아마도."

폭포수를 맞는 거라면 또 모를까, 벼락을 맞는 훈련은 들어본 적도 없다.

자기가 좋아서 자기만 하는 거라면 또 모를까, 귀여운 후배를 개조하지 말아줬으면 좋겠다.

손을 무릎 위에 얹어놓고 얌전히 앉은 자세로 이야기를 듣고 있던 시트리가, 갑자기 뭔가 생각났다는 것처럼 손뼉을 쳤다.

"……혹시, 훈련을 자제하는 건가요?"

이건 또 무슨 소리야…….

"일부러 훈련을 자제하고 능력을 낮게 유지하면 목숨을 건 싸움을 더 많이 경험할 수 있다는, 그런 얘기죠?"

……그런 얘기 아닙니다.

발상이…… 상식적인 수준을 벗어났다. 내 소꿉친구들은 뼛속까지 헌터가 돼버린 것 같다.

시트리의 딱 들어도 이상한 말에, 어째선지 티노가 깜짝 놀란 표정을 지으며 날 쳐다봤다.

"그러다가 중간에 죽어버리면── 그런 미숙한 놈은 필요 없다는 게 된다. 그런 얘기죠, 크라이 씨. 정말 합리적이라고 생각해요! 역시 언제까지고 응석만 부리면 안 되겠죠."

"역시 크라이야, 엄격하다니까~! 티, 정신 바짝 차려라! 죽어도 모르니까!"

그런 얘기가 아닙니다. 왜 기뻐하시는 건가요, 여러분.

티노가 몸을 질질 끌면서 내 쪽으로 다가왔다. 솔로일 때는 항상 냉정하고 침착하다는 것 같지만, 리즈 때문에 나한테 보여주는 표정은 울 것 같은 얼굴뿐이다. 안아주면서 위로해주고 싶다.

"마스터어, 저기, 저…… 훈련, 하고 싶어요…….."

"아앙? 야, 티. 크라이가 아니라면 아닌 거야! 몇 번을 말해야 알겠어!"

애원하며 매달리는 티노를 리즈가 나한테서 떼어내고, 바닥으로 내던지면서 질책했다. 완전히 악역이다.

그나저나 난 아니라고 한 적도 없는데 왜 그렇게 되는 거지…….

함께 모험을 안 한지 약 일 년. 내가 클랜 마스터 방에서 아이스크림을 먹고 보구를 닦고 에바랑 놀고 있는 사이에, 리즈랑 다른 동료들은 완전히 헌터에 중독돼버린 것 같다. 예전부터 은근히 그런 기분이 들기는 했지만, 설마 바캉스와 수행도 구별하지 못할 지경이 됐을 줄이야.

이건 위험하다. 안 그래도 낮은 사회성이 완전히 없어져 버리겠어. 그리고 아주 착한 티노와 다른 클랜 멤버들한테도 영향을 줄 수 있다.

"……이건 교정할 필요가 있겠는데."

이번 바캉스의 목적이 또 하나 추가돼버렸다.

수행에 대한 건 완전히 잊어버리게 하고, 제대로 쉬도록 한다. 쉬는 방법을 가르쳐주자. 농땡이 피우는 데 있어서 다른 사람들의 추종을 불허하는 나한테 딱 맞는 일이다. 리즈네는 조금, 자극에 굶주려 있다.

하드보일드한 미소를 짓는 날 보고, 리즈의 눈이 반짝거렸다. 안 돼. 그런 얼굴을 해도── 말릴 거야. 절대로 말리겠어. ……저기, 지금 내가 한 말을 듣고 웃는 건 좀 이상하지 않아?

티노가 몸을 부들부들 떨고 있다. 괜찮아, 티노는 내가 지켜줄게.

"처음부터 다시 말할게. 먼저, 이번 바캉스 중에, 훈련은 금지야."

거기서 리즈가 손을 크게 들어 올리고서 물었다.

"저기, 크라이. 훈련이라는 게, 어디까지가 훈련이야? 근력 운동은?"

"……근력 운동도 안 돼."

"달리기는?"

"……달리기도 안 돼."

"그럼, 말이야. 예를 들어서 무거운 옷을 입는 건…… 안 돼?"

"……안 돼."

내 말에서 빈틈을 찾으려고 들지 말아줬으면 좋겠거든.

"음~ 가벼운 모의전 같은 건? 그것도 훈련으로 치는 거야?"

"포션 투여도 훈련인가요?"

시트리까지 같이 이상한 소리를 하기 시작했다. 바캉스라고 했잖아…… 당연히 훈련이지.

전부 훈련이야. 좀 더 바캉스를 즐기자고. 편하게 가자고.

"너희가 강해지기 위해서 하는 모든 행위가 훈련이야."

"?! 뭐라고?! 그럼 호흡법은? 보법은? 무의식적으로 하는 것도 안 되는 거야?"

"?! 대책을 생각하는 건 훈련에 해당되나요? 지시나 포션 조합도 훈련인가요?"

진지하게 물어보는 시트리와 리즈를 보며, 약간 질린다는 기분이 들었다.

훈련이 일상 속에 너무 깊이 들어와 있다. 대책이라니, 무슨 대책인데…….

"그래, 전부 훈련이야. 금지야."

"!!"

"?!"

너무나 슬픈 표정을 짓는 시트리와 리즈를 보며 살짝 헛기침을 했다.

즐기기 위한 바캉스인데 이런 표정을 짓게 하면 주객전도잖아.

"…………그래, 뭐, 정 참을 수 없을 지경이 되면 해도 되는 거로 하자…….."

"!! 크라이 진짜 상냥하다~!"

"……그렇겠네요. 저랑 언니는 몰라도 티한테는 조금 힘들었을 지도 모르니까."

"고맙습니다, 마스터어."

어째선지 고맙다는 말을 들었다. 활짝 웃는 리즈와 눈가에 눈물이 고인 티노, 심각해 보이는 시트리를 보고 있으니 왠지 다 될 대로 되라는 기분이 든다. 내 나쁜 버릇이다.

하지만 지금 물러나면 아무것도 달라지지 않는다. 나는 눈을 감고, 뼈아픈 심정으로 계속 말했다.

"다음으로── 폭력 행위 금지."

"?! 크라이, 살짝, 그러니까, 정말로 살짝 차는 것도 폭력 행위야? 건방진 짓을 하는 놈한테 벌을 주는 건? 티를 훈련시킬 때 때리는 것도 폭력이 되는 거야?"

"방어 행위는 폭력에 들어가나요? 예를 들자면 권력 행사에 의한 적대 세력의 섬멸은? 포션 투여는?"

"마스터어의 시련은…… 그러니까…… 그냥 폭력보다, 힘들어요……."

……전부 안 돼. 애매하게 허락하면 의미가 없어지고, 대체 왜 바캉스에 폭력이 필요한 건데. 그리고 티노의 말이 은근히 내 마

음을 깊이 후벼팠다.

무슨 일이 있어도 마스터어의 위엄을 회복해야 한다.

"그리고 마지막으로 가장 중요한 건—— 바캉스를 즐기는 거야."

경위가 어떻게 됐건 기껏 이렇게 제도 밖으로 나왔다. 즐기지 않으면 손해지.

루크 쪽과 만나면 호위도 문제없다. 《비탄의 망령》 멤버가 다 같이 밖에서 돌아다니는 건 오랜만이다. 힘든 일도 있겠지만, 틀림없이 즐거운 여행이 될 거다.

내 말을 들은 리즈와 시트리가 미소를 지었는데, 티노만 어딘가 불안해 보이는 표정을 짓고 있었다.

비는 그칠 기미가 보이지 않는다.

딱히 마물과 마주치는 일은 없었지만, 궂은 날씨 때문에 예정보다 몇 시간 늦게 첫 도시에 도착했다.

첫 도시——『엘란』은 제도와 비교하면 규모가 훨씬 작고 중계 지점 같은 역할을 하는 곳이다. 그래도 평소 같으면 사람들이 그럭저럭 많이 있을 텐데, 비 때문인가 우리 말고는 문 앞에서 줄을 서 있는 사람이 하나도 없었다.

마차에서 내려, 팔다리를 쭉 뻗어 기지개를 켜서 굳어가던 몸을 풀어주며, 몇 시간 만에 밟아보는 지면을 충분히 즐겼다.

아직 낮인데도, 하늘에는 어둡고 두꺼운 구름이 태양을 가리고 있었다.

"그나저나, 날씨 참 지독하네……."

우기도 아닌데 이렇게 비가 오다니…… 불길한 소리는 하고 싶지 않았다. 계속 비를 맞으며 바깥에서 마차를 몰던, 시트리가 고용한 세 사람도 진력내는 것 같다.

마차 옆에서 달리던 키르키르 군과 먹거리 쪽은 전혀 변함이 없었다. 서로 마음이 맞았는지, 둘의 모습이 꽤 잘 어울리고 그럴듯해 보인다. 그리고 아무래도 키르키르 군이 쓰고 있는 종이봉투는 방수 봉투인 것 같고…….

마찬가지로 마차에서 내린 시트리가 갑자기 생각났다는 것처럼 말했다.

"크라이 씨, 그거 아셨어요? 계속 순풍이었다는 것."

무슨 소리인지 모르겠다. 계속 순풍이었다는 것도 평범하게 생각해보면 말도 안 되는 얘기지만, 바람 방향 같은 건 아무래도 좋다. 당연히 알아차리지도 못했고.

"? 그래, 다행이네."

아무튼 말들도 지친 기색이 역력하다. 이 동네에서 하룻밤 묵으면서 쉬도록 하자.

누가 쫓아오는 것도 아니고, 꼭 서둘러야 하는 여행도 아니니까.

느긋하게 그런 생각을 하는 나한테, 리즈가 손뼉을 치고 아주 즐거워하면서 말했다.

"아~ 맞아, 나도 생각했어. 비가 계속 오네, 하고…… 이 폭풍, 틀림없이 우릴 쫓아온 거야. 이 동네에 도착하자마자 바람이 멈췄잖아."

?! …………내가 무슨 나쁜 짓이라도 했나?

수속을 마치고 시내로 들어갔다. 키르키르 군과 먹거리를 들여보내 줄지 한바탕 고민을 했었는데, 시트리가 마수를 데리고 다녀도 된다는 허가증을 가지고 있어서 간단히 통과했다. 원래 마물술사라고 불리는 특수한 직업을 가진 사람들이 따는 허가증이라는 것 같은데, 시트리의 빈틈없는 성격에는 정말 고개를 들 수가 없다.

『엘란』시내의 풍경은 제도와 크게 다르지 않았다. 전제적으로 건물이 아담하고 행인들이 적다는 점만 빼면 말이다.

하지만 여기는 제도가 아니다. 내가 이런 특별한 구석도 없는 중계도시에 있다는 걸 아무도 모른다.

제블디아를 싫어하는 건 아니지만, 제도에서는 이런저런 안 좋은 인연들이 너무 많이 생겨버렸다. 잠깐만 밖에 나가도, 얼마 전에 아룬네랑 엮였던 것처럼 내 목숨을 호시탐탐 노리는 자들이 엄청나게 많다.

하지만 여기라면 내 얼굴을 아는 사람도 거의 없겠지. 비도 오니까 후드를 깊이 눌러쓰고 있으면 알아차릴 가능성은 0에 가깝다. 그렇게 생각하니까 해방된 느낌이 들었다.

냉정하게 생각해보면 폭풍이 쫓아오는 건 말도 안 되는 이야기다. 그저 운이 없다고 표현할 수밖에 없는 일이다.

만약에 리즈처럼 벼락을 맞더라도 크류스가 세이프 링을 충전해줬으니까 몇 발 정도는 문제없다.

크게 심호흡을 했더니, 바캉스에 대한 기대감이 크게 부풀어 올랐다.

지금 나는── 자유다!

그때, 가까운 곳에서 의미도 없이 빙글빙글 맴돌고 있던 리즈가 딱히 어디에 발이 걸린 것도 아닌데 비틀거리고, 앞으로 고꾸라졌다. 그러면서 세게 밟은 물웅덩이의 물이 튀어서 내 발에 묻었다. 신기한 광경이네.

어디 안 좋은가? 눈살을 찌푸리고 쳐다보는 나한테, 리즈가 겸연쩍게 웃어 보였다.

"에헤헤…… 미안해. 빈틈이 많은 걷는 방법을, 잊어버려서 말이야…… 벌써 몇 년이나 해본 적이 없어서……."

"그, 그렇구나……."

뭔가 내 부탁하고 좀 어긋나지 않았어? 라는 질문은 삼켜버렸다.

내 요구는 얌전하게 바캉스를 즐기는 것뿐인데, 자연스럽게 구는 게 좋겠다고 말하면 바로 제노사이드 몬스터로 돌아가 버리겠지. 리즈한테는 브레이크라는 게 존재하지 않으니까.

그렇다면 조금만 참으라고 하고, 나중에 다른 거로 메워주는 쪽이 좋다.

리즈는 힘들어하면서도 뒤쪽에서 두 손을 깍지끼고, 활짝 웃는 얼굴로 나를 쳐다봤다.

"하지만…… 응. 이런 것도, 조금 신선하고, 재미있는 것 같거든?"

"…………."

뭐든지 재미있으면 좋은 거야. 나도 조금이나마 리즈처럼 사는 방법을 배워두는 게 좋을지도 모르겠네.

그런 생각을 하면서 먹거리의 고삐를 쥐고서 후우후우, 거칠게

숨을 쉬고 있는 키르키르 군을 보고 있는데, 볼일을 보러 갔던 시트리와 티노가 종종걸음으로 돌아왔다.

깊게 눌러쓴 후드 속에서, 연분홍색 눈동자가 살짝 빛나고 있었다.

"죄송해요. 오래 기다리셨죠."

"아냐, 딱히 기다린 것도 아니니까 신경 쓰지 마."

비를 피할 만한 숙소를 잡기도 전에 달려간 걸 보면 상당히 중요한 볼일이었겠지.

별 생각 없이 질문했더니, 시트리는 손으로 입을 가리고서 쑥스러워하며 말했다.

"그게………… 정보망을 봉쇄하고 왔어요."

"…………?"

"무슨 일이 있으면 바로 연락이 오게 해두기는 했지만…………그것도 필요 없겠죠? 그리고 영주에 대한 사전 교섭 철폐라든지………… 아아, 오랜만에 너무 무방비하니까………… 조금, 두근거려요. 이것도 하나의 경험이군요……."

"으, 응, 그래, 그렇구나……."

적당히 할 줄 모르는 건 이 자매의 장점인 동시에 단점이다.

내가 봉쇄하고 싶었던 건 행동을 벌이는 것 자체일 뿐이지 눈이나 귀를 봉쇄하라는 의도가 아니었는데. 그렇다고 그걸 대놓고 말하기도 그렇다. 평범하게 지내주세요. 평범하게…….

리즈가 살짝 휘파람을 불고서 날 쳐다봤다.

"헤~ 대단한데. 크라이, 혹시 나도, 발을 묶는 게 좋을까?"

"안 묶어도 돼요……."

핸디캡을 주라는 게 아니니까. 나는 그냥 조용히 지내고 싶을 뿐이라고.

멀쩡한 건 티노 하나뿐인가.

슬쩍 티노 쪽을 봤더니, 겁먹은 것처럼 시트리 뒤로 숨어버렸다.

키 차이 때문에 완전히 숨지는 못했지만, 바로 며칠 전까지 마스터어, 마스터어하고 따르던 걸 생각하면 조금 충격적이다. 혹시 가면을 씌운 일 때문에 아직도 앙금이 남아 있는 걸까…….

괜찮아, 보구는 그냥 보구야. 연습하면 콘트롤 할 수 있을 거야. 폭주해도 리즈나 시트리가 있으면 막아줄 테고. 그러니까 안 무서워.

시트리가 나한테 물었다.

"크라이 씨, 숙소는 어떻게 할까요? 일단은 바캉스니까 나름대로 괜찮은 수준의 숙소를 잡는 게 좋을 것 같은데……."

"당일에 잡을 수 있나? 폭풍 때문에 발이 묶인 사람들도 많을 것 같은데……."

"……크라이 씨의 이름을 대면 잡을 수 있어요."

내가 물었더니, 시트리는 생각도 해보지 않고 희미하게 웃으면서 말했다.

실력도 없는 내 이름에 무슨 가치가 있다는 걸까…… 슬픈 기분이 들었지만 그건 일단 미뤄두고, 제도에서는 높은 레벨 헌터들은 우대를 받는다. 나는 미안한 마음 때문에 특권을 사용한 적이 거의 없지만, 분명히 레벨 8의 이름을 사용하면 방 한두 개 정도는 잡을 수 있겠지.

하지만 그건 안 된다. 지금 나는 농땡이 치고 도망친 입장이니까.

"기각. 우리는 지금 여행 중이야. 그래…… 지금 우리는 헌터가 아니야."

그래서 의뢰도 안 받았고, 싸우거나 일을 하지도 않는다. 길가는 사람이 《천변만화》가 맞느냐고 물어도 사람 잘못 봤다고 대답한다. 훈련도 안 한다. 바캉스란 그런 것이다.

"그건…… 정말 신선하고, 훌륭한 사고방식 같아요."

작은 소리로 아무리 들어도 헛소리 같은 소리를 하는 나한테, 시트리가 주저하지도 않고 칭찬을 했다.

그런 짓들이 날 망치는 거야. 아니, 정말로 죄송합니다. 누가 날 야단쳐줘.

"헤에…… 정체를 숨기고 여행이라니, 진짜 재미있겠다! 꼭 밀정 같아! 어때, 티 너도 그렇게 생각하지?"

"저, 저 같은 게, 마스터어의 참뜻을 어떻게 알겠어요."

"기왕이면 기합을 넣고 해야겠지…… 나중에 루크네한테 자랑해야지."

나는 이제 와서 중요한 사실을 깨달았다.

이번 멤버…… 나한테 의견을 제시해줄 사람이 없다. 내가 함정에 빠지면 같이 빠질 사람들뿐이다. 하다못해 에바라도 데리고 왔어야 했다.

자기가 싸놓은 건 알아서 치우라는 얘기가 있는데, 문제는 일이 벌어졌을 때 피해를 보는 사람이 나 혼자가 아니라는 점이다.

말로 표현할 수 없는 불안감에 사로잡힌 내 손을, 시트리가 꼭 잡아줬다.

"크라이 씨 생각은 알겠어요. 일은 저한테 맡겨주세요."

걱정하는 것보다 저지르는 게 더 쉽다는 게 이런 걸까.

마스터어와 두 언니는 그런 추태를 보였던 티노에게 평소와 똑같이 대해줬다.

어쩌면 배려해주느라 그러는 것뿐인지도 모르지만, 그 일을 계속 신경 쓰고 있던 티노도 금세 그런 일을 생각할 여유가 사라져 버렸다.

트레저 헌터들은 피지컬만 단련하는 경우가 많은데, 멘탈도 중요하다. 그리고 마스터어와 두 언니는 평소부터 육체와 정신 양쪽 측면에서 티노를 단련시켜주었다.

폭풍 속에서 전력 질주를 하고 벼락을 몇 번이나 맞았을 때는 죽는 줄 알았는데, 지금 티노는 두 언니의 자연스러운 모습을 보고, 자신이 너무 미숙하다는 생각이 들면서 너무나 창피해졌다.

티노한테 마스터어의 말은 천금보다도 무겁고, 동시에 무서운 것이다.

지금까지의 『시련』에서는 지옥 같은 곤란이 계속해서 덮쳐왔었다. 그래도 티노가 죽을 기세로 그걸 헤쳐나오기만 하면 되었고,

평소부터 그걸 각오하고 훈련에 매진해왔었다.

하지만 이번 시련은 지금까지의 시련과 종류가 전혀 다르다.

훈련 금지. 지금까지 영혼을 깎아가면서 몸에 익힌 기능들을 일부러 사용하지 않고 약자의 입장으로 돌아간다.

순간, 티노는 마스터어의 말이 무슨 뜻인지 이해하지 못했다. 하지만 두 언니의 모습을 보고 그 참뜻을 깨달았다.

이 바캉스에서 무슨 일이 일어나게 될지는 하나도 예상하지 못하겠지만, 뭔가 엄청난 일이 일어나리라는 것만은 알고 있다.

제도 최강의 레벨 8 헌터에게는 바캉스지만, 티노한테는 죽으러 가는 것이나 마찬가지다. 그리고 지금까지도 죽을 각오로 헤쳐 나왔던 시련에 무방비에 가까운 상대로 도전하는 것은 목숨을 거는 정도가 아니라 내다 버리는 것이나 마찬가지다.

냉정하게 생각해보면 이 얼마나 장절하고 틀을 부숴버리는 시련인가.

그리고 마스터어가 한 말의 의미를, 티노의 언니 두 사람은 당연히 티노보다 더 잘 이해하고 있을 것이다.

하지만 두 사람의 얼굴에는 티노와 다르게 그늘이 보이지 않았다. 아무래도 무방비한 상태가 되는 행위에 익숙하지 않은 탓인지 일거수일투족이 어딘가 어색하고 부자연스럽기는 하지만, 티노의 눈에는 그런 광경조차도 눈 부시게 보였다.

아마도, 이것이 경험 차이라는 것이겠지. 티노로서는 도저히 흉내 낼 수 없다. 티노에게는 주위에 대한 경계도, 발소리를 내지 않는 것도, 항상 임전태세를 유지하는 것도, 전부 습관이 되어 있다.

그것을 버리라는 것은 지금까지의 모든 것을 버리라는 것이나 마찬가지다.

억지로 끌려와서 마차에 짐짝처럼 실렸을 때의 수치심 따위는, 이 끔찍하게 가혹한 시련 덕분에 전부 사라져버렸다.

이 시련은 순수한 전투 능력이 아니라 마음을 단련시키는 거다.

명경지수(明鏡止水)의 마음. 어떠한 상황에서도 평정심을 유지하고 행동할 수 있도록 하는 것.

가면이 증폭시킨 감정을 진정시키지 못하고, 게다가 꼴사나운 모습을 보였다는 사실을 견디지 못하고, 집에 틀어박혀 있던 티노에게는 벼락을 맞는 것보다 훨씬 힘든, 그런 시련이다.

그리고 동시에, 항상 마스터어가 자연스럽게 지내고 있었던 것을 떠올린 티노는 입이 떡 벌어질 뻔했다.

지금 다시 확인해보니, 마스터어는 두 언니보다 훨씬 완벽한 무방비를 자랑하고 있었다.

아니, 그게 다가 아니다. 생각해보면 지금까지 그 어떤 가혹한 상황에서도 마스터어는 항상 무방비한 태도였다. 대체 얼마나 배짱이 두둑하면 그렇게까지 태연하게 자신을 드러낼 수 있는 걸까.

티노가 형용할 수 없는 두려움을 가슴에 품으며 떨고 있는데, 갑자기 마스터가 자신을 쳐다봐서 자세를 바로잡았다.

"티노, 억지로 끌고 와서 미안해."

"……아뇨, 마스터어. 하지만…… 제가, 폐를 끼치는 건 아닐까요?

티노는 미숙하다.

시트리 언니가 데리고 온 아무리 봐도 산 제물 같은 세 사람은 빼고, 지금 이 자리에 있는 네 명 중에서는 티노가 제일 약하다. 경험도 실력도, 모든 것이 부족하다. 아마 키르키르 군만도 못하겠지.

그리고 만약 절체절명의 상태에 빠졌을 때, 어쨌거나 상냥한 마스터는 티노를 버리지 않을 것이다.

폐를 끼치는 것 같다는 불안과 지금까지 겪어본 적이 없는 무시무시한 시련에 대한 공포와 긴장. 감정을 억누른 티노의 말에, 완전무결한 마스터어는 깜짝 놀란 것처럼 눈이 휘둥그레졌다.

"폐라니, 무슨 소리야. 티노가 꼭 와줬으면 했어. 왜, 항상 리즈가 폐를 끼치고 있으니까."

얼굴에 떠오른 그 온화한 미소를 보고, 티노는 반쯤 반사적으로 몸이 움찔하고 떨렸다.

티노는 마스터어한테 은혜를 입었다고 생각한다. 좋아하는지 싫어하는지 묻는다면 아주 좋아한다.

하지만 그 마스터가 내려주는 가혹한 시련을 기꺼이 받아들일 수 있는지는 또 다른 문제다.

그 눈에서는 선의만이 보일 뿐이었다. 그래서 무섭다. 마스터어는 완벽한 선의에서, 티노한테 시련을 내리려 하고 있다. 예상조차 할 수 없는 바캉스로 티노를 죽이려 하고 있다.

예전에도 마스터어는 여행하러 간다고 하면서 드래곤을 사냥했던 적이 있다. 꽃구경을 간다고 해놓고 꽃밭 보물전이 발생하는 순간을 보여준 적도 있고. 그런 사례들을 보면, 마스터어의 상식은 티노의 상식과 전혀 다르다.

의연한 태도를 보이려고 생각은 했지만, 몸이 따라주지 않았다.

살짝 딸꾹질을 한 번 하고, 눈물을 글썽이면서 애원하는 것처럼 말했다.

"무슨 말씀을…… 마스터어, 정말 고마운 말씀이지만…… 저는 언니가 시켜주는 훈련만으로도 한계에요……."

마스터어와 언니는 대단하다. 그냥 아무 생각 없이 티노에게 시련을 내려주는 게 아니다. 자신들도 같이 겪고 있으니 불만을 늘어놓을 수가 없다. 언니도 그것을 기꺼이 받아들이고 있다는 게 정말 대단하다.

하지만, 딱 한 가지만 말씀드릴 게 있다면── 저한테는 무리예요.

"응, 그래, 그렇구나. 그래서, 이번에는 푹 쉬었으면 좋겠어."

"크라이, 정말 착하다~ 티한테 명예를 만회할 기회를 주고 말이야! 자, 티, 더 기뻐하는 표정을 지어야지? 크라이한테 실례잖아?"

과연 마스터는 티노한테 뭘 원하고 있는 걸까?

언니의 기뻐하는 목소리도, 티노의 귀에는 들리지 않았다.

골목길을 걸어간 지 십여 분. 시트리의 안내를 받아서 도착한 곳은 자그마한 단독주택이었다.

호화로운 것도 아니고 그렇다고 너무 낡은 것도 아니다. 문패도 없고 특필할 만한 구석도 없어서 잠깐만 눈을 돌리면 존재 자체를 잊어버릴 것만 같은 집이다. 주위는 담장으로 둘러쌌고, 금속으로 만든 자그마한 문이 꼭 닫혀 있다.

시트리가 가방에서 쩔렁쩔렁 소리를 내면서 비슷한 열쇠가 수십 개나 달린 열쇠 다발을 꺼내더니, 그중에 하나를 망설이지도 않고 문에 있는 열쇠 구멍에 꽂으면서 말했다.

"아마 언젠가 크라이 씨한테 도움이 될 것 같아서, 준비해뒀어요."

"……시트 너, 거짓말까지 하면서 점수를 벌려고 하다니, 자존심도 없냐?"

"시끄러워, 언니. 언니는 도움이 안 되니까 조용히 해!"

찰칵, 하는 작은 소리를 내면서 열쇠가 돌아갔다. 시트리가 문에 손을 대면서 설명해줬다.

"만약의 경우를 위한 거점이에요. 이곳의 존재를 알고 있는 사람은 저밖에 없어요. 크라이 씨가 신분을 감추려면 여기보다 좋은 곳은…… 없겠죠."

"거점? 별장? 시트리가 산 거야?"

"예. 이런 세상이다 보니까, 무슨 일이 일어날지 모르잖아요."

시트리는 대체 어떤 상황을 상정한 걸까…….

항상 내 상상을 앞서간다. 작지만 마당까지 있는 훌륭한 단독주택이다. 빌린 건 아닌 것 같으니까, 돈이 꽤 들었겠지. 나도 리즈네가 은퇴한 뒤에 어디로 거점을 옮겨야 좋을지 생각 정도는 해봤지만, 시트리의 준비는 스케일이 다르다.

"여관은 아무래도 흔적이 남을 테니까요……."

시트리는 대체 누구한테서 도망칠 생각인 걸까. 의문이 샘솟았지만, 그늘 하나 없이 환하게 웃는 시트리의 얼굴을 보고 있자니, 다 필요 없는 일이라는 생각이 들었다.

뭐, 누구한테 쫓길 만큼 나쁜 짓을 안 하면 그만이니까.

"원하신다면…… 새로운 호적도 준비할 수 있어요. 이미 몇 가지 준비해두기도 했고요."

"아냐…… 일단 지금은 괜찮을 것 같아."

"그러시군요……."

살짝 아쉬워하는 표정을 지었지만, 아무리 그래도 농땡이 피우려고 호적까지 조작하고 싶지는 않으니까.

솔직히 그거 정말로 합법적인 일이기는 한 거야?

리즈가 입술을 삐죽 내밀고서 내 옷 소매를 잡아당겼다.

"저기저기 크라이, 은신처 준비는 폭력이 아닌 거야? 그러면 시트한테 너무 유리하지 않아?"

"……폭력에 해당 안 돼. 아무한테도 폐를 끼치지 않았으니까."

"뭐야~ 나한테 폐를 끼쳤거든? 훈련도 아닌 거야?"

"아니야."

냉정하게 생각해보면, 나, 돈도 얼마 없거든…….

바캉스가 며칠이나 계속될지도 모르는 일이니까, 절약할 수 있는 데서는 절약을 해야겠지.

오랫동안 아무도 사용하지 않았는지, 시트리의 은신처에서는 방치된 집 특유의 냄새가 났다.

밖에서는 뚝뚝 빗소리가 들려온다. 나는 이리저리 둘러보면서 집안을 확인해봤다.

현관과 거실. 주방과 침대가 두 개 놓여 있는 침실이 두 개, 욕실도 있다. 사람이 살았다는 느낌은 거의 없지만 최소한의 가구와 설비는 갖춰져 있는 것 같다. 천장이 그렇게 높지 않다 보니 키르키르 군이 들어오면 집이 너무 좁아지고, 먹거리는 집에 들일 수 없어서 마당에 있다. 검둥이 씨 일행이 있으면 공간이 부족했겠지만, 그 사람들은 다른 숙소를 잡은 것 같으니까, 네 명이 지내기에는 충분하다. 그렇게 좋은 집은 아니지만 일단 살기로 마음먹으면 평범하게 살 수 있는 곳이다.

사용하는 날이 오게 될지 아닐지도 모르는 집에 이 정도 물건들을 준비해놓은 데서, 시트리가 얼마나 완벽주의자인지 그 편린을 엿볼 수 있다.

신발과 후드를 벗으면서, 시트리가 생글생글 웃으며 말했다.

"식료품도 상비해뒀어요. 보존식이라서 맛은 보증할 수 없지만……."

……그만하면 충분하지. 내가 생각했던 것과 조금 다르기는 하지만, 이런 바캉스도 있겠지.

호화로운 숙소도 좋지만, 이런 작은 집에서 묵는 것도 왠지 두근거린다.

다른 클랜 멤버들까지 데리고 왔으면 체험할 수 없었겠지. 위험하지만 않다면 이런 비일상도 나쁘지 않다. 무엇보다 은신처(사실 그다지 숨겨진 곳은 아니라서 별장 같은 느낌이지만)라는 단어에서 로망이 느껴진다. 침대도 있으니까, 마차 안에서 지냈던 어젯밤과 비교하면 천지 차이다.

리즈도 즐거워하며 벽을 두드렸다. ……벽을 두드려?

"시트, 여기 그냥 평범한 집 같은데, 벽은 괜찮은 거야?"

"언니, 크라이 씨가 그런 건 하지 말라고 했잖아? 일단 보강은 해뒀으니까, 평범한 헌터가 손에 넣을 수 있는 무기 정도는 버틸 수 있을 것 같기는 한데……."

"아! ……미, 미안해 크라이. 일부러 그런 게 아니라…… 그냥, 평소 습관 때문에——."

리즈가 당황해서 고개를 숙였지만, 상관없다.

나는 세 사람에게 폐를 끼치고 싶지 않을 뿐이다. 그저 편하게 쉬었으면 싶을 뿐이고.

"필요한 물건은…… 거의 갖춰져 있다고 생각해요."

"대단한데. 나한테 아무 말도 안 하고 만들었다는 건 마음에 안 들지만——."

도적의 습관 때문인지, 리즈가 콧노래를 흥얼거리면서 집안을 뒤졌다.

시트리의 말을 고맙게 받아들여서, 외투를 벗고 거실 소파에 앉았다. 여행은 이제 막 시작됐고 나는 아무것도 한 게 없는데, 어째선지 온몸에 기분 좋은 피곤함이 느껴졌다.

크게 기지개를 켜고 있는데, 시트리가 물을 끓이고 홍차를 타 주었다.

·········내가 신이라면 슬슬 천벌을 내릴 타이밍인데 말이야.

"역시, 마스터어····· 빈틈, 투성이에요."

"·····응, 그래, 그렇구나."

소파 옆에 서 있던 티노가 존경하는 건지 바보 취급하는 건지 모를 말을 던졌다.

그때, 책장을 억지로 움직이려고 하던 리즈가 작은 소리로 휘파람을 불었다.

그리고는 책장 뒤쪽으로 손을 집어넣고 살짝 밀었다. 그랬더니 소리도 없이, 한쪽 벽이 옆으로 움직였다.

그 뒤에서 나타난 벽에 죽 걸려 있는 건, 수많은 무기였다.

장검과 단검, 지팡이와 보우건. 아무래도 창이나 전투용 도끼 같은 커다란 물건은 없지만, 마치 무기 전시장이 아닌가 싶을 정도로 다양했다. 잘 갈아놓은 칼날이 따뜻한 조명을 받아서 번뜩였다.

·····무기상점인가?

그 밖에도 선반에는 다양한 색의 액체가 들어있는 병들이 진열된 것이, 심플한 방과 비교해서 엄청난 갭이 느껴졌다.

"언니, 멋대로 이상한 데 건드리지 마!"

"·····헤~ 이건 뭐야? 마비 독에 수면약? 그리고····· 미약? 어디다 쓸 생각이었어?"

"그만해! 나한테도, 순서라는 게 있단 말이야! 나중에 크라이 씨한테 설명할 생각이었는데!"

·····아무래도 평범한 별장은 아닌 것 같다.

바닥에 벽에, 리즈가 여기저기 마구 건드려댈 때마다 시트리가 소리를 질렀다.

얼핏 보면 평범한 집처럼 보이는 방이지만, 현직 도적이 보기에는 온갖 기믹들이 깔린 집인 것 같다.

카펫을 들추면 지하 창고로 들어가는 문이 나타나고, 식기장에 진열된 평범한 조미료 같은 병에도 살벌한 색의 포션이 들어 있다. 이렇게까지 준비를 해놓았으면, 놀라기 전에 감탄부터 하게 된다.

헌터들은 죄다 이런 걸까…….

"! 이거 봐, 크라이! 시트 자식이, 이 집에 야한 속옷을 준비해 놨어! 저기 시트, 왜 세이프 하우스에 이런 걸 준비해둔 건데? 이거 필요한 거야? 어디다 쓸 생각이야? 설마 미인계라도 부릴 생각이야?"

"! 그만해! 언니랑은 상관없잖아!"

시트리가 말리거나 말거나, 옷장을 뒤지던 리즈가 검은 천 조각을 손에 쥐고서 환호성을 질렀다. 거기에 시트리의 찢어지는 비명이 더해진다. 나는 평소와 마찬가지로 모른 척했고.

티노가 눈이 휘둥그레졌지만, 이 정도 장난은 옛날부터 항상 해온 짓이다. 반응하면 리즈가 기뻐할 테니까, 시트리를 위해서라도 가만히 있는 게 낫다. 그나저나 야한 속옷…….

"…………………티노는, 어디 가고 싶은 곳 있어?"

정신을 다른 곳으로 돌리기 위해, 가까이에 서 있는 후배한테 물었다. 이번 바캉스에는 명확한 목적이 없다. 그래서 항상 험한 꼴을 당하고 있는 티노의 희망을 들어주고 싶다.

내 질문을 들은 티노는 잠깐 어깨를 부르르 떨고는, 당혹한 기색으로 말했다.

"어………… 저기…… 그러니까………… 제, 제일, 간단한 곳이 좋아요…….."

"? 간단이라니, 뭐가? 어려운 곳은 안 가는데?"

이것저것 많잖아? 아이스크림 먹으러 가고 싶다든지.

왜 장소를 물었는데 간단이라는 대답이 돌아오는 걸까?

마음속으로 고개를 갸웃거리고 있었더니, 티노가 집중해야 간신히 들릴 만큼 작은 목소리로 중얼거렸다.

"………………그, 그다지, 위험하지 않은 곳이, 좋아요."

"……자꾸 말하는데, 위험한 곳은 갈 생각도 없어. 지금까지 내가 위험한 데 가려고 한 적이 있었어?"

"으…… 아으……."

확실하게 딱 잘라서 말했는데, 어째선지 티노가 울상을 지었다. 훤히 드러나 있는 하얀 목이 살짝 움직이고, 그 작은 입술이 마치 눈물을 참으려는 것처럼 꾹 닫혔다. 하나도 안 믿는 모양이다.

지금까지 내가 지은 죗값이라고 하면 어쩔 수 없는 일이지만, 그래도 너무하다.

내 맞은편에 있는 소파에 앉으라고 권했다. 티노는 비틀거리면서 그 자리에 앉았고, 무릎 위에 손을 올려놨다.

"티노, 계속 말하는데, 이번에는 바캉스야. 안심해도 돼.【흰 늑대 둥지】때는…… 아주 조금, 실수가 있었던 거야."

"…………아주…… 조금……?"

"……미안, 엄청나게야, 엄청나게. 그건 완전히 내 예상을 벗어
난 일이었어."

눈물에 촉촉하게 젖은 눈을 보고는 더 이상 견디지 못하고 백
기를 들었다. 마스터의 위엄 따위는 그냥 포기하자.

뭐 예상 밖이라고 해서 용서해줄 리는 없지만…… 중요한 건 성
의다. 미래다.

"가면 일도…… 티노가 싫다면, 다시는 억지로 씌우지 않을 거
야. 약속할게. 티노라면 틀림없이 잘 다룰 거라고 생각하지
만……."

아무래도 티노가 가면을 썼을 때의 모습은, 아크한테 들었던
에크렐 아가씨의 상태와 전혀 달랐다. 티노는 창피해하는 것 같
지만, 감정적인 면에서도 비교적 안정됐던 것 같다고 생각한다.

하지만, 티노가 싫다면 어쩔 수 없겠지.

"그때도 말했지만, 그때의 티노는 광(狂) 티노였어."

감정이 증폭돼 있었다. 충성심이 폭발했었다. 적극성이 증가했
다. 그게 전부다.

내 말을 듣고 그때 광경이 생각났는지, 티노의 뺨이 발그레해
졌다. 더 이상 생각나게 하면 티노가 다시는 가면을 안 쓴다고 할
것 같아서, 하던 이야기로 돌아갔다.

"이번에는 생명의 위험은 전혀 없어. 싸움에 참여하는 일도 없
고. ……최소한, 우리는 말이지."

의미심장한 얘기가 되고 말았다. 내가 이상하게 운이 없어서, 100퍼센트 전투에 말려들지 않는다고 장담할 수 없는 게 괴롭다. 뭐, 무슨 일이 일어나더라도 지금 나한테는 리즈와 시트리라는 든든한 아군이 있으니까. 키르키르 군에 훌륭하게 성장한 먹거리 도 있고.

"마스터어……."

티노가 날 부른다. 하지만 그 눈에 고여 있는 눈물은 조금도 줄 어들지 않았다.

지금까지 몇 번이나 설득했는데도 믿어주지 않는다니. 내가 대 체 이 후배한테 무슨 짓을 했던 걸까. 마음에 걸리는 일들이 잔뜩 있기는 하지만, 맹세코 일부러 티노한테 험한 꼴을 당하게 한 적 은 없다.

마차에서 가면을 주려고 했던 것도 티노를 위해서 그랬던 거 라고!

"맹세할게. 만약에 무슨 일이 일어나더라도 철저하게 방관만 할 거야. 평소에도 나쁜 뜻이 있어서 티노를 힘들게 했던 게 아니 고. 그래, 맞다――."

――만약에 무슨 일이 생기면, 내가 티노를 지켜줄게.

너무 필사적인 심정이라서 그렇게 어울리지도 않는 소리가 튀 어나온 그 순간, 눈앞이 하얀색으로 물들었다.

거의 동시에, 엄청난 천둥소리가 집을 흔들었다.

"?!"

나도 모르게 일어났다. 뭐야 지금 그 벼락은? 엄청 가까운데?!

그나저나 진짜 벼락 맞아?!

이 집에 떨어진 것도 아닌데 충격 때문에 머리가 흔들리는 기분이다.

기껏 멋있는 말을 했는데── 냉정하게 내가 한 말을 다시 떠올려보니, 너무나 창피해졌다. 벼락이 떨어져서 다행일지도 모르겠다.

"뭐라고? 왜 시트가 크라이랑 같은 침실인데?! 상식적으로 생각해도 이상하잖아?!"

"이 집은 내 집이고, 티는 언니 제자잖아?! 아니면 뭐? 언니, 티를 나한테 주겠다는 거야?!"

"줄게! 티는 줄 테니까, 크라이는 내가 가질 거야! 그러면 문제없지?! 다시는 크라이한테 접근하지 마!!"

그렇게 큰 소리가 났는데 잘도 아무렇지도 않게 싸우고 있네…… 그리고 방이 두 개 있으니까 성별대로 나누면 되잖아.

슬슬 내가 중재하는 게 좋을지도 모르겠다. 이럴 때 피해를 보는 건 보통 주변 사람들이니까.

말을 걸려고 했을 때, 티노의 분위기가 이상하다는 걸 알았다. 아직도 눈꼬리에 눈물이 고여 있기는 하지만, 그 얼굴에 조금 전까지 있었던 겁먹은 기색은 없었다. 그저 멍한 표정으로 날 바라보았다.

갑자기 떨어진 벼락에도 관심이 없는 것 같다. 벼락을 맞는 훈련을 받은 지 얼마 안 됐는데, 트라우마가 된 건 아닌가 보네…… 그런 생각을 하고 있는데, 갑자기 티노의 빨간 볼이 발그레해졌다.

"…………마스터어…….."

"……설마, 들었어?"

티노가 고개를 끄덕였다. 설마 그 커다란 소리 속에서 내 목소리가 들렸다니, 헌터는 괴물인가?

들으면 안 되는 건 아니었지만, 그래도 창피한 건 창피하니까.

냉정하게 생각해보면, 지금까지 티노한테 내 한심한 모습을 몇 번이나 보여줬다. 그런 내가 지켜준다고 했으니, 오히려 티노가 창피할 수도 있는 얘기다.

"뭐, 그냥 마음가짐에 관한 얘기야. 티노한테 내 도움 따위는 필요 없을지도 모르지만, 그렇게 각오하자는 얘기지. 기분이 상했다면 미안해, 잊어버려 줘."

"아뇨── 정말, 고맙습니다, 마스터어. 그리고…… 죄송해요."

티노가 살짝 고개를 숙이고 소매로 눈물을 닦았다. 다시 고개를 들었을 때, 더 이상 눈물은 고여 있지 않았다. 아직 조금 충혈돼 있기는 하지만, 그 눈빛에서는 솔로 헌터로서의 확실하고 강한 의지가 느껴졌다.

티노가 일어나서 주먹을 꽉 쥐면서 말했다.

"이제…… 괜찮아요. 마스터…… 뭐가 오더라도, 절대로, 절대로 지지 않아요. 제가 아직 미숙하고 경험도 힘도 부족하지만…… 뛰어넘어 보이겠어요! 지켜봐 주세요! 벼락이든 뭐든 다 덤비라고 하세요!"

이유는 모르겠지만 힘이 난 것 같네.

갑자기 선언을 시작한 후배의 목소리를 듣고서 리즈와 시트리가 싸움을 멈추고 티노 쪽을 쳐다봤지만, 그래도 티노는 꿈쩍도 하지 않았다. 입을 꾹 다물고 있는 표정이 티노의 결의를 말해 주고 있다. 이 티노라면 믿어도 될 것 같네.

잘됐다, 다행이야— 뭐든지 덤비라고 했어? 내 말을 듣기는 한 거야?

뭐야? 지금까지 내가 한 말은 전부 헛수고였어? 어떻게 하면 믿어줄 건데?

불만을 늘어놓을 입장은 아니지만, 아무래도 그렇게까지 믿어 주지 않으면 좀 힘이 빠진다.

그리고 답답한 기분에 어깨를 축 늘어트리려고 한 바로 그 순간, 마치 내가 조금 전에 했던 선언을 비웃기라도 하는 것처럼, 어디선가 경보 소리가 울려 퍼졌다.

……그냥 은퇴하고 싶다. 시트리가 끓여준 맛있는 홍차를 마시면서 현실 도피를 했다.

밖에서 울려 퍼지는 천둥소리와 경보의 협주곡은 아무리 지나도 끝날 기미가 보이지 않았다. 조금 전까지 발그레하게 물들어 있던 티노의 뺨에서 핏기가 싹 가셔 있었다. 볼을 조금 씰룩거리고 있기는 하지만, 그래도 나한테 뭐라고 하지는 않고 뭔가 불편한 표정으로 창밖만 보고 있다. 번갯불이 번쩍 빛났고, 나는 홍차를 꿀꺽 삼켰다.

나는 폭풍에는 은근히 익숙했다. 왜냐하면, 고난과 폭풍은 떼려고 해도 뗄 수 없는 관계니까.

하지만 이런 주택가까지 들려오는 경보가 그치지 않는다는 건, 보통 일이 아니라는 뜻이다.

제블디아는 다른 나라들과 비교해서 치안이 좋다. 어느 정도 큰 도시에는 나라나 영주가 편성한 기사단이 배치돼서 마물이나 팬텀, 인간 범죄자로부터 도시를 지키고 있다. 이 엘란에도 당연히 그런 기사단이 있을 것이다.

그리고 헌터들의 성지인 제블디아의 기사단에는 전직 헌터들이 소속돼 있는 경우도 적지 않아서, 어지간한 문제라면 충분히 해결할 힘을 지녔다.

하지만, 그렇다면 그칠 줄 모르고 계속 울리는 이 경보는 뭘까? 이 정도 폭풍 때문에 경보가 이렇게 오랫동안 울릴 리가 없을 텐데. 뭔가 큰 사건이 일어났다고 봐야겠지.

나는 크게 한숨을 쉬고, 일단 다리를 꼬았다.

"시트리, 혹시 간식거리 있어?"

"아…… 그렇지! 크라이 씨가 좋아할 것 같은 초콜릿이 있어요."

시트리가 색색의 반짝반짝 빛나는 포장지에 싸여 있는 초콜릿을 작은 그릇에 담아서 가져왔다.

어딘가 공업 국가에서 수입한 물건이었지. 나는 시끄럽게 울리고 있는 경보 소리를 필사적으로 머릿속에서 몰아내면서 초콜릿 포장지를 벗겼다. 티노가 조심조심 물었다.

"마스터어…… 괜찮으세요?"

경보? 나한테는 상관없는 일이다. 의뢰가 들어온 것도 아니고, 만약에 의뢰라고 해도 받을지 말지에 대한 결정권은 이쪽에 있다.

애당초 헌터의 가장 주된 일은 보물전 탐색이고, 도시의 치안 유지는 기사단의 영역이다. 그래서 세금도 낸다고. 레벨 8이라고 해서 아무 일이나 다 떠넘기려고 하는 건 참을 수 없다.

뭔가 짚이는 구석이 있는지 안절부절못하고 있는 티노한테 손짓으로 가까이 오라고 했다. 쭈뼛쭈뼛 다가온 티노한테 지금 막 포장지를 벗긴 초콜릿을 내밀고, 안심하라는 것처럼 미소를 지어 보였다.

"괜찮아, 이 정도는 내가 예상한 범위야. 그리고 이번에는 안 싸울 거라고 약속했잖아?"

사고에 휘말리는 데는 익숙하다. 경보 소리를 듣는 것도 처음이 아니고.

나는 알고 있다. 이럴 때는 가만히 있는 게 제일이다. 가만히 있으면 보통 누군가가 나서서 해결해준다. 그리고 가만히 있는 능력에 대해서는 우리 클랜 중에서도 손에 꼽힐 자신이 있다.

뭐, 일류 헌터라면 경보 소리를 들으면 솔선해서 협력하려고 들겠지만, 나한테는 그럴 만큼의 힘이 없다. 도움은커녕 민폐만 되니까 피라미는 저쪽에 가 있어, 라는 얘기다.

"괜찮아, 여기 엘란에는 그런 일을 해결하는 데 우리보다 걸맞은 인재가 있으니까."

내 말을 듣고, 리즈가 몸을 앞으로 내밀고서 달콤한 소리로 말했다.

"뭐야?! 가서 끼어들 줄 알았는데?"

"안 가. 리즈 너 말이야, 우리의 목적을 잊어버린 거 아냐?"

"목적?"

"바캉스란 말이야. 바, 캉, 스!"

그렇게 설명했으니까 잊어버렸을 리가 없는데, 리즈의 축제를 좋아하는 성격은 상식을 벗어난 수준이다.

이렇게 시작하자마자 좌절할 수는 없다. 게다가 거기에 끼어들기라도 하면 내가 여기 있다는 걸 들키게 되잖아. 직접 뭔가를 부탁받기라도 하면, 나는 《시작의 발자국》의 클랜 마스터로서 뭔가 해결할 방법을 생각해내야 하는데, 그것만은 꼭 피해야 한다.

"시트리, 우리가 여기 있다는 건 아무도 모르지?"

"물론이죠. 탐색자 협회 지부에도 얼굴을 안 비췄으니까요. 들어올 때 심사를 받았으니까 조사하면 여기 있다는 것까지는 알 수도 있지만, 일단 이 집은 절대로 안 들켜요."

역시 시트리는 나처럼 얼빠진 인간하고 다르다. 이번에야말로 티노가 말려들 걱정은 안 해도 될 것 같다.

"소동이 가라앉을 때까지 이 집에서 나가지 말자. 먹을 건 괜찮으려나?"

"식료품은 한 달 정도는 문제없을 거예요. 다른 자원들도──."

한 달, 이라. 충분……한 정도가 아니라 아주 여유가 있네. 시트리는 이 집에서 농성이라도 벌일 생각이었던 걸까?

"잘 들어 티노. 마음은 알겠지만, 이럴 때는── 차분해지는 게 제일 중요해. 내가 말했었지? 싸움에는 참가 안 한다고. 우리가 나설 필요는 없어. 괜찮아, 경보는 금방 그칠 테니까. 자, 앉아."

"그, 그렇군요…… 이것도 전부, 마스터어의 수중에 있는 일이 군요…… 그런가요?"

티노도 무리해서까지 소동에 끼어들고 싶어 미칠 지경인 건 아니겠지.

내 말을 들은 티노는 나에게 공허한 신뢰를 보여주면서 소파에 앉았다.

"응, 그래, 그렇지. 리즈도 앉고. 절대로 밖에 나가면 안 된다?"

문제는 기본적으로 얌전한 티노가 아니다. 리즈다. 항상 무리해서라도 소동에 끼어들고 싶어 미칠 지경인 리즈다. 금세 내 말을 잊어버리는 리즈다. 계속 꾹 누르고 있지 않으면 망가진 스프링 장난감처럼 트러블을 향해 날아가 버리는 리즈다. 그리고 최종적으로는 어째선지 내 탓이 돼버리는 리즈다.

"뭐야…… 크라이 너무해!"

간신히 시키는 대로 내 옆에 와서 앉는 리즈의 팔—— 그 손목을 꼭 붙잡았다.

기뻐하는 소리를 내면서 몸을 나한테 기대려고 드는 리즈의 머리카락을 손가락으로 빗질해서 달래주면서, 나는 무슨 수를 써서라도 이 바캉스를 무사히 마치겠다고 다시 한번 결심했다.

그리고 돌아간 뒤에 클랜 멤버들한테 아주 즐거운 바캉스였다고 자랑하는 거야.

그때는 밑바닥까지 내려가 있던 나에 대한 티노의 신뢰도 어느 정도 회복돼 있겠지.

대단한 실력이다. 역시나, 레벨 7 헌터가 이끄는 파티는 뭔가 달라도 다르다.

비와 밤이라는, 모든 헌터들이 싫어하는 상황 속에서 가도를 달린다. 덤벼오는 야행성 마물들을 아무렇지도 않게 해치우는 《안개의 뇌룡》의 모습을 보며, 클로에는 얼굴에 드러내지 않고서 감탄하고 있었다.

클로에가 고용한 호위──《염선풍》은 나설 필요도 없었다. 거기서 끝이 아니라, 마차는 거의 멈추지도 않았다.

처음 봤을 때부터 아놀드가 강하다는 건 알고 있었지만, 그 위용은 영웅이라는 이름에 걸맞았다.

그리고 아놀드가 이끄는 파티도 상당히 능숙했다. 폭풍우 치는 밤. 거의 앞이 보이지도 않는 상황에서 기척을 죽이고 접근해오는 마물들이 전혀 다가오지도 못하게 하는 모습은 정말 대단했다.

헌터들의 성지라고 불리는 제블디아에도 이 정도 실력을 갖춘 자들은 찾아보기 힘들 것이다.

호위라는 명목으로 같은 마차에 탄 《안개의 뇌룡》 멤버가 의미심장한 미소를 지으며 말했다.

"우리 고향에서는 앞이 안 보이는 게 아주 흔한 일이었으니까."

"그렇군요…… 네블라누베스의 환경은 가혹하다고 들었어요."

환경의 차이는 마물의 성질에도 크게 영향을 준다. 환경이 가혹하면 마물도 훨씬 강인해지겠지. 그리고 너무나 가혹한 탓에 개체 수가 늘어나지 않는다는 것도 이해할 수 있는 이야기다.

전투는 순식간에 끝나버렸다. 《호뢰파섬》은 전투에 참가하지도 않았지만, 《안개의 뇌룡》의 능력이라면 이 제블디아에서도 그렇게 고전하지는 않겠지.

아놀드의 목적은 알고 있다. 감정을 잘 다스리고는 있지만, 많은 헌터들을 봐온 클로에의 눈에는 《천변만화》와의 사이에 아직도 앙금이 남아 있다는 것이 훤히 보였다.

동행을 인정한 것은 차선책이다. 레벨 7로 인정된 헌터라면 탐색자 협회에 따른다고 해도 그렇게까지 짭짤할 것은 없다. 지부장 클래스라면 모를까 일개 직원인 클로에의 힘으로는 막기도 힘들고, 무엇보다 뭔가 일을 벌이기도 전에 막을 권한은 애당초 존재하지도 않는다. 그렇다면 자신의 눈앞에서 싸움을 벌이는 쪽이 차라리 낫다. 그리고, 아무래도 탐색자 협회 직원이 보는 앞에서 너무 심하게 일을 벌이지는 않을 것이다.

게다가 그 귀신같은 지모로 유명한 《천변만화》라면 여기까지 예상했을 수도 있다.

"제블디아에는 무수히 많은 보물전이…… 네블라누베스에는 존재하지도 않는 높은 레벨의 보물전이 있으니까요."

"흥, 그렇군…… 하지만, 이런저런 일이 있어서 아직 시작도 못하고 있지만, 아놀드 씨와 우리가 공략 못 할 보물전은…… 없다. 이 제도의 보물전이 어떤 곳인지, 아주 기대돼."

벼락이 쳤다. 그 빛에 비친 남자의 얼굴에서 불안한 기색은 찾아볼 수 없었다.

아니, 불안이나 겁먹은 기색은 있었지만, 그것보다 큰 자신감이 담겨 있었다. 자신의 힘에, 그리고 리더와 파티에 대한. 위협을 알면서도 앞으로 나아간다. 그것은 이상적인 헌터의 정신자세라고 할 수 있다.

크라이 씨, 대체 어떤 짓을 했길래《안개의 뇌룡》이 이렇게 화가 난 건가요.

다시 한번 생각해보니, 폭풍 속에서까지 추격할 정도면 꽤나 대단한 이유인 것 같다.

"그나저나 오늘은 유난히 마물이 많은데. 게다가 시체는 하나도 안 보여⋯⋯《천변만화》는 정말로 엘란에 있는 건가?"

"그라디스령으로 가려면 엘란을 통과해야 해요. 이 빗속에서 계속 마차를 몰아서 달려가려고 하지는 않겠죠. 저희의 목적도 합류입니다."

클로에의 의연한 목소리에, 남자가 건성으로 대답했다.

십중팔구, 틀림없을 것이다. 분명히 마물의 시체가 보이지 않는 것도 마물의 숫자가 많은 것도 신경이 쓰이지만, 클로에도 서두르고 있다. 거짓말은 하지 않았다.

또다시 천둥소리가 울려 퍼졌다. 루다가 어딘가 우울해 보이는 표정으로 창밖을 보고 있다.

엘란에 도착한 것은 늦은 밤이었다. 비는 한층 거세게 쏟아지고, 먹구름 사이에서는 적지 않은 빈도로 빛이 번쩍이고 있었다. 악천후 속에서 싸우는 데 익숙한 《안개의 뇌룡》이 없었다면 여기까지 오는 데만 해도 크게 고생했겠지. 문득, 앞에서 달리고 있던 《안개의 뇌룡》의 마차 쪽에서 큰 소리가 들려왔다.

"이봐, 불타고 있다!"

그 소리를 듣고, 클로에는 황급히 창밖으로 고개를 내밀었다.

엘란의 외벽이 불타고 있었다. 불꽃은 비 때문에 금세 꺼졌지만, 연기가 희미하게 피어올랐다.

상공에서는 번갯불이 연속으로 번쩍이고, 벼락이 연속으로 떨어졌다. 마법이 걸려 있을 돌로 만든 외벽이 충격 때문에 갈라지고, 떨어져 나갔다. 굉음이 마차가 있는 곳까지 울리자, 탐색자 협회에서 제대로 훈련한 말이 큰 소리로 울었다.

강한 마력이 느껴졌다. 분명히 자연적인 현상이 아니다.

문에 도착하자마자 마차에서 뛰어내려서 이야기를 들으러 갔다.

탐색자 협회는 국영 조직이 아니지만, 나라와 밀접한 관계가 있는 기관이다. 마물이나 팬텀과 관계된 문제가 일어났을 때는 헌터를 파견하는 일도 있다. 무엇보다, 그냥 넘어갈 수가 없다.

고함과 비명. 시내는 혼란의 도가니에 빠져 있었지만, 탐색자 협회의 문장을 보여줬더니 어린 계집애라고 무시하지는 않았다.

바로 안내를 받은 클로에가 들은 단어는, 상상도 못 했던 것이었다.

"예? 뇌정(雷精)……? 이런 사람 사는 곳에……?"

너무 황당해서 혼란에 빠지지도 못하고, 그냥 넋이 나가버렸다. 하지만 정보를 전해준 쪽도 악몽이라도 꾸고 있다는 것 같은 얼굴이었다. 경험이 풍부한 아놀드도 눈이 휘둥그레져 있고.

뇌정이란 정령의 일종이다. 정령이란 의지를 지닌 자연현상이라고 불리는 초상적 존재다. 어지간해서는 사람들이 사는 곳에는 나타나지도 않고 함부로 공격하는 존재도 아닌데, 전체적으로 막대한 힘을 자랑하며, 그 힘은 최소 레벨 6이라고 일컬어지고 있다. 뇌정은 정령 중에서도 상위에 해당하는 존재니까, 힘도 더 강하겠지.

원래 뇌정은 이런 도시 근처에 나타나는 존재가 아니다. 마술사가 사역하고 있을 가능성도 있지만, 상위 정령(하이 엘리먼트)인 뇌정을 사역할 수 있는 자는 제블디아에도 손꼽힐 정도겠지. 과연 원인은 무엇일까── 거기까지 생각했을 때, 클로에는 다르게 생각해봤다.

이유가 어쨌거나 지금 이 순간에도 엘란은 계속 공격당하고 있다. 그냥 둘 수는 없다.

뇌정은 엘란에 상주하고 있는 기사단이 감당할 수 있는 존재가 아니다.

아니, 아마도 엘란을 거점으로 삼고 있는 헌터 중에 최상위급 헌터라도 힘들다. 상위 정령에게 이길 수 있는 것은── 격퇴할 수 있는 것은 영웅뿐이다. 그리고 다행히도 지금 이 자리에는 외정과 마찬가지로 벼락을 두르고 있는 강대한 환수, 뇌룡을 쓰러트리고 영웅이 된 사내가 있다. 주저하지 않았다. 똑바로, 아놀드 일행 쪽을 봤다.

"《호뢰파섬》, 협력해주시겠어요?"

별명을 듣고서 모여 있던 기사들이, 도시의 간부가 희색을 보였다.

상대가 정령이라면 레벨 7 헌터한테도 강적이겠지.

하지만 아놀드는 수많은 시선을 한 몸에 받은 상태에서, 의젓하게 고개를 끄덕였다.

불안과 불온한 공기에 짓눌려버릴 것만 같은 밤이 지나고, 어젯밤의 폭풍이 거짓말이었다는 것처럼 파란 하늘이 펼쳐져 있다.

침대에서 일어나, 개운한 기분으로 밖을 봤다.

주택가에는 평온이 돌아와 있었다. 경보도 울리지 않고 비명도 들리지 않는다.

그거 봐, 아무것도 안 해도 어떻게든 됐잖아! 안심하면서 옆을 봤다.

옆 침대에는 아무도 없었다. 시트리의 은신처에는 침실이 두 개 있고 각각 침대가 두 개씩 놓여 있는데, 결국 성별로 나눠서 자기로 했다. 나는 크게 신경 쓰지 않았지만, 누가 나랑 같은 방을 쓸지를 놓고서 싸움이 날 뻔했다. 내가 소파에서 잔다고 하니까 그건 인정할 수 없다고 하고.

리즈는 침대로 기어들어 오는 나쁜 버릇이 있지만, 시트리가 있으면 안전하다.

참고로 키르키르 군은 밖에 있다. 아무래도 사람한테는 힘든 환경에서도 움직일 수 있게 만든 것 같다. 마법 생물이라는 의미에서 생각해보면, 먹거리와 비슷하게 취급하는 거겠지.

크게 기지개를 켜고, 시트리가 세탁해준 옷으로 갈아입었다.

은신처는 은신처로 두기에는 아까울 정도로 쾌적했다. 커다란 욕실도 있고, 만들어준 시트리의 솜씨가 좋았던 탓인지 비축해뒀던 재료로 만든 음식도 내 입에 아주 잘 맞았다. 어지간한 여관에서 나오는 음식보다 더 맛있을지도 모른다. 빗속에서 행군한 탓에 약간 쌓여 있던 피로도 완전히 풀렸다.

침실에서 나와서 거실로 갔더니 사복 차림의 티노가 맞이해줬다.

"……마스터어, 안녕히 주무셨어요."

"잘 잤어. ……무슨 일 있었어? 그 다크 서클은 뭐야?"

쾌적하게 잘 잔 나와 다르게, 티노의 눈 밑에는 짙은 다크 서클이 생겨 있었다.

다리에는 힘이 있고 말투도 평소와 다를 게 없지만, 얼굴에는 피곤한 기색이 짙어 보였다.

"잠을 못 잤어?"

"……아주 조금. 소파에서 누워 있기는 했는데── 밖이 불안해서요. 전부 제가 미숙한 탓이에요."

딱딱한 목소리다. 침대를 내주지 않았던 건가…… 하긴 리즈는 제자랑 같은 침대에서 잘 성격이 아니지. 시트리랑 같이 자게 되면 그건 그것대로 위험할 것 같다.

자기 전에 티노도 챙겨줬어야 했을지도 모르겠다.

하지만 헌터라면 언제 어디서나 잘 수 있도록 훈련하고 있을 텐데(내가 제일 자신 있는 분야다), 그래도 잠들지 못할 정도로 바깥 상황이 심했다는 얘긴가.

"괜찮아요, 마스터어. 저도 헌터니까, 하룻밤 정도 잠을 못 자도 활동에는 아무 지장 없어요."

"그렇다면 다행인데……."

이젠 티노도 어린애가 아니다. 자기 몸 상태는 본인이 제일 잘 알고 있겠지.

바깥쪽 상황에 따라서는 집 안에 틀어박혀 있을 생각이었는데, 아무래도 경보의 원인은 무사히 해결된 것 같다.

시트리가 해준 밥을 먹은 뒤에 출발 준비를 하고, 다 같이 은신처를 떠났다. 먹거리와 키르키르 군이라는 이상한 존재들을 데리고, 후드를 깊이 눌러써서 얼굴을 가린 채로 큰길을 걸어가고 있는데, 자연스레 어제 있었던 일에 관한 이야기가 귀에 들어왔다.

상인도 헌터도 기사단도 주민들도 하나같이 어제 있었던 일에 관한 이야기를 나누고 있다.

귀를 기울이고 그 이야기를 듣고 있던 시트리의 눈이 휘둥그레졌다.

"정령…… 상위 정령이 이렇게 사람 사는 곳에 나타나다니—."

"정령?! …………아~ 나도 싸워보고 싶었는데…… 내성이 잘 붙었는지 확인할 기회였는데 말이야…… 안 그래, 티?"

"예……?! 아, 예, 언니……."

어째선지 티노가 촉촉한 눈으로 날 쳐다봤다. ……그냥 우연이야. 내성을 키우는 훈련을 시킨 건 리즈였고, 결국, 이렇게 내가 말린 덕분에 거기에 끼어들지 않고 넘어갔잖아.

정령이란 의지를 지닌 힘의 덩어리이며, 헌터가 싸울 수 있는 존재 중에서 가장 귀찮은 존재다. 꼭 인류와 적대하는 존재는 아니지만, 그 공격력과 내구력은 높은 레벨 헌터들을 한참 뛰어넘고, 개중에는 나라 하나를 멸망시킬 정도의 힘을 지닌 자도 있다. 자연현상을 부린다는 특성 때문에 신과 동일시하는 지역도 있다고 하는, 그야말로 초상적인 존재다.

마도사가 다루는 술법 중에는 정령의 힘을 빌리는 것도 있는데, 그런 것들은 최상의 마법이라고 알려져 있다.

원래 정령의 서식지는 대자연 속이고, 시트리가 말한 것처럼 사람들이 사는 도시에 나타나는 건 상당히 희귀한 현상인데, 그 큰 폭풍이나 벌집을 쑤셔댄 것 같은 난리도 정령의 출현 때문이라면 이해할 수 있다.

"혹시…… 유뢰약이, 너무 셌나? 그렇게 오래가지는 않을 텐데……."

시트리가 엄청난 소리를 중얼거리고 있지만, 나는 못 들은 척했다. 다행히 죽은 사람은 없는 것 같다고 하니까, 굳이 다른 사람들한테 알릴 필요는 없겠지.

하지만 리즈를 말렸던 건 정말 잘한 짓이다. 뇌정이라니, 죽어도 싸우기 싫다. 마음속으로 안도의 한숨을 쉬면서 도시 바깥쪽을 향해 걸어가다 보니, 어제 통과했던 튼튼해 보이는 문이 완전히 파괴된 모습이 보였다.

나도 모르게 멈춰 섰고, 눈이 휘둥그레졌다. 그을린 커다란 구멍과 여기저기 널려 있는 파편, 핏자국이 마치 어제 있었던 싸움이 얼마나 처참했는지를 보여주는 것 같다. 문 근처에 있는 가옥들도 반쯤 부서져 있다.

병사들이 제 역할을 못 하게 된 문 역할을 대신하면서, 바쁘게 드나드는 사람들을 정리하고 있었다.

경보를 무시하길 잘 했다. 상대가 정령이면 커뮤니케이션을 취하는 것도 곤란하니까.

나였다면 흔적도 안 남을 정도로 없애버렸겠지.

"정령이 나타났는데도 이 정도라니…… 정말 열심히 했나 보네요."

나는 그저 안도만 하고 있지만, 시트리는 나와 다른 걸 생각하는 것 같다.

엘란이 그럭저럭 큰 도시이기는 하지만, 상위 정령을 격퇴할 수 있는 병사가 상주하고 있을 정도는 아니다.

그때, 시트리가 한 말을 들은 건지, 사람들을 정리하고 있던 병사 한 명이 자랑스레 말했다.

"맞아. 갑자기 정령이 나타나서 아무런 대응도 못 하고 있었는데── 우연히도 높은 레벨 헌터가 이 엘란에 들러서 말이야…… 요격전에 참가해줬어. 사투였지만, 이렇게 무사히 뇌정을 쫓아내 준 덕분에 큰 인원 피해도 없이 끝날 수 있었어. 정말 고마운 헌터야."

뇌정을 요격할 수 있는 헌터…… 대단한 헌터도 다 있네.

대체 누굴까? 혹시나 만나게 되면 고맙다고 말하고 싶다.

뇌정과의 격전. 어젯밤은 아놀드의 헌터 인생 속에서, 그야말로 최악의 하룻밤이었다.

네블라누베스에서 뇌룡을 사냥했던 때로 격전이었지만, 그 싸움은 사전에 꼼꼼하게 준비한 뒤 필사의 각오로 임했던 싸움이었다. 이번처럼 아무런 사전 정보도 없는 상태에서 돌발적으로 벌어진 싸움이 아니었다.

무엇보다 《안개의 뇌룡》은 어젯밤에 처음으로 상위 정령과 싸워봤다.

노하우가 없었다. 준비도 부족했다. 전력도 충분치 못했다.

유일하게 다행이라고 할 수 있었던 점은, 그 정령이 벼락의 정령이었다는 점이다. 《안개의 뇌룡》 멤버들은 하나같이 네블라누베스에서 뇌룡을 토벌할 때 벼락에 대한 내성을 키워뒀다. 그럼에도 누구 하나 죽지 않고, 주민들에게도 큰 피해가 없이 강력한 정령을 격퇴할 수 있었던 것은 기적에 가까운 일이다.

답례로 묵게 된 최고급 여관도, 목숨을 걸고 상위 정령과 싸운 대가치고는 한참 부족하다.

드넓은 거실에는 동료들이 송장 같은 꼴로 주저앉아 있었다.

잠을 못 잤는지 눈에 핏발이 선 사람에, 한눈에 봐도 생기가 쏙 빠져나간 것 같은 사람. 표정은 제각각이었지만 그래도 한 가지

공통된 점이 있다면, 헌터로서 마땅히 지녀야 할 패기가 보이지 않았다.

싸움에서 입은 큰 화상이나 상처는 포션과 회복마법으로 거의 치료했지만, 정신적인 피로는 쉽게 가시지 않는다. 다른 멤버들 정도는 아니지만, 아놀드 또한 온몸에 피로감을 느꼈다. 움직이지 못할 정도는 아니지만, 만전의 상태라고 하기에는 한참 부족하다.

물자도 적지 않게 소비해버렸다. 장비도 정비해야 한다. 특히 방어구의 소모가 심해서, 개중에는 새로 조달해야 하는 것도 있다.

지칠 대로 지친 표정을 한 에이가 아놀드에게 말했다.

"제블디아에서도 정령이 사람 사는 곳에 나타나는 건 거의 없는 일이라고 합니다…… 정말이지, 운이 없어도 정도껏 없어야지."

"하지만, 협력하지 않을 수도 없는 일이었다."

폭풍을 동반하여 엘란을 습격한 정령은, 레벨 7에 상응하는 힘을 지닌 아놀드한테도 만만치 않은 힘을 과시했다. 일단 레벨 7 파티도 쉽사리 마주치기 힘든 거물이다.

하늘에서 떨어지는 수많은 벼락이 성문을 간단하게 태워버렸고, 방어를 맡고 있던 기사 중에 절반을 단번에 전투 불능으로 만들어버렸다. 고속으로 비행하는 존재이기에 화살은 당연히 맞지 않고 마법조차도 거의 맞힐 수가 없었기에, 쫓아낼 때까지 싸우는 동안에 문 부근은 거의 폐허가 돼버렸다. 그나마도 아놀드 일행이 있었기에 그 정도로 그쳤다. 만약 아놀드 일행이 몇 시간만 늦게 도착했다면, 뇌정이 시내 깊숙한 곳까지 침입해서 엘란 전역에 치명적인 파괴를 저질렀을 가능성도 있다. 그나마 사망자가 없는 게 기적이다.

그 자리에는 클로에가 있었다. 다른 사람들도 보고 있었다. 탐협의 요청이라면 쉽게 거절할 수가 없다.

아니, 그렇지 않더라도, 일류 헌터에게는 일류 헌터다운 행동이 요구된다.

"뭐, 나쁜 일만 있는 건 아니죠. 계획했던 것과는 다르지만,《안개의 뇌룡》의 이름이 알려졌을 테니까요."

"흠……."

"그리고, 상위 정령을 상대로 충분히 싸울 수 있다는 걸 알았죠. 중상자도 없고, 이만하면 아주 훌륭하지 않습니까."

그 말을 듣고, 아놀드는 콧방귀를 뀌었다. 긍정적으로 생각하지 않으면 헌터 노릇을 해나갈 수가 없다.

정령이란 자연현상 같은 것이다. 용과 비교하면 순수한 파괴 능력은 떨어지지만, 귀찮다는 면에서는 우열을 가릴 수가 없다. 그리고 동시에, 용과 같거나 그 이상으로 사람들 앞에 모습을 드러내지 않는 존재다.

게다가 정령 중에서도 특히 강력한 상위 정령쯤 되면, 사람들이 사는 곳과 많이 떨어진 대자연 속의 오지를 장기간 탐색해야 겨우 만날 수 있을 정도로 희소한 존재다. 분명히 희귀한 체험이기는 했다.

하지만 그것보다 신경이 쓰이는 건《천변만화》의 동향이다

"《천변만화》는 어째서, 나오지 않았지?! 그놈은, 이 나라의 레

벨 8이 아닌가?!"

상위 정령은 강력하다. 기사단은 물론이고 아무리 헌터라도 어지간한 실력으로는 상대가 안 된다.

그런 상대와 싸워 이기려면 초일류 마도사나, 마나 머티리얼을 충분히 흡수한 일류 헌터가 필요하다. 그리고 이 엘란 같은 중간 규모의 도시에 그런 놈을 이길 수 있는 존재가 상주할 리가 없고.

만약 아놀드 일행이 나서지 않았다면 대체 무슨 일이 벌어졌을까.

그렇기 때문에, 그 난리 속에서 크라이 안드리히가 모습을 드러내지 않았다는 것이 이해가 가지 않았다.

"뇌정이 무서워서 그랬을 겁니다. 우리가 그놈한테 대응할 수 있었던 건 뇌룡하고 싸웠던 경험이 있었기 때문이니까요."

"그놈들, 탐색자 협회에도 얼굴을 내밀지 않았다는 것 같습니다. 몰랐던 게 아닐까요?"

"하지만, 그 요란한 경보를 못 들었다는 게 말이나 되나?"

"평판대로라면 바로 손을 썼을 텐데 말이죠……."

멋대로 자기 생각을 떠들어대는 동료들을 보며, 에이가 생각에 잠긴 표정을 지었다.

《천변만화》와 《비탄의 망령》의 공적은 알고 있다.

경력을 바탕으로 떠올릴 수 있는 이미지는 용맹 과감하면서도 때로는 냉철하고, 수많은 강력한 마물과 팬텀을 쓰러트리고 보물전을 답파하면서 곤란한 의뢰를 잔뜩 해결한—— 그야말로 헌터의 귀감이다. 실력도 아놀드 일행을 마법 하나로 제압했을 정도니까, 이제 와서 정령 하나나 둘 정도 때문에 겁을 먹었다고 생각하기는 힘들다.

무엇보다 아놀드 앞에서는 항상 얼빠진 것처럼 웃고 있던 그 남자, 정령이 나타났다고 당황하는 모습을 떠올릴 수가 없었다. 제각기 자기 생각을 말하고 있는 동료들에게, 에이가 고개를 크게 끄덕인 뒤에 결론을 내려줬다.

"어디 있는지는 모르겠지만── 출입 명부에 이름이 적혀 있었던 걸 보면 이 엘란에 있는 건 틀림없습니다. 지금 클로에도 찾고 있는데, 뭐 제도에 비하면 한참 작은 동네니까 금세 찾을 수 있을 겁니다."

"…………."

분명히 그 말이 맞다. 사실 이 추적은 아놀드 쪽에 유리하다.

《안개의 뇌룡》이 사람을 상대로 싸우는 전투에 특화된 파티는 아니지만, 상대는── 도주하는 게 아니다. 우연이기는 해도 클로에라는 안내인도 생겼고, 가려는 곳도 알고 있다. 따라잡는 건 시간문제다.

피로를 호소하는 몸을 질타하며 파티 멤버들을 둘러봤다.

"소모된 물자들을 사서 채워 놔라. 싸울 준비를 한다."

"문지기에게 《천변만화》 일행이 나타나면 붙잡아두라고 부탁해뒀습니다. 여기서 나가려고 하면 연락이 오겠죠 ……엘란 시장으로부터 승전 축하 파티를 하고 싶다는 연락이 들어와 있습니다만?"

"환대나 받고 있을 시간은 없다."

"그렇겠죠……."

평소 같으면 당연히 받아야겠지만, 지금 아놀드 일행에게는 무엇보다 우선으로 해야 할 일이 있다.

"장비 정비는 어떻게 할까요? 이렇게 작은 동네에서 장비를 조달하는 건 무리입니다. 시간도 오래 걸리고. 다행히 무기는 크게 소모되지 않았습니다. 하급 물건이기는 하지만, 완전히 파손된 방어구만 새 걸로 바꿀까요?"

"그렇군…… 무기만 있으면 충분하다. 사람 몸이 뇌정만큼 튼튼하지는 않을 테니까."

애당초 어느 정도 튼튼한 방어구 정도로는 아놀드의 공격을 막을 수 없다.

"《천변만화》는 코앞에 있다. 때려눕힌 뒤에 푹 쉬도록 하자."

아놀드가 그렇게 말하자, 에이가 평소처럼 표표한 태도로 고개를 끄덕였다.

"으으…… 한숨도 못 잤어……."

"나도."

루다가 말하자, 눈 밑에 진한 다크 서클이 생긴 길베르트가 동의했다.

어젯밤에 있었던 뇌정과의 싸움은 이제 막 레벨4가 된 루다한 테는, 몇 달 전에 경험했던 【흰 늑대 둥지】 이상의 사투였다. 물론 중견인 루다 일행에게 주어진 임무는 보조였기에 뇌정과 직접 대면한 건 아니지만, 강렬한 벼락 공격은 스치기만 해도 루다 일행을 전투 불능으로 만들 정도의 위력을 자랑했었다. 필사적으로 뛰어다녔기 때문에 온몸에 심한 몸살이 났다.

줄줄이 방에서 걸어 나온 다른 《염선풍》 멤버들도 하나같이 안색이 안 좋다.

"역시 호위 의뢰 같은 건 맡는 게 아니었어……."

예전에 티노한테 들은 이야기가 생각났다.

『마스터는 신. 마스터는 트러블이나 약한 자를 그냥 두지 않아. 그래서 트러블을 따라가면 저절로 마스터가 있는 곳에 도착해. 알겠어?』

그때는 몰랐다. 하지만 이 상황을 생각해보면 완전히 농담은 아닐지도 모른다.

아무래도 뇌정이다. 어지간해서는 사람 사는 곳에 나타나지 않는 신에 가까운 존재다. 언젠가는 상대할 수도 있겠지만, 아직 한참 먼 미래의 일이라고 생각했었다.

아놀드를 상대로도 평소와 똑같은 태도를 유지했던 길베르트가 힘없는 목소리로 말했다.

"게다가, 그 자식은 나오지도 않았어……."

"…………그러게."

아마도 루다와 길베르트는 같은 사람을 떠올리고 있을 것이다. 【흰 늑대 둥지】에서도 크라이는 절체절명의 위기에서 죽음을 각오한 순간에서야 나타났다. 이번에는 루다 일행에게 《안개의 뇌룡》이라는 강력한 아군이 있기는 했지만, 상황은 놀라울 정도로 흡사했다.

『천 개의 시련』이라고, 그렇게 부르는 것 같다. 아무리 크라이라고 해도 일반인들을 위험하게 만들지는 않을 거라고 말하고 싶지만, 그때도 길베르트 일행의 목숨을 위험하게 만들어놓았으면서 아주 태연했었다.

『마스터는 신』.

티노가 한 말이 또다시 머릿속에 떠올랐다. 하지만 루다는 알고 있다. 신화에 나오는 신들은 보통 약한 인간의 사정 따위는 생각해 주지도 않는 못된 작자들이라는 것을.

그러고 보니 티노는 크라이와 같이 갔다는 것 같던데. 그쪽도 험한 꼴을 당하고 있을까.

문득, 길베르트가 심각한 목소리로 말했다.

"……아저씨는, 잘 있으려나."

"……같이 올 걸 그랬어. 아마 싫다고 했겠지만."

그때 멤버 중에서 유일하게 이번 일에 말려들지 않은 그레그를 떠올리면서, 루다는 한숨을 쉬었다.

"뭐라고? 벌써 밖으로 나갔어?"

아놀드의 일그러진 얼굴 앞에서, 클로에가 씁쓸한 표정으로 대답했다.

"예. 자세히 알아봤더니, 아무래도 아침 일찍 떠났다는 것 같아요."

"뭐…… 이른 아침, 이라고?!"

"너무 빠르잖아…… 대체 목적이 뭐지?"

에이가 눈살을 찌푸렸다. 루다 일행도 멍한 표정을 지었다.

"……모르겠어요. 탐색자 협회에 들른 흔적도 없었어요."

뇌정과의 싸움을 간신히 격퇴하는 형태로 끝낸 것은 동이 튼 직후. 그 뒤로 한참 동안 다른 일이 벌어지는 건 아닌지 상황을 지켜봤고, 이른 아침에는 상처를 치료하기 위해서 다른 곳으로 이동했다. 문지기에게 《천변만화》가 나타나면 붙잡아달라고 의뢰한 것은 그 뒤의 일이다.

즉, 클로에가 의뢰하러 갔을 때, 크라이 일행은 이미 밖으로 나갔다는 얘기가 된다. 의뢰하기도 전에 밖에 나간 자들에 대해 따져봤자 소용없는 일이다. 그때는 모두 정령의 뒤처리를 하느라 바빴고, 싸웠던 건 아놀드의 파티만이 아니었다.

클로에한테도 그 정보는 청천벽력같은 것이었다.

급한 일이 있다고는 해도 움직임이 너무 빨랐다. 헌터는 위험한 사건에 민감한 존재다. 지금 엘란은 뇌정의 습격이라는 대사건 때문에 떠들썩한데, 높은 레벨의 헌터가 거기에 관심도 보이지 않고 바로 떠나버릴 줄이야. 그 누가 상상이나 했을까.

아니, 그렇게 따지자면 뇌정과 싸울 때 나타나지 않았던 것부터가 이상하다. 뇌정의 습격은 원래 레벨 8 헌터가 솔선해서 해결해야 할 일일 텐데.

하지만 나타나지 않았다. 시내에 있으면서도 나오지 않았다.

그때, 클로에는 알아차렸다.

그렇다, 이것은 마치—— 다른 높은 레벨 헌터가 해결하리라는 것을 알고 있었다는 것 같지 않은가.

아직 격전의 흔적이 남아 있는 아놀드 일행을 둘러봤다. 이건 어디까지나 클로에의 망상이다.

뇌정과의 사투는 사망자가 발생하지 않은 게 이상할 정도로 격전이었다. 아무리 《천변만화》의 지모가 뛰어나다고 해도, 아놀드 일행이 나타나는 시간을 정확히 계산하는 건 불가능하다. 하지만 동시에, 클로에는 《천변만화》의 공적 중에 사람의 지혜로는 이해할 수 없는 일들이 다수 존재한다는 것을 알고 있다.

《천변만화》는 절대적인 힘을 지녔지만, 그렇기 때문에 어지간해서는 스스로 먼저 움직이지 않는다고 한다. 그는 미래를 보는 것에 한없이 가까운 선견지명을 이용해서 클랜 멤버들을 단련시켰고, 《시작의 발자국》을 제도에서도 손꼽히는 클랜으로 키웠다. 상황은 이번 일과 기묘하게 일치한다. 단지 그 대상이 원래 라이벌이고 현재는 적대시하고 있는 《안개의 뇌룡》이라는 점이 다를 뿐——.

"그러고 보니까, 문지기분이 말했었는데—— 아."

너무나 이해하기 힘든 이야기였다. 그래서 자기도 모르게 생각 없이 말이 튀어나오고 말았다.

"? 뭔가?"

"……."

실수했다. 전에도 그랬으면서, 또 사고를 쳤다.

황급히 입을 다물었지만 이미 늦었다. 아놀드가 험악한 눈빛으로 클로에를 보았다.

문지기한테서 들은 이야기는 전에 했던 인상 이야기와 마찬가지로. 아놀드를 더 화나게 만들 수 있는 이야기였다.

탐색자 협회의 업무에는 헌터들 사이의 사이를 중재하는 일도 포함돼 있다.

입을 다물고 있는 클로에에게, 에이가 완전히 질렸다는 것처럼 말했다.

"클로에. 보아하니 당신, 거짓말을 못 하는 사람 같은데."

"…………말해."

단도직입적으로 지적받자 얼굴이 뜨겁게 달아오르는 것이 느껴졌다.

높은 레벨 헌터한테 어설픈 거짓말은 통하지 않는다. 솔직히, 아놀드는 이미 어떤 부류의 이야기가 나올지 예상하고 있을 것이다. 클로에는 포기하고, 작은 소리로 말했다.

"그러니까…… 감탄했다는 것 같아요."

"……뭐라고? ……다시 한번 말해봐."

어째서 크라이 씨는 항상 도발하는 것처럼 말하는 거냐고요!

사실 《비탄의 망령》은 지금까지 다양한 정령들과 실컷 싸우고 격퇴한 파티다. 파티 멤버들이 전부 모이지 않았어도 뇌정 정도는 상대할 수 있었을 것이다. 나타났어야 했다.

떨리는 목소리로 캐묻는 아놀드에게, 클로에가 떨리는 목소리로 대답했다.

"사망자도 내지 않고 격퇴하다니 대단하다고, 아주 감탄했다는 것 같아요!"

"?!"

아놀드의 얼굴이 심하게 일그러졌다. 그 귀신 같은 얼굴을 보고 루다가 작은 소리로 비명을 질렀다.

그 말은 누가 들어도 윗사람이 아랫사람에게 하는 것이었다. 대놓고 야유하는 건 아니지만 상황을 생각해보면 뻔한 얘기다.

어디에 있었는지는 모르겠지만, 이 엘란에 있으면서 그 경보를 못 들었을 리가 없다.

그걸 내버려 두고, 게다가 고생해서 격퇴한 아놀드 일행에게 칭찬까지 했다.

이렇게까지 나오면, 클로에가 아니더라도 《천변만화》의 행동이 무슨 의미인지 알아차리는 건 어렵지 않은 일이다.

《천변만화》는── 일부러 나오지 않았다.

아마도 밖에서 아놀드 일행이 싸우는 모습을 보고 있었겠지. 마치── 부모가 자식을 지켜보는 것처럼. 사망자가 발생할 것 같으면 언제든지 도울 수 있게, 뇌정 습격에 관심을 보이지 않고 바로 떠나버린 것도, 그 싸움에 대해서 이미 알고 있었다고 생각하면 이해할 수 있다.

유일하게, 탐협에서 온 클로에를 무시하고 떠나버린 이유는 모르겠지만…….

클로에와 같은 결론에 도달했는지, 아놀드가 벌떡 일어섰다.

우뚝 선 산과도 같은 그 위용에서는, 조금 전까지 보였던 피로는 찾아볼 수 없었다.

"……쫓아간다. 아직 늦지 않았을 거다. 서둘러서 출발할 준비를 해라! 절대로 놓치면 안 된다!"

"예이. 바로 준비하겠습니다."

화를 완전히 억누르지 못한 아놀드의 목소리를 듣고, 에이와 동료 몇 명이 뛰어나갔다.

"클로에, 너희도 준비해라. 지금 당장! 꾸물대면 클로에만 데리고 간다. 알겠나?!"

이마에 핏대가 튀어나와 있었다. 살갗이 찌릿찌릿할 정도의 압력이 느껴진다. 뇌정과 싸울 때도 귀신같은 활약을 보여줬지만, 지금의 얼굴은 그야말로 귀신 그 자체다. 지금까지 수많은 헌터들의 얼굴을 봐왔지만, 이렇게까지 화가 난 헌터를 보는 건 처음이다.

제아무리 클로에라도 웃을 수가 없었다. 《천변만화》를 거들어주는 말은 떠올리지도 못했고.

"알겠습니다. 서두르도록 하죠. 이 루트대로 가면, 다음에는 그라로 갈 거예요."

제3장　　　추적자와 바캉스

　마차 창밖에는 완만한 구릉 지대가 펼쳐져 있다. 발전한 제도와 다르게 목가적인 광경이다.

　흘러가는 풍경을 멍하니 보고 있으니 편안한 기분이 든다.

　가도를 제외하면 사람 손이 닿은 흔적은 찾아볼 수가 없고, 다른 여행자도 보이지 않는다. 때때로 마물이나 동물의 모습이 보이기는 했지만, 하나같이 우리를 보자마자 도망쳐버렸다. 앞에서 달려가는 먹거리 라이더 키르키르 군이 정말 무서워서 그랬겠지. 사실은 나도 은근히 무섭지만, 마물들을 쫓아내는 능력은 상당히 우수하다고 해야 할지도 모르겠다.

　엘란을 탈출한 지 하루가 지났다. 날씨는 쾌청. 투명한 하늘 아래에서 마차 여행은 순조롭게 진행되고 있다.

　첫날에 큰 폭풍을 만났을 때는 어떻게 되나 싶었지만, 가도를 달리는 여행이란 원래 이런 법이다.

　"일반 마물들에게 키메라는 엄청나게 무섭게 보여요. 어지간한 마물들은 도망갈 거예요."

　시트리가 설명해줬다. 키메라가 아니더라도 저렇게 거대한 사자를 보면 어지간한 사람들은 무서워할 것 같은데…… 그나저나 그런 괴물을 만들어내다니, 아카샤의 탑도 참 대단하다.

　놀자고 매달리는 버릇만 없으면, 먹거리를 타고서 여행을 다닐 수 있을지도 모르겠다.

제국 영내에서는 대체로 안전하지만, 마물이나 팬텀, 도적들이 나타나는 일도 있다. 하지만 그런 것들도 먹거리를 타고 있으면 덤벼들지 않겠지. 내가 도적이라면 죽어도 가까이 가지 않을 거야. 키르키르 군은 굳이 따지자면 도적에 가깝겠지. 대체 누가 위험한 건지…….

그런 시시한 생각을 하면서 창밖으로 팔을 내밀고 기지개를 켜는데, 뒤쪽에서 심기가 불편한 것 같은 낮은 목소리가 들려왔다.

"…………심심해."

리즈는 어쨌거나 가만히 있는 걸 정말 못 견디는 사람이다. 내 기억 속에 있는 리즈는 항상 움직이고 있었다. 마차로 장거리를 이동할 때는 기본적으로 밖에서 뛰어갔고, 시내에서도 시간만 나면 훈련을 했다. 이론 공부도 못 하는 건 아니지만, 실기 때와 비교하면 노골적으로 따분해 보였다.

그런 리즈한테, 특훈을 금지하고 마차 안에 가만히 있는 건 견디기 힘든 고통인 것 같다.

그래도 하루를 참았으니까, 내 예상보다는 잘 참고 있다. 마차 구석에서 얌전히 책을 읽고 있던 티노가 고개를 들고, 하루가 지났는데도 여전히 다크 서클이 지워지지 않은 눈으로 심기가 불편해 보이는 스승 쪽을 봤다.

"티, 심심해. 빨리 무슨 일이 일어나지 않으면 따분해서 죽을 것 같아. 뭐 재미있는 일 좀 해볼래? 자, 빨리!"

"예……?! 그러니까……………… 보구 공부라도 하실래요? 마티스 씨가 초보자용 책을 주셨거든요."

"안 해~. 그런 건 됐으니까 뭔가 재밌는 것 없어?"

"예? 예? ……그, 그럼………… 거크 지부장님…… 그러니까── 흉내, 내볼게요."

스승의 말도 안 되는 요구에 티노도 말도 안 되는 행동으로 대답하려고 한 그때, 나는 마차 안에서 고개를 돌렸다. 체격이 작은 티노가 어떻게 그 짐승 같은 아저씨 흉내를 낼지 궁금하기도 하지만, 그래도 리즈의 기분을 풀어주지는 못하겠지.

리즈의 관심이 순식간에 티노한테서 내 쪽으로 옮겨왔다. 날카로운 눈빛으로 거크 씨 흉내를 내려던 티노가 황급히 아무렇지도 않은 표정을 지었다.

리즈가 웃으면서 네발로 기어서 다가왔다.

"저기, 크라이, 심심해. 저기 말이야, 좋은 생각이 났어. 내가 말이지, 밖에서 뛰는 거야. 상자에 묶어놓은 줄을 잡고 뛰면, 크라이가 그 상자에 타는 거야. 이런 마차보다 훨씬 빠르고, 바람도 느낄 수 있어서, 훨씬 기분이 좋거든? 이건 훈련 아니잖아?"

옛날에 그러고 놀았었지…… 리즈네가 하는 훈련의 일환이었기 때문에, 나는 항상 그 상자에 타는 쪽이었다.

하지만 지금의 리즈가 그런 짓을 하면, 속도가 너무 빨라서 날아가 버릴 것 같다.

"뭐야~ 기껏 오랜만에 크라이랑 긴 여행 중인데, 티와 시트는 방해하고, 이번 제한은 너무 깐깐하고. 이렇게 오랫동안 안 쓰면 근육이 손실될지도…… 저기, 줄어들지 않았어? 봐줄래?"

벌러덩 드러누워서, 햇볕에 잘 그을린 배를 보여줬다.

평소와 똑같이 흠집 하나 없는 피부다. 그다지 근육질로 보이지는 않지만, 군살이라고는 하나도 찾아볼 수 없는 날렵한 야생동물 같은 아름다움이 있는 몸이다. 사실 마나 머티리얼에 의한 강화는 외모에 거의 영향을 주지 않는다. 배를 보고서 근육이 손실됐는지를 알아볼 수는 없지만, 아마도 괜찮을 거야…….

피부를 빤히 관찰하는 나한테, 리즈가 매력적으로 웃으면서 두 팔을 뻗었다.

"저기, 크라이………… 놀아줄래?"

"언니, 꼴사나운 짓 하지 마!"

그 훤히 드러난 배를, 지금까지 뭔가를 적고 있던 시트리가 다리를 뻗어서 뒤꿈치로 찍어버렸다. 티노가 슬금슬금 뒤로 물러났고, 얻어맞은 리즈가 벌떡 일어났다.

"아앙? 뭐 하는 짓이야?! 방해하지 마!"

"크라이 씨한테 폐를 끼치려고 했잖아?! 언니는 항상, 항상――뛰고 싶으면 티와 같이 뛰면 되잖아?! 크라이 씨가 도저히 못 참겠으면 훈련을 해도 된다고 했으니까! 먹거리랑 경주라도 하지?"

또 시작됐다. 싸울 만큼 사이가 좋다는 말이 있기는 한데…….

"그~러~니~까~ 그런 수법에는 안 넘어간다고 했잖아! 그래 봤자 소용없거든! 크라이는 나한테 홀랑 반했으니까, 시트가 무슨 짓을 해봤자 소용없어! 방해돼! 저리 가버려! 루시아가 없다고 까불기는――."

리즈가 큰소리로 주장했다. 그렇구나…… 루시아가 없으니까 이렇게 싸우는구나.

우리 파티 내부에서 벌어진 싸움을 말리는 건 항상 루시아와 안셈의 역할이었다.

안셈은 전반적으로 믿음직하지만 유일하게 자기 여동생들한테는 너무 물러서, 이럴 때 끼어들어서 해결해주는 건 루시아 쪽이다. 그럴 때마다 어째선지 내가 혼나는 건 여담이고.

어쩌면 내가 생각한 제안이 시트리한테도 적잖게 스트레스를 주고 있었는지도 모른다. 시트리도 평소 같았으면 이렇게까지 예민하게 반응하지 않았을 텐데. 제한에 대해서 다시 생각할 필요가 있겠다.

"나는, 언니처럼, 크라이 씨한테 폐를 끼치지 않으니까! 그리고, 몇 번이나 말했잖아?! 언니와 크라이 씨는, 유전자적으로 궁합이 좋지 않아!"

"유전자는 너나 나나 똑같잖아! 그런 게 치사하다는 얘기야! 이 여우 같은 게!"

유전자적인 궁합이라는 말, 처음 듣는데.

웬일로 시트리가 얼굴까지 빨갛게 물들이며 흥분하고 있다. 싸움이 점점 격해지나 싶었는데, 시트리가 아주 자연스러운 동작으로 품에서 하얀 포션을 꺼냈다. 그리고는 말릴 틈도 없이, 리즈한테 던졌다.

햇빛을 반짝반짝 반사하면서 날아오는 포션을, 리즈가 당연하다는 것처럼 피했다. 포션이 환기하려고 열어놓은 창문 밖으로 날아가서 땅에 떨어졌다. 유리 깨지는 소리가 들렸다.

"왜 피하는데?!"

"당연히 피해야지! 맨날 쓸데없는 포션만 만들고! 그러다 잡혀가면 난 절대로 안 도와준다!!"

말다툼하는 사이에도 마차는 계속 달려간다. 창밖으로 몸을 내밀고 뒤쪽을 확인했지만, 이미 내 시력으로는 시트리의 포션을 볼 수가 없었다. ……괜찮으려나?

뜬금없이 포션을 던지는 짓은 제발 그만뒀으면 좋겠다. 회복약이라면 다행인데, 시트리가 가지고 있는 포션의 절반은 공격용이다. 그것도 팬텀한테 통하는 것들. 무섭다.

"자, 싸움은 그만하고. 리즈, 조금만 있으면 다음 동네에 도착하니까 참아. ……시트리, 아까 던진 포션 말인데, 괜찮은 거야?"

늦게나마 으르렁대고 있는 두 자매 사이에 끼어들었다. 지금의 나, 오랜만에 리더 같다.

자주 싸우는 두 사람이지만 서로에게 살기를 품는 상황까지 가는 일은 거의 없다. 리즈의 1인칭이 달라지지 않은 게 그 증거다. 이번에도 두 사람은 금세 얌전해졌다.

"……알았어."

"죄송해요. 조금 심했죠── 아까 그 포션 말인가요?"

그게 『조금』이라니…… 역시 자매가 맞구나.

리즈가 쭈그리고 앉아서 고개를 돌렸고, 시트리가 숨을 골랐다. 바로 평소 표정으로 돌아오더니, 조금 전까지 싸웠던 게 거짓말이라도 되는 것처럼 차분한 목소리로 말해줬다.

"그 포션은…… 데인저러스 팩트── 수행용으로 만든 강력한

『마물을 끌어들이는 포션』의 개량판이에요. 크라이 씨도 필요하시다면 만들어드릴──.”

마물을 불러들인다고……? 수행을 위한 수단을 너무 안 가리는 것 아냐? 라든지, 그런 걸 리즈한테 던져서 어떻게 할 생각이었는데, 라든지, 하고 싶은 말은 많지만──.

“…………아까 바닥에 떨어져서 깨졌는데, 그거 위험한 거 아냐?”

“괜찮아요. 바람세기를 생각해보면 그렇게 멀리까지 퍼질 것 같지는 않고, 시간이 지나면 흩어져서 사라지니까요. 당분간은 마물의 출현율이 『조금』 높아질 수도 있겠지만…… 저희가 사용했다는 증거도 없으니까요.”

그거 정말로 문제없는 걸까. 고개를 갸웃거리는 나한테, 시트리가 안심하라는 것처럼 웃어 보였다.

다음 도시가 보인다는 마부석에서 들려온 보고를 듣고, 창밖으로 고개를 내밀었다.

시트리가 던진 포션이 신경 쓰이기는 했지만, 결국 아무 문제도 없었다.

아무래도 걱정이 너무 심했던 것 같다. 원래 내 예감은 어지간해서는 맞지 않는다. 그래도 계속 불안해하는 건 항상 운이 나쁘기 때문이기도 하지만, 그것보다도 근본적으로 소심한 성격이라서 그렇겠지.

내 등에 찰싹 달라붙어 있는 리즈의 체온을 느끼면서, 눈을 가늘게 뜨고 도시를 확인했다.

다음에 도착할 예정인 도시——『그라』는 나도 처음 가보는 곳이다. 큰 도시는 아니지만, 초콜릿이 특산품이다. 제도라는 곳이 온갖 물자들이 모이는 곳이다 보니 나도 그곳에서 만든 초콜릿을 먹어본 적이 있기는 하지만, 그래도 조금 기대가 된다.

칠칠하지 못하게 두근두근하고 있던 내 눈에 들어온 것은—— 엄청나게 삼엄한 분위기의 도시였다.

멋진 카카오색 외벽 밖에는 멀리서 봐도 알 수 있을 정도로 이상하리만치 많은 숫자의 병사가 순찰을 돌고 있었다. 게다가 로브를 입은 마도사까지 보였다. 외벽 위쪽에는 감시병이 여러 명 줄지어 서 있고, 경계를 의미하는 빨간 바탕에 세로줄 무늬 깃발이 펄럭이고 있다. 도시 출입이 제한되지 않은 걸 보면 그렇게까지 큰 문제는 아닌 것 같지만, 들어가는 마차 숫자와 비교하면 나오는 마차의 숫자가 노골적으로 적어 보인다.

침묵하고 있는 내 뒤쪽에서 시트리가 고개를 내밀더니, 눈이 휘둥그레졌다.

"어머나. 무슨 일이 발생했나 보네요…… 빨간 바탕에 세로 줄 무늬 깃발—— 마물 관련 문제 같은데요."

"어? 뭔데, 뭔데? 위험한 거야?"

기쁘다는 것처럼 내 등에 매달려서 고개를 내민 리즈가, 깃발을 보고 재미없다는 것처럼 말했다.

"뭐야, 그냥 빨간 깃발이잖아. 엄중 경계 태세도 아닌 것 같고, 재미없어."

사건에…… 너무 익숙해져 있다.

분명히 우리가 모험하는 동안에 빨간 깃발 정도는 셀 수도 없이 많이 봤다.

깃발의 규격은 국내외에서 어느 정도 통일돼 있다. 제국 안에서는 물론이고 외국에서도 본 적이 있고, 드문 패턴으로는 작은 마을에서도 본 적이 있다. 마물의 서식지가 가까운 곳에서는 종종 걸리는 것이고, 그라의 경우에는 근처에 마물이 서식하는 숲이 있다는 것 같으니까 걸려 있어도 이상할 게 없다.

내 경험상 마물 문제의 빨간 깃발이 걸린 경우, 귀찮은 일에 엮일 확률은 대략 50% 정도였고, 정말로 위험한 상태가 되는 건 그 중에서 20% 정도였다. 최근에는 거의 제도 밖으로 나오질 않아서 감이 많이 무뎌졌을 수도 있지만, 그래도 최대한 엮이지 않는 게 좋다는 건 틀림없는 사실이다.

"저희는…… 갈 때는 안 들렀거든요. 【만마의 성】 공략에 걸리는 시간을 예상할 수 없었기 때문에……."

"쉬었다 가기에는 애매한 위치에 있으니까. 피곤하지도 않았고."

"마스터어……."

우리가 고민하는 걸 알았는지, 마차가 소리를 내면서 멈춰 섰다.

불안해하는 소리를 낸 것은 티노뿐이었다. 시트리와 리즈를 보고 든든한 기분을 맛보는 동시에, 티노의 기분이 공감해버리는 최강의 포진이다.

나는 팔짱을 끼고서 오랜만에 진지하게 생각했다

이번에는 지난번에 들렀던 엘란하고 상황이 다르다. 뇌정의 습격 같은 건 예상도 할 수 없는 일이지만, 이번에는 (자세한 건 모르겠지만) 무슨 일이 일어났다는 정도는 알 수 있다. 딱히 지금 당장 보급을 해야 하는 것도 아니고, 그라에 꼭 가야 하는 것도 아니다. 평소의 나라면 생각할 필요도 없이 회피하는 쪽을 선택했을 것이다. 위험 속으로 뛰어드는 건 리즈와 루크 둘이면 충분하니까.

"…………."

하지만, 말이야. 원래는 무조건 회피해야 했는데…… 그라의 명물이 초콜릿이라서 말이야.

남들 몰래 단것을 좋아하는 취미가 있는 내 기준으로는, 여기를 피해서 가는 게 너무나 아깝다는 생각이 들었다. 그라에서 만든 초콜릿 자체는 제도에서도 손에 넣을 수 있지만, 단골 제과점 점장님이 이런 말을 해준 적이 있다. 그라에는 특별한 초콜릿 파르페를 파는 가게가 있다고. 이건 그라에 가야만 먹을 수 있다.

나는 고민했다. 안전을 선택할지, 파르페를 선택할지. 내 경험상 저 정도 경계 태세라면 대단한 일이 아닐 가능성이 크다고, 그렇게 생각한다. 최소한 뇌정 클래스가 나온다면 훨씬 더 큰 일이 벌어져 있을 테니까.

……단 게 먹고 싶다.

"? …………왜, 왜 그러세요, 마스터어?"

최근 들어 계속 작은 동물처럼 얌전해져 있는 티노 쪽을 봤다.

굳이 나 혼자 먹고 싶어서 그러는 게 아니다. 무엇보다 열심히 노력하고 있는 후배한테 혀가 녹아버릴 정도로 맛있는 초콜릿 파르페를 먹여주고 싶다는, 그런 생각도 하고 있다. 아니, 오히려 그쪽이 메인이다. 리즈와 시트리는 단것을 그다지 좋아하지 않지만, 가끔씩은 이런 것도 좋겠지.

마차 창틀에 팔꿈치를 얹어서 턱을 괴고, 조용히 중얼거렸다.

"······티노한테 맛있는, 디저트, 먹여주고 싶다아."

"예?! 예에?! 저, 저 말인가요?! 마스터어."

"크라이 참 착하다~ 하지만 짜증 나니까 티는 나중에 팔굽혀펴기 2천 번이다."

문제는 시내에 들어갈 때 협력을 요청받을 가능성이 상당히 크다는 점이다.

시내에 들어갈 때는 신분증을 제출해야 한다. 그리고 헌터의 경우에는 신분증에 인정 레벨이 적혀 있고, 이런 비상사태가 선언된 경우에는 십중팔구 뭔가를 부탁한다.

제도의 높은 레벨 헌터로서 이런저런 혜택을 받는 처지다 보니 싫다고 할 수는 없지만, 솔직히 마음속에서는 질력을 내고 있다. 협력 요청을 거절하면 그만이지만, 《발자국》과 《비탄의 망령》을 짊어지고 있는 상태인데다가, 무엇보다 나 자신이 휩쓸 리가 쉬운 성격이라서 항상 어떻게든 손을 쓰게 된다. 티노한테 떠넘기든지.

"음~ 바캉스인데 말이야······."

어떻게 안 되려나. 특히 어디선가 나타난 믿음직하고 예쁜 시트리가 도와주지 않으려나.

바깥만 쳐다보면서 모란 듯이 한숨을 쉬는 나를 보고, 믿음직하고 예쁜 시트리가 손뼉을 쳤다.

"크라이 씨, 주제넘은 얘기일 수도 있지만—— 정체를 숨기고 시내에 들어가고 싶으신 거죠? 저한테—— 두 가지 생각이 있어요. 다른 사람을 바꾸는 것과 자신을 바꾸는 것, 어느 쪽이 좋으세요?"

"아~! 벽을 넘어서 몰래 넘어가면 되잖아. 나 머리 진짜 좋다!"

다른 사람을 바꿀지 자신을 바꿀지…… 뭘 하려는 거지?

시트리는 생글생글 웃으면서 대답을 기다리고 있다. 항상 결정을 내리는 건 내가 해야 하는 일이다.

나사가 날아가 버린 것처럼 나쁜 머리로 리즈를 달래면서, 나는 고개를 크게 끄덕였다.

"헌터답지 않은 빈틈투성이 움직임을 연습한 결과를 보여줄 기회예요."

"저기, 이런 건 어디서 파는 거야…….

"돈과 연줄만 있으면…….

내가 묻자, 시트리가 정말 기뻐하면서 말했다.

시트리의 작전은 다른 신분증을 사용하는 것이었다. 듣자 하니 혹시나 필요한 때를 위해서 예전부터 준비해뒀다는 것 같다. 새로운 신분증에 사진까지 붙어 있는 게, 한눈에 봐도 범죄의 냄새가 났다. 나와 리즈, 시트리는 물론이고 티노 것까지 있는 게, 준비가 너무 잘 되었다. 이름과 생년월일은 엉터리, 인정 레벨은 아예 적혀 있지도 않았다. 몇 번이나 뒤집어보면서 자세히 봤는데, 아무리 봐도 진짜 같다.

헌터 일을 하다 보면, 범죄자를 쫓다가 법을 어기기는 행위가
필요해지는 경우가 생긴다.

거친 일을 하고 있으니까 말이야. 나도 올바른 행위만 가지고
모든 일이 잘 해결된다고는 생각하지 않는다.

살인이라면 또 모를까, 다른 신분증 정도라면 허용 범위겠지.
만에 하나 들키더라도, 이 정도라면 어떻게든 이유를 대면 용서
해줄 것 같은 분위기다. 제도의 높은 레벨 헌터에 대한 우대는 그
정도로 대단하다. 높은 레벨 헌터들끼리 싸울 때는 개입하지 않
지만⋯⋯.

아무래도 이번에 새로 고용한 세 명은 신분증이 아예 없는 것
같고, 키르키르 군과 먹거리도 엄청나게 눈에 띄기 때문에 밖에
서 대기하기로 했다. 타당한 판단이다.

"그럼, 먹거리와 키르키르 군을 잘 부탁드릴게요. 어지간한 일
들은 알아서 하라고 훈련시켜 놨으니까 괜찮을 거예요."

"⋯⋯⋯⋯.

검둥이와 흰둥이와 회색이가 죽을 것 같다는 얼굴을 하고 있
다. 불쌍하지만 날 쳐다봐도 해줄 수 있는 게 없다. 엄청난 일을
뒤집어썼다고 생각하세요. 검둥이 씨 일행도 역전의 헌터들한테
뒤지지 않게 흉악한 얼굴이니까, 아마도 어떻게든 되겠지⋯⋯ 선
물로 초콜릿이나 사다 주자.

며칠 만에 먹거리를 쓰다듬어줬더니, 먹거리가 앞발을 들어 올
리고 야옹~ 야옹~ 울면서 놀자고 덤벼왔다.

먹거리의 털은 단단하고 윤기가 있는 게 마치 바늘 같고, 하나

도 폭신폭신하지 않았다. 깔려 죽을 것 같아서 재빨리 뒤로 물러났지만, 그 짧은 시간 동안에 세이프 링이 하나 줄어버렸다. 아무리 나라도 이 먹거리는 못 먹겠다.

조금 걱정이 되기는 하지만, 마차에서 내려 도보로 문 쪽으로 걸어갔다. 내가 할 수 있는 일은 시트리를 믿는 것뿐이다.

그라의 문 앞은 엄중 경계 태세였다. 마도사가 마법으로 벽을 보강하고, 바닥에 루시아도 가끔씩 쓰는 마법진을 그려놨다. 역시 마물과 관련된 귀찮은 일이 일어난 것 같다. 흔히 있는 일이지.

우리가 심사받을 차례가 왔다. 조금 불안하기는 했지만, 시트리의 신분증은 진짜랑 똑같아 보여서(솔직히 완전히 진짜 같다), 심사하는 병사가 딱히 수상하게 여기는 기색도 없이 간단히 확인하고는 통과시켜줬다.

내 정체를 알아차린 것 같지도 않다. 최대한 얼굴을 숨기면서 활동해온 보람이 있다.

"저 깃발…… 무슨 일이라도 났나요?"

나 다음으로 헌터답지 않은 시트리가 자연스럽게 물었다. 이렇게 빈틈이 없는 구석, 정말 좋아요.

남자 병사가 귀찮다는 태도를 감추지도 않고 대답했다.

"…………근처 산에 있는 버려진 마을에 오크 무리가 눌러앉아서 말이야. 최근에는 요새까지 만들었다는 것 같아. 틀림없이 상위종 리더가 있을 것 같다는 얘기가 있어서── 며칠 전부터, 만약을 대비하여 맞서 싸울 준비를 하고 있지."

오크란 아인종의 일종이고, 뭐 간단히 말하자면 사람처럼 생긴

멧돼지 같은 마물이다.

고블린과 거의 같은 수준의 지혜를 지녔고, 어지간한 인간을 훨씬 뛰어넘는 힘과 두꺼운 털가죽도 지녔다. 호전적이라서 기꺼이 사람을 습격하고, 번식력도 강하고, 뭐든지 다 먹어 치우려고 하는 귀찮은 마물이다.

사실 마물 중에서 그렇게 강한 편은 아니라서 레벨 2에서 3 정도의 헌터라면 큰 고생하지 않고 사냥할 수 있는 정도인데, 드물게 태어나는 특이 개체── 상위종도 그렇게까지 강하지는 않지만, 대신에 대규모로 무리를 짓는 성질이 있어서, 그냥 내버려 뒀더니 거대한 국가가 생겨났던 사례도 있다. 무리가 커지면 대도시를 멸망시키는 일까지 있으니, 이 도시가 경계하는 것도 그런 패턴이라고 봐야겠지.

"그, 그거…… 괜찮은 건가요?"

시트리가 약간 겁먹은 얼굴로 물었다. 그 대단한 연기를 보고, 병사가 씁쓸한 표정을 지었다.

"그놈들을 제거하려고 근처 도시에서 증원을 불렀어. 피난 가는 박정한 놈들도 있지만, 당신들이 여기 있는 동안에는 별문제 없을 거야. 잘 지내다 가라고."

시내에는 전시 특유의 찌릿찌릿한 긴장감이 감돌고 있었다. 다른 도시에서 불러온 건지 무장한 헌터들을 여기저기서 볼 수 있는 것도 긴장에 박차를 가했다.

한편, 원인을 알게 된 나는 아주 조금 안심했다.

오크 요새…… 역시 대단한 일은 아니었던 것 같다. 솔직히 일반 시민들에게 변덕쟁이 뇌정보다는 본능이 이끄는 대로 공격해오는 오크 쪽이 더 무서울 수도 있고, 내가 보기에는 양쪽 모두 답이 없는 상대지만, 그걸 두려워할 시기는 이미 오래전에 끝났다.

오크 무리하고 몇 번이나 싸웠는지도 잊어버렸을 정도거든. 대부분 무리로 나타나거든, 그놈들은, 그것도 이쪽이 완전히 지쳐 있을 때만 공격해오는 게 더 짜증 난다.

오크라는 말을 듣고, 리즈도 기분이 좋지 않은 것 같다.

"아~ 재미없어. 기대했는데…… 오크라니, 이미 오래전에 졸업했는데 말이야…… 난 정육점 주인이 아니라고."

"루시아가 있었으면 한 번에 다 태워버렸을 텐데 말이죠."

광범위 섬멸은 마도사의 주특기다. 지금의 루시아라면, 오크 따위는 숫자가 아무리 많아도 상관없는 수준이다.

오크 무리와 싸워본 경험이 없는 건지, 티노가 주위를 이리저리 둘러보면서 조심조심 물었다.

"언니는…… 몇 마리 정도의 무리를 쓰러트린 적이 있나요?"

"몰라. 루크랑 같이 몇 마리를 쓰러트릴 수 있는지 경쟁도 해봤는데, 중간부터 세기도 귀찮아졌거든."

언제 했던 싸움 얘기인지는 모르겠지만, 어쨌거나 그놈들은 빗자루로 쓸어서 버려야 할 정도로 잔뜩 튀어나온다. 처음 마주쳤을 때, 아직 루시아가 대규모 공격 마법을 배우기 전이라서, 오크 무리의 파도에 휘말렸을 때는 정말 죽는 줄 알았다.

그놈들의 번식력은 마물 중에서 가장 번식력이 강한 고블린 다음 정도 수준이다. 머릿수의 무서움을 깨달았던 싸움이다. 루시아가 중간 단계를 잔뜩 뛰어넘어서 광범위 마법을 배우게 된 이유이기도 했다.

무뚝뚝하게, 그러면서도 진실미가 담긴 리즈의 말에 티노가 살짝 몸을 떨었다.

"그건………… 정말 무시무시하네요……."

"뭐, 이번엔 안 싸울 거지만."

"예……? 안 싸운다고요?"

티노가 눈이 휘둥그레졌다. 뭣 때문에 다른 신분증까지 준비해서 시내에 들어왔다고 생각하는 거야.

만에 하나, 일하고 싶지 않은 헌터라는 게 들키면 큰일이니까, 주위에 들리지 않도록 작은 목소리로 말했다.

"괜찮아, 다른 강한 헌터들이 우리 대신에 쓰러트려 줄 거야. 어쩔 수 없는 상황이 되면 리즈랑 시트리한테 부탁하게 될 수도 있지만, 아마 괜찮을 거야."

여기 그라 쪽에서도 요격 태세를 갖추고 있으니까, 오크 무리 정도는 문제도 안 될 거야.

"오크도 먹어보면 의외로 맛있는데 말이죠…… 싫어하는 사람도 많지만."

정말 씩씩하게 성장해버린 시트리가 이상한 말을 했다.

뭐, 뇌정하고 달라서 오크는 그다지 강하지 않으니까. 안심하고 초콜릿 생각이나 하자.

나는 어딘가 떨떠름해 보이는 티노를 달래주고는, 해가 저물기 시작한 시내를 바라보면서 달콤한 냄새가 희미하게 섞여 있는 도시의 공기를 들이쉬었다.

약점은 실전 속에서 드러난다. 그런 언니의 가르침을 생각했다.
그 말은 그야말로 정곡을 찌르는 말이었다. 티노는 자신이 마스
터어의 천 개의 시련을 여러 번 뛰어넘고 강인한 정신력을 익히게
됐다고 생각했었는데, 아무래도 기분 탓이었던 것 같다.

엘란에서 하룻밤을 지낸 이후로 티노는 낮이고 밤이고 거의 잠
을 잘 수가 없었다. 스승에게 끌려 나오기 전부터 가면과 관련된
이런저런 일 때문에 잠들지 못하는 밤을 지낸 탓에 체력도 거의
한계다. 유일하게 정신을 잃었던 것은 훈련을 위해서 벼락을 맞
았던 때 정도였다.

그냥 걸어가기만 하는데도 다리가 휘청거리고, 마치 꿈이라도
꾸는 것처럼 시야가 살짝 흔들리고 있다. 며칠 전의 그 엄청난 폭
풍이 거짓말이었던 것처럼 강하게 내리쬐는 햇볕은 밤을 새운 티
노의 눈에는 너무나 눈이 부셔서, 훈련 금지 명령과 상관없이 집
중력을 유지하지 못하게 만들었다. 덕분에 컨디션이 최고로 엉망
이다.

불면증의 원인은 불안과 긴장감이다. 평소와 다른 조건 속에서
무슨 일이 일어날지 모른다는 불안한 생각, 그리고 마스터어와
스승 앞에서 꼴사나운 모습을 보여서는 안 된다는 긴장감은, 지
금까지 티노가 맛봤던 그 어떤 고난과도 다른 것이었다. 그래도

어떻게든 기력을 짜내서 자세를 유지하고, 앞에서 걸어가는 마스터어의 등만 바라봤다.

마물 경계를 의미하는 빨간 깃발이 있다는 건 알고 있었지만, 실제로 보는 건 처음이다.

티노가 제도를 벗어난 적이 거의 없었기 때문이기도 한데, 사실 제도에서 위기를 알리는 깃발이 걸리는 일은 거의 없다. 제도의 체면 문제도 있고, 때에 따라서는 다른 나라나 범죄자들이 파고들 틈을 줄 수도 있기 때문이다.

깃발이 걸리는 빈도는 도시의 규모에 반비례해서 낮아지는 경향이 있어서, 제블디아에서 가장 번영한 제도에서는 역사가 기록되기 시작한 이후로 지금까지 깃발이 걸린 적이 손에 꼽을 정도밖에 안 된다고 들었다.

그라는 제도와 비교하면 훨씬 작았지만, 그래도 유명한 특산품이 있을 정도로 번영한 도시에 깃발이 걸린다는 건, 어지간히 곤란한 사태가 벌어지지 않는 한은 있을 수 없는 일이다.

문 근처에 줄지어 있는 기사단과 마법을 준비하고 있던 마도사의 수는, 도시가 얼마나 경계하고 있는지를 보여주고 있었다.

그렇게 많은 병력을 동원하려면 막대한 예산이 들어가겠지. 그냥 불안요소가 조금 있어서 경계하는 수준이 아니다. 즉, 이 도시는 요새를 만든 오크의 위험도를 상당히 높게 판단했다는 뜻이다. 조금만 생각해보면 심사하던 병사가 해준 말이 그냥 기분이나 풀어주려고 해준 말이라는 걸 알 수 있다.

티노는 이 바캉스가 시작된 이후로 마스터어가 해준 말을 하나도 안 믿고 있었다.

물론 마스터어가 거짓말을 했을 거라고 생각하는 건 아니다. 하지만 지금까지의 경험을 봤을 때, 마스터어가 대단하지 않다고 하는 건 『《천변만화》이자 무적인 마스터어한테』 대단하지 않다는, 그런 뜻이다. 《천변만화》도 무적도 아닌 티노한테는 대단한 일이다.

솔직히 전투에 참가하지도 않을 거라면 굳이 이 그라에 들를 이유가 없다. 높이 들어 올렸다가 떨어트리는 건, 클랜 멤버 모두가 알고 있는 《천변만화》가 항상 사용하는 수단이다. 언제 깃발의 존재를 알았는지, 티노는 알 수도 없는 일이지만, 그걸 알고 있던 게 아니라면 수많은 도시 중에서 굳이 깃발이 걸려 있는 이 그라를 고를 이유가 없다.

머릿속에서 생각이 빙글빙글 맴돈다. 알고 있어요, 마스터어. 마스터어한테 오크 군단과의 전투 따위는 전투 축에도 못 든다는 얘기겠죠. 하지만…… 저한테는 무리예요.

티노는 확신하고 있었다. 틀림없이 마스터어는 놀러 가자고 해 놓고, 티노를 오크 무리에 던져 넣을 속셈이다.

분명히, 평소의 티노라면 오크 몇 마리 정도는 문제없이 섬멸할 수 있다. 다소 강력한 개체라도 일대일 정도라면 어떻게든 할 수 있겠지. 하지만 지금 티노는 엄청나게 피곤한 상태다. 사실 오는 중에 정신을 쉬게 하지 못했던 자신의 미숙함에 의한 일이기는 하지만, 이 상태에서 오크 무리와 싸우는 건 자살행위다.

원래 도적은 다수의 적과 싸우는 데 어울리는 직업이 아니다. 자신의 스승을 보다 보면 자꾸 잊어버리게 되지만, 등 뒤에서 몰래 습격하거나 적을 찾거나 함정을 해제하는 게 본분인 직업이다.

마스터어, 제가 잘 못 하는 다수와 싸우는 전투의 진수를 가르쳐주실 생각이군요…… 무리예요.

즐거워 보이는 언니들이, 지금, 이 순간만은 샘이 난다. 수면 부족 때문에 머릿속에서는 생각이 정리되지 않고, 냉정한 판단도 못 할 것 같다. 여전히 상식을 벗어난 스파르타식 훈련 때문에, 울면서 눈앞에 있는 사람의 등에 매달리고 싶어진다. 엘란에서는 누군지 모르겠지만 높은 레벨의 헌터가 정령을 쓰러트려 줬다는 것 같은데, 그런 기적이 두 번이나 일어나지는 않겠지.

싸워야만 한다. 시련을 내린다는 것은 티노가 시련을 뛰어넘을 거라고, 마스터어가 그렇게 생각하고 있다는 뜻이다. 자신에게 기대하고 있다는 뜻이다. 그리고 그 기대에 보답하기 위해서, 지금까지 지옥과도 같은 훈련을 받아왔다.

마스터어는, 위험한 상황이 되면 티노를 지켜주겠다고 말했다. 잠시나마 피로를 잊어버릴 정도로 기쁜 말이었지만, 언제까지 보호만 받는 미덥지 못한 후배로 있을 수는 없다.

티노의 목표는 누군가의 보호를 받는 게 아니라── 어깨를 나란히 하고 같이 싸우는 것이니까.

그 오크 무리가 대체 몇 마리나 되는지는 모르겠지만, 지금까지 경험해온 시련을 생각하면 그렇게 적은 수는 아니겠지. 오히려 터무니 없는 수일 가능성이 더 크다. 어쩌면── 무한일 경우도, 있을 수…… 있다. …………마스터어, 그건 역시 무리예요.

"뭐? 그라에도 은신처가 있어?"

"물론이죠. 언제 무슨 일이 벌어질지 모르니까요."

마스터의 말에, 시트리 언니가 기분 좋게 고개를 끄덕이고 있었다.

그 순간, 티노는 시트리 언니가 왜 과도할 정도로 대비하는지 알 것 같았다.

만약에 다음 기회가 있다면—— 꼭, 무슨 일이 있더라도 괜찮도록 대비를 해두자.

흐리멍덩한 머릿속에서 결심했다. 하지만, 일단은 오늘을 뛰어넘어야만 한다.

그래. 뭐든지 힘으로 해치워버리는 언니와 달라서, 시트리 언니는 교묘한 수를 쓰는 게 특기다. 어쩌면 다수의 적과 싸우는 방법을 가르쳐줄지도 모른다. 티노는 시트리 언니가 어려웠지만, 그렇다고 사이가 나쁜 건 아니다. 경계가 필요하고 방심할 수 없는 사람이기는 하지만, 마스터라는 공통점이 있는 한은 같은 편이다. 가끔씩 여기저기 마구 만져대기는 하지만, 그래도 선을 넘으려고 하지는 않는 것 같았다.

부탁하면 도와줄 것이다. 어떤 대가를 요구할지는—— 모르겠지만.

결전의 때는 과연 언제일까? 밤일까? 아니면 한 시간 뒤일까? 오크 쪽에서 공격해 오는 걸까? 아니면 이쪽에서 사냥하러 가는 걸까? 잠깐이나마 쉬는 시간을 주려나? 준비할 시간은 줄까? 아니면, 지금 실력으로 어떻게든 해보라는 말도 안 되는 소리를 하려나? 훈련을 금지한 걸 생각해보면, 가장 힘든 마지막 쪽일 것 같다는 생각이 든다. 솔직히 마스터어의 시련은 항상 제일 어려운 쪽이었다. ……마스터어, 무리예요.

수면 부족과 피로 때문에 마음대로 움직여주지 않는 뇌를 필사적으로 회전시키고 있는데, 갑자기 마스터어가 고개를 돌려서 티노 쪽을 봤다. 그 칠흑의 눈동자가 마치 자기 속내를 읽고 있다는 것 같은 착각이 들어서 가슴이 뜨끔했다.

마스터어의 얼굴은 티노의 불안과 정반대로, 아무런 불안도 없는 것 같은 평온한 표정이었다.

"좋았어, 그럼 티노도 조금 피곤해 보이니까, 오늘은 맛있는 걸 먹고 푹 쉬자."

"…………최, 최후의 만찬인가요?"

어쩌면, 식사할 때 공격해 오는 걸까?

겁 많은 티노를 비웃는 것처럼, 아무리 지나도 사건은 일어나지 않았다.

시트리 언니가 그라에 준비해둔 은신처는, 엘란에 있던 은신처와 똑같다.

물자도 가구도, 조금만 신경 쓰면 알아볼 수 있을 정도로 많이 닮았다.

시트리 언니는 어딘가 자랑스러운 얼굴로 "규격을 맞추는 쪽이 편해요"라고 말했다.

요리는 시트리 언니가 담당했는지, 보존식을 조합해서 만든 음식이었는데도 정말 맛있었다. 요리를 하는 일이 거의 없는 언니의 동생이라는 걸 믿을 수 없을 정도였다. 티노도 요리 솜씨에는 그럭저럭 자신이 있지만, 감히 비교할 수도 없는 수준이다. 아마도, 마스터어의 입맛을 사로잡기 위해서 연습했겠지.

이번 바캉스를 표면적인 부분만 보고 생각한다면, 쾌적한 바캉스라고도 할 수 있을 것 같다.

지금까지는 마물과 싸운 적도 없고, 식비도 숙박비도 안 들었다. 이게 호위 임무였다면 정말 편한 일이라고 생각했겠지.『바캉스』라는, 원래는 즐거워야 할 단어가 티노의 정신을 괴롭히고 있다.

몸이 썩어가는 것 같은 기분이 들었다. 불안했다. 이상하게 훈련하고 싶다.

토할 정도로 힘든 훈련이라도, 지금보다는 훨씬 편할 것 같다.

어지러운 머리로 그런 생각을 하고 있는데, 갑자기 마스터어가 손뼉을 치면서 말했다.

"맞다. 티노, 내일은 같이 초콜릿 파르페를 먹으러 가자. 유명한 가게가 있거든."

"…………예?"

생각지도 못한 말이라서, 순간적으로 반응이 늦어졌다.

티노는 단것을 좋아한다. 지금까지 몇 번인가 마스터어가 같이 데려가 준 적도 있다.

하지만, 이번에는 아직 상을 받을 만큼 공적을 쌓지 못했다.

마스터어의 제안에 언니와 시트리 언니의 얼굴에 노골적으로 그늘이 졌다. 두 사람은 단것을 싫어한다. 그래서 같이 단것을 먹으러 가는 것은 티노만의 특권이었다.

언니가 마치 항의하는 것처럼 마스터어의 등에 매달렸다. 하지만 마스터어의 표정은 달라지지 않았다.

시트리 언니는 웃는 얼굴로 돌아왔지만, 그 눈동자 깊은 곳에 있는 빛이 티노를 죽여버리겠다고 말해 주고 있었다.

티노도 꼭 같이 가고 싶다. 하지만, 그럴 수가 없다.

"마스터어. 저는, 아직 상을 받을 만큼 공을 세우지 못했는데요."

"……무슨 소리야, 티노는 열심히 하고 있잖아. 그리고 단 음식은 피로를 푸는 데도 좋고."

마스터어의 웃는 얼굴에는 그늘이 없었다. 마스터어는 항상 상냥하다. 상냥하게 웃는 얼굴로 티노에게 시련을 내린다.

"……하지만……."

"공적 같은 건 없어도 되지만, 그렇게 신경이 쓰인다면…… 그래. 다음에 무슨 일이 있을 때 열심히 해주면 돼. 가끔은 휴식도 필요하다고. 티노 너, 지금 얼굴이 엄청나게 안 좋다고."

상냥한 말을 듣고, 슬쩍 언니 쪽을 보면서 눈짓으로 물었다. 마스터어의 말은 신이지만, 그렇다고 언니를 무시하면 힘든 훈련으로 죽여버릴 테니까.

티노의 시선을 알아차렸는지, 언니는 눈살을 찌푸리고는 소파에 벌렁 누워버렸다.

"…………갔다 오든지?"

"예?! 저기…… 언니는――."

"……………내가 가면, 크라이가 신경 쓰이잖아? 그 정도는 눈치를 채란 말이야."

《절영》이라는 별명을 지녔고, 제도의 모든 헌터가 두려워하는 언니가 배려해주는 상대는 마스터어밖에 없겠지. 자기도 모르게 눈이 휘둥그레진 티노에게, 또 한 사람의 언니가 말했다.

"……티, 크라이가 말한 대로 몸을 쉬게 해주는 것도 필요해. 내일은 내가 확실하게 코디네이트 해줄 테니까, 안심하고 갔다 와."

언니와 똑같은 눈동자 색. 시트리 언니의 눈동자 속 깊은 곳에 있는 빛은 죽여버리겠다고 말하고 있었다.

해가 저물었다. 저 멀리에 그라의 거대한 외벽이 보이는 곳에서, 검둥이 일행은 텐트를 치고 있었다.

아무 말도 없이 척척 손을 움직인다. 세 사람 사이에는 답답한 분위기가 감돌고 있다.

두 개의 눈이 그들을 빤히 쳐다보고 있다. 그것은 온갖 이상한 것들을 봐온 검둥이 일행도 지금까지 본 적이 없는 것이었다. 계속 마차 근처에서 달리고 있던 때부터 신경이 쓰이기는 했었다. 하지만 최대한 생각하지 않으려고 노력했다.

잘 단련된 회색 육체. 옷은 걸치지 않았고, 새빨간 삼각팬티만 입었다. 머리에는 마치 무슨 장난이라도 치는 것처럼 갈색 종이봉투를 뒤집어썼는데, 눈이 있는 곳에 구멍이 두 개 뚫려 있었다.

그것은 틀림없이 마물이었다. 인간과 닮은 마물, 그 악마 같은 연금술사를 충실하게 따르는 짐승이다.

회유 따위는 먹히지도 않겠지. 그 몸에서 느껴지는 마나 머티리얼은 방대했다. 비대한 근육도 겉멋이 아니고. 그리고, 그 시선에서는 감정이 전혀 느껴지지 않았다.

이름은 키르키르 군이라고 하는 것 같은데, 이름 따위는 뭐가 됐건 상관없다. 그 연금술사는 대체 무슨 수단을 써서 이런 짐승을 만들어낸 걸까. 상상하려다가, 검둥이는 바로 그만뒀다. 그 여자는 틀림없이 자신들보다 끔찍한 행위에 손을 댔다. 그리고 그 마수가 언제 자신들을 향해 뻗어올지 모른다.

그 근처에, 몸높이가 2m 가까이 되는 거대한 하얀 사자—— 키메라가 앉아서 으르렁거리는 소리를 내고 있다.

키르키르 군과 비교하면 그나마 훨씬 낫지만, 그 키메라 한 마리만 해도 평소 같으면 싸움 자체를 피할 상대다. 전투력은 모른다. 오는 중에 나타났던 마물들은 하나같이 그 키메라를 본 순간에 도망쳐버렸다. 하지만, 약하지는 않겠지. 마차를 타고 도망쳐봤자 쫓아올 게 뻔하다.

"큭…… 이걸 돌보라니, 대체 어떻게 하라는 건데!"

흰둥이가 창백한 얼굴로 키르키르 군을 보고 있다. 말수가 적은 회색이도 망연자실하고 있다. 범죄자로서 온갖 일을 해온 검둥이도 키메라를 돌보는 방법은 모른다. 어지간한 일들은 알아서 한다고 했는데, 밥을 어떻게 줘야 하는지에 관한 이야기도 못 들었다. 마차에 비축된 것 가지고는 저 거구를 유지하지 못하겠지.

시트리가 먹이를 주는 모습을 본 적이 없는데, 지금까지 대체 뭘 먹고서 버틴 걸까…….

"……뭘 먹냐?"

각오하고, 키르키르 군과 키메라(먹거리?)한테 다가가서 말을 걸었다. 지금까지 가만히 세 사람을 감시하고 있던 키르키르 군이 천천히 먹거리 쪽을 봤다.

"키르키르키르……."

"……야옹~."

"키르르르………….

"야옹~ 야옹~."

괴물 둘이서 서로 공감이라도 하는 걸까. 거대한 몸에서 나오는 소리라는 걸 믿을 수 없는 목소리와, 마찬가지로 맹수가 내는 소리라는 걸 믿을 수 없는 귀여운 울음소리. 회색이가 몸을 부르르 떨고 두려워하는 목소리로 중얼거렸다.

"뭐야, 이 자식들…… 대화하는, 거야"

대화는 몇 마디 만에 끝났다. 키르키르 군이 검둥이 쪽을 봤고, 먹거리가 완만한 동작으로 일어났다.

"Kill."

딱 한 마디를 한 것과 동시에, 키르키르 군이 뛰어올랐다.

거대한 몸을 봐서는 믿을 수 없는 유연한 동작으로, 몸을 일으킨 먹거리 위에 올라탔다.

먹거리가 달려간다. 엄청난 속도다. 순식간에 둘의 모습이 작아졌다. 검둥이는 찍소리도 내지 못했다. 흰둥이와 회색이도 얼빠진 표정이고.

"도망……쳤나?"

흰둥이가 중얼거렸다. 도망칠 상황이 아니었는데. 검둥이도 흰둥이도 회색이도, 아무것도 안 했다. "

하지만, 이건…… 큰일이다.

"놓쳤다. 쫓아가자!"

"?! 하, 하지만──."

"우리한테 저놈들을 돌보라고 했잖아! 도망갔다는 걸 들키면── 죽을 거야!"

증거 따위는 없다. 의혹만 가지고, 시트리는 검둥이 일행을 폐기처분 해버릴 것이다. 이건 확신이었다.

갑자기 강한 바람이 불었다. 불길한 바람이다. 먹거리와 키르키르 군이 도망친 쪽에는 시커먼 숲이 펼쳐져 있다.

"어떻게 쫓아갈 건데? 어디로 갔는데?"

"알 게 뭐야. 일단 쫓아가자!"

짐승이 달리고 있다. 생명의 섭리를 비틀어버리고 탄생한 끔찍한 키메라(합성수)다. 그 모습은 사자와 닮았지만, 등에 달린 날개와 꼬리를 보면 사자가 아니라는 걸 알 수 있다. 그리고 만약에 냄새를 잘 맡는 사람이 있다면, 그 짐승한테서 끔찍하게 이상한 냄새가 난다는 걸 알 수 있을 것이다.

시커먼 숲이 우거진 산길을 바람처럼 질주하는 그 짐승 위에는, 회색의 광전사가 걸터앉아 있었다. 물리적으로 강화되고 발달한 회색 피부와 근육. 마나 머티리얼을 잔뜩 흡수한 육체는 차가워 보이는 피부색과 다르게, 불꽃처럼 뜨거운 체온을 지니고 있다. 그 냄새는 인간에 가깝지만, 실제로는 짐승과 다를 게 없는 금기의 산물이었다. 원래 주인 말고 다른 존재를 따르지 않는 키메라가 그 키르키르 군이라고 이름 지어진 광전사와 함께 질주하는 것은, 자신이 그 광전사와 같은 부류라는 것을 본능적으로 알아차렸기 때문이겠지.

"키르키르……."

"그르르르……."

공포는 없다. 설령 느꼈다고 해도 밖으로 드러내지 않는다. 키르키르 군도 먹거리도, 공포에 대한 내성이 아주 강하게 만들어졌다. 위험한 순간에── 주저하지 않고 방패가 될 수 있도록.

산길에는 강한 짐승 냄새가 잔뜩 배어 있었다. 오크라고 불리는 마물의 냄새다. 하지만 다양한 환수들의 장점만을 추출해서 병기로 만들어진 먹거리한테는, 오크라고 해도 맛있는 먹이로 여겨질 뿐이다.

배가 고팠다. 먹거리도 키르키르 군도 한동안 아무것도 안 먹어도 활동할 수 있게 설계되어 있지만 그건 어디까지나 참은 것일 뿐이고, 배가 고파오지 않는다는 건 아니다.

여기까지 오는 중에는 마물을 잡아먹었지만, 가도 근처에서 나오는 마물 따위는 뻔한 수준이다. 계속 배가 고팠다. 그라에 가까이 왔을 때부터 그 냄새가 엄청나게 신경 쓰였다.

"키르르키르르."

"야옹."

그것은 통역하자면 '빨리 끝내라' '나도 알아' 정도가 되겠지.

식량의 기척을 느끼고, 먹거리의 속도가 더 빨라졌다. 화톳불이 피워진 요새가 보이기 시작했다. 요새라고 해봤자 오크가 만든 간이 요새. 감시하는 놈도 있지만 이제 와서 신경 쓸 필요도 없다.

전위 직업으로 설정된 키르키르 군의 육체가 뿌득뿌득 소리를 내면서 비대해졌고, 먹거리의 꼬리가 칼처럼 곧게 뻗었다. 먹거리도 키르키르 군도, 그 몸에는 엄청난 전투 본능이 새겨져 있다.

두려움도 없이, 죽이고, 잡아먹는다. 지금, 《최저 최악(딥 블랙)》이 만든 짐승들이, 오크들의 요새에서 풀려났다.

──그것은, 그야말로 재해였다.

여러 무리가 모여서 만든 거대한 무리. 산 중턱, 버려진 마을이 있던 곳에 건축된 견고한 요새.

군림하고 있던 것은 검은 오크의 왕『슈발츠』였다. 예전에 마나 머티리얼 농도가 높은 비경에서 태어난 돌연변이 오크다. 엄청나게 강하고, 똑똑하고, 인간의 말을 이해하고, 다수의 동족 무리를 이끌 정도의 카리스마를 지녔고, 인간을 죽이고 빼앗은 강력한 칼로 무장한, 극히 보기 드문 개체다.

오크의 영웅이라고 부를 수 있는 개체를 정점으로 삼아서 세워진 왕국은, 한순간에 무너져버렸다.

재앙은 눈 뜨고 봐줄 수 없을 만큼 끔찍한 짐승의 모양이었다. 이 세상에 존재한다는 것 자체가 믿기 힘들 정도로 『냄새』를 풍기는 그 끔찍한 짐승은 높은 외벽을 간단히 뛰어넘어, 동요하는 오크 용사 보초를 뒤로하고―― 망설이지도 않고 진영 가장 깊은 곳에서 보호받고 있던 암컷 오크와 새끼 오크들을 덮쳤다.

슈발츠가 알아차렸을 때는 이미 늦었다. 끔찍한 짐승은 무리의 미래인 어린 새끼들을 잡아먹고, 사랑하는 암컷들을 갈가리 찢어발겼다. 그 처참한 현장은 수많은 참극을 봐온 왕조차도 눈을 돌릴 지경이었다.

진한 피 냄새에 비명이 더해졌다. 그것을 보고, 짐승은 마치 고양이 같은 소리로 울었다.

승부라고 할 수도 없었다. 상대가 인간이라면 왕의 명령에 따라 목숨을 걸고 용감하게 싸웠을 오크 전사들도, 그 너무나 끔찍한 생김새와 이 세상 것이라는 걸 믿을 수 없는 냄새 때문에 공황 상태에 빠졌다.

슈발츠는, 슈발츠만 본능을 자제할 수 있는 강한 이성을 동원해서 상황을 정확하게 이해했다.

이것은 인간의 함정이다. 요새를 정면에서 무너트리는 것이 불가능하다는 것을 알아차린 인간이 비겁한 수를 쓴 것이다.

적은 한 마리다. 슈발츠의 강인한 군대는 천 명이 넘는다. 냉정하게 싸운다면 질 이유가 없다.

슈발츠의 본능도 이성도 지성도 승리를 확신했다. 하지만, 명령은 통하지 않았다.

본능을 거스를 만큼의 지성과 힘을 지닌 것은 슈발츠뿐이었다. 호령은 비명에 묻혀버렸고, 휘하 병사들은 살아남은 암컷들을, 그렇게 고생해서 만든 요새도 버리고, 등을 보이며 도망쳤다. 그 행위가 어리석다고 이해할 수 있는 것도 오로지 슈발츠뿐이었다.

짐승의 목적은 식사만이 아니었다. 유린이다. 날개가 달리고 사자의 머리를 한 그 짐승의 눈은 살육에서 즐거움을 느끼고 있었다. 슈발츠가 인간의 마을을 덮쳤을 때 느꼈던 희열과 같은 것이 그 눈에 깃들어 있었다.

"싸워라!"

목소리는 통하지 않았다. 짐승이 선풍처럼 달렸다.

등을 보이며 정신없이 도망치는 동족들은 아주 좋은 먹잇감이었다. 그 다리는 부하들보다 훨씬 빠르고, 그 갈고리발톱은 동족들의 육체를 갑옷과 함께 갈라버렸다. 채찍처럼 길게 뻗은 꼬리도, 포효도, 그 모든 것이 죽이는 데 특화되었다.

"으아아아아아아아아아!"

너무나 화가 난 슈발츠가 포효했다. 더 이상, 부하들이 헛되게 죽도록 둘 수는 없다.

땅바닥을 짓밟으며 달린다. 인간에게서 빼앗은 검은 대검을 치켜든다.

상대는 눈 뜨고 보기에도 끔찍한 괴물이지만, 슈발츠도 지금까

지 수많은 싸움을 경험해왔다. 날카로운 기합 소리와 함께 짐승의 약점으로 보이는 옆구리를 공격하려고 한 그 순간, 갑자기 위쪽에서 뭔가가 떨어졌다.

반사적으로 칼날을 위쪽으로 돌려서 방어했다. 칼날에 전해진 묵직한 충격 때문에 팔이 저려온다.

"키르키르……."

"큭……."

머리 위에서 떨어진 것은 슈발츠에게 뒤지지 않는 거구의 전사였다. 인간과 비슷하게 생기기는 했지만, 인간과 비슷한 냄새가 나지만, 인간이 아니다. 그 몸에서 느껴지는 힘은 슈발츠의 부하들보다 훨씬 강했다. 증원이다. 슈발츠는 입술을 꽉 깨물고 한 걸음 뒤로 물러났다.

못 이긴다. 슈발츠는 끓어오르는 분노 속에서, 패배를 깨달았다.

회색 전사가 주먹을 쥐고, 슈발츠와 싸울 자세를 잡았다. 짐승이 동포들을 먹어 치우던 것을 중단하고, 슈발츠를 포위하는 모양으로 전투태세에 들어갔다.

일대일이라면 어떻게든 될 것이다. 하지만 둘을 동시에 상대하는 건 무리다. 틀림없이 죽는다.

요새에는 동포의, 전사의, 암컷과 아이들의 시체가 산더미처럼 쌓여 있다. 하지만, 아무리 강해봤자 습격자는 한 사람과 한 마리, 이미 요새에서 도망친 데 성공한 자들의 숫자에 비하면 시체의 숫자는 미미한 수준이다.

이곳의 왕인 슈발츠가 분노에 이끌려서 목숨을 잃어서는 안 된다.

"큭…… 죽인다."

상대는 주먹을 사용하는 자와 짐승이다. 도망치는 건 어렵지 않다. 날아오는 칼 모양의 꼬리를 칼로 쳐내고 후퇴했다.

짐승과 전사는 더 이상 쫓아오지 않았다. 목적은 달성했다는 것처럼 시체를 먹고 있을 뿐.

이렇게 해서, 오크의 왕 슈발츠의 왕국은 인간의 도시를 공격해보기도 전에 멸망했다.

처음에 느낀 것은—— 코가 비뚤어질 것 같은 악취였다.

밤이 깊어 있었다. 그라로 가는 가도 길가에서, 클로에 일행은 휴식을 취하고 있었다.

밤에는 최대한 움직이지 않는다. 헌터들의 상식이다. 아무리 서두르려고 해봤자 헌터는 무사해도 말이 한계였다.

클로에 일행의 마차를 끄는 말은 강인한 마물 말이지만, 아놀드 일행의 말은 평범한 것이다. 그럼에도 야영이 아니라 휴식만 하는 것에서, 무슨 일이 있어도 따라잡겠다는 아놀드의 의지가 느껴졌다.

성대하게 피워놓은 불. 다수의 헌터들이 야영하는 곳에는 보통 마물들이 다가오지 않는다. 지성이 없는 마물도 본능적으로 방대한 마나 머티리얼을 지닌 헌터가 위험하다고 느끼기 때문이다.

모닥불을 둘러싸고 앉아서 심심풀이 삼아 서로의 모험담을 이야기하고 있는 모습은, 클로에가 상상했던 헌터 그 자체였다. 물론 클로에가 말하는 것은 《천변만화》의 이야기였고.

트레저 헌터는 자존심을 중시한다. 싸움이 벌어지는 건 어쩔 수 없는 일이지만, 그 싸움에 의한 피해를 최대한 줄이는 것이 탐협이 하는 일 중에 하나다. 그의 공적을 알게 되면 화가 조금이나마 가라앉겠지.

《천변만화》는 수많은 사건을 해결한 헌터이며, 영웅을 죽인 괴물을 죽인 헌터고, 동업자들이 두려워하는 헌터다. 범죄자들은 그 이름만 들어도 벌벌 떨고, 때로는 그가 자신을 노린다는 소문만 듣고서 자수하는 경우도 있었다. 그리고 어지간해서는 의뢰를 받지 않고 탐색자 협회에도 거의 모습을 보이지 않지만, 그동안에 뭘 하면서 지내는지는 알려지지 않은, 비밀이 많은 헌터이기도 했다.

최대한 아놀드를 자극하지 않도록 말했지만, 그 표정은 한눈에 봐도 기분이 나쁘다는 것처럼 일그러져 있었다. 클로에를 말리지 않는 것은 정보를 얻기 위해서겠지. 아놀드는 필요한 때 외에는 냉철해질 수도 있는 우수한 남자였다.

"어지간해서는 의뢰를 안 받는다고……? 그동안에는 뭘 하는 거지?"

"저희는…… 헌터의 개인 사정에는 관여하지 않아요. 하지만, 소문으로는…… 클랜 멤버들을 키우고 있다나요."

"음…… 그『천 개의 시련』인가 하는 건가. 웃기지도 않네."

《안개의 뇌룡》의 부 리더, 에이가 내뱉는 것처럼 말했다.

트레저 헌터 강사는 은퇴한 헌터들이 맡는다. 왜냐하면 헌터란 끊임없는 연마를 통해서만 앞으로 나아갈 수 있는 직업이기 때문이다. 보통은 제자를 거둘 시간 따위는 없다.

하지만 실제로《천변만화》의 천 개의 시련을 받아봤다는 사람들은 끝도 없이 나타났다. 그중에는 클랜 멤버가 아닌 사람도 있고. 루다나 길베르트가 씁쓸한 표정을 짓고 있는 건, 아마도【흰 늑대 둥지】에서 직접 겪어본 게 있기 때문이겠지. 가능한 한 생각지 않으려 하고, 탐색자 협회로서는 도저히 용서할 수 있는 일이 아니기도 하지만── 엘란에서의 뇌정 사건도 비슷한 의도에 의한 일이었을 가능성이 있다.

"《천변만화》가 뇌정을 부렸을 가능성은 있나?"

"?! 있을 리가요……! 그 사람은 범죄자가 아니라고요."

"……그런가."

예상치 못한 말에 당황해서 반론한 클로에를 보고, 아놀드가 눈살을 찌푸렸다.

그때, 갑자기 강한 바람이 불어왔다. 말이 큰 소리로 울고, 아놀드가 일어났다.《염선풍》멤버들도 각자 무기를 들고 주위를 확인했다.

미지근한 바람에, 얼굴을 찌푸리게 만드는 악취가 실려 있었다. 탐색자 협회에서도 자주 맡을 수 있었던, 강렬한 짐승 냄새다.

"……무슨 냄새지?"

"…………젠장, 안 좋은 예감이 드는데."

도적 에이가 바람이 불어온 쪽으로 고개를 돌려, 진지한 표정으로 그 방향을 응시했다.

이런 냄새는 냄새가 고이는 실내라면 또 모를까, 지금 있는 탁 트인 평원에서 맡을 수 있는 부류의 냄새가 아니다.

"흥분한 짐승의 냄새가—— 다가오고 있다."

땅바닥이 희미하게 떨린다. 루다, 길베르트 일행의 얼굴이 굳어졌다.

그때, 클로에는 엘란에서 들었던 이야기가 생각났다. 그라는 지금 오크 무리에 대응하느라 정신이 없다는 것 같다. 근처에 요새가 생겼고, 상당한 숫자의 오크들이 거기에 모여서 속을 썩히고 있다고.

그라까지는 아직 거리가 많이 남았다. 요새에 있던 오크들이 이런 곳까지 올 리가 없다.

그런 클로에의 생각을 배신하는 것처럼, 에이가 소리쳤다.

"……오크 무리다! 상당한 숫자다, 똑바로 이쪽으로 오고 있다. 도망칠 수 없어!"

땅 울리는 소리가 점점 커진다. 아니, 그것은 『발소리』다. 달빛만이 비치고 있는 가도 저편에서, 검은 파도가 다가온다.

재빨리 칼을 뽑았다. 거크 삼촌이 준 숏 소드가 모닥불 불빛을 받아서 번쩍거렸다.

아놀드가 소리쳤다. 손에 쥐고 있는 금색 검에 전격이 감돌고 있다. 그 동작에서는 아까까지의 피로는 찾아볼 수 없었다.

"전투 준비! 불을 피우고 공격 마법을 준비해. 클로에, 싸울 수 없으면 뒤로 빠져 있어라."

"싸울 수 있어요!"

"좋다. 저놈들의 지성은 야생동물보다 조금 나은 수준이다. 힘 차이를 보여주면 도망칠 거야."

이것이, 높은 레벨 헌터.

저 엄청난 무리를 보고서도 전혀 흔들리지 않는 모습에 감동마저 느껴졌다. 아놀드가 호령했다.

"돼지 놈들을 죽여버려라!"

"으아아아아아아아아아아아아아아아아아!"

《안개의 뇌룡》 멤버들이 포효했다. 그리고, 클로에는 오크 무리와 정면으로 충돌했다.

동이 텄다. 어제와 마찬가지로 바깥은 구름 한 점 없이 맑았다. 아무래도 폭풍은 완전히 지나간 것 같다.

개운한 기분으로 기지개를 켜고 있는데, 리즈네가 자는 침실 쪽에서 우당탕탕 시끄러운 소리가 났다.

"뭐, 티 같은 어린 애는, 크라이도 관심이 없을 테니까…… 데이트가 아니라 그냥 호위잖아. 티, 너도 알고 있겠지만, 크라이가 잘 대해준다고 이상한 착각은 하지도 마라. 돌아오면 다시는 그런 정신 상태가 되지도 못하게, 몸과 마음을 모두 단련시켜줄 테니까."

"내가 코디네이트 해줄게. 호위하는데 평소와 똑같은 차림새면 지장이 있으니까…… 차림새가 크라이 씨랑 너무 차이가 나면 크라이 씨가 창피하니까── 다리를 드러내는 건 크라이 씨한테도 티한테도 좋지 않아. 본인들의 인식은 둘째치고, 주위의 시선도──."

초콜릿 파르페를 먹으러 가는 것뿐인데 뭐가 이렇게 시끄러운 걸까. 그렇게 난리 칠 거면 같이 가도 되는데…….

침실에서 나온 티노는 완전히 달라져 있었다.

옷자락이 긴 회색 외투와 그 속에 가려지는 모양으로 허리에 찬 단검.

항상 다리와 어깨가 드러난 노출이 많은 차림새는 한눈에 봐도 도적처럼 보였지만, 이 차림새는 뭐라고 형용하기 힘들다. 어째 선지 머리카락을 묶은 리본도 빨간색에서 하얀색으로 바뀌었고, 아까까지 있었던 다크 서클도 깔끔하게 사라졌다.

내 시선을 알아차린 시트리가 살짝 곤란하다는 것처럼 웃었다.

"호위와 신분을 감춘다는 점에서 봤을 때, 이 정도가 한계였어요. 사복이나 치마를 입으면 데이트처럼 보이니까요. 죄송하지만, 아무래도 크라이 씨의 보구처럼 눈에 띄지 않는 장비는 거의 없어서…… 장비는 최소한으로만 챙겼어요. 좀 도와주시면……."

"괜찮아. 문제가 생기면 바로 돌아올 테니까."

한편, 준비가 필요했던 티노와 달리, 나는 평소와 똑같은 차림새── 완전무장이다.

머리부터 발끝까지, 크류스네가 몸을 던져서 새로 충전해준 보구로 무장했다. 뭐, 그래도 피라미라는 점은 변함이 없지만, 공격을 몇 번 막아낼 수는 있겠지.

"크라이 씨, 그런 일을 없을 것 같다고 생각하지만…… 아무리 귀엽다고 해도, 우리 티한테 손대시면 안 돼요?"

시트리가 농담하는 투로 말했다. 날 뭐라고 보는 걸까……

그냥 농담이겠지만, 그런 소리를 하면 티노가 위축될지도 모른다.

내가 항의하려고 입을 벌렸을 때, 시트리가 나한테서 티노 쪽으로 시선을 옮기고 웃는 얼굴로 말했다.

"티, 잘 들어? 우리 크라이 씨한테 손을 대면…… 다시는 그런 발칙한 짓은, 생각도 못 하게 만들어줄 테니까."

"?!"

시트리의 박진감 넘기는 연기에, 티노가 주눅이 든 것처럼 뒷걸음질 쳤다. 얼굴이 새파랗게 질렸다.

내가 손을 대는 것도 말도 안 되지만, 그 반대는 더 말도 안 되겠지.

"크라이, 먹으면 바로 와야 해? 그다음에, 나랑 데이트하는 거다?"

"출발 준비는 해둘게요. 티가 잘 잘 수 있도록 해두고요. 일찍 돌아오셔야 해요?"

그리고 어째선지 불안해 보이는 언니 두 사람의 배웅을 받으며, 유난히 못 미더워 보이는 티노를 데리고 흉흉한 분위기의 시내로 나갔다.

역시나 특산품이라고 해야 할까, 그라 시내에는 한눈에 봐도 제과점이나 찻집으로 보이는 건물들이 많았다. 그중에는 초콜릿 전문점이라는 가슴 두근거리는 간판이 걸린 가게도 있다. 저는 먹는 쪽 전문입니다.

나는 단것을 아주 좋아한다. 생크림도 좋아하고 단팥도 좋아한다. 그리고 초콜릿도 아주 좋아한다. 항상 초콜릿 바를 챙겨둘 정도로 좋아한다. 하루 세 끼 밥보다 초콜릿을 좋아한다. 시간이 있다면 천천히 둘러보고 싶지만, 아쉽게도 이번에는 오랫동안 있을 시간이 없다.

깃발이 걸려 있는 탓에 시내 어디를 가도 술렁거리고 있지만, 이 정도는 항상 있는 일이라서 크게 신경 쓰이지 않았다. 이게 헌터가 된 지 얼마 안 됐을 때였다면 초콜릿을 신경 쓸 상황이 아니었겠지만, 능력이 없는 인간이라도 쓸데없이 경험을 쌓으면 익숙해진다는 좋은 사례가 여기에 있다. 한편으로 평소보다 수수한 차림새의 티노는 어딘가 위축된 분위기였다. 티노는 나와 비슷한 수준으로(사실 나는 아닌 척 단것을 좋아하지만) 단것을 좋아한다. 평소 같으면 단것을 먹으러 갈 때는 나도 즐거워질 정도로 기쁜 표정을 보여줬는데, 어쩌면 깃발이 걸린 시내를 돌아다녀 본 경험이 없는 건지도 모른다.

"괜찮아 티노. 티노는 제도를 벗어난 적이 거의 없어서 신기할 수도 있겠지만, 여행하다 보면 깃발 정도는 흔하게 볼 수 있거든. 하하하…… 난 벌써 몇 번이나 봤는지 잊어버렸을 정도야."

"……예?! 그, 그러셨나요……."

그리고 대부분 루크네가 달려들었다가 험한 꼴을 당했다. 사실

나는 항상 뒤쪽에 있었고 세이프 링도 있으니까 다치지는 않았지만, 상처투성이가 되어가는 소꿉친구들을 보는 건 정말 힘들었다.

티노는 위험한 일에 뛰어들 성격이 아니니까 나도 안심이 된다.

불안한 것처럼 이리저리 둘러보는 티노는 내가 평소에 알고 있던 모습과 비교하면 아주 조금 이상하다. 이래 봬도 헌터 경력은 내가 더 많다. 이럴 때는 멋진 모습을 보여줘야겠지.

"그래도 걱정이 된다면…… 그래. 이럴 때는 눈을 감고 귀를 막는 거야. 천천히 심호흡하면서 즐거웠던 일을 생각하면 돼."

"…………."

그리고 다른 사람이 말을 걸어왔을 때는 팔짱을 끼고 생각하는 척하면서 응, 응, 하고 고개를 끄덕인다.

이것이 현실 도피의 요령이다. 한 사람이 할 수 있는 일에는 한계가 있다. 나 말고도 우수한 헌터들이 얼마든지 있으니까. 내 책임 범위를 벗어나는 일은 그런 사람들한테 맡겨두면 된다.

입을 다물어버린 티노에게, 약간 까불면서 계속 말했다. 그래, 계속 생각하고 있었다.

티노는 생각이 너무 많다── 너무 진지하다. 분명히 재능이 넘치는 우수한 헌터이기는 하지만, 지금 시점에서도 더 훌륭한 헌터는 얼마든지 있다. 너무 많은 것들을 짊어지려고 하다가 쓰러져버리면, 다 소용없는 일이다.

"티노는 이제부터가 시작이나 마찬가지니까, 생각을 너무 많이 하는 것도 좋지는 않을 것 같아. 이번에는 리즈와 시트리도 있으니까 조금 힘을 빼는 게 좋을 거야. 어제부터 안색이 너무 안 좋아서 긱정되거든."

"!! 아, 예…… 고맙, 습니다……."

다크 서클은 사라졌지만, 그래도 피로는 감출 수가 없었다.

내가 지적하자, 티노가 살짝 쑥스러워하면서 고개를 숙였다.

조금이나마 힘이 돌아온 티노와 같이 시내를 산책했다.

목적지인 가게는 큰길가에 있었다. 한눈에 봐도 멋지게 생긴 찻집이다.

지나다니는 사람은 많지만, 상황이 상황이라서 그런지 다른 손님들은 없다. 마침 잘됐네.

이번 목적은 파르페뿐만이 아니다. 티노의 멘탈 케어도 겸하고 있다.

원래 리즈가 티노를 너무 괴롭히는 것 같아서 신경이 쓰이기는 했다. 리즈의 성격을 생각해보면 그렇게까지 심하게 대하지는 않을 것 같지만, 어쨌거나 단 음식을 먹으면서 얘기하다 보면 좀 더 솔직하게 말해주겠지.

정말이지…… 단 음식은 잘 못 먹지만, 후배를 위해서라면 어쩔 수 없지.

안내받은 자리는 큰길이 한눈에 들어오는 전망이 좋은 자리였다.

가게는 바깥에서 보던 것만큼 인테리어도 멋졌다. 한눈에 봐도 헌터들이 오는 가게가 아니다. 제도의 온갖 제과점과 찻집들을 망라해온 내가 보기에도 이 가게는 상당히 기대된다.

티노도 눈을 반짝거리며, 안절부절못하면서 가게 안을 둘러보고 있다. 기뻐해주면 데리고 온 보람이 있어서 나도 기분이 좋지.

흐뭇한 광경을 보며 따뜻한 기분을 맛보고 있는데, 티노가 갑자기 생각났다는 것처럼, 고개를 살짝 숙이고서 말했다.

"마스터어…… 저기…… 시트리 언니가, 돈을 주셨어요. 마음대로 써도, 된다면서."

"…………."

시트리가 무슨 내 보호자야? ……나도 멋있는 모습을 보여주고 싶은데 말이야.

시트리의 참견에 살짝 기세가 죽기는 했지만, 그래도 여기 온 목적인 파르페는 크게 기대가 된다.

흥분한 게 드러나지 않도록 조심하면서 파르페를 주문했다. 가게 안에 감도는 달콤한 냄새를 맡으면서 제도 밖으로 나오길 잘했다고, 진심으로 생각했다. 발단한 회합에서 도망치기 위해서라는 부정적인 이유 때문이었지만, 어쨌거나 잘된 일이다.

오늘의 나는…… 운이 좋은가? 돌아간 뒤에 발생할 귀찮은 일들은 돌아간 뒤에 생각하자.

"마스터어…… 고맙습니다. 저기, 제가, 마스터어한테 걱정을 끼쳐드려서……."

"괜찮아. 폐라고 생각하지도 않고, 따지고 보면 나야말로 항상 티노한테 민폐만 끼치고 있잖아."

"그렇지…… 않아요."

다른 사람한테 의지한다는 점에서는 날 당해낼 사람이 없지만, 가끔은 누군가가 나한테 의지하는 것도 기분이 좋다.

특히 티노가 헌터를 목표로 하게 된 건, 반쯤은 우리들의 영향 때문이다. 어떻게 티노가 의지하는 걸 싫어할 수가 있겠어……
오히려 좀 더 의지해줬으면 싶을 지경이다.

티노랑 같이 파르페를 기다렸다. 주고받는 이야기는 대부분 역
시라고나 할까, 헌터와 관련된 내용이었다.

데이트에서 하기에는 어울리는 이야기가 아니지만, 티노는 진
지했다. 진지하게 일류 헌터를 목표로 삼고 있다. 그리고 나도 경
험 하나는 쌓아 왔으니까, 거기에 대해서 해줄 말 정도는 있다.

"예?! 마스터어, 지금까지 전투에서 다친 적이 없으신가요?"

티노가 눈이 휘둥그레져서, 깜짝 놀란 것처럼 말했다.

"동료들이 강했으니까."

안셈이 배리어를 쳐주고, 세이프 링도 있고, 애당초 나한테 날
아오는 공격 자체가 거의 없다.

게다가 나 혼자 마나 머티리얼 흡수율이 엄청나게 낮으므로,
전장에서는 거의 눈에 띄지 않는다. 게다가 전장에서 하는 일도
없으니까 다칠 이유도 없고. 구석에 앉아서 구경만 한 적도 있다.
그런 경험이 있는 헌터는, 트레저 헌터 업계가 아무리 넓다고 해
도 나 한 사람밖에 없겠지.

"역시 대단해요, 마스터어…… 저는 도저히 흉내도 낼 수 없어요."

어째선지 이야기하는 동안에, 티노의 날 존경하는 눈빛이 점점
더 뜨거워졌다.

흉내라니, 절대로 흉내 내면 안 되지. 난 그렇게 존경받을 신분
이 아니라고.

그 엉뚱한 존경 때문에 조금 미안한 기분을 맛보면서, 은근슬

쩍 리즈를 칭찬해줬다.

"……다치지 않았다는 건 자랑할 일이 아니야. 오히려 다쳤어도 아무렇지도 않게 움직일 수 있도록 정신을 단련해야 하는 거지. 잘 단련하면, 아마 『오버 그리드』도 다룰 수 있을 테고……."

"?! 그건…… 좀……."

"아냐, 아냐. 그 보구는 정말로 귀중하고 강력해. 그걸 쓰기만 해도 티노가 리즈한테 저항할 수 있을 정도로 강해지다니, 정말 획기적이잖아. 내가 다룰 수 없는 게 아쉬울 정도라니까——."

썼지만 거부당하다니, 난 대체 얼마나 약한 걸까…… 아니지!

혼자서 뜨거워졌다가, 티노가 위축됐다는 걸 알아차리고서는 급하게 다른 이야기를 꺼냈다.

"그러니까 말이야, 하고 싶은 말이 뭐냐면, 리즈의 수행이 힘들 수도 있지만, 그게 다 티노를 위한 일이라고 생각해. 많이 힘들겠지만, 리즈도 티노를 괴롭히려고 그러는 게 아니니까——."

"예……? ……맞아요. 언니는, 정말 잘해주고 계셔요. 저는, 마스터어와 언니를 만나서 정말 다행이에요."

"……시트리도, 나쁜 애는 아니야. 감성이 좀 특이할 뿐이고—— 연금술사는 보통 그런 구석이 있거든. 딱히 티노를 괴롭히려고 그러는 게 아니니까——."

"……? 예, 시트리 언니는…… 아주 조금, 마스터어 눈앞에서 제 몸을 만져대는 건 창피하기는 해도, 괴롭힌다고 할 정도는—— 항상, 절 만져대는 것뿐이니까요."

생각했던 것보다 티노의 반응이 가볍다. 언니들의 압박감 때문에 초췌해져 있을 거라고 생각했었는데, 그 말투를 보면 무리하는 느낌은 없다.

애당초, 티노는 거짓말을 할 성격이 아니다. ……어라? 혹시, 아무런 문제가 없나?

마음속으로 고개를 갸웃거리면서 다시 한번 확인했다.

"…………싫다고 생각한 적은 없고? 무슨 일이 있었는지 말해주면 내가 대처해줄까 하거든?"

"예, 괜찮아요. 오히려…… 마스터어의 요구가 제일 마음을 꺾이게—— 아니, 마스터어가, 그러니까, 절 생각해서 그러신다는 건 알, 있지만……."

티노가 고개를 숙이고서 우물우물 변명했다.

내가 뭘 어쨌다고? 유뢰약을 먹여서 벼락을 맞게 하는 훈련보다 힘든 일을, 시켰나?

분명히 무능한 지휘를 한 적이 몇 번 있기는 하지만, 나쁜 마음을 먹고 그런 적은 한 번도 없다. 오버 그리드를 씌운 것도 괴롭히려고 그런 게 아니었고, 티노가 싫어한다면 다시는 안 씌울 생각이다.

아니, 잠깐만. 하지만, 그렇다면 계속 컨디션이 안 좋았던 건 대체 뭐가 원인이지? 과거에는 몰라도, 이번에는 티노한테 아무것도 요구하지 않았는데. 다시 생각해봐도 평소보다 훨씬 아무것도 안 했다.

고개를 갸웃거리고 있는데, 갑자기 티노의 표정이 달라졌다.

자리에서 벌떡 일어나더니 내가 보고 있다는 걸 알아차리고는 황급히 다시 자리에 앉았다.

"죄, 죄송해요, 마스터어. 지금 밖에서 목소리가—— 그러니까—— 들으려고 해서 들은 건 아니지만, 목소리가 컸고, 언니한테 받은 훈련 때문에 저도 모르게 귀를 기울이게 돼서——."

"무슨 일 있었어?"

밖에서 들린 소리라니, 대체 귀가 얼마나 좋은 거야. 창가에 있는 나는 아무 소리도 못 들었는데…….

아무것도 이해하지 못한 내 앞에서, 귀까지 새빨개진 티노가 빠르게 말을 늘어놨다.

"제가, 마스터어가 하는 말을, 완전히 믿지 못했어요. 그렇지만, 솔직히 지금까지 있었던 일도 있을까, 마스터어한테는 간단해도 저한테는 목숨이 걸린 일이니까, 그리고 마스터어는 계속 같이 계셨는데—— 죄, 죄송해요. 전, 저 자신이 정말………………창피해요."

무릎 위에 얹어놓은 손을 꼬옥 쥐고, 티노가 몸을 움츠렸다.

혼자서 창피해하는 중에 정말 죄송하지만, 무슨 사정인지 하나도 모르겠거든.

알게 된 건 역시 티노의 신뢰도가 바닥을 치고 있던 것 같다는 사실과 얼굴이 새빨개진 티노의 분위기가 평소와 달라 나이에 어울리게 귀엽다는 정도뿐이다.

흥분해 있는 티노 때문에, 점원분이 호화로운 파르페를 가져다줄 타이밍을 놓쳐버렸다.

"결정했어요. 저, 다시는 마스터어의 말을 의심하지 않겠어요."

티노가 각오했다는 것처럼 고개를 들고, 선언했다. 그런데, 그렇게까지 신뢰받을 일을 한 기억도 없고, 무엇보다 나는 얼간이라서 신뢰해줘도 곤란하고, 게다가── 그 말은 벌써 몇 번이나 들었다. 그렇게 몇 번이나 배신해서 미안해. 다 내가 잘못했어.

"그 말을 몇 번인가 들은 기억이 있는데 말이야."

"이, 이번에야말로, 진짜예요, 마스터어. 마스터어가, 까마귀가 하얀색이라고 하면 하얀색이에요! 마스터어의 생각이 제 생각이에요!"

텐션 격차가 너무 심한 건 아닐까. 뭐, 기뻐하는 것 같아서 다행이지만.

모든 의문을 봉인하고, 평소대로 아는 척 '응, 그래, 그렇구나'라고 대답하려고 한 그때, 티노가 손가락을 꼬물거리면서 말했다.

"그리고, 마스터어. 건방진 소리지만…… 제가 들어도 이해하지 못할 수도 있겠지만, 그러니까…… 후학을 위해서, 여쭤봐도, 될까요. 지금, 밖에서 헌터들이 떠들고 있었는데………… 어떻게, 오크들을 요새에서 쫓아내신 거죠?"

"……응, 그래, 그렇구나."

……무슨 소리지?

"정말…… 맛있어요……."

티노가 행복해 보이는, 황홀한 미소를 지으며 말했다.

초콜릿 파르페는 듣던 것보다 훌륭한 맛이었다.

높이 30cm 정도의 유리그릇에 아이스크림과 초콜릿, 바삭바

삭한 쿠키를 올려놨고, 생크림과 소스를 잔뜩 사용해서 장식했다. 꼭대기에는 왕관 모양의 초콜릿을 올려놨는데, 실제로 그 부분에서 왕의 관록이 느껴졌다. 초콜릿 산지답게 질은 물론이고, 양도 대단했다. 아마도 리즈나 시트리가 봤으면 얼굴을 찌푸렸겠지.

하지만 무엇보다 그 맛을 각별하게 만들어준 것은, 티노가 밖에 있는 헌터한테서 엿들었다고 하는, 오크들이 어딘가로 가버렸다는 정보였다.

걱정거리가 있으면 아무리 맛있는 것도 맛있게 먹을 수가 없다. 이유는 모르겠지만 문제가 저절로 사라지다니, 운이 따라주는 것 같다. 소꿉친구들을 제지할 수만 있으면 트러블과 마주치지 않고 넘어갈 수 있다는 증거이기도 했고. 대단한데…… 나!

티노도 미소를 지었고, 나도 웃는 얼굴이고, 모든 것이 잘 돼가고 있다.

나는 춤이라도 추고 싶은 기분이었지만, 하드보일드하지 않으니까 조용히 미소만 지었다.

토하고 싶지 않아!

그나저나…… 이건 양이 좀 많은데.

파르페 그릇을 봤다. 내가 은근히 단 음식을 좋아하는 사람들이기는 하지만, 다른 헌터들하고 달라서 대식가는 아니다. 꽤 빠른 속도로 숟가락을 움직였지만, 예쁜 유리그릇에는 파르페가 아직 절반이나 남았다.

한편 티노 쪽은 같은 걸 주문했는데도 벌써 다 먹었고, 가만히 날 지켜보고 있다. 헌터들은 빨리 먹고 많이 먹는 사람들이 많다. 대체 저 날씬 몸 어디에 이 커다란 파르페가 들어간 걸까.

남기는 건 미안하니까…… 티노한테 먹으라고 할까? 아냐, 하지만, 말이야…… 허물없이 지내는 시트리나 리즈라면 또 모를까, 후배한테 남자가 먹다 남긴 걸 처리하라고 시키는 것도 좀 그렇잖아.

가혹한 세상을 여행하는 헌터는 일반인들이 기피하는 어지간한 일들에 대한 내성이 있다. 그래서 티노도 신경 쓰지 않을 수도 있지만, 하드보일드한 마스터어의 인상이 망가져 버릴지도 모르는데…… 이미 늦었나?

티노의 새카만 눈동자가 날 보고 있다. 그 눈은 아직까지도 순수하게 날 존경하고 있었다.

음…… 모자라면 추가로 시켜도 되는데 말이야. 갈등한 결과, 시험 삼아 파르페에 꽂혀 있던 막대 모양 쿠키를 뽑아서 티노한테 내밀었다. 입을 대지도 않았으니까, 이 정도라면 뭐.

티노의 눈이 휘둥그레져서, 주위를 이리저리 둘러봤다.

"?! ?!! 저기…… 그러니까…… 어? …………자, 잘 먹겠습니다."

티노는 한참을 망설인 끝에, 얼굴이 새빨개져서 쿠키를 입에 물었다.

하얀 피부가 귀까지 새빨개진 걸 보면 정말로 창피한 것 같다.

동료들한테서는 볼 수 없었던 신선한 표정을 보고, 나는 왠지 먹이로 길들이는 것 같다는 생각이 들었다.

하지만, 입장이 반대였다면 나도 창피했을지도 모른다.

"맛있어?"

"······예. 정말······ 달콤해요······ 마스터어."

조용히 씹으면서, 티노가 작은 목소리로 대답했다. 단 걸 정말 좋아하는구나.

······이번 바캉스에서 점수를 따둬서, 위험할 때 날 지켜달라고 해야지.

오랜만에 티노와 데이트를 하면서 평온한 기분을 맛보고 있는데, 가게 안쪽에서 커다란 하얀 모자를 쓰고 체격이 큰 몸에 하얀 앞치마를 걸친 장년 남자가 나왔다.

붙임성이 좋아 보인다고 느껴지는 건, 평소에 무섭게 생긴 헌터들하고 어울리는 데 너무 익숙해져서 그렇겠지. 망설이지도 않고 내 쪽으로 다가오더니, 살짝 경계하는 표정을 짓고 있는 티노와 나를 번갈아 본 뒤에, 작은 소리로 물었다.

"············갑자기, 죄송합니다. 제가 잘못 봤다면 큰 실례입니다만······ 당신은 혹시── 그《천변만화》가 아니십니까?"

"??!!"

가짜 신분증까지 사용했는데, 어떻게 들킨 거지.

감정을 겉으로 드러내지 않고 상대의 얼굴을 확인해봤는데, 역시나 기억에 없는 얼굴이다. 반응을 보이지 않았는데 그게 되레 잘못이었는지, 남자는 미소를 짓더니 납득했다는 것처럼 크게 고개를 끄덕였다.

"역시나······! 계속 기다리고 있었습니다! 저는 이 가게의 점장을 맡고 있는──."

흥분한 것 같은 말투. 악수를 청해서, 그냥 분위기를 타고 악수를 했다. 점장 겸 파티시에인지, 남자의 손에서 설탕 냄새가 났다.

상대가 헌터라면 또 모를까, 단것을 먹다가 일반인한테 정체가 들킨 건 처음이다. 게다가 이유는 모르겠지만 이 뜨거운 열기. 티노도 눈이 등잔만 해져 있었다.

훌륭한 파르페를 만드는 파티시에 씨가 빠르게 말했다.

"저희 업계에서—— 당신은 아주 유명합니다. 국내외의 여러 찻집과 제과점을 순례하는 전설의 트레저 헌터! 그 남자가 찾아간 가게는 오랫동안 번성하고 행복이 찾아온다고 합니다……! 메뉴를 전부 제패할 때까지 계속 주문하는 그 모습 때문에 붙은 별명이——《천변만화》!"

"! 역시 대단해요, 마스터어…………."

"?!"

처음 듣는 정보라서, 나도 모르게 또 점장의 얼굴을 쳐다봤다.

정체를 숨기고 다녔는데, 왜 다 들킨 거냐고…… 행운의 요정처럼 취급하는 것도 이해할 수 없고 말이야. 하나도 하드보일드하지 않잖아.

……그런 평판을 듣고 있었다니, 이젠 함부로 밖에 돌아다닐 수도 없잖아. 쥐구멍이라도 있으면 기어들어 가고 싶은 기분이다. 그나저나 말이야, 메뉴를 제패한다는 이유로 붙은 별명은 또 뭐냐고…….

"그 검은 머리카락과 검은 눈, 동행하신 아가씨가 바로 그 증거입니다. 언제 저희 가게를 찾아주실지 기대하고 있었는데, 설마 이런 중요한 타이밍에 찾아오실 줄이야…….”

“…………문제없어. 오크 무리는 이미 마스터가 손을 쓰셨어. 안심해도 돼. ……초콜릿 파르페, 정말 맛있었, 어요.”

“잠깐만. 난 아무것도 안 했는데?!”

어떻게 된 일인지 둘이서 멋대로 이야기를 진행하는 티노와 점장 사이에 끼어들었다. 내 방문을 기뻐해 주는 건 백 보 양보해서 넘어갈 수 있는데, 내가 하지도 않은 일 때문에 기뻐하는 건 곤란하다. 책임이 발생하잖아.

“실제로 오크와 싸운 건 다른 헌터고, 내가 아니야. 그 점을 잊지 마. 오크 무리가 요새를 떠난 것도…… 그냥 우연이야. 티노? 난, 아무것도 안 했어.”

“마스터가 우연이라고 한다면, 우연. 죄송해요, 점장님. 아까 한 말은 잊어줘요.”

“그, 그렇군요…… 알겠습니다. 그렇게 말씀하신다면…….”

앞서 한 말을 취소하고 어째선지 자신만만하게 가슴을 활짝 펴는 티노를 보고, 점장은 무슨 말인지 알겠다는 얼굴로 고개를 끄덕였다.

뭐라 표현할 수 없는 기분으로 은신처로 돌아왔다. 문을 열었더니 기다리고 있었다는 것처럼 리즈가 뛰어들어서 매달렸다. 그 뒤에서, 시트리가 싱글싱글 웃으면서 말했다.

“다녀오셨어요, 크라이 씨! 기다리고 있었어요! 언니가 미행하자고 했었지만, 제가 말렸어요."

"뭐라고?! 시트 너도 그랬잖아! 크라이, 어서 와! 뭐야 그거, 선물이야?!"

순식간에 떠들썩해졌네. 리즈를 안아주고, 시트리한테 점장님이 선물로 준 상자를 건넸다.

내용물은 그라 명물 초콜릿 세트이다. 이렇게 선물까지 준다면, 초콜릿 정령의 자리를 겸허히 받아드려야 할지도 모르겠다.

아까까지 내 옆에서 생글생글 웃으면서 걸어온 티노는 웃음을 거두고 새침한 표정을 짓고 있었다.

나와 리즈네 자매는 오랫동안 알고 지냈는데, 티노도 두 사람과 알고 지낸 지가 벌써 몇 년이나 됐다. 어울리는 요령을 잘 알게 됐다고 봐야겠지.

리즈가 내 팔을 붙잡고 볼을 문질러대면서 말했다.

"너무 따분해서 요새나 공격하러 가야 할지 고민했을 정도라니까. 피해가 꽤 많이 발생했다는 것 같으니까, 이것저것 많이 쌓여 있을 것 같잖아?"

"아, 요새는 이미 텅 비었다는 것 같아."

"뭐?! 무슨 소리야?"

찻집에서 나온 뒤에, 혹시 몰라서 티노랑 같이 시내의 분위기를 확인했다.

점장이 이상한 정보에 속아서 험한 꼴이라도 당하면 꿈자리가 뒤숭숭할 테니까.

결론부터 말하자면, 티노가 지나가던 헌터들한테서 들었던 오크들이 요새를 버렸다는 정보는 사실인 것 같다. 요새에서 나온 오크 무리는 그라를 공격하지 않고, 폭주라도 한 것처럼 그리 근처를 지나쳐서 어딘가로 가버렸다고 했다. 원인은 모르겠지만, 그라로서는 행운이었다는 것 같다.

가도에서 오크 무리가 날뛴다면, 국가 규모에서 신속하게 해결해야 할 정도로 큰 문제가 된다. 사용하는 돈도 인원도 차원이 달라진다. 숲속에 있는 요새를 공략하는 건 귀찮지만, 평원이라면 광범위 공격 마법도 쓸 수 있다. 집결하는 헌터들도 많아지겠지. 딱 하나 걱정거리가 있다면, 버려진 요새에서 누군가에게 공격당한 것 같은 상처가 있는 오크 시체가 잔뜩 발견됐다는 점이다.

그런 이레귤러들한테, 우리 《비탄의 망령》도 계속 고생해왔다. 안 좋은 예감이 든다.

괜찮을까? 그라의 방비가 그렇게 간단히 무너질 것 같지는 않은데…….

생글생글 웃으면서 이야기를 듣고 있던 시트리가 뭔가를 알았다는 것처럼 손뼉을 쳤고, 그리고는 아무 말도 없이 티노 쪽을 봤다. 그리고는 테이블 위에 놓여 있던 포션 병을 가리켰다.

"자, 티. 잠을 잘 잘 수 있게 슬립 포션을 조합해놨으니까."

잠을 잘 잘 수 있게 준비해둔다더니, 슬립 포션입니까……. 헌터인 시트리가 다루는 약은 약물에 강한 내성을 지닌 마물이나 팬텀들을 대상으로 사용하는 것이다. 사람이 섭취하기에는 너무 위험한 물건이다.

물론 후배한테 그런 포션을 먹일 리는 없겠지만…….

"시트리, 여길 떠나자. 준비는 해 뒀지?"

"예? 벌써 가도 되는 건가요?"

"목적은 달성했으니까."

초콜릿 파르페는 먹었다. 가고 싶은 가게가 더 있기는 하지만, 《천변만화》의 이름이 알려져 있다는 걸 알았으니 창피해서 함부로 갈 수가 없다. 그리고 오크와 관련된 일 때문에 안 좋은 예감도 들고.

먹거리와 키르키르 군을 맡겨놓은 검둥이, 흰둥이, 회색이 씨네도 걱정이 되고.

"찬성~! 요새가 없어졌으면, 이딴 데 볼일은 없으니까…….

리즈가 손뼉을 치면서 환호성을 질렀다. 아니, 그 요새는……원래 아무 볼일도 없었거든요.

짐은 다 챙겨 놨다. 사실 마물과 싸우지도 않았기 때문에, 소모된 것도 거의 없다.

사람들과 함께 밖으로 향했다. 오크에 관한 정보가 퍼진 덕분인지, 시내에는 기묘하게 활기가 감돌고 있었다.

"오크 무리, 헌터들이 해치웠다는 것 같네…… 재미없게. 어쩌면 싸울 수 있을지도 모른다고 기대했었는데."

커다란 짐을 짊어지고 내 옆에서 걷고 있던 리즈가, 눈이 휘둥그레져서 말했다. 아무래도 걸어오는 동안에 귀를 기울여서 들었던 것 같다. 의도했던 것과 다르니까 상관은 없지만, 훈련을 금지한다는 얘기를 완전히 잊어버렸다.

"…………효능대로라면 발분(發奮)해야 했는데…… 평범한 헌터가 이렇게 빨리 해치우다니, 효과가 부족했나…… 메모해둬야지. 역시 잘 퍼지게 되면 효과가 떨어지네요."

시트리가 혼자 중얼거리고 있다. 하지만, 다행이다. 오크를 해치웠다면 미련 없이 이 동네를 떠날 수 있다. ……기왕에 해결할 거면 우리가 오기 전에 해결해뒀으면 좋았을 텐데…….

문 앞에 도착했더니, 마침 긴급사태 깃발을 내리고 있었다. 신기한 일인지 사람들이 잔뜩 모여 있다. 무시하고 출발 수속을 밟고 있는데, 근처에 있는 건물에서 환호성이 터져 나왔다.

출발 수속을 처리해주고 있던 병사가 부럽다는 눈으로 그쪽을 보면서 설명해줬다.

"오크 떼를 토벌한 공로자들이야. 요새를 버린 오크들이 폭주해서 달려간 방향에 우연히 높은 레벨 헌터가 있었는데, 그 사람이 오크 떼를 거의 다 쓰러트린 모양이야. 우리 그라의 영웅이야."

생각도 못 한 말에, 나도 모르게 눈이 휘둥그레졌다. 시트리도 의외라는 표정이다.

제블디아에서도 높은 레벨 헌터는 그렇게 흔하지 않은데. 어쩌면 아는 사람인지도 모르겠다.

"그거………… 정말 대단하네요."

"그렇지! 당연히 그렇겠지! 상대는 미친 오크 무리에다가, 이유는 모르겠지만 그 밖에도 다양한 마물들이—— 그중에는 정령—— 화정(火精)까지 섞여 있었다는 것 같아! 정말이지, 대단하다니까."

병사는 흥분해서 말했다.

대단한 헌터가 다 있네. 갑자기 오크 무리와 조우해서 쓰러트 렸을 정도니까 실력은 확실하겠지만, 그것보다 정말 대단하게 운 이 없다. 우연히 마물 무리의 진행 방향에 있었다는 것만 해도 최 악인데, 흔히 나타나지 않는 정령과 조우하다니. 쉽게 믿을 수 없 는 이야기다. 뭘 먹으면 그런 불행을 겪게 되는 걸까. 꼭 내 얘기 같잖아.

감탄하는 동시에 강한 연민── 공감을 품었다. 오크의 폭주는 내 탓이 아니니까 공감 이상의 감정으로 발전하지는 않지만. 시 트리가 내 팔을 콕콕 찌르고, 입술이 귀에 닿을 정도로 가까이 대 고서 속삭였다.

"화정 쪽은 데인저러스 팩트랑 아무 상관이 없어요. 계획대로, 인가요?"

"뭐? 아니, 뭐…… 음…… 그러려나?"

계획이라는 게 대체 무슨 이야기일까…… 나한테는 계획성이 라는 게 없다. 계획을 세워봤자 계획대로 되지를 않으니까. 말할 필요도 없지만, 이 바캉스도 아무 계획이 없는 여행이다.

시트리의 의미심장한 말을 듣고서 마음속으로 고개를 갸웃거 리고 있던 그때, 잠시, 영웅을 둘러싸고 있던 인파가 갈라졌다.

영웅의 모습이 슬쩍 보였다. 나도 모르게, 눈이 휘둥그레져서 다시 한번 봤다.

엄청난 격전이었는지 영웅 일행은 엉망진창이었다. 갑옷은 흠 집투성이고, 외투에도 피가 배 있다. 지칠 대로 지친 얼굴에다가 눈은 살짝 풀어졌다. 동료한테 부축받는 사람도 있다. 하지만 그 얼굴에서는 큰일을 해낸 사람 특유의 감정이 보였다. 그 모습은 일반인들이 떠올리는 영웅 그 자체겠지.

하지만 그런 것보다 날 놀라게 한 것은—— 그 헌터들이 내가 아는 사람들이다.

분명히, 내 입장상 알고 있는 높은 레벨들을 많이 알고 있어도 이상할 게 없지만—— 당장이라도 쓰러져 버릴 것 같은 사람들의 선두에 서 있는 사람은, 《안개의 뇌룡》의 리더, 아놀드였다. 안 그래도 위압적이었던 모습이 피범벅에 엉망진창이 되면서 역전의 용사처럼 보이기는 하지만, 틀림없다.

그렇다, 아놀드다. 제도에서 문제만 일으키던 아놀드다. 내가 제도에서 뛰쳐나온 이유 중의 하나이기도 하고. ……어째서 여기 있는지는 모르겠지만, 이런 우연도 다 있네.

그 뒤에서는 어째선지 당장이라도 죽을 것 같은 얼굴의 루다 일행도 있었다. 이게 대체 어떻게 된 일이야.

리즈가 뭔가를 알겠다는 것처럼 손가락을 튕겼다.

"아~ 그런 거구나. 웬일로 안 싸운다 싶었더니, 그랬구나——."

"…………빨리 가자. 들키면 귀찮으니까. 친목을 다지고 싶기도 하지만, 많이 힘들어 보이니까."

"알았어~!"

숨을 죽이고, 수속이 끝나기를 기다렸다. 아놀드 일행은 높으신 분의 안내를 받아서 어딘가로 가려는 것 같다.

들키지는 않을까 조마조마한 심정으로 슬쩍슬쩍 아놀드 쪽을 보고 있었는데, 그때, 인파 속에 있는 아놀드의 탁한 눈동자가 날

본 것 같다는 기분이 들었다.

아놀드의 완전히 지친 얼굴이 잠깐 얼빠진 표정으로 바뀌었고, 입가가 움찔움찔 떨렸다.

나는 당황해서 고개를 돌렸다.

들켰나? 안 들켰지? ……역시 들켰나? 무서워서 뒤쪽을 확인할 수가 없다. 다행히도 바로 수속이 끝나서 문밖으로 나갔다. 상대도 피곤해 보이니까, 나한테 신경 쓸 틈이 없겠지.

안심하고 있던 그때, 내 옆에서 걷고 있던 리즈가 가볍게 턴을 했다.

뒤쪽을 향해 손 키스를 날리며, 문 쪽을 향해서 밝은 목소리로, 소리쳤다. 말릴 틈도 없었다.

"안녕~! 전투하느라 수고했어! 살아 있는 걸 보면 그럭저럭, 열심히 했나 보네! 뭐, 겨우 오크 떼지만 촌놈치고는 잘했다고 봐야겠지? 미안하지만 우린 바쁘니까, 상대해줄 틈은 없거든. 또 봐!"

"야, 뭐야, 리즈?! 도발하지 말라고…… 시트리, 빨리 가자."

몇 초 뒤, 문 안쪽에서 짐승의 포효 같은 목소리가 울려 퍼졌다.

우리는 서둘러, 외벽 바깥쪽에서 대기하고 있던 마차를 향해 뛰어갔다.

제4장   즐거운 바캉스

그것은 아놀드의 헌터 인생을 아무리 돌이켜봐도 비슷한 경우를 찾아볼 수 없는 숫자의 마물 무리였다.

이글이글 빛나는 수많은 눈동자와 바람을 타고 흘러오는 피, 짐승 냄새. 대부분은 오크지만 다른 종류의 마물들도 적잖게 섞여 있다.

바깥세상에 익숙한 말들이 겁먹고 울부짖었다.

《염선풍》멤버들도, 루다도 클로에도 하나같이 얼굴이 새파랗게 질렸다. 당연한 일이다. 지금까지 수많은 수라장을 헤쳐 나온 《안개의 뇌룡》도 체험해본 적이 없는 전장이다.

보통 하나의 헌터 파티가 이 정도 규모의 무리와 부딪치는 일은 없다. 등을 돌리고 도망치지 않은 것만 해도 다행이라고 봐야겠지. 마치 파도처럼 평원을 달려오는 마물 무리에는, 광란(狂亂)이라는 말이 딱 어울렸다.

다친 동료들을 짓밟고, 마치 빨려드는 것처럼 이쪽으로 오고 있다.

"완전히 제정신이 아니야. 마법이라도 걸렸나? 약인가?"

에이가 분석했다. 하지만, 지금은 이유 따위를 신경 쓰고 있을 여유는 없다.

동료들이 방어진을 짰다. 마도사 남자는 사용할 수 있는 것 중에서 가장 강한 공격 마법을 영창하기 시작했다.

《안개의 뇌룡》은 근접 전투 직업이 여러 명 모인, 커다란 적을 상대하는데 특화된 파티다. 광대한 범위를 공격할 수 있는 마도사는 없다. 에이와 다른 동료들의 얼굴에는 죽음을 각오했다는 표정이 보였다.

하지만 상관없다. 평소대로 싸워서 이길 뿐이다. 불행하게 말려든 루다 일행에게 말했다.

"지켜줄 여유는 없다. 자기 몸은 알아서 지켜라."

손에 쥔 칼. 아놀드 일행이 네블라누베스에서 토벌한 뇌룡——그 뼈를 사용해서 만들어낸 금색 칼날이 마치 용의 일부였던 시절을 기억해낸 것처럼 전격을 발산하기 시작했다.

뛰어난 마법의 힘을 지닌 마물의 소재로 만들어낸 무구에는, 때때로 생전에 마물이 지녔던 힘이 깃드는 일이 있다. 아놀드의 대검—— 별명의 유래이기도 한 무기 『호뢰파섬』이 그 대표적인 예다. 드래곤 슬레이어를 달성한 영웅만이 휘두를 수 있는 지고의 검 한 자루가 있으면, 오크 떼 따위는 적이라고 할 수 없다.

"……아놀드 씨. 자세히 보세요. 저놈들, 상처투성이입니다. 어쩌면—— 그 남자한테서 도망친 건지도 모릅니다."

에이가 어깨를 부르르 떨고는 일그러진 미소를 지었다.

오크는 지혜가 있기는 하지만, 동시에 만용을 부리는 것으로도 유명하다. 특히 대규모 무리로 발전한 오크는 어지간해서는 도주하지 않는다. 그래서 오크가 만든 요새는 공략하기 힘들다.

하지만, 그렇기 때문에, 에이의 말을 어느 정도 이해할 수 있었다.

레벨 8이 상식으로 잴 수 없는 존재라는 것은, 레벨 7까지 도달한 아놀드가 가장 잘 알고 있다. 그리고 힘이 있는 헌터가 도시의 어려운 문제에 구원의 손길을 내미는 것은 흔히 있는 것이다.

"큭…… 무슨 짓을 한 거냐—— 그 자식은."

어떻게 요새에서 쫓아낸 걸까. 그리고 쫓아냈다면 왜 전부 죽여버리지 않은 걸까. 그나마 요새 공략보다는 낫지만, 여행자에게 대량의 오크 무리는 재앙이다.

하지만 생각할 시간은 없었다. 동료 마도사가 날린 수많은 화염 구슬이 오크 무리 한복판에 명중했다. 공격 마법으로 열 마리 정도를 날려버렸지만, 오크 무리는 멈추지 않았다

문득, 시야에 깨진 포션 병이 보였다. 예전에 이 도로를 지나간 여행자가 사용한 것일까.

그 병에 이끌린 것처럼, 아놀드도 각오를 다졌다. 귀중한 물자지만 지금은 주저할 때가 아니다. 아놀드에게는 리더로서 파티의 선두에서 길을 열어야 할 책임이 있다.

허리에 찬 벨트에서 신체 능력을 강화하는 포션을 뽑아, 단숨에 들이켰다.

내장이 떨리고, 심장을 중심으로 뜨거운 힘이 온몸으로 퍼져나간다. 강한 고양감이 긴장을 날려버린다. 오크 무리는 마나 머티리얼 흡수량에서 자신들을 압도하는 아놀드를 쳐다봤지만, 그래도 멈출 기미는 보이지 않았다.

소리가, 진동이 다가왔다. 피어오른 흙먼지가 시야를 가렸다. 병을 바닥에 버리고, 아놀드는 파티의 선두에 서서 우레와도 같

은 목소리로 외쳤다. 감정에 호응한 것처럼 벼락이 터져 나온다.

"좋다!! 두려워 마땅한 상대는 《천변만화》가 아니라 바로 이 몸, 《호뢰파섬》이라는 것을 가르쳐주마!"

"——네놈이냐……!"

"?!"

——그리고, 갑자기 머리 위에서 떨어진 칼날을, 아놀드는 칼을 상단으로 들어서 막아냈다.

강한 짐승 냄새가 코를 찌른다. 살기 때문에 핏발이 선 금색 눈동자가 지근거리에서 아놀드를 노려보았다. 호뢰파섬이 두르고 있는 벼락이 칼날을 타고 흘러가서 몸을 지지고 있지만, 그 육체는 조금도 흔들리지 않았다.

하늘에서 떨어진 것은 온몸에 시커먼 갑옷을 입은 이상한 오크였다. 키는 보통 오크의 1.5배. 칠흑의 피부에는 수많은 상처 자국이 있고, 왼쪽 눈알은 없다. 양손에 쥔 거대한 칼은 투박하게 생기기는 했어도 날은 날카롭게 세워져 있고, 호뢰파섬과 부딪쳤는데도 파괴되지 않은 걸 보면 평범한 무기가 아니라는 건 분명했다. 하지만 무엇보다 보통 오크와 다른 점은—— 그 눈에, 강한 지성의 빛이 보인다는 점이다.

상위 개체. 종족의 이단. 태어나면서부터 종족을 초월한 마물. 일격이 무겁다. 어지간한 헌터들은 상대할 수 없는, 오크를 반쯤 초월한 역량이 그 적에게서 전해져왔다.

틀림없다. 눈앞에 있는 존재가 이 무리의 보스다. 레벨 7의 아놀드를 앞에 두고도 물러나지 않는 담력과 그것을 뒷받침하는 역

량. 틀림없는 강적의 기척을 느낀 아놀드가, 힘을 줘서 호뢰파섬을 휘둘렀다.

이 무리의 보스를 쓰러트리면…… 멈출 것인가? 하지만, 이 무리는 아무리 봐도 통제를 잃었다.

마구 밀려오는 오크를, 섞여 있는 마물을, 동료들이 상대했다. 검은 털의 오크는 크게 뒤로 물러나더니, 침을 마구 날리면서 소리쳤다. 딱딱한 말이지만, 그 목소리에는 격류와도 같은 강한 감정이 실려 있다.

"이 냄새. 공포, 전의, 이 냄새, 멈추지 않는다. 끔찍한 짐승, 기묘한 약, 이게, 인간의 방식인가!"

……무슨 소리지? 의문이 머릿속에 떠올랐지만, 물어서 확인할 상황이 아니다. 상대는 마물이다. 이렇게 마주친 이상 싸울 수밖에 없다.

갑자기 눈앞으로 떨어진 검은 일격을, 아놀드가 칼로 막아냈다.

두 합, 세 합, 칼을 주고받으면서 아놀드는 확신했다. 눈앞에 있는 오크는 오크라고 생각할 수 없을 정도로 강하지만, 자신이 더 강하다. 무기의 힘도, 본체의 능력도, 마나 머티리얼 흡수량도 아놀드 쪽이 조금 더 많다. 귀중한 포션을 사용해서 일시적으로 능력을 향상시킨 상태에서 질 리가 없다.

검은 오크의 표정이 경악 때문에 일그러졌다. 이 정도 힘을 지녔으니, 자신보다 강한 적과 싸워본 적은 없겠지.

오크가 펄쩍 뛰어서 물러났다. 바로 쫓아갔다. 칼날에서 뿜어져 나오는 전격이 검은 오크를 향해서 터져나갔다.

다음 순간, 오크 왕은 벼락을 맞는 것도 꺼리지 않고, 앞으로 뛰쳐나왔다.

"?!"

그것은 죽음을 각오한 돌격이었다. 설령 이 한 몸이 죽더라도 상대를 죽이겠다는 의지가 있었다. 저급 상대라면 충분히 죽일 수 있는 강력한 벼락이 검은 가죽과 살을 태웠지만, 그 움직임은 멈추지 않았다.

전혀 예상치 못했던 움직임 때문에 행동이 늦어졌다. 오크가 노린 것은 아놀드 쪽이 아니다.

큰일 났다. 황급히 오크를 향해 뛰어갔다. 하지만, 속도가 부족하다.

오크의 칼날이 노리는 곳에는 스스로 앞에 나서서 마물들과 싸우고 있는 클로에가 있었다. 클로에가 오크의 돌진을 알아차렸지만 검은 오크의 힘은 높은 레벨 헌터와 비교해도 손색이 없는 수준이다. 막아낼 수 있을 리가 없다.

틀렸다. 늦었다. 클로에의 눈이 휘둥그레졌다.

거대한 칼날이 클로에를 향해 떨어진다. 그 칼날이 클로에의 두개골을 부숴버리려고 한, 그 순간――.

――하늘에서 떨어진 불꽃이, 검은 오크의 커다란 몸을 날려버렸다.

그 모습은 마치 천지이변 같았다. 떨어진 불꽃은 하나가 아니었다. 빗줄기라고 하기에는 너무나 커다란 불꽃이 마물 군세 위로 쏟아졌고, 모든 것을 불태웠다.

그것은 아무리 봐도 자연현상이 아니었다. 불꽃이 평원으로 옮겨붙었고, 순식간에 주위 일대가 불바다로 변해버렸다. 그 열기와 검은 연기 때문에 마물들이 울부짖는 통곡 소리가 울부짖는다. 물론 아놀드 일행도 무사하지는 못했다.

동료가 결계를 친 것인지, 열기가 조금이나마 차단됐다. 하지만, 이대로 싸우고 있을 때가 아니다.

"뭐지?!"

문득, 하늘을 올려다봤다. 밤의 어둠 속에, 파랗게 빛나는 불꽃이 떠 있었다.

살아 있는 자체가 기적이다. 지금 생각해봐도 어젯밤에 일어난 일은 악몽 그 자체였다.

하지만 일류 헌터에게는 취해야 할 태도라는 것이 있다.

"이거 참, 아놀드 공에게는 불운한 일인지도 모르겠습니다만—— 저희 그라에게는 가장 큰 행운이라고 할 수 있겠지요. 설마, 레벨 7 인정 헌터 분이 우연히 내방하실 줄이야……."

"…………."

밝은 표정으로 말하는 뚱뚱한 시장에게, 아놀드는 속내를 드러내지 않고 의젓하게 고개를 끄덕였다.

그라 시내, 중심부에 존재하는 시청의 귀빈실. 아놀드 일행은 그곳에서, 도시를 구해준 헌터라는 이유로 환영을 받았다.

시장의 표정도 주위에 있는 부하들의 표정도 하나같이 밝다. 아놀드 일행과는 정반대다.

두 번이나 연속으로 죽을 고비를 넘긴 건 정말 힘들었다. 파티 멤버들의 얼굴에는 숨길 수 없는 피로가 드러나 있었다. 《안개의 뇌룡》보다 미숙한 《염선풍》은 대부분이 쓰러져 잠들었고, 클로에 도 자리를 비웠다.

비싸 보이는 소파에 몸을 기대는 것처럼 앉아 있는 아놀드에 게, 시장이 아낌없는 찬사를 보냈다.

"게다가, 설마 그 정도 인원으로 그 끔찍한 오크 무리를 쓰러트 리다니, 역시 레벨 7입니다! 네블라누베스에서는 드래곤 슬레이 어를 달성하셨다고 들었습니다만, 당신은 그야말로 이 도시의 영 웅입니다."

"시장님, 나타났던 건 오크 무리만이 아닙니다."

"아, 그랬었지——."

그라에 도착한 시점에서 피로 물들어 있던 옷과 장비들은 청결 한 것으로 갈아입었고, 상처 치료도 마쳤다. 하지만 아놀드의 마 음속에는 아직까지 해방되지 않은 투쟁심이, 끓어오를 것 같은 분노가 있었다.

시장은 모르고 있지만, 동료들은 아놀드의 두 눈에 깃들어 있 는 당장이라도 폭발할 것 같은 에너지를 알아차렸다. 일류 헌터 는 모든 능력이 뛰어나다. 그리고 그중에는 인내심도 포함되고.

하지만, 문에서 있었던 일을 떠올리면 속이 부글부글 끓어서 미쳐버릴 것만 같았다.

조금만 방심하면 모든 것을 내던지고 놈들을 쫓아가 버릴 것만 같다. 하지만 동료들은 다쳤고, 클로에와 《염선풍》을 내버리고 추적에 나설 수도 없다.

시장이 눈이 휘둥그레져서, 마치 사나운 영웅을 눈앞에 둔 것처럼 몸을 부들부들 떨면서 말했다.

"『불의 정령』이—— 나타났다고 하더군요."

그랬다. 아놀드는 눈을 가늘게 떴다.

눈을 감으면 생각난다. 하늘에 떠 있는, 태양처럼 빛나는 살아 있는 불꽃.

오크를 비롯한 다른 마물들과 사투를 벌이고 있는 아놀드 일행 앞에 나타난 것은, 하필이면 며칠 전에 싸웠던 것과 같은 급의 존재였다. 벼락이 아니라 불꽃의 정령이지만, 그런 차이 따위는 상관없다.

이것이 우연이라면, 아마도 지금의 아놀드는 본인의 인생에서 제일 운이 나쁜 시기일 것이다.

그나마 다행이라면 클로에가 살았다는 정도려나. 빛나는 불꽃의 정령은 장난이라도 치는 것처럼 매섭게 타오르는 불빛들을 쏟아부어서 오크 무리와 아놀드 일행을 같이 태워버리려고 하고는, 그대로 어디론가 날아가 버렸다.

제 실력을 발휘한 상위 정령의 힘은, 초일류 마도사의 공격마법을 뛰어넘는다. 그대로 공격이 계속 이어졌다면 아놀드 일행도 숯덩이가 돼버렸을 것이다. 행여나 아놀드는 살아남는다고 해도, 몇 명 정도는 완전히 타버렸을 가능성이 상당히 크다. 가도를 포함한 주변 일대가 완전히 타버렸다. 지금 가도를 지나가는 사람이 있다면 그 참상── 불에 탄 대지를 가득 채우고 있는 산더미 같은 마물들의 시체를 보고서 경탄할 것이다.

그 싸움을 떠올린 건지, 옆에 서 있던 에이가 얼굴을 찌푸리고서 투덜댔다.

"……정말이지. 저희는 이 지역에 대해서 잘 모르지만…… 이 지역에서는, 『정령』이 그렇게 흔하게 서식하고 있습니까? 이렇게 짧은 기간에 두 번이나 정령과 마주친 건 저희도 처음입니다."

"아, 아니, 그럴 리가── 이 제블디아에서도 정령은 대자연 속에서만 존재합니다. 또는 일류 마도사가 사역하는 정도인데, 이런 사람 사는 도시 가까이에 나왔다는 이야기는 들어본 적이──."

"압니다. 안다고요. 정령이 그렇게 잔뜩 튀어나온다면, 이쪽도 헌터 노릇 못 할 겁니다. 안 그렇습니까, 아놀드 씨."

에이의 말에, 아놀드가 무겁게 고개를 끄덕였다. 하지만 아놀드의 의식은 이미 시장이 아니라 다른 곳에 가 있었다.

지금 아놀드의 머릿속에 있는 것은 어떻게 그 《천변만화》한테 보복할지, 그 생각뿐이다.

지금까지의 경위. 오크가 했던 말과 행동을 생각해보면, 《천변만화》가 아놀드 일행에게 마물을 떠넘긴 게 명백하다.

결과적으로 큰 참사가 벌어지지는 않았지만, 헌터의 윤리에 어긋나는 행위다. 아니, 설령 그게 아니라고 해도── 이대로 가만히 있으면 《호뢰파섬》의 이름에 흠집이 생긴다.

힘을 너무 준 탓에 어금니에서 뿌드득 소리가 났다. 시장이 얄

미울 정도로 활짝 웃으면서 말했다.

"어쨌거나, 저희 그라를 위협하던 오크 무리가 사라진 건 사실입니다. 피해도 최소한으로 그쳤고. 약소합니다만, 그라 전체가 나서서 환대하도록 하겠습니다. 물론 보수 쪽도——."

"……아니…… 당장 떠난다."

"?!"

아놀드의 말을 듣고, 시장이 깜짝 놀랐다.

그라 정도 규모의 도시에서, 도시 전체가 나서서 환대하는 것은 보기 드문 일이다. 헌터로서의 명성과도 관계되는 일이다. 아놀드도 평시였다면 그 제안을 고맙게 받아들였겠지만, 그《절영》의 도발을 받은 이상은, 환대를 받아도 기분이 풀리지 않을 것 같다.

무엇보다,《천변만화》는 만신창이가 된 아놀드 일행을 봤다. 헌터로서 컨디션을 관리하는 건 기본이다. 제아무리 귀신같은 지모를 지녔다고 해도, 지금쯤은 추적에 대한 경계를 풀었겠지. 사람들은 그것을 방심이라고 부른다.

지금 가장 우선해야 할 것은《안개의 뇌룡》을 얕본 것을 후회하게 만드는 것이다.

상대도 도보가 아닐 테니—— 지금이라면 쫓아갈 수 있다. 아니, 오히려 지금 당장 행동하지 않으면 추적은 힘들어질 것이다. 설령 흔적을 지우지 않았다고 해도, 추적은 시간 차이가 크게 나면 날수록 힘들어지는 법이다.

곤혹스러워하는 시장에게, 아놀드가 다시 한번 힘줘서 말했다.

"미안하지만…… 나한테는, 해야 할 일이 있다. 오래 머물러 있을 수는 없다."

시장의 눈이 등잔만 해졌고, 얼굴을 찌푸리면서 간신히 화를 참고 있는 아놀드를 보면서 말했다.

"그, 그렇군요…… 레벨 7 헌터는 쉴 시간도 없다는, 그런 말씀입니까. 혹시 의뢰를 수행하는 중이신가요?"

"아…… 아놀드 씨, 지금 우리 파티의 상황에서 계속 쫓는 건 위험합니다. 세 명이 죽을 뻔했으니까, 몸을 쉬어야 합니다──소모품도 텅 비었고 장비도 엉망입니다. 무사한 멤버들도 피로가 많이 쌓였고요.《염선풍》과 클로에도 한계입니다."

에이가 소리 죽여서 보고했다.

어떻게든 헤쳐 나오기는 했지만, 마물 무리와 화정과의 싸움은 엘란에서의 피로가 아직 풀리지 않은 아놀드의 파티에 막대한 피해를 줬다. 제도에 와서 새로 구입한 마차는 반쯤 부서졌고, 마차를 끌던 말도 죽었다. 무기와 방어구도 엉망이라서, 강적과 싸우기는커녕 여행을 계속하는 것도 곤란한 상황이다. 그리고 클로에 쪽도 같은 상황이었다. 걸어서 그라까지 도착한 건 기적에 가까운 일이다.

아놀드 일행의 목적을 착각했는지, 시장이 진지한 표정으로 말했다.

"저희도, 최대한 돕도록 하겠습니다. 필요한 물건이 있으면 준비해드리도록 하지요."

소모품 보충이나 마차 준비라면 어떻게든 되겠지만, 무기와 방어구 수리가 문제다. 이 정도 도시면 완전히 정비하는 건 힘들 테고, 시간도 오래 걸린다. 엘란에서처럼 어떻게든 수습할 수 있는 상황도 아니다.

동료의 목숨과 자존심, 피해 상황, 미래를 저울질했다.

아놀드는 한참 동안 침묵을 지켰지만, 크게 혀를 차고서 동료들 쪽을 보면서 말했다.

"⋯⋯⋯⋯⋯⋯⋯⋯⋯젠장. 이틀── 아니, 하루 동안에 어떻게든 한다. 에이, 지금 당장 알아봐라. 소모품은 최대한 많이 싣고. 마차는 커다란 것으로 준비── 말도 랭크를 올리고. 다음번에 끝을 본다."

어디로 도망쳤건 간에, 반드시 쫓아가서 지금까지의 대가를 치르게 하겠다.

눈이 마주쳤는데도 아무 관심도 없다는 것처럼 고개를 돌려버린 《천변만화》.

사람들이 보는 앞에서 완전히 지쳐 있던 아놀드 일행을 모욕하는 말을 내뱉은 《절영》.

숙적의 모습을 떠올리며, 아놀드는 이를 뿌드득 갈았다.

"⋯⋯따돌린 것⋯⋯ 같아요. 추적자는 보이지 않, 습니다. 저희도 가도를 따라서 달리고 있으니까, 뒤에서 쫓아올 가능성은 있을 것 같, 습니다만⋯⋯."

파수대에서, 작은 목소리로 보고가 들려온다. 존댓말을 쓰는 게 익숙하지 않은지 상당히 힘들게 말하고 있지만, 아무튼 나는 그 말을 듣고서 간신히 한숨 돌렸다.

옆에서는 리즈가 다리를 꼬고서, 정말 재미있다는 것처럼 웃고 있다.

"킥킥킥, 크라이, 봤어? 얼굴이 시뻘게져서 화내더라? 겨우 시골 동네 레벨 7 주제에, 분수를 알아야지 말이야!"

제발 이제 그만해줬으면 좋겠다. 시비를 거는 건 리즈 네 마음이지만, 어째선지 책임은 전부 나한테 돌아온다고.

상대는 레벨 7이다. 레벨 7이라고! 리즈보다 높은 레벨 7! 실질적인 능력이 레벨 1 미만(헌터에 레벨 0은 없지만)인 나는, 무슨수를 써도 이길 수 없는 상대다.

"도발은 그만해. 백 보 양보해서 그쪽이 오크 무리와 싸우게 된게 내 탓이라면 모르겠지만, 어쨌거나 내 탓이 아니니까."

"그 말이 맞아요. 크라이 씨 덕분, 이겠죠!"

"…………."

시트리가 생글생글 웃으면서 엉뚱한 소리로 내 편을 들어줬다. 나 때문도 덕분도 아니거든.

그쪽이 운이 없는 건 자기들 책임이다. 내 나쁜 운이── 오로지 내 책임인 것처럼.

이 자리에 내 편은 없다. 굳이 따지자면 지친 티노 하나만은 내 편이려나.

"따라올 것 같아?"

"따라오겠죠. 그러지 않으면 헌터로서 치명적인 뭔가가 부족하다는 뜻이 되니까요."

그렇겠지. 우수한 헌터는 우수한 사냥개와 비슷하다. 일단 대상을 발견하면 끝까지 쫓아가고, 설령 한 번 놓친다고 해도 절대로 포기하지 않는다.

귀찮은 놈들한테 찍혔다. 아룬은 그 사람들하고 어떻게 결판을 낸 걸까.

까딱하면―― 예를 들어서 리즈와 시트리가 열심히 싸워서 완전히 때려눕혀도 포기하지 않고 계속 쫓아올 가능성도 있다. 거기까지 가면 죽여버리는 게 가장 간단한 해결 수단이 돼버리지만, 그 방법만은 절대로 써서는 안 된다. 헌터로서가 아니라 사람으로서 해선 안 될 짓이니까.

어째서인지, 상황을 이해하고 있으면서도 시트리는 계속 웃고만 있다. 생각하는 걸 포기하게 만드는, 평온하고 부드러운 목소리로 나한테 말했다.

"뭐, 하지만 상대도 많이 소모됐으니까요. 바로 쫓아올 가능성은 적다고 봐요."

하긴, 그들이 바로 쫓아왔다면 우리는 마차와 합류하기도 전에 붙잡혔겠지.

나는 아주 조금 냉정해졌다. 밖에서는 여전히 키르키르 군과 먹거리가 달리고 있었다.

헌터는 항상 만전의 준비를 해둔 상태에서 행동해야 한다. 동료들도 다친 것 같으니까, 그런 상태에서 리즈를 상대하려고 들지는 않겠지. 그리고―― 아놀드 일행은 우리들의 목적지를 모를 것이다. 내 목적을 알고 있는 사람들은 여기 있는 헌터들뿐이고, 위조 (진짜 같은) 신분증으로 정체도 숨겼다. ……『미라지 폼』으로 얼굴까지 가리고 행동할 수 있으면 좋겠는데 말이야.

마차를 사용하고 있어서 바퀴 자국이 남기는 하지만, 여기는 가도다. 바퀴 자국 따위는 얼마든지 있다.

리즈가 다리를 쭉 펴고 파닥파닥 흔들면서 입술을 삐죽 내밀었다.

"심심해~ 술래잡기하고 싶어~."

그 술래는 귀신이거든…… 그때 봤던 아놀드의 얼굴…… 내 머리를 사과처럼 씹어먹을 것처럼 생겼었다. 틀림없다. 티노가 머리를 흔들면서 퉁퉁 부은 눈으로 날 보고 있다. 이젠 한계다.

나는 각오를 다졌다. 만에 하나라도 따라잡히는 일은 없겠지만, 그래도 신중에 신중을 기하자.

지도를 펼쳤다. 처음에는【만마의 성】까지 가는 동안에 여러 도시를 경유하면서 안전한 가도를 따라 달려갈 생각이었다.

급한 볼일도 없었고, 안전을 가장 우선시하고 싶었으니까. 하지만, 추적자가 있다면 생각을 바꿔야 한다. 추적이 곤란하다고는 해도 바보같이 솔직하게 가도를 따라 달려가면 따라잡힐 가능성이 있다.

길을 벗어나서, 질러간다. 가도를 벗어나면 마물들과 조우할 가능성이 커지지만, 이쪽에는 리즈와 시트리도 있고, 먹거리와 시트리가 고용한 검둥이 씨 일행도 있다.

화가 난 레벨 7 헌터한테 쫓기는 것보다는 백 배 낫겠지.

"……젠장, 아크를 데리고 왔어야 했는데…… 그 잘생긴 놈은, 꼭 필요할 때만 없다니까. 혹시 날 싫어하는 건가?"

대체 뭘 위한 제도 최강이냐고.

내 혼잣말을 듣고, 아크의 라이벌을 자칭하고 있는 리즈가 뿌~하고 볼을 부풀렸다.

완전히 삐친 리즈는 평소보다 더 어린애 같다.

"뭐야? 크라이, 혹시 나한테 불만 있는 거야? 있으면 말해줄래? 난 크라이를, 아주 좋아하니까."

"아니, 딱히 없는데…… 응, 충분해. 리즈는 충분히 강해. 좋았어, 슬슬 루트를 바꾸자. 가도를 따라가는 건 그만하자!"

리즈의 눈빛이 변했고, 활짝 웃으면서 내 쪽으로 몸을 들이밀었다.

자, 아놀드. 난 무슨 일이 있어도 바캉스를 즐기겠어.

내가 레벨 8인 이유(일 수도 있는), 도주 스킬을 보여주겠다.

제정신이냐…….

마부석이 앉아 있던 검둥이는 지시를 듣고, 잠시 무슨 말인지 이해하지 못하고 멍하니 있었다.

지금까지 받았던 지시는 평화적인 것이었다. 딱히 강력한 마물과 조우하지도 않았고, 첫날의 폭풍만 제외하면 날씨도 좋았다. 먹거리가 도망쳐서 속을 썩었지만, 밤이 됐을 무렵에(온몸에 피를 뒤집어쓰고서) 돌아왔다. 노예의 목걸이가 채워졌을 때 상상했던 대우와 비교하면 훨씬 좋았다.

가도는 마물들도 잘 다가오지 않아서 기본적으로 안전하다. 같이 달리고 있는 무시무시한 키메라 덕분에 가끔씩 보이는 마물들도 가까이 다가오지는 않았다. 하지만 가도를 벗어나면 위험이 엄청나게 증가한다.

"하, 하지만, 그 가레스트 산맥에는 강력한 마물이—— 저 키메라도 분명히 강하지만, 이 적은 인원으로 들어가는 건, 너무 위험해."

"그래서 어쨌다고요?"

쪽창을 열고서 고개를 내민 소녀가 웃었다. 흠집 하나 없는 하얀 피부와 단정한 외모는 상황에 따라서는 검둥이 일행의 사냥감이 될 것처럼 보일 만큼 아름답지만, 지금의 검둥이에게는 그 웃는 얼굴이 악마의 미소처럼 보일 뿐이었다.

가레스트 산맥은 제국 북방에 있는 산맥이다.

지형 자체는 그렇게 험한 건 아니지만, 지맥이 지나가는 것도 있어서 나타나는 마물들은 보물전을 제외한 제블디아 전국에서 손에 꼽힐 정도로 강하다. 산기슭 일대에 숲이 펼쳐져 있는데, 그 안에는 고유 마물도 있다고 한다.

"일단 길은 있고, 가레스트 산맥 따위는 저희가 답파한 보물전과 비교하면 크게 어려운 곳도 아니에요. 마물을 해치우면 얼마든지 질러갈 수 있어요. ……저희도 갈 때는 그렇게 갔어요."

"질러…… 간다고?"

말도 안 된다. 시트리가 준 지도를 펼치고, 눈을 접시처럼 크게 뜨고서 봤다.

분명히, 질러갈 수는 있다. 가도를 벗어나서 산맥과 그 기슭에 펼쳐진 숲을 빠져나가면, 안전한 길로 가는 것보다 하루에서 이틀 정도 시간을 단축할 수 있을 것이다. 하지만 반대로 생각해보면 겨우 이틀이다.

여행자들은 일단 가레스트 산맥을 가로지르는 루트를 선택하지 않는다. 답파할 수 있는 실력을 지닌 헌터들도 그곳을 피한다. 너무나 위험하고 너무나 무의미하기 때문이다. 검둥이 일행 세 명도 실력에는 자신이 있다. 가레스트 산맥을 가로지르는 것도 결코 불가능한 건 아니지만, 평소 같으면 절대로 선택하지 않을 정도로 위험한 곳이다.

"모, 목적지는…… 최종적인 목적지는, 어디지?"

애당초, 검둥이 일행은 목적지를 모른다.

지금까지도 그저 가도를 따라서 똑바로 가라는 지시만 했고, 가끔씩 도시의 이름을 말해줄 뿐이었다.

깜짝 놀라면서 확인하는 검둥이에게, 시트리 스마트가 의미심장한 미소를 지으며 말했다.

"알 필요가 있나요? 가주세요. 이건 크라이 씨, 《천변만화》의 결정입니다."

"…………안, 왔다고요……?"

"예. 명부를 전부 확인해봤지만, 그런 이름은……."

클로에 벨터는 출입 관리관의 입에서 나온 생각 하지도 못한 말을 듣고서 눈이 휘둥그레졌다.

제블디아의 도시에 출입할 때는 모든 이가 명부를 작성해야 한다. 도시에 드나들었다면 당연히 이름을 남겨야 하고, 실제로 아놀드가 그 모습을 봤다. 없을 리가 없다.

"무엇보다, 그렇게 높은 레벨의 헌터가 들어왔다면 저희 쪽에서 뭐라고 한마디 했을 겁니다. 이런 비상사태에 아무 얘기도 없이 그냥 들여보냈을 리가 없죠."

"……알겠습니다."

도시의 출입문에 있던 병사들의 역할 중의 하나는, 높은 전투 능력을 지닌 사람을 가려내는 것이다. 일류 헌터가 통과했다면 알아차렸을 것이다. 크라이 안드리히는 평소부터 일반인처럼 위장하고 다니지만, 다른 멤버들은 그렇지 않을 테니까. 그런데도 몰랐다는 것은 《천변만화》가 의도적으로 신분을 숨겼다는 사실을 뜻한다. 게다가 신분증까지 위장했다는 것 같다.

대체 무슨 생각이죠…… 크라이 씨.

신분증 위조는 제국법에 저촉된다. 레벨 8씩이나 되면 특권도 있으니까 이유가 있다면 죄를 묻지 않을 가능성도 크지만, 그래도 칭찬받을 행동은 아니다.

《천변만화》와 동행해서 지명 의뢰를 돕는다. 잘만 하면 그 유명한 일 처리 솜씨를 확인할 수도 있을 텐데, 어쩌다가 일이 이렇게 된 걸까. 클로에는 깊은 한숨을 쉬었다.

마치 지옥 같은 전장이었다. 헌터가 되기를 꿈꿨지만 결국 헌터가 되지 못하고 탐색자 협회 직원이 돼버린 클로에로서는 당연히 처음 겪어보는 일이었다.

원래는 보호받는 처지이었지만, 그런 걸 따지고 있을 상황이 아니었다. 부적 대신 가지고 온 칼을 사용하여 정신없이 싸웠다. 마물을 여러 마리 해치웠다

하지만, 그때 클로에는 움직이지 못했다. 클로에를 공격했던 칠흑의 오크는 평범한 상위종이 아니었다. 정신을 차려보니 코앞까지 다가온 칼날에, 클로에 벨터는 틀림없이 죽는다고 생각했었다.

지금 생각해봐도 간담이 서늘해진다. 그리고 그 정도로 넘어간 게 기적이었다.

아놀드의 구원은 제때 도착하지 못했다. 그때, 불의 정령이 나타나지 않았다면 클로에는 죽었다.

화정. 그것도 푸른 화정은 상당히 격이 높은 존재다. 엘란에서 봤던 뇌정과 마찬가지로 흔하게 나타나는 존재가 아니고, 사역할 수 있는 사람도, 아마 제도 제블디아를 뒤져봐도 몇 명 되지 않을 것이다.

클로에가 알고 있는 술자 중에는 제도에도 겨우 세 명밖에 없는 레벨 8 헌터인《마장》의 클랜 마스터《심연화멸》정도려나. 하지만《심연화멸》은 제도에 있을 테고, 무엇보다 그 근처에는 술자로 보이는 사람이 없었다.

사망자는 없었다. 아놀드는 그것을 기적이라고 불렀지만, 클로에는 그렇게 생각하지 않았다

그때, 클로에는 보고 있었다. 화정은 오크를 포함한 마물 무리를 《안개의 뇌룡》과 함께 태워버렸다. 하지만 클로에와 《염선풍》은 거의 공격의 표적이 되지 않았다. 그냥 우연일 가능성도 있지만, 클로에 일행이 크게 다치지 않은 것은 그 덕분이다.

이유도, 목적도 모른다. 그리고 물론—— 증거도 없다.

오크를 요새에서 쫓아낸 증거도, 그들을 아놀드 쪽으로 몰아넣었다는 증거도, 불의 정령을 보냈다는 증거도, 아무것도 없다. 있는 것은 의미를 알 수 없는 사실뿐이다.

이젠 《천변만화》를 옹호해야 좋을지, 《호뢰파섬》에 가세해야 좋을지도 모르겠다.

숙소에서는 《염선풍》 멤버들이 완전히 늘어져 있었다. 아무래도 정말로 죽을 지경을 헤쳐 나온 뒤에는 정말로 저렇게 돼버리는 것 같다. 길베르트와 루다는 그나마 낫기는 하지만, 그 얼굴에는 피로가 짙게 남아 있었다.

"설마, 정말로 매번 이런 경험을 하는 건가…… 티노는."

"【흰 늑대 둥지】도 끔찍했지만…… 하아."

이제는 원망을 늘어놓을 힘도 없는 것 같다. 하지만, 무리도 아니다. 그 전장은 중견 헌터가 감당할 수 있는 것이 아니었다. 클로에가 아직 움직일 수 있는 것은, 호위 대상이었기 때문에 부담이 적었기 때문이다.

하지만 여기서 해산할 수는 없다. 아놀드는 아직도 크라이를 쫓을 생각이다. 클로에의 목적도 달성하지 못했다. 조금 더 같이 가줘야 할 필요가 있다.

클로에는 잠시 생각하고는, 억지로 미소를 지으면서 방으로 들어갔다.

트레저 헌터들은 정말 힘들다.

이 세상에는 발을 들이는 것을 최대한 자제해야 할 위험한 장소가 존재한다.

호기심이 강해서 어디든지 가는 트레저 헌터들은 쉽게 잊어버리지만, 아주 일반적인 여행자들은 나라가 관리하지 않는 산이나 숲에 절대로 들어가지 않는다. 특히 마나 머티리얼이 지나가는 길인 지맥이 통하는 곳에는 높은 가격에 거래되는 귀중한 자원들이 풍부하게 존재하지만, 동시에 강력한 마물과 팬텀도 서식한다.

그곳에서 얻을 수 있는 아이템들이 비싸게 팔리는 데는 이유가 있다.

제국 북부에 있는 가레스트 산맥도 그렇게 사람 손이 닿지 않은 위험지대 중의 하나였다.

간신히 존재하는 길은 먼 옛날에 만들어진 것인데다 오랫동안 제대로 관리하지도 않았고, 마차 한 대가 간신히 지나갈 정도 폭밖에 안 된다. 바닥도 울퉁불퉁해서, 마차 안에서 가만히 있기만 해도 이 길이 험하다는 걸 알 수 있다. 아마도 거의 사용하지 않았겠지.

나는 심하게 흔들리는 마차 속에서, 이 길도 언젠가는 끝날 거라는 현실 도피 같은 생각을 하고 있었다.

마차 밖에서는 고함이 오가고 있었다. 커튼을 치고 있어서 바깥 광경은 알 수 없지만, 기괴한 마물의 울음소리와 비명이 들리고 마차가 크게 흔들렸다. 말들이 큰 소리로 울고 금속이 부딪치는 소리가 울렸다. 먹거리의 하울링 소리와 키르키르 군의 흥분한 것 같은 목소리도 들려왔다. 리즈가 칠칠치 않게 뒤로 벌렁 드러누워서는, 훤히 드러난 배를 문지르면서 긴장감 없이 웃고 있었다.

"저기저기 크라이. 그 자식들한테 말이야, 다음에는 뭐라고 해줄까? 좋은 도발 문구 없을까? 당장이라도 날아올 그런 거로! 같이 생각해볼래?"

"그러고 보니 크라이 씨, 가레스트 산맥에는 그 유명한 『포테 드라고스』가 서식한다는 것 같아요. 마주치고서 살아남은 사람이 거의 없어서 어디까지나 소문일 뿐이지만…… 그것 때문에 통행자가 없다는 것 같더라고요."

……참고로, 트레저 헌터가 숲이나 산의 위험성을 쉽게 잊어버리는 건, 숲이나 산보다 훨씬 위험한── 이 세상에서 가장 위험한 장소 중의 하나인 보물전을 항상 탐색하고 있기 때문이다. 거의 무한으로 나타나고, 쓰러트려도 아무것도 남기지 않는 경우가 많은 팬텀과 비교하면, 일단 쓰러트리면 확정적으로 피와 살을 남겨서 돈이 되기 쉬운 마물은 그나마 나은 상대라고 해야겠지. 무슨 말인지는 알겠지만, 그나마 낫거나 말거나 양쪽 모두 경계해야 한다고 생각한다.

나는 말이 통할 것 같지도 않은 리즈한테서 무시무시한 이야기를 하는 시트리 쪽으로 시선을 옮기고, 다른 이야기를 꺼냈다.

"저기 말이야…… 이거, 밖에 괜찮은 거야?"

"괜찮, 다고 생각해요. 아직 깊숙하게 들어온 건 아니니까요. 뭔가 불안한 요소라도?"

"……헤에. 아니, 괜찮다면 됐지만 말이야……."

"그리고, 먹거리의 전투 훈련도 되니까요! 언제 하면 좋을까 고민했었는데…… 클랜에서는 사람을 상대하는 훈련까지는 할 수 있지만, 마물을 상대하는 훈련은 곤란하잖아요…… 오크는 겁이 너무 많아서 훈련에 도움이 안 됐겠지만, 가레스트 산맥의 마물들은 호전적이라서 딱 좋아요!"

"……아, 그 피, 오크들 피였구나."

"예! 먹거리가 오크 고기를 아주 좋아하거든요! 배터지게 먹은 덕분에 기분이 좋은 것 같아요!"

시트리가 두 손을 맞잡고서 엄청나게 기분이 좋다는 것처럼 말했다.

아무래도 합류한 먹거리와 키르키르 군이 피범벅이 돼 있었던 건, 오크를 잡아먹은 탓인 것 같다. 어쩌면 요새에서 도망친 오크 무리를 습격했는지도 모른다. 잘도 무사했네…….

그나저나 지금까지 마물과 마주친 일이 거의 없었던 게 거짓말처럼 여겨지는 습격 확률이다. 굳이 훈련을 막을 생각은 없지만, 아무리 그래도 마물이 너무 많이 나타나는 것 같은데 말이야?

유일하게 내 기분을 이해해줄 티노는, 무릎을 끌어안고 고개를 숙이고 있었다. 지금은 마차의 진동에 맞춰서 몸을 흔들 뿐이고, 내 쪽은 보려고 하지도 않는다. 계속해서 울리는 전투 소리와 고함은 빈말로도 정신 위생에 좋다고 할 수가 없다. 나는 태연한 척하는 게 고작이고.

가레스트 산맥은 내가 상상했던 것보다 많은 마물들이 서식하는 것 같다. 그것도 거대하게 성장한 먹거리를 보고도 사냥감이라고 판단할 정도로 흉악한 마물들이. 시트리가 생글생글 웃으면서 말했다.

"그나저나 상정했던 것보다 마물이 많네요…… 어쩌면, 거물이 나타날 조짐일지도 몰라요!"

엄청나게 기뻐하네…….

마차가 자주 급정지를 했고, 밖에서 들려오는 비명을 통해서 호위의 숫자가 부족하다는 사실이 전해져왔다.

하지만 마물이 나타나는 건 상정했던 일이다. 숫자가 조금 많은 것 같기는 하지만, 뭐 그럴 가능성도 조금은 생각했으니까.

나한테 가장 예상 밖인 것은──.

데굴데굴 굴러와서, 응석 부리는 것처럼 내 무릎에 볼을 대고 있는 리즈를 쳐다봤다.

눈이 반짝반짝 빛나고 있는 시트리를 봤다. 무릎을 끌어안고 자신만의 세상에 빠져 있는 티노를 봤다.

…………저기, 너희들, 왜 안 싸우는 거야?

내가 아놀드보다 산길을 선택한 것은 시트리가 고용한 호위와 먹거리의 힘 때문이기도 했지만, 무엇보다 리즈네가 있으면 마물 정도는 큰 문제도 안 될 거라고 생각했기 때문이다.

평소의 리즈라면, 마차 밖이 이렇게 시끄러운데도 가만히 있을리가 없다. 언제 참전하려는 걸까 생각하다가 지적할 타이밍을 놓치고 말았다.

또다시 마차가 크게 흔들렸고, 밖에서 욕설 같은 고함과 포효가 들려왔다. 아무리 고용주라고 해도 검둥이 씨 일행을 너무 혹사시키는 것 같다. 검둥이 고용주니까 블랙 고용주인가?

아주 조금 주저했지만, 각오하고, 시트리한테 확인했다.

"저기…… 시트리. 바깥 상황 말인데……."

"예. 먹거리의 전투 훈련과 식사, 세 사람의 성능 테스트도 같이할 수 있다니, 정말 효율적이라고 생각해요. 키르키르 군도 먹거리의 상성도 볼까 하고요. 역시 크라이 씨예요!"

쑥스러운 미소를 지으며, 시트리가 엉뚱한 대답을 했다. 어쩌면 그 자세가 연금술사로서는 옳은 것일 수도 있고, 효율을 추구하는 자세에는 그저 감탄할 따름이지만, 아무리 그래도 너무하는 것 같다.

먹거리랑 키르키르 군은 괜찮다고 해도 검둥이 씨 일행은 못 버틸 것 같은데 말이야.

"…………키르키르 군은 그렇다 치더라도, 검둥이 씨 일행이 죽으면 어쩔 거야?"

"? 그러니까…………."

뭐 헌터라는 직업 자체가 항상 죽음과 함께 하는 일이지만, 이 상황은 좀 아니다.

시트리가 곤혹스럽다는 것처럼 몇 초 동안 생각하더니, 입술에 손가락을 대고서 고개를 갸웃거렸다.

"다음을………… 찾아야겠죠?"

"아무래도 내가 무슨 말을 하려는 건지 이해하지 못한 것 같네……."

"예……? 죄, 죄송해요. 저기…… 혹시 따로 쓸 데가 있었던 건가요?"

"……."

독특한 감성을 보여주는 시트리한테서 시선을 돌리고, 데굴데굴 굴러다니고 있는 리즈 쪽을 봤다.

맑고 연한 핑크색 홍채가 무슨 일이냐는 것처럼 날 보고 있다. 차림새는 평소와 똑같은 전투용 복장이고, 쭉 뻗고 있는 두 발에서는 항상 장비하고 다니는 『하이스트 루트』가 묵직하게 빛나고 있다.

"왜? 그렇게 날 쳐다보고………… 아, 내 배, 쓰다듬어줄래? 자."

리즈가 크게 노출된, 햇볕에 그은 살갗을 손가락으로 문질렀지만…… 안 쓰다듬을 거야.

나는 단도직입적으로 물었다.

"혹시 말이야…… 리즈, 싸우고 싶지 않아?"

"음………… 그야 물론 싸우고 싶지? 이러고 있으면 몸이 둔해지는 느낌이야."

그럼 대체 왜——. 리즈는 누운 채로 고개를 살짝 들더니, 그 머리를 내 머리 위에 얹어놓고 웃었다.

"그래도…… 참을래. 폭력 금지, 라고 했잖아? 대단해? 저기, 나 대단해? 대단하지 않아?"

그렇구나……. 나는 지금 며칠 전에 내가 했던 말이 생각났다.

아니, 분명히 폭력이랑 훈련을 금지하기는 했지만 말이야. 그래도 말이야, 그건 어디까지나 바캉스를 즐기기 위해서 한 말이고—— 내가 리즈랑 시트리한테 같이 가자고 했던 건 같이 여행하고 싶어서 그런 것도 있지만, 절반 정도는 호위 때문이었다.

조금 망설여지기는 했지만, 이대로 가다간 검둥이 씨 일행이 쓰러질 것 같다. 말해야만 한다.

"아니…… 마물을 상대하는 건 예외인데."

"……뭐?"

내가 결정했던 폭력 금지의 폭력이란, 인간을 상대하는 경우의 폭력이다.

솔직히 내가 금지하고 싶었던 건 간단히 말하자면—— 싸움이다. 일반 시민이나 헌터나 제자한테 싸움을 걸지 말라고, 그런 뜻으로 말한 거였다. 그야 감정상으로는 위험해질 수 있는 일은 최대한 안 했으면 싶지만, 수많은 마물한테 공격받아 (아마도) 열세에 몰려 있는데, 적은 인원의 고용된 호위한테 전부 맡겨놓고 느긋하게 마차 안에 있는 건, 아무리 생각해도 취지에 어긋난다.

무엇보다 너, 아놀드네를 도발했잖아? 그건 언어폭력이거든.

리즈의 눈이 휘둥그레졌다. 신기하게도 시트리까지 깜짝 놀란 얼굴로 날 보고 있었다. 아니 뭐, 그야 나도 말이 부족했을 수도 있지만, 상식적으로 생각해서 말이야…… 응? 어쩌면 리즈는 마물한테 공격당해도 저항하지 말라는 뜻으로 생각했던 걸까? 그럴 리가 있나. 그게 무슨 변태냐고.

티노가 고개를 들고 나를 빤히 쳐다봤다. 나는 내 잘못은 미뤄두고 하드보일드하게 말했다.

"마물 토벌은 폭력이 아니야. 구축(驅逐)이야. 그렇지?"

마치 내 말이 옳다고 증명하는 것처럼, 마차가 유난히 크게 흔들렸다. 리즈의 눈이 반짝거린다.

"!! 크라이, 정말 좋아해! 다녀올~게!"

그렇게 참았던 건지, 평소처럼 티노를 데리고 가는 것도 잊은 채 바로 뛰쳐나갔다. 움직이기만 해도 마차가 크게 삐걱거렸고, 밖에서는 지금까지 들려온 욕설에 뒤지지 않는 껄렁한 목소리가 울려 퍼졌다.

"야, 이 망할 피라미들아! 꾸물거리지 말고 저리 꺼져! 말이나 지켜!"

"……크라이 씨, 죄송해요. 언니가………… 울분이 많이 쌓였던 것 같아요."

밖에서 들려오는 소리가 조금 전까지와 비교도 안 될 정도로 격해졌다. 검둥이 씨네의 비명도 더 커졌다. 아마도 리즈가 실컷 날뛰고 있겠지.

시트리는 조금 창피해하는 것 같다. 뭐, 나도 이상한 지시를 내렸으니까…….

"그러니까…… 저도, 바깥 상황을 보고 와도 될까요? 먹거리의 상황을 확인하고…… 그리고, 소재가 손에 들어올지도 모르니까요…… 크라이 씨가 있어야만 나오는 소재도 있으니까."

"그래…… 당연히 되지. 갔다 와."

시트리가 고개를 꾸벅 숙이고는, 언니한테 뒤지지 않을 정도로 신이 나서 뛰쳐나갔다

내가 있어야만 나오는 소재라니, 그게 대체 뭔데…….

뭐 이제 바깥도 금방 조용해지겠지. 하품하다가 얼굴이 새파랗게 질린 티노와 눈이 마주쳤다.

"마스터어, 혹시…… 지금부터가 진짜인가요?"

"? 아니, 진짜 같은 건 없는데…… 그래, 티노는 참전하지 말고 조금 자두는 게 좋겠다. 무슨 일이 생기기라도 하면 큰일이니까."

"?!…………예……."

떨리는 목소리로 대답하고, 티노가 무릎을 끌어안은 채로 눈을 감았다. 그래서 피로가 풀리기는 하는 거야?

전투는 엄청나게 치열했다. 사실 공격은 마차 안까지 전해지지 않는다. 검둥이 씨네의 목소리가 줄어들고, 리즈의 포효와 시트리가 명령하는 소리가 늘어난다. 기분 탓인지 마차 속도도 조금 빨라진 것 같다.

다음에 멈춘 건, 갈림길에 도착했을 때였다.

좌우로 갈라진 길 중의 하나는 간신히 길이라고 판단할 수 있을 만큼 황폐해졌고, 나머지 하나는 잡초를 치워서 어느 정도 정비돼 있다. 계속 밖에 나가 있던 시트리가 나한테 와서 물었다.

"……크라이 씨…… 어느 쪽으로 갈까요?"

결정하는 건 항상 내 일이다. 나는 머리만 밖으로 내밀어서 길을 확인하고, 비교적 깨끗한 쪽을 가리켰다.

당연한 일이다. 거친 길 쪽을 선택할 이유가 없다. 그쪽은 쓰러진 나무까지 있어서 지나가려면 나무를 치워야 한다. 내 결정을 들은 시트리가 환하게 웃고, 검둥이 씨 일행한테 지시를 내렸다.

지나가는 사람 하나 없는 산길을 나아간다. 마물만 없으면, 우거진 나무와 자연의 향기가 도시의 삶 때문에 거칠어진 내 정신을 치유해줄 것만 같았다. 위험해서 창밖으로 고개를 내밀 수 없는 게 아쉬울 따름이다. 세이프 링이 있지만, 무방비하게 공격당하는 취미는 없으니까.

웬일로 정답을 골랐는지, 분기점을 지난 뒤로는 마물의 출현 빈도가 눈에 띄게 낮아졌다. 어쩌면 리즈가 무서워서 그럴 수도 있지만, 어느 쪽이 됐건 좋은 일이다.

밖에 나가 있던 시트리가 마차 안으로 돌아왔다. 흥분한 것처럼 볼이 발그레해져서, 살점과 피가 붙어 있는 30cm 정도 되는 검은 이빨을, 마치 보물을 보여주는 것처럼 들어 올렸다.

"이것 좀 보세요, 크라이 씨! 장군급 트롤의 이빨이에요! 이 광대한 가레스트 산맥에서도 쉽게 구할 수 없는 귀중품이라고요! 정말 감당하기 힘든 망나니다 보니 헌터들도 고생하는 놈이라서, 시장에서도 쉽게 볼 수 없거든요! 평소에는 숲속 깊은 곳에 있을 텐데, 아무리 오래됐다고는 해도 길을 따라가는데 나타나다니 끓여도 되고, 구워도 되고, 깎아도 되는 고급 물건이에요!"

트롤이란 오크나 고블린 같은 아인종 마물이다. 엄청난 체력과 근력, 터프함, 재생 능력을 자랑해서, 아인 계열 중에서도 상당히 버거운 쪽으로 분류된다. 가레스트 산맥에서 나온다는 건 몰랐지만, 숲에서 서식한다면 마주쳤어도 이상할 건 없다. 어쩐지 다른 여행자들이 없더라니.

눈을 희미하게 뜬 티노가 그 이빨……이라기보다는, 흥분한 시트리를 보고 완전히 질색했다.

시트리는 이빨을 조심스럽게 가죽 가방에 넣은 뒤에 나한테 다가왔다. 바캉스에 어울리는 활짝 핀 꽃 같은 미소다.

"그런데, 크라이 씨. 이 길을 따라가면 뭐가 있는 거죠?"

"……뭐?"

"아뇨, 어느 정도는 예상했어요! 길로 위장해서 함정을 치는 지혜가 있을 정도니까, 상당한 고위 마물이 있겠죠! 마물 숫자도 줄어든 걸 보면, 상당한 거물의 영역이라는 예감이——."

……뭐? 뭐라고? 뭐야 그게? 난 처음 듣는데. 위장? 이 길, 위장이었어? 미리 좀 말해주지.

여행자가 없는 것 치고는 꽤나 훌륭한 길이다 싶었더니——.

"그나저나 쓰러진 나무와 약간 어지럽힌 정도로 위장이라니, 지능 레벨은 대단하지 않은 것 같아요. 이쪽 길도 꽤 깔끔한 걸 보면, 여기에 속하는 건 고블린만도 못한 놈들이겠죠. 저희가【만마의 성】으로 갈 때는 없었으니까, 아마도 지나간 뒤에 급하게 만든 것 같은데——."

고블린만도 못하다고?! 그렇다면 거기 속아서 아무 의문도 없이 이쪽 길을 선택한 나는 대체 뭔데.

그나저나 지난번에 지나갔을 때 없었으면 그렇게 말을 했어야지. 이상한 데서 배려를 안 해준다니까.

시트리의 웃는 얼굴에 그늘은 없는 게, 아무래도 날 놀리려는 건 아닌 것 같다. 기왕이면 놀리는 게 차라리 나을 것 같은데. 나는 하드보일드한 미소를 지으면서 말했다.

"좋았어…… 슬슬 마차를 돌려서 다른 길로 가자."

"……알겠습니다. 검둥이 씨, 후진해주세요! 마차에 후진은 없다고요? 돌리기도 힘들고? 어떻게든 해보세요, 그게 당신의 가치라고요."

시트리는 싫은 표정 하나 짓지 않고, 마부석에 있는 검둥이 씨한테 말도 안 되는 요구를 했다.

내가 할 수 있는 일은 그저 웃고 있는 것뿐이었다.

따지든 욕을 하든 마음대로 하세요. 저를…… 믿지 마세요.

마차가 멈추고, 밖에서 부를 때까지 기다렸다가 몇 시간 만에 땅을 밟았다.

해는 저물어가고, 구름 한 점 없는 붉은색 하늘에는 밝은 달이 선명하게 빛나고 있다.

근처에서 개울물이 흐르는 소리가 들린다. 아무래도 오늘은 여기서 쉬려는 모양이다.

서둘러서 돌아온 덕분인지, 시트리가 말했던 거물과 마주치지는 않았다. 하지만 길을 되돌아온 탓에 예정했던 곳까지 가지도 못한 중간지점에서 야영하게 됐다.

해가 저문 뒤에 산을 넘는 것은 자살행위다. 시트리도 그것을 강행할 생각은 없는 것 같다.

아마도, 예전에 지나간 여행자들도 이곳을 중계지점으로 삼아서 가레스트 산맥을 넘었겠지.

나무들을 베서 만들어놓은 넓은 공간에는, 마차를 세워놓는 건 물론이고 파티 세 개가 동시에 캠핑해도 될 정도의 공간이 있었다. 먹거리가 쿵쿵대며 땅바닥 냄새를 맡고 있다.

시트리가 짐을 내렸고, 행군하는 중에는 계속 앉아만 있던 나한테 활짝 핀 꽃처럼 웃으면서 말했다.

옆에서는 리즈가 만족스러운 표정으로 두 팔을 쭉 뻗고서 기지개를 켜고 있다.

"수고하셨어요, 크라이 씨. 정말 의미 있는 시간이었어요."

"음…… 하아………… 아아…… 실컷, 참은 보람이 있었어! 갈 때는 마물이 거의 없었는데, 역시 크라이는 대단해, 최고야!"

"……하긴…… 갈 때는 오빠가 있었으니까."

"안셈 오빠, 엄청나게 눈에 띄니까. 뭐, 마물이 나와도 루크랑 서로 차지하려고 싸웠고."

계속 싸웠는데도 리즈는 힘이 넘친다.

한편, 조금 떨어진 곳에서는 시트리가 고용한 세 사람이 반쯤 죽은 사람처럼 땅바닥에 주저앉아 있었다. 고개를 숙이고 있어서 표정까지는 알아볼 수 없지만, 갑옷과 외투에 피가 잔뜩 묻었고, 그 단련된 육체에서 힘이 쭉 빠져나갔다. 내 소꿉친구 두 사람과의 차이가 너무 심했다.

리즈와 시트리도 처음 헌터가 됐을 무렵에는 돌발 상황(강적이 나타나거나 자연재해와 마주치는 등)에 조우할 때마다 저렇게 축 늘어져 있었는데, 그런 걸 전혀 신경 쓰지 않게 된 건 과연 언제부터였을까.

그리고 나는, 씩씩하게 자란 소꿉친구들이 믿음직하다고 생각해야 좋을까, 아니면 쓸쓸하다고 생각해야 좋을까.

"그러고 보니까…… 언니, 너무 날뛰었어. 너무 그렇게 어질러 놓지 말라고! 나중에 오는 사람한테 민폐가 되잖아?"

"내가 알게 뭐야! 나중에 오는 놈들이라고 해봤자, 어차피 아놀드잖아? 별 상관없잖아? 여기서 전투를 해금했다는 건 크라이도 그런 생각이잖아? 그렇지?"

"아니, 그런 생각은 아닌데……."

무엇보다 아놀드 일행이 추적에 성공할 가능성 자체가 낮잖아. 오히려 제도에서 기다리고 있을 가능성이 더 클 것 같다. 역시 어떻게든 루크네를 만나서 데리고 가야겠다…….

가벼운 이야기를 주고받으면서도 시트리는 손을 멈추지 않았다. 불을 피우고, 계속 걸어온 말한테 먹이를 주고, 야영할 준비를 했다. 그 깔끔한 움직임은, 시트리가 평소에도 같은 일을 하고 있다는 것을 보여주고 있다.

하지만 그렇다고 리즈가 놀고 있는 건 아니다. 휘파람을 불며 주위를 경계하고 있고, 무엇보다 시트리는 자기 일에 누가 끼어드는 걸 그다지 좋아하지 않는다. 파티로 같이 활동하던 시절에는 시트리와 루시아가 야영 준비를 했고, 루크와 리즈, 안셈이 사냥이나 주위 경계를 담당했다. 나는 다른 사람들의 컨디션을 확인하는 역할이었다. ······아무것도 안 했다고도 하지.

"크라이 씨, 티는······."

"자고 있어. 많이 피곤했던 것 같아. 좀 더 자게 놔두자······."

이젠 한계였겠지. 가끔 정신이 나가버린 것도 같았고, 호위도 충분히 있으니까, 이럴 때 충분히 쉬게 해두는 쪽이 좋을 것 같다. 괴로워하는 소리를 내는 건······ 내가 어떻게 해줄 수 없는 일이지만.

"흐~응. 뭐, 크라이가 그렇게 말한다면 그래도 되지만······."

아무래도 리즈한테도 정이라는 게 있는 것 같다.

시트리는 휴대용 냄비와 커다란 나이프를 꺼내 들고는 싱긋 웃었다.

"그럼······ 오랜만에 크라이 씨도 있으니까, 힘이 나는 음식을 만들어볼게요. 재료가 잔뜩 들어왔거든요."

"하긴······ 좀 그립기도 하네······."

엘리자가 새로 들어오기 전까지, 우리 멤버 중에서 요리를 할 수 있는 사람은 시트리뿐이었다.

시트리의 요리 실력은 정말 대단하다. 처음에는 그렇게까지 잘하는 건 아니었는데, 금세 실력이 쑥쑥 늘었다. 조미료는 파는 거고, 재료도 그 자리에서 사냥한 동물이나 근처에서 따온 산나물 같은 것들을 사용했는데······ 뭐랄까, 이상하게 내 입맛에 잘 맞았다. 최근에는 먹어볼 일이 없었는데, 그걸 먹어볼 수 있는 것만으로도 이렇게 제도 밖으로 나온 보람이 있다고 할 수 있는지도 모르겠다.

왠지 감개무량한 기분이 들어서 눈을 가늘게 뜨고 한숨을 쉬었다.

아직 클랜을 만들기 전—— 파티 리더로서 같이 모험하던 시절에, 덤벼오는 마물과 팬텀, 가혹한 환경과 보물전에 도전하는 스트레스 때문에, 나는 항상 죽을 지경이었다.

하지만, 그 당시의 나한테 나쁜 추억만 있는 건 아니다. 가면이 지적할 정도로 재능이 없는 몸이지만, 그때 분명히 크라이 안드리히는—— 헌터였다.

이러고 있으면 예전에 같이 모험하던 시절의 일이 마치 어제 일처럼 생각난다.

나는 한참 동안 향수에 젖어 있었지만, 시트리가 보고 있다는 걸 알아차리고는 볼을 긁으면서 말했다.

"…………그냥 서 있기도 뭣하니까. 물이라도 떠올게."

"…………예. 부탁드릴게요."

"아, 크라이. 나도 갈래! 물고기 있을지도 모르잖아?"

리즈가 뻔뻔하게 나한테 팔짱을 꼈다.

시트리는 옛날부터 하나도 변한 게 없는 언니를 보면서 포기했다는 듯 한숨을 쉬었다.

물 냄새를 따라서 몇 분 동안 걸어갔더니, 시야가 넓게 트이고 커다란 개울이 나타났다.

물이란 사람에게도 동물에게도, 그리고 마물에게도 중요한 곳이다.

어떤 생물도 물이 없이는 살아갈 수 없다. 예외라면 과거의 환상인 『팬텀』정도려나.

"좋았어! 진짜 맑다…… 역시 헌터라면 이래야지."

리즈가 눈을 크게 뜨고, 기뻐하며 개울가를 둘러봤다. 시간을 잘 맞춰 왔는지 마물은 보이지 않는다.

꽤 천천히 흐르는 개울이었다. 해도 저물어서, 까만 수면이 짙은 달빛을 받아서 반짝반짝 빛나고 있다.

"물은 괜찮을 것 같아?"

"응! 물고기도 잔뜩 있는 것 같아!"

깨끗해 보는 물이라도 다 마실 수 있는 건 아니다. 마나 머티리얼을 충분히 흡수한 헌터들은 그렇게 쉽게 배탈이 나지 않지만, 나는 아니다.

내가 묻자, 리즈는 눈을 반짝거리면서 힘차게 대답하더니 망설임 없이 물속으로 한 걸음 들어갔다.

수온이 낮을 텐데. 하지만 헌터는 그 정도로는 꿈쩍도 하지 않는다.

리즈는 물속에서 기분 좋게 팔을 뻗더니,

"시원하다…… 피도 좀 묻었으니까, 목욕해야지!"

내 눈앞에서, 옷을 벗기 시작했다. 팔 보호구를 벗어서 개울가에 던져놓고, 바로 손을 등으로 뻗었다. 원래 가슴 정도만 가리고 있던 웃옷을 벗어버린 뒤에 벨트를 풀고, 다리를 들어서 짧은 바지를 쑥 벗어서 던져버렸다. 달빛 아래에, (나한테는 등만 보이지만) 잘 단련된 리즈의 몸이 드러났다. 남은 건 등의 면적에 비해

서 한없이 작은 검은색 속옷뿐이다. 너무나 깔끔하게 벗어던졌다. 아무리 헌터라고 해도, 여자니까 좀 더 조심했으면 하는데 말이야. 그 손끝이 망설임 없이 등—— 아직 남아 있는 검은색 속옷의 고리에 닿았다가, 딱 멈췄다.

정신을 차리고 당황해하며 주의를 줬다.

"……리즈, 그건 아니지."

"……에~ 뭐 어때. 우리 사이잖아?"

분명히 나랑 리즈가 어린 시절부터 잘 알고 지낸 사이이기는 하지만, 친한 사이라도 예의는 지켜야 한다. 피를 씻어내는 거라면 그대로 해도 될 테니까. 나는 리즈의 스트립쇼를 보러 온 게 아니라고.

어떻게 말려야 좋을지 고민하고 있는데, 리즈가 고개만 이쪽으로 돌리고서 웃었다.

"하지만…… 오늘은 그만둘까. 보여주면서 벗는 것도 좀 창피하고, 오랜만에 같이 모험하는, 거니까."

쑥스러워하는 것 같은, 어딘가 요염해 보이는 표정으로 손을 위로 들어 올리더니, 묶여 있던 머리카락을 풀었다.

핑크 블론드색 머리카락이 확 퍼진다. 그대로, 내가 뭐라고 말할 틈도 없이 물속으로 뛰어들었다. 아무래도 수심은 그렇게 깊지 않은지, 가슴 조금 아래까지 물에 잠긴 리즈가 빙글, 하고 돌았다.

"크라이도 같이 할래?"

"……아냐, 난 물이나 뜰래."

"그렇구나…… 아쉽다…… 물고기, 잡아 올게!"

리즈가 기세 좋게 물속으로 들어갔다. 이럴 때도 벗지 않은『하이스트 루트』로 감싸고 있는 다리가, 아주 잠깐 허공을 휘저었다.

……리즈는 옛날이랑 비교하면 조금 어른이 된 것 같네.

뭐라 말할 수 없는 기분을 맛보면서, 나는 시트리한테서 받아 온 수통을 물속에 담갔다.

나한테는 마음의 빚이 있다.

파티 단위로 활동하고, 한 사람의 실수가 전원의 생사를 좌우하는 헌터라는 직업에서 무능하다는 것은 죄였고, 나는 무능이 형태를 가지고 돌아다니는 것 같은 남자였다. 하지만 다른 친구들은 단 한 번도 나를 나무라지 않았다. 내가 모험에서 빠진 뒤에, 그 일에 대해서 진지하게 캐물은 적도 없었다. 지금도 내가 그 당시의 추억을 아슬아슬하게 즐거웠다고 떠올리는 건 그 덕분이다. 얼핏 보면 배려라고는 할 줄 모르는 것 같은 리즈도 날 생각해 주고 있다.

라는 리즈한테 아무리 고마워해도 모자랄 지경이다.

"역시, 크라이가 있으니까 재미있다…… 오길 잘했네……."

시간은 천천히 흘러갔다. 개울가에 앉아서, 물을 머금은 리즈의 풍성한 머리카락을 손으로 빗겨줬다.

오른손으로 만지고 있는 젖은 머리카락에서 기묘한 무게가 느껴졌지만, 평소에 격전을 펼치고 있다는 걸 믿을 수 없을 만큼 전혀 상하지 않았다. 손끝이 두피에 닿을 때마다, 배까지 물에 담그고 있는 리즈의 몸이 살짝 떨린다.

"응, 괜찮아. 얼룩은 없어. 피도 다 지워진 것 같고."

"고마워. 이상한 냄새가 나면 중요한 때에 실수할지도 모르니까……."

아주 편안한 목소리. 목적은 달성했지만 바로 돌아가려고 하니 왠지 아깝다. 내가 리즈의 연인은 아니지만── 리즈도 돌아가자는 말을 안 하니까, 가끔씩은 이러고 있는 것도 괜찮겠지.

침묵도 힘들지 않았다. 오랫동안 사람 손이 닿지 않은 자연은 계속 바라보고만 있어도 질리지 않을 정도로 아름답다. 수면을 보고 있었더니 문득, 리즈가 진지한 목소리로 말했다.

"크라이…… 나, 강한 헌터가 될 거야."

"…………그래, 알고 있어."

이미 충분히 강한 헌터라고 생각하고 있지만, 그 말에는 강한 의지가 담겨 있었다.

강하고, 자만하지 않고, 연마를 게을리하지 않고, 그리고 아름답다. 제도에서 리즈를 두려워하는 사람들도 있지만, 동시에 팬도 많다. 리즈에게는 사람들의 마음을 거머쥐는 무언가가, 뛰어난 뭔가가 있다.

그리고 그것은 영웅이라면 누구나가 가지고 있는 것이고, 나는 도저히 손에 넣지 못한 것이다.

지금의 나는 내가 헌터로서 적성이 없다는 걸 알고 있다. 하지만, 그래도, 자신의 신념을 관철하고 있는 리즈의 강함이 아주 조금 부럽다.

"티노도 말이야, 꼭 강한 헌터로 만들 거야. 크라이가 나한테 맡겼잖아…… 그러니까, 지켜봐 줘."

"……그래, 믿고 있어. 나도 전면적으로 협력할게."

물론 내가 할 수 있는 일은 거의 없지만—— 리즈도 성장했다는 걸까.

리즈가 일어나서 내 쪽으로 몸을 돌렸다. 가슴과 하반신을 최소한으로 가리고 있는 검은색 레이스 속옷 차림이 눈앞에 드러났다. 나도 모르게 눈을 돌렸지만, 리즈는 거기에 대해서 아무 말도 하지 않고 웃었다.

"그만 갈까. 고마워, 크라이. 오랜만에 둘이서 얘기하니까…… 정말 재미있었어."

가끔씩 리즈는 조용한 시간을 바란다. 어쩌면 그것은 헌터가 되면서 잃어버린 무언가를 되찾으려고 하는 건지도 모른다.

"크라이…… 계속 같이 있어줄 거야?"

물론이지.

나한테는 마음의 빚이 있다. 리즈와 동료들이 지금처럼 급격히 강해진 이유 중 하나는 틀림없이 나다. 만약 나한테 리즈나 다른 동료들처럼 재능이 있었다면, 동료들은 조금 더 『제대로』 강해졌을 것이다.

하지만 내가 리즈와 다른 동료들의 권유를 가능한 받아들이게 된 건, 파티에 동행하지 않게 된 뒤에도 같이 있는 건, 마음의 빚 때문은 아니다. 설령 제도 사람들이 두려워한다고 해도, 아무리 재능에 하늘과 땅만큼 차이가 있다고 해도, 리즈와 동료들은 언제까지고 내 소중한 친구들이니까.

　쑥스러워하는 리즈한테, 평소처럼 웃는 얼굴로 대답하려고 한 그때——.

　——야영 준비를 하던 방향에서, 폭발 같은 소리가 들려왔다.

　숲이 떨린다. 눈앞에서 반짝반짝 빛나던 얼굴이 어두워졌다.
　"아~ 진짜! 타이밍도 거지 같네! 기껏 좋은 분위기였는데!"
　"……뭐?"
　"사람이 많은 쪽으로, 갔나…… 기척이 정말 알아차리기 힘들어서…… 다시 단련해야겠네……."
　무슨 일인가 당황하는 내 앞에서, 리즈가 살짝 한숨을 쉬면서 젖은 머리카락의 물기를 짜고, 건틀렛을 장착하고, 웃옷과 바지를 입었다. 벨트를 고정하고, 머리카락을 묶었다. 겨우 몇 초 만에, 어딘가 요염한 표정을 짓던 여자아이가 제도 사람들이 두려워하는 트레저 헌터로 변했다.
　리즈가 웃었다. 그 표정은 평소처럼 자신만만하고, 눈 부시게 빛나고 있었다.

　리즈의 손에 이끌려서 어둠 속을 달려갔다.
　리즈는 밤눈이 좋고, 나도 보구 반지——『오울즈 아이』 덕분에 어둠은 아무 문제도 안 됐지만, 그래도 밤의 숲은 기분이 나쁘다. 리즈가 손을 꼭 잡아주지 않았다면 겁을 먹었겠지.

"뭐~ 시트도 눈치채고 있었으니까! 괜찮을 것 같지만! 시트는 연금술사니까!"

아무래도 알고 있었던 것 같다. 뭔가가 추적해 오고 있었던 걸까.

리즈가 아까 『기척을 알아차리기 힘들다』고 말했다. 도적으로서 높은 기척 감지 능력을 자랑하는 리즈가 그렇게 말했을 정도라면, 상당한 거물이겠지.

아무래도 좋지만, 나는 은근히 이런저런 것들한테 쫓기는 경우가 많다. 이번에도 아놀드한테 쫓기고 있고.

"인기 많은 남자는 힘드네."

"꺄~! 크라이 멋있다~!"

현실 도피의 일환으로 하드보일드한 소리를 하는 나한테, 리즈가 환호성을 질렀다.

그 멋있는 크라이는 너한테 이끌려 뛰어가는 데다 지금 당장이라도 넘어질 것 같은데, 만약에 그런 모습을 보여주더라도 리즈는 날 버리지 않고 계속 내 옆에 있어 줄까.

바람 같은 속도로 야영지에 도착했다.

──거기서는, 괴수 대전쟁이 벌어지고 있었다.

"언니! 빨리 좀 와!"

키르키르 군이 나무를 잡아 뽑아서는 투창이라도 던지는 것처럼 빠른 속도로 던져대고 있다.

먹거리가 으르렁거리는 소리를 내면서 뛰어든다.

상대는 지금까지 본 적이 없는 생물이었다.

짙은 초록색 표면에 이상하게 긴 팔다리. 몸 곳곳에 뿔이 나 있고, 너덜너덜한 천 조각으로 국부만 가리고 있다. 얼굴은 다르지만, 일종의 고블린처럼 보였다.

생김새도 기분 나쁘지만, 무서운 것은 그 움직임이 바람처럼 빠르고 그림자처럼 조용하다는 점이다.

키르키르 군은 강하다. 순수한 내구력과 근력이 뛰어난 파워 파이터고, 레벨로 치면 못해도 5는 될 것이다. 먹거리도 그 덩치를 보면 절대로 약하지는 않겠지.

그런데도, 그 기묘한 마물에게는 두 마리의 공격이 스치지도 않았다.

미끄러지는 것 같은 기묘한 움직임으로 날아오는 나무를 피하고, 긴 팔로 먹거리의 몸통 박치기를 흘려내는 동작에서는, 마물답지 않은 세련된 기술을 엿볼 수 있었다.

시트리가 고용한 세 사람은 마차 근처에서 몸을 움츠리고 있었다. 자고 있던 티노는 이미 전투 태세로 들어가 있지만, 공격할 틈을 찾지 못하고 있는 것 같다

마물의 움직임은 내 눈으로는 제대로 좇지도 못할 정도였다. 너무 빠르다. 보구로 밤눈을 강화해두지 않았다면 몇 초 만에 놓쳐버렸겠지. 리즈가 눈이 휘둥그레졌다.

"?! 뭐야, 저거?"

"포테 드라고스."

……그렇구나, 저게 지난번에 시트리가 말했던 『포테 드라고스』구나…… 내가 마주친 희귀한 마물 리스트에 새로운 페이지가 추가되고 말았다.

시트리는 계속 적을 쳐다보면서, 말했다.

"아무래도 그 위장된 길은 이 마물이 만든 함정이었던 것 같아요. 자기 영역에 쳐들어왔으니까 추적해 왔겠죠. 크라이 씨가 계산한 대로예요."

내 계산, 너무 심하게 틀렸다.

키르키르 군이 포효하며, 주먹을 쥐고서 돌진했다. 하지만 공격 범위 차이가 너무 심하다. 키르키르 군의 회색 육체에는 이미 커다란 멍이 잔뜩 생겨 있었다.

『포테 드라고스』의 두 눈이 우리를 확인했다. 거의 동시에, 그 기다란 팔이 흔들렸다.

투척이다. 돌을 던진 것이다. 알아차렸을 때는, 새빨갛게 타오르는 돌이 내 눈앞까지 와 있었다.

하지만 유성처럼 빛나던 그것은, 나한테 닿기 전에 멈췄다.

『세이프 링』 때문이 아니다. 눈앞에 보이는 것은 리즈의 날씬한 팔이다. 나보다 훨씬 작은 손바닥이 마찰 때문에 새빨갛게 달아오른 돌을 막아내고——.

"죽어."

마물의 투척과 손색이 없는 속도로, 돌을 다시 던졌다. 설마 반격당하리라고는 생각 못 했는지, 빛의 선을 그리며 똑바로 날아간 돌이 『포테 드라고스』에게 꽂혔다. 초록색 덩어리는 나무들에 부딪히면서도 멈추지 않고 성대하게 날아가 버렸다. 여전히, 도적이면서도 말도 안 되는 힘이다.

정숙이 돌아왔다. 키르키르 군이 경계하는 것처럼 주위를 둘러보고 먹거리가 으르렁거리는 소리를 냈다.

반격해오는 기척은 없다. 리즈가 탁탁 손을 털더니 이상하다는 것처럼 말했다.

"쳇………… 대미지가 거의 없어. 물리 내성이 있는 것 같아. 시트, 설명."

"정보는 별로 없지만…… 신중하고, 상당히 집념이 강한 마물이라고 들었어요. 포기하지 않았을 거예요. 아마도, 어둠을 이용해서 기습할 생각이겠죠."

어디선가, 나뭇잎이 쓸리는 기분 나쁜 소리가 들려온다. 이 소리가 바람 때문인지 아니면 그 기분 나쁜 귀신이 호시탐탐 이쪽을 노리고 있는 것 때문인지는 모르겠다.

날 속일 정도의 마물이다. 지능은 상당히 높다고 봐야겠지. 게다가 그 속도로 기습을 한다면, 속 편하게 캠핑이나 하고 있을 때가 아니다. 시트리가 키르키르 군의 타격 자국을 확인하면서 말했다.

"키르키르 군의 공격도 거의 통하지 않았어요. 아마도, 물리 공격이 잘 먹히지 않는 유귀(幽鬼)계 마물이겠죠."

"아…… 안셈 오빠랑 루시아가 없으니까. 귀찮아…….."

헌터한테는 잘하는 것과 아닌 것이 있다. 파티라면 서로 커버할 수 있지만, 지금 여기에는 물리 공격에 내성이 있는 마물을 상대하는 것이 특기인 마도사가 없다. 샷 링(탄지) 정도는 있지만, 통할 리가 없으니까.

시트리가, 리즈가, 그리고 티노가 나를 봤다. 결단을 기다리고

있었다. 나는 주저하지 않고 말했다

"일단 격퇴했으니까, 이 틈에 도망치자."

"조금 아쉽지만…… 귀찮은 마물이니까요. 타당한 판단 같아요."

"…………음~ 어쩔 수 없나……. 못 쓰러트릴 건 없지만, 그 은밀성을 보면, 기습이라도 당하면 지금의 티는 위험할지도 모르고…… 티를 어엿한 헌터로 키우겠다고, 크라이랑 약속했으니까 말이야. 그치?"

"세상에…… 언니, 저는…….."

의뢰 때문에 온 게 아니다. 상대하기 힘든 마물을 굳이 상대할 필요는 없다.

게다가 이번에는 신기하게도── 포위당한 건 아니다. 티노가 멍하니 서 있기는 하지만, 이번에는 상대가 너무 좋지 않았다. 그 마물은 아무리 봐도 티노의 허용 수준을 넘었다. 물론 제일 큰 핸디캡이 나라는 건 굳이 말할 필요도 없고.

아까 물가에서 했던 이야기의 영향이 남아 있는지, 리즈도 보기 드물게 솔직했다.

이럴 때는 재빨리 도망치는 게 제일이다. 밤에 등산하는 건 위험하지만, 어쩔 수 없지.

강하다.

울창하게 우거진 나뭇가지 위에서, 『포테 드라고스』라고 불리는 마물은 생각지도 못한 침입자의 힘에 대해서 가만히 생각하고 있었다.

날아온 돌이 박힌 몸이 찌릿찌릿 아프다.

목숨에 지장은 없지만, 오랫동안 아픔을 느껴본 적이 없었다. 인간도 가레스트 산맥에 사는 마물도, 지금까지 포테 드라고스의 상대가 아니었다. 물리 공격 전반에 대한 높은 내성과 긴 팔다리를 교묘하게 사용하면서 펼치는 속도는, 그 누구도 따라오지 못했다. 그 망나니 트롤조차도 자기 영역에는 접근하지 않는다. 하지만, 그 인간 무리는 뭔가 다른 것 같다.

경계하면서 상대해야만 한다. 설령 강적이라고 해도, 놓아준다는 선택지는 없다. 그것은 포테 드라고스의 영역에 침입했기 때문이 아니다. 눈에 들어왔기 때문이다. 눈에 들어온 사냥감을 잡고, 괴롭혀 죽이는 것은 그 마물의 본능이다. 그리고, 책모를 발휘해서 목적을 달성하는 것은 기쁜 일이기도 했다.

정면으로 싸우는 것은 하책(下策)이다. 정면에서 싸워도 질 것 같지는 않지만, 그것은 그 마물의 방식이 아니다. 약한 자부터 노리는 것은 당연한 일이지만, 그 무리에는 강자라고 부를 존재가 여러 명 있다. 돌을 던졌지만 간단히 막았고, 게다가 다시 던지기까지 했다. 그 속도는 포테 드라고스의 특기인 투척과 비교해도 손색이 없다.

한참 동안 빈틈을 노리는 수밖에 없겠지. 가레스트 산맥은 넓다. 습격할 기회는 확실하게 찾아올 것이다.

산맥은 자신의 앞마당 같은 곳이다. 길이란 길은 전부 알고 있다. 나무를 타고 추적하면 들키지도 않겠지.

포테 드라고스는 한참 동안 마치 그림자처럼 나무 위에 몸을 숨겼지만, 마침내 목표가 마차를 타고 이동하기 시작한 것을 확인하자마자 희미한 소리를 남기고 모습을 감췄다.

강한 진동이 마차를 흔들고 있다. 그 속에서, 티노는 무릎을 끌어안고 있다.

너무나 꼴사나웠다. 자신이 미숙하다는 것은 자각하고 있다. 언니와의 실력 차이가 크다는 것도 알고 있다. 하지만, 그래도 자신의 미숙함 때문에 마물 앞에서 도망친다는 건, 티노가 생각하는 허용 범위를 넘었다.

무릎을 끌어안고 있는 티노에게 아무도 말을 걸지 않았다. 마스터도 경계하는 것처럼 창밖을 보고 있다. 아마도 배려해주는 것 같다는 생각에, 티노는 더 비참한 기분이 들었다. 장애물 중에는 타인의 조언을 받아서 돌파할 수 있는 것과 혼자서 뛰어넘어야만 하는 것이 있다. 이번 시련은 아마도, 혼자서 뛰어넘어야 하겠지.

그 마물은 확실히 강하다. 시트리 언니가 자랑하는 키르키르 군이 고전할 정도의 상대다. 아마도 티노 혼자서는 당해낼 수 없겠지. 상성이 너무 안 좋다.

하지만, 틀림없이 그것과 별개로—— 티노는 죽을힘을 다해서 싸워야 했다.

생각해보면 이 바캉스가 시작된 뒤로 티노는 응석만 부려왔다. 제대로 싸워본 적도 없고, 기껏 한 일이라고는 폭풍 속에서 벼락을 맞으며 뛰는 정도였다. 평소보다 많이 부담되지 않았다. 그리고 티노는 언제 공격해 올지도 모르는 위협만 너무 경계하느라 그 의미를 알아차리지 못했다.

트레저 헌터에게 정체란 용납되지 않는다. 헌터로서 크게 성공하기 위해서는 항상 앞으로 나아가야만 한다. 실제로《비탄의 망령》은 그렇게 해서 제도에서도 최고 수준의 파티가 됐다.

마스터어는 철수를 선택했다. 언니도 그 말에 따랐다. 원래는 있을 수 없는 일이다.

이게 다 티노 때문이다. 약한 마음을, 품고 있는 두려움을 다 들여다보고 있다.

상위 헌터인 두 언니가, 그리고 최강 무적의《천변만화》가 있으니까 자신은 싸울 필요가 없다. 무의식적으로 그런 생각을 하고 있었다.

원래는 약자이기 때문에, 앞으로 나서서 하나라도 더 배워야 하는데──.

"티노, 왜 그래? 혹시 공격이라도 당했어?"

마스터어가 무릎을 끌어안고 앉아 있는 티노한테 걱정하는 투로 말을 걸어줬다. 다쳤을 리가 없다. 티노는 나름대로 싸운다고 생각했지만, 그냥 자세만 잡고 있었다. 완전히 추가 공격이다. 자기도 모르게 한마디 하려다가, 그냥 입을 꾹 다물고 고개를 저었다.

어쩌면, 바캉스 중에 마스터어가 계속 말했던『이제부터 시작이야』라는 말도 고도의 빈정거림이었을지도 모른다. 마스터어…… 좀 더 알기 쉬운 말로 꾸중해 주세요.

"어쩔 수 없어. 이번에는 상대가 안 좋으니까."

"지혜가 있는 마물은 마나 머티리얼을 정확하게 파악하고 약한 자부터 노리니까요……."

위로하는 말이 마음을 도려낸다. 마스터어와 언니들은 그럴 생각이 아니겠지. 특히 시트리 언니는 그런 게 있으면 확실하게 말하는 타입이다. 하지만, 지금의 티노에게는 그 모든 말들이 자신을 나무라는 것처럼 느껴졌다.

싸워야만 한다. 바캉스가 막 시작됐을 때, 언니들은 명예를 만회할 기회라고 했었다.

다음에는 반드시 앞에 나서서만 한다. 설령 팔을 한두 개 잃어버린다고 해도, 티노가《비탄의 망령》의 일원이 될 수 있다는 사실을 보여줘야 한다. 아직 티노한테…… 기대하고 있는 동안에.

마차 위에서 힘이 넘치는 언니의 목소리가 들려왔다.

"아직도 쫓아오고 있는 것 같아! 어디 있는지는 모르겠지만!"

"……큰일이네요. 익스플로젼 포션으로도 쫓아낼 수 없어요."

"……응, 그래, 그러게."

『포테 드라고스』는 엄청난 집념을 가진 마물이다. 언니와 대면했는데도 또 공격해 오려고 들다니, 믿을 수가 없다. 시트리 언니가 마차에서 던진 익스플로젼 포션이 삼림을 휘말리게 하면서 큰 폭발을 일으켰지만, 그래도 쫓아내지는 못했다고 한다. 게다가,

모습도 보이지 않는다.

"이럴 때 루시아가 없으니까 귀찮네. 아무래도 상대하기가——."

"도망칠 수 있겠어?"

"그렇군요………… 제대로 된 수단과 위험 부담이 큰 수단이 있어요."

그리고 시트리 언니가 손뼉을 치면서 말했다.

"미끼를 쓰는 거예요. 『포테 드라고스』는…… 집념이 강하고 잔 인하지만, 사냥감을 괴롭히는 버릇이 있다고 하니까…… 미끼를 던지면 쉽게 도망칠 수 있을 거예요. 『포테 드라고스』의 서식 지 역 근처 마을에서는, 꼭 산 제물을 바치라는 요정 이야기가 전해 질 정도로——."

"?!"

시트리 언니의 이야기는 티노의 상상을 뛰어넘었다. 완전히 버 리는 돌이다. 상대의 힘은 티노를 한참 웃돈다. 죽을힘을 다 해도 쓰러트리는 건 힘들다. 이기는 장면이 떠오르지 않는다. 아무리 앞으로 나설 각오를 했다고 해도, 각오만 가지고 어떻게 할 수 없 는 현실도 있다.

마스터어, 아무리 그래도 이건…… 무리예요. 죽을 거예요.

"……그리고, 제대로 된 방법은?"

"? 크라이 씨도 참…… 지금 이게 제대로 된 방법이에요."

시트리 언니가 쿡쿡 웃었다. 그리고 마스터어도 따라서 웃었 고. 아마도 높은 레벨 헌터들만 이해할 수 있는 농담이겠지. 티노 는 도저히 웃을 수가 없었다.

"숫자를 조금 줄이는 쪽이 일석이조가 되고…… 미끼 후보도 있어요. 그렇지, 티?"

시트리 언니가 모든 것을 꿰뚫어 보는 것 같은 눈으로 티노를 봤다. 눈동자 깊은 곳에 있는 빛이 티노한테 죽으라고 말하고 있었다. 그라에서 마스터어와 데이트했던 걸 아직 마음에 두고 있는지도 모른다.

궁지에 몰린 티노를, 마스터어가 도와줬다.

"그래서, 위험 부담이 큰 방법은 뭔데"

"그러니까…… 사람 대신 마물을 불러들여서 미끼로 쓰는 거예요. 사람만큼 눈길을 끌지는 못할 것 같고, 운도 필요하니까 권하지는 않는데……."

"좋았어, 그걸로 하자. 안 되지, 목숨은 소중하게 여겨야 해."

"검둥이 씨네 목숨은 아직 쓸데가 있다는, 그런 얘기로군요. 알겠습니다……."

내 얘기가 아니었어?! ……하지만, 시트리 언니…… 그것도 좋지는 않은 것 같아요.

시트리 언니는 지극히 아쉽다는 것처럼 다시 한번 티노를 보더니, 신중한 손놀림으로 전에도 봤던 마물을 불러들이는 힘이 있다는 포션 『데인저러스 팩트』를 꺼냈다

해가 떴다. 시장과 주민들의 배웅을 받으며, 아놀드 일행은 그

라를 떠났다.

몸에는 아직 피로가 남아 있었지만, 초조한 기분 쪽이 더 컸다.

새로 준비한 마차는 아놀드 일행이 지금까지 사용했던 것보다 커서, 덩치가 큰 아놀드도 여유 있게 탈 만큼의 공간이 있었다. 말도 크고 잘 단련된 녀석이라서, 지금까지 타던 마차보다 등급이 한 단계 상승한 모양이다. 하지만, 그래도 쫓아갈 수 있을지는 미심쩍은 일이다.

길베르트가 감탄하듯 말했다. 젊어서 그런지, 그 얼굴에서는 큰 피로가 보이지 않았다.

"레벨 7이 되면 대우가 달라지는구나."

"도시를 위기에서 구해줬으니까 이 정도는 당연하지. 시간이 있으면 추가 보수도 받고 싶었지만……."

에이가 아쉽다는 것처럼 말했는데, 헌터란 원래 그런 것이다.

헌터는 너무 좋은 마차를 사용하지 않는다. 가격이 비싸면 비쌀수록 승차감이 좋아지지만, 어쨌거나 파손될 일이 많다 보니 비싼 마차를 계속 바꾸는 건 비용 면에서 부담이 크다. 포션이나 무기 때문에 큰돈이 날아가 버리는 헌터들한테, 마차 가격은 골치 아픈 문제 중에 하나다.

마차가 크기는 하지만 하루 만에 준비할 수 있는 건 한 대뿐이었기에, 전원이 탈 수 있는 공간은 없다. 호위 대상이자 의뢰주인 클로에를 걸어가게 할 수는 없으니까, 전위들은 교대로 걸어가기로 했다.

특히 피로가 풀리지 않은 것은 《염선풍》 멤버들이다. 길베르트를 제외한 멤버들은 하룻밤 만에 움직일 수 있을 정도까지는 회복됐지만, 그래도 마차 안에서 완전히 늘어졌다.

원래는 서로 다른 파티다. 우선해서 마차에 태워줄 필요는 없지만, 같이 격전을 헤쳐 나왔다는 이유로 《안개의 뇌룡》 멤버들과 정이 든 모양이다. 그래서인지 투덜대는 파티 멤버는 아무도 없었다.

뭐, 걷는 건 익숙한 일이다. 남은 문제는 따라잡을 수 있을지다.

지금까지 여러 일이 있었던 탓에 조금 경계했지만, 가는 동안에는 아무런 이상도 없었다. 《천변만화》는 먼저 달려갔겠지. 비가 내리지 않은 덕분에, 자세히 보니 아직 바퀴 자국이 남아 있었다.

빠른 걸음으로 걸어갔다. 같이 행동한 뒤로 긴장이 완전히 풀려버린 길베르트가 물었다.

"그런데 아저씨, 드래곤 슬레이어라면서? 용이라는 게 그렇게 대단해?"

"잠깐, 길베르트! 죄, 죄송해요, 나쁜 뜻은 없어요⋯⋯."

편하게 말을 거는 길베르트를, 루다가 황급히 끼어들어서 말렸다.

하지만 겁이 없고 힘이 넘치는 젊은 헌터 정도는 수도 없이 봐왔다. 《천변만화》의 도발에 비하면 길베르트의 말 정도는 귀여운 수준이다. 말투가 조금 거칠다고 위협할 만큼, 아놀드는 속이 좁고 한가한 인간이 아니다.

바로, 선두에서 주위를 경계하면서 걸어가고 있던 에이가 끼어들었다.

"그래. 평범한 용도 상당히 강적인데── 우리가 싸운 건 그냥 용이 아니었다. 네블라누베스의 뇌룡은 천 명 규모의 군단을 물리친 거물이다. 엘란의 뇌정도 그 오크 대군도, 그 뇌룡에 비하면 별것 아니었지.“

젊은 파티가 뇌정이나 그 정도 규모의 대군을 상대하는 건 처음이었겠지.

그 이상이라고 단언하자, 길베르트의 표정이 달라졌다.

“······용은 역시 대단하구나. 드래곤 슬레이어······ 나도, 언젠가 꼭 되고 말겠어. 이 검에 맹세하고!”

“용은 검만 가지고 쓰러트릴 수 있는 게 아니야. 하늘을 날지 않는 지룡이라면 가능성이 있겠지만······ 일단 땅으로 끌어 내리지 않으면 싸움을 시작할 수도 없다고.”

“그렇구나······ 아니, 그렇지만, 칼이 안 닿으면, 닿는 위치까지 점프하면 되잖아?”

“그야, 뛰면 닿을 수 있을지도 모르지만······ 공중에서 어떻게 브레스를 피할 생각인데······.”

뇌룡 토벌. 그것은 《안개의 뇌룡》에 있어 자신감의 원천이자, 긍지이기도 했다.

용의 포효. 터져 나오는 섬광과 고함소리. 온몸을 뒤흔드는 뜨거운 소용돌이, 마침내 용이 쓰러진 그 순간의 광경까지, 지금도 바로 얼마 전에 있었던 일처럼 떠올릴 수 있다.

정령도 오크 대군도, 틀림없는 강적이었다. 하지만, 그 어떤 강적이 나타나건, 나라를 멸망시킬 수 있는 용도 쓰러트린 아놀드는 물러나지 않는다.

설령 그것이 자신보다 수준이 높은 헌터라고 해도── 때때로 긍지는 목숨 보다 우선시된다.

　악인은 아니다. 항상 자신이 넘치고 지금까지 수많은 수라장을 헤쳐 나온 우수한 헌터다. 그것이 클로에가 본 《안개의 뇌룡》에 대한 평가였다.
　처음 만났을 때의 인상은 상당히 살벌했었지만, 그 행동은 확실하고 제도 사람들에게도 허용 범위를 넘은 거만한 태도를 보이지는 않았다. 클로에가 있어서 그런 건지는 모르겠지만, 루다 일행에 대한 대응도 선배 헌터가 후배 헌터를 대하는 것 같은 태도였다. 사람은 겉모습만 봐서는 모른다는, 그런 걸까.
　하지만, 그렇기 때문에 《비탄의 망령》과 적대하게 된 것이 너무나 아쉬웠다. 만약에 같이 싸웠다면 탐색자 협회에서 먼지만 쌓이고 있는 어려운 난이도의 의뢰들을 잔뜩 클리어할 수 있었을 텐데…….
　하지만 주사위는 이미 던져졌다. 그렇게 호된 꼴을 당하고도 추적을 포기하지 않았다. 그들 자신이 생각하는 결판을 낼 때까지, 아놀드 일행은 멈추지 않을 것이다.
　위험한 상황이 벌어지면 클로에 몸을 던져서라도 막아야겠지.
　몇 시간 동안 길을 따라가다가, 나무들이 드문드문 보이는 평원 한복판에서, 마차가 멈췄다.
　"? 저기…… 무슨 일인가요?"
　"이 흔적은…… 길을………… 벗어났다. 에이."

"……틀림없군요. 놈들 짓입니다."

일그러진 표정으로, 에이가 바퀴 자국이 이어진 방향을 봤다.

클로에는 마차에서 뛰어내렸고, 아놀드 일행이 보고 있는 자국을 확인했다.

바퀴 자국 근처에 남겨진 자국. 이건—— 화살표였다.

분명히 의도적으로 그려놓은 화살표와 하트 마크가 길에서 벗어난 곳을 가리키고 있었다. 그리고 실제로, 아주 최근에 생긴 바퀴 자국이 그쪽으로 이어졌다.

그라디스로 가려면 안전한 가도를 따라가면 될 텐데. 그것이 보통 사람들의 감성이고 클로에도 그렇게 생각하고 있다. 그렇기 때문에 길을 벗어난 바퀴 자국이 더 눈에 띄었다. 화살표 따위가 없어도 알아차렸을 것이다. 부드러운 풀을 밟고 지나간 바퀴 자국은 섬세했지만, 헌터의 눈은 그런 것도 놓치지 않고 알아볼 수 있다.

바퀴 자국이 향한 곳을 확인하고, 머릿속에 지도를 떠올려봤다.

"가레스트 산맥…… 수많은 마물들이 창궐하는, 높은 레벨 헌터도 기피하는 제국에서도 손꼽히는 위험지대예요. 그중에는 상금이 걸린 마물도 있고요"

"그놈들…… 우리를, 놀리는 건가?!"

아놀드가 몸을 부들부들 떨고, 놀리는 것 같은 둥그스름한 하트 마크를 노려봤다.

"산을 넘는다…… 그렇게 서두르고 있다는 건가……? 아니——."

목적지가 그라디스령이라면 산을 넘어봤자 그렇게 일찍 도착하는 것도 아니다. 마물과 싸우는 시간을 고려해보면, 어지간한 자신이 없으면 선택하지 않을 루트다.

지난번에 헤어졌을 때 《절영》이 도발했던 것을 생각해보면, 결론은 하나다. 이 표식은 아놀드 일행에 대한 도전장이다.

바퀴 자국은 물론이고 일부러 수고를 들여서 이런 표식까지 남긴 걸 보면, 완전히 아놀드 일행을 놀려대고 있다.

"겁쟁이가 아니라면 와봐라! 따라와라! 그렇게 말하는 것이냐…… 《천변만화》!"

"……어쩔까요? 함정일 가능성이 없는 건 아니라고 봅니다만……."

에이가 아놀드에게 말했다. 분명히, 지금까지의 경위를 생각해보면 함정일 가능성도 있을 것 같지만, 사실 에이는 입으로는 그렇게 말하면서도 눈빛으로는 다른 생각을 말하고 있었다.

"…………이봐, 길베르트. 하나만 묻자, 그 사내는── 마물 무리를 두려워하나?"

쥐어짜는 것 같은 목소리로, 아놀드가 물었다.

갑자기 질문을 받은 길베르트는 잠깐 생각하는 표정을 지었지만, 바로 큰 소리로 대답했다.

"안 무서워해. 레벨이 8이나 되는 남자가, 팬텀 앞에서 무기도 뽑지 않았던 남자가, 무서워할 리가 없잖아! 아저씨는 무서워?"

말릴 생각도 들지 않는다. 말릴 수도 없다.

사실 길베르트의 대답과 상관없이, 아놀드의 마음은 이미 정해져 있었다.

"⋯⋯⋯⋯가자. 산을 넘는다."

용맹 과감하고 목숨 아까운 줄을 모른다. 클로에가 알고 있는 헌터란 그런 사람들이다.

가레스트 산맥으로 이어지는 오래된 길은, 새로 조달한 마차가 아슬아슬하게 지나갈 수 있었다.

좌우에 울창하게 우거진 나무들 때문에 시야가 좁고, 가끔씩 어디선가 마물의 울음소리가 들려왔다.

하지만 무엇보다 클로에를 놀라게 한 것은── 버려진 마물 시체의 양이었다.

종류를 불문하고 마구 널려 있는 시체는 한눈에 봐도 최근에 만들어진 것이었고, 짐승이나 마물들한테 잡아먹혔을 가능성을 생각해봐도 숫자가 너무나 많았다. 클로에는 물론이고 많은 경험을 쌓은 에이와 아놀드까지도 그 광경을 보고서 눈살을 찌푸렸다.

"이거, 전부 《천변만화》 쪽에서 해치운 건가⋯⋯."

"분명히⋯⋯ 산에 마물이 많은 법이기는 한데, 아무리 그래도 너무 많잖아. 대체 무슨 일이 있었던 거지⋯⋯?"

마물의 시체는 돈이 된다. 이 정도 숫자면 크게 한몫 벌 수 있을 텐데, 무엇 하나 챙겨간 흔적이 보이지 않은 건 귀찮았기 때문일까.

더 이상한 것은 클로에 일행이 탄 마차를 공격하는 마물이 거의 없다는 점이었다.

이렇게 피와 살점이 널려 있으면 먹이를 찾는 마물이 모여들 만도 한데, 마치 전부 어딘가로 도망치기라도 한 것처럼 코빼기도 보이지 않았다. 지금까지와는 정반대다.

산에는 지성이 낮은 마물이 많을 것이다…… 전부 《천변만화》 때문에 도망쳐버린 건가? 실력을 느끼고서? 상황을 이해할 수가 없다. 그저, 안 좋은 예감이 들었다.

마치 보란 듯이 죽 널어놓은 것 같았다. 물론 《호뢰파섬》도 똑같은 광경을 만들어낼 수는 있다. 하지만 그러려면 전제조건으로서 대량의 마물들이 공격해와야 한다.

오크 무리한테 습격당했을 때의 일이 머릿속에 떠올랐다.

천하의 아놀드도 이런 광경은 예상하지 못했는지, 냉정한 표정으로 중얼거렸다.

"무슨 짓을 한 거냐…… 《천변만화》. 무슨 짓을 하려는 거냐……?"

"아놀드 씨…… 돌아갈까요?"

에이가 작은 소리로 물었다. 아놀드는 시체들이 줄지어 있는 바라보고, 말없이 고개를 저었다.

여정은 너무나 안전했다. 기분 나쁠 정도로 공격해 오는 마물이 없었다.

시체로 꾸며놓은 길을 생각했던 것보다 빠른 속도로 나아갔다.

문득, 마차 옆을 지키고 있던 《안개의 뇌룡》 멤버가 물었다.

"그런데, 가레스트 산맥에 서식하는 현상금 걸린 마물이라는 건 뭐지?"

현상금이 걸리는 데는 두 가지 조건이 있다. 하나는 나라에서 위험하다고 판단한 것, 그리고 개인이 거는 것이다. 그리고 높은 무력을 지닌 헌터를 다수 거느린 탐색자 협회에 그 권리를 위임했다.

예를 들자면, 조사에 시간이 필요해서 아직 확정된 건 아니지만, 그라에서 싸웠던 칠흑의 오크도 아마 현상금이 걸려 있을 것이다. 가레스트 산맥의 현상금 걸린 마물도 마찬가지다. 다른 나라에서 큰 피해를 낸 강력한 마물이 헌터에게 쫓겨서 산속으로 도망치는 건 흔한 일이다.

클로에는 예전에 봤던 자료의 내용을 떠올리면서 말했다.

"여러 마리가 있어요…… 예를 들자면── 마을 하나를 뭉개놓고 도주한 장군 트롤이라든지…… 물론, 아직 여기 있다는 보장은 없지만요. 가레스트 산맥을 공략할 수 있는 헌터들은 보통 보물전에 들어가니까."

"제블디아도 네블라누베스도 마찬가지라는 얘긴가."

"현상금이 걸린 마물은…… 벌이와 비교하면 난이도가 높으니까……."

현상금이 걸릴 정도의 마물이면 대부분 높은 지성을 지녔고, 그런 것들은 아무리 약해도 마나 머티리얼을 흡수해서 감당할 수 없을 만큼 강해졌을 가능성이 있기 때문에 어쩔 수 없는 측면도 있다.

이번 지명 의뢰, 배럴 대도적단 토벌은 마물 토벌 의뢰는 아니지만, 비슷한 사정 때문에 나온 의뢰일 것이다. 그런 의미에서 보면 아놀드가 무시무시한 힘을 지닌 검은 오크를 쓰러트려 준 것은, 탐협 입장에서는 요행이라고 할 수 있었다. 물론 말은 못 하지만……

아마도, 지금까지 가레스트 산맥을 통과한 사람 중에서 가장 빠른 진행 속도일 것이다.

장애물은 없었다. 중간에 본 적 없는 갈림길이 나왔지만, 뻔히 보이는 함정이었다. 아마도 높은 지성을 가진 마물이 있다는 뜻이겠지.

그리고 클로에 일행은 딱 봐도 사람 손이 닿은, 넓게 트인 장소에 도착했다.

부러진 나무들과 꺼진 모닥불을 확인하고, 에이가 말했다.

"전투 흔적에 모닥불 자국…… 그렇게 오래 되지 않았습니다. 고작해야 몇 시간 정도겠죠."

"흥…… 겨우, 따라잡았나……."

따라잡고 말았다. 해는 저물어가고 있지만, 오늘은 상당히 순조로웠다. 체력도 충분히 남아 있다. 걸음을 멈추지는 않겠지.

클로에가 예상한 대로, 아놀드가 사납게 웃으면서 말했다.

"딱 한 시간, 휴식을 취한다. 계속 간다, 놈들은 이제 코앞에 있다."

가레스트 산맥 같은 곳에 올 생각은 없었다. 정말로, 어쩌다가 이렇게 된 걸까.

클로에는 피로와 스트레스 때문인지 욱신욱신 쑤시는 머리에 손을 얹고서 한숨을 쉬었다.

마차의 움직임이 진정되고, 겨우 평탄한 지면이 나왔다. 나는 그제야 몸에서 힘을 뺐다.

　그야말로 인생 최악의 밤이었다. 시트리가 던진 데인저러스 팩트가 가레스트 산맥의 마물들을 발광하게 하여, 산의 마물과 추적자가 벌인 광란의 연회는 필사적으로 하산하는 우리 마차까지 집어 삼켜버렸다.

　오산은 바람 방향이었다. 중간에 바람 방향이 변해서 광범위하게 퍼진 포션이, 운도 없이 시트리가 상정했던 것보다 상당히 우수한 결과를 끌어낸 것 같다.

　우리는 전후좌우에서 마물한테 포위당했다. 나를 제외한 사람들이 열심히 노력해서 길을 열어주지 않았다면, 나는 아무도 모르는 채 가레스트 산맥에서 조용히 숨을 거뒀을 것이다.

　하지만, 살아 있다…… 나는 살아 있다.

　나는 헌터 시절에 이렇게 죽을 고비를 몇 번이나 넘긴 덕분에 아직 침착하지만, 이런 경험이 거의 없는 티노는 마차 구석에서 창백한 얼굴로 벌벌 떨었다. 머리에는 기묘한 점액을 뒤집어썼는데다, 옷은 녹색 피 때문에 흠뻑 젖어 있었다. 리즈가 붙잡아서, 강제로 전투에 참가시켰다.

　전투 중에는 필사적으로 싸우느라 그나마 다행이었지만, 고비를 넘긴 뒤에 긴장이 풀려버린 것 같다. 트라우마가 되는 건 아닌지 걱정이다.

중간에 포테 드라고스의 기척이 사라진 것 같은데…… 저기, 포테 드라고스와 싸우는 게 차라리 낫지 않았을까?

"마물, 무서워, 그림자, 무서워, 살려줘요, 마스터어, 마스터어……."

"우와, 정말 재미있었어. 크라이! 또 하자!"

한편, 똑같이 싸웠던 스승 리즈는 아무렇지도 않아 보였다.

티노와 마찬가지로 피를 뒤집어쓴 탓에 목욕한 지 얼마 안 된 몸이 다시 더러워졌지만, 그래도 신경 쓰지 않고 웃고 있다. 나는 반박할 힘도 없어서 힘없는 목소리로 대답했다.

"…………응, 그래, 그렇구나."

"일단 물가에서 몸을 씻고 옷도 세탁하는 게 좋겠네요…… 저희는 그렇다 치더라도, 검둥이 씨네가 한계예요."

시트리가 마치 좋은 고용주 같은 말을 했다.

하고 싶은 말은 많지만, 일단 휴식이 필요하다는 건 사실이다.

하는 김에 일단 시트리와 검둥이 씨 일행을 혹사시키는 것에 관해서 얘기해야겠다.

"그래, 【만마의 성】까지는 아직 많이 남았으니까……."

그때, 갑자기 생각이 났다.

한시라도 빨리 이 저주받은 산에서 빠져나가고 싶지만…… 지금, 이 산을 떠나면 위험하지 않을까?

시트리가 던진 포션의 힘은 절대적이었다. 이건 마물을 불러들이기만 하는 건지 의심이 될 수준이다. 완전히 이성을 잃은 마물들은 리즈가 몇 마리를 쓰러트리건 전혀 겁을 먹지 않고 덤벼들었다. 미쳐버린 마물들이 하산해서 마을이라도 덮치면 참사가 벌어진다.

가레스트 산맥이 사람들 사는 곳에서 멀리 떨어져 있다는 건 알고 있고, 그냥 내버려 둬도 다른 사람들한테 피해를 줄 가능성이 적다는 것도 알고 있지만, 이 상태에서 팽개치고 가버리는 건 너무 무책임한 짓이 아닐까?

하다못해 포션의 효과가 사라져서 마물들이 진정될 때까지 근처에서 상황을 지켜보고 싶다.

봐서 어쩔 건데, 라는 생각도 들지만——.

"…………시트리, 포션의 효과가 얼마나 가지?"

"개체마다 차이는 있겠지만…… 대충, 하루 정도겠죠."

하루 정도라면 괜찮으려나. 다행히 『포테 드라고스』도 포기한 것 같고…….

지도를 펼쳐보니 산맥 기슭에 작은 호수가 있었다. 어젯밤에 리즈가 목욕을 했던 개울에서 이어지는 호수다.

여기라면 물도 구할 수 있고 캠핑하기에도 딱 좋다. 지금 있는 위치에서도 가깝고.

이제 막 동이 텄지만, 밤새 달려온 말들도 한계겠지.

파티의 상황과 주위 상황, 양쪽을 고려한 완벽한 작전이다. 오늘의 나는—— 머리가 잘 돌아간다.

"그래…… 이 호수 근처에서 쉬었다 가자. 대략적이라도 좋으니까, 산의 상황을 알 수 있는 곳이잖아."

"그렇군요…… 휴식을 하면서 잠깐 기다려보자는 얘긴가요. 좋은 생각인 것 같아요."

시트리가 바로 내 의도를 파악해줬다. 그래, 그거야. 포션의 효과가 떨어질 때까지 기다리자는 얘기야. 항상 그렇게 눈치가 빠르면 좋을 텐데.

"역시 시트리야, 뭘 좀 아네. 너무 걱정하는 것 같기도 하지만, 잠시 기다려보자."

"너무 걱정이라뇨…… 상대의 실력을 생각하면 타당한 것 같아요! 피로도 많이 쌓였을 테고……."

상대라니, 시트리는 누구 시점에서 말하고 있는 걸까?

가만히 이야기를 듣고 있던 리즈가 눈을 반짝거리면서 손가락을 튕겼다.

"맞다, 크라이! 오랜만에 캠프파이어, 할래? 산 위에서 보일 정도로 불을 팍팍 피우고── 나랑 티가 고기 구해올 테니까 그걸 구워 먹으면서…… 어때? 좋은 생각 같지 않아? 응?"

정말이지, 리즈는 힘이 넘치는구나. 그나저나 캠프파이어라…… 나쁘지 않은데.

옛날에, 아직 파티 일원으로 같이 모험하던 시절에는 자주 했었다. 항상 긴장만 하고 있으면 중요한 순간에 지쳐서 움직이지 못한다. 쉴 수 있을 때 쉬는 게 일류 헌터다.

동물이나 마물 중에는 불을 두려워하는 것도 적지 않으니까, 나쁠 건 없다.

아무튼, 리즈와 티는 몸부터 씻는 게 좋을 것 같다.

"결정이다…… 도망칠 준비만 확실하게 해두고, 실컷 즐겨보자."

"물…… 물이다. 우리, 살아 있다. 살아 있다고……!"

흰둥이 씨가 당장이라도 쓰러질 것 같은 걸음걸이로 호수 쪽으로 향했다. 다른 두 사람도 호숫가에 도착한 순간에 주저앉고 말았다. 이번에 제일 힘들었던 건 저 세 사람이겠지. 계속 마차 운전에 감시까지, 정말 수고가 많으셨습니다…… 시트리를 설득할 테니까 조금만 더 참아 주세요.

호숫가는 정말 아름다웠다. 호숫물도 맑고 차가워서 캠핑하기에 딱 좋았다. 아마도 근처에 사람 사는 곳이 있었다면 인기 있는 장소가 되겠지. 주위에 다른 사람은 보이지 않아서 이 광경을 독점할 수 있다고 생각하니, 엄청나게 사치를 부리는 것 같은 기분이 들었다. 먹거리도 흥미진진한지, 호수에 비친 자기 모습을 보고 있다.

저 멀리에서 크고 작은 동물들이 물을 마시는 모습이 보인다. 마물도 동물도 싸우지 않는, 작은 평화가 있었다. 아무래도 마물을 끌어들이는 포션의 효과도 여기까지는 오지 않을 것 같다. 어제 그 소동이 거짓말 같다는 생각이 든다.

고개를 들어보니 간밤에 내려온 가레스트 산맥이 아주 잘 보였다. 거리가 있어서 포테 드라고스와 마물들의 싸움이 어떻게 됐는지는 모르겠지만, 만약에 미친 마물들이 이쪽으로 온다면 금세 알 수 있을 것이다. 리즈가 환호성을 지르고, 짐을 내던지고는 옷을 벗기 시작했다.

햇빛 아래에서 건강하게 빛나는 리즈의 몸은 마치 한 폭의 그림을 보는 것 같았다.

"좋았어, 이거 봐 크라이, 진짜 예뻐~! 물에 좀 담그고 올게! 자, 티 너도 가자!"

"?! 어, 언니?! 세상에, 마스터어 앞인데!"

정신을 차리고 얼굴이 새빨개진 제자가 당황해서 스승을 말리려고 했지만, 그 노력도 헛되게 리즈는 순식간에 속옷 차림이 되더니 큰 물보라를 날리면서 호수에 뛰어들었다. 물에 들어가기 전에 준비운동 안 하면 위험한데…….

티노가 이쪽을 쳐다봐서 살짝 고개를 끄덕였다.

리즈가 좀 부끄럼이 없기는 하지만, 파티 멤버의 속옷 차림 정도에 동요하면 헌터 노릇은 못 한다. 나도 처음에는 꽤 동요했지만 언젠가 익숙해져 버렸다.

티노는 한참을 고민했지만, 얼굴이 새빨개져서 목에 있는 단추에 손을 댔고,

"마스터어, 역시 저한테는 무리예요오오오오오오오오오오오!"

그대로, 힘차게 호수로 뛰어들었다. ……하다못해 신발이랑 벨트 정도는 벗지.

시트리가 소리 죽여 웃고 있었다.

"티답다고 할까 뭐라고 할까…… 도적의 장비는 가벼운 몸놀림을 중시해서 체형이 그대로 드러나는데, 부끄러움이 남아 있네요."

그 말을 듣고 보니 리즈도 그렇고 티노도 그렇고, 도적의 차림

새는 항상 두꺼운 로브를 입고 있는 연금술사와 정반대다. 아마도 아슬아슬하게 공격을 회피하기 위해서겠지.

어떻게 저런 걸 입고 다닐 수 있는지, 영원한 수수께끼다.

그리고 티노는 언제까지고 부끄러워하는 마음을 잊지 말아줬으면 좋겠다.

시트리가 평소처럼 빠른 동작으로 척척 캠핑 준비를 시작했다. 말을 쉬게 하고 먹이를 주고, 불을 피웠다. 그리고 호숫가에 앉아 있던 나한테 오더니, 나뭇가지를 이용해서 땅바닥에 작은 그림을 그렸다.

"저기, 크라이 씨. 캠프파이어 말인데요, 이런 모양은 어떨까요? 이쪽이 산 쪽으로 가게——."

"……이건……?"

특이한 모양이다. 모양만 특이한 게 아니라 세 개로 나뉘어 있다. 점, 점, 곡선—— 얼굴?

시트리가 두 손을 맞잡고 생글생글 웃으면서 말했다.

"웃는 얼굴이에요! 조금 번거롭기는 하겠지만…… 어떠세요?"

캠프파이어 준비는 꽤 힘들다. 뭐, 굳이 거절할 이유도 없기는 하지만…….

"응, 그래, 좋을 것 같은데. 재미있을 것 같아."

"오늘 밤이 고비라고 생각하니까…… 실력을 발휘해서 맛있는 걸 만들게요. 가레스트 산맥 전체에 들릴 정도로 떠들썩하게 즐겨봐요."

고비라니, 무슨 고비라는 거지? 제일 큰 고비는 어젯밤에 넘긴 것 같은데…….

물어보려고 입을 연 그때, 호수에서 리즈의 환호성이 들려왔다.

"크라이! 악어! 맛있어 보이는 악어 잡았어! 이거 봐, 대단하지 않아?"

악어? 맛있어 보이는 악어라니, 악어를 먹는다고? 이 근처에 더 맛있는 동물이 서식할 것 같지 않아?!

고개를 돌려보니 길이가 5m는 돼 보이는 공룡 같은 거대한 악어에 올라타 제어하고 있는 리즈가 눈에 들어왔다. 너무 야생아 같잖아.

눈이 휘둥그레진 티노가 큰 소리를 질러서 말리려 하고 있다. 검둥이 씨네는 깜짝 놀랐고.

나는 혼란과 공포 때문에, 하나도 재미없는 코멘트를 했다.

"이 호수, 악어가 사는구나."

자연에는 위험이 가득하다.

……함부로 뛰어들지 않아서 다행이다. 아무리 그래도 악어는 아니잖아, 악어는.

타닥타닥이라기보다는 화르르, 하는 기운찬 소리를 내면서 불이 타오르고 있다.

밤이 깊었고 하늘에는 커다란 달이 빛나고 있는데, 호숫가는 마치 대낮처럼 밝았다.

(검둥이 씨네가) 주워온 장작을 이용해서 만든 간이 캠프파이어에 시트리가 포션을 부어서 불이 더 거세게 타오르게 했고, 강

한 바람이 불어도 꺼지지 않고 안정적으로 계속 타올랐다.

시트리가 제안한 대로 웃는 모양이 되도록 배치했는데, 가까이에서 보면 모르겠지만 가레스트 산맥에서 내려다보면 엄청나게 눈에 띄겠지. 이미 야행성 마물들이 활동할 시간이지만, 마물이 나타날 기미는 보이지 않았다. 아마도 리즈가 저녁밥으로 먹겠다고, 너무 열심히 뛰어다니면서 큰놈들을 잔뜩 해치운 탓이다.

우리 야생아는 이 호숫가 부근의 생태계에 풀어놔도 톱클래스를 차지하는 것 같다.

캠프파이어에서 조금 떨어진 곳에는 리즈가 잡아 온 큰놈들이 데굴데굴 굴러다녔다. 갈무리할 때 튄 피도 있고 해서 이상한 공간이 돼버렸다. 시트리가 열심히 먹을 수 있는 부위를 잘라서 가지고 왔는데, 아무리 봐도 이 인원이 다 먹을 수 없는 양인데다 고기가 너무 많았다.

지금까지 내가 체험해본 캠프파이어 중에서도 최고로 『기묘』한 캠프파이어였다. 시간이 아무리 지나도 화력이 줄어들 기미가 없는 불에, 이 적은 인원이 파티를 하기에는 과도하다고 할 수 있는 불 숫자와 배치. 꼬치에 꿰어서 구운 피가 뚝뚝 떨어지는 고기와 부글부글 소리를 내면서 끓고 있는 냄비.

그리고 무엇보다, 완전히 지친 탓에 땅바닥에 큰 대자로 누워서 잠들어버린 검둥이 씨 일행과 긴장한 표정의 티노가 이상한 분위기에 박차를 가하였다. 누가 보면 이상한 의식을 벌이고 있는 것처럼 보일지도 모른다. 그것도 남들에게 보여주고 싶지 않는 수상한 마녀의 잔치(사바트)다.

물론 사실은 너무나 즐거운 캠프파이어지만, 세 사람이 너무 지쳐서 누워 있는 데다 티노도 웃지 않으니까, 나도 마음 놓고 즐길 수가 없다.

시트리와 리즈 둘만 평소와 똑같이 자연스러웠다.

시트리는 태연하게 음식을 만들고, 리즈는 밤의 호수에서 놀고 있었다.

"어떠세요, 크라이 씨. 완벽하죠……! 이거라면 틀림없이 산 위에서도 싱글싱글 웃는 것처럼 보일 거예요."

시트리가 자랑스럽게 가슴을 활짝 펴고서 캠프파이어를 가리켰다.

나도 그런 놀이를 싫어하는 건 아니지만, 지금은 다른 게 신경 쓰였다.

모닥불을 잔뜩 만들기 위해서 장작을 잔뜩 주워온 탓에, 당장이라도 죽을 것처럼 누워 있는 호위 삼인방이 신경 쓰인다. 아무래도 강행군 직후에 장작까지 주워오느라 너무 힘들었던 것 같다 (참고로 힘차게 사냥한 아이도 있었는데, 그게 보통이라고 생각하면 안 된다).

그래서 하지 말라고 말렸는데, 물놀이하는 티노 쪽을 보고 있는 사이에 시트리가 명령을 내렸는지, 내 의식이 큰 소리를 내면서 물놀이를 하는 두 사람한테 갔다가 돌아왔을 때는 이미 일이 다 끝나 있었다.

사소한 일에서 재미를 찾는 건 좋은 일이다. 나도 경우에 따라서는 싱글싱글 캠프파이어를 만들고 싶었을 수도 있겠지. 하지만 나는 기본적으로 주위에 최대한 폐를 끼치지 않으려 한다. 아무리 시트리가 고용주로서 당연한 권리를 행사해서 지시를 내렸다고 해도—— 재미있다는 이유로 피곤한 검둥이 씨 일행을 마구 부려 먹는 건 사람으로서 너무 인정머리가 없는 것 같다.

시트리가 생글생글 웃으면서 날 위해 악어 꼬치를 굽고 있었다. 나쁜 마음이라고는 하나도 없는, 진심으로 즐거워 보이는 표정. 나는 살짝 한숨을 쉬고, 우울한 기분을 숨기고서 진언했다.

"시트리, 검둥이 씨 일행 말인데…… 너무 힘들게 하는 거 아냐?"

"예? 그런가요……?"

시트리가 깜짝 놀라했다.

악의가 있어서 저 사람들을 마구 부려 먹는 게 아니라는 건 처음부터 알고 있었다.

아마도, 시트리한테는 검둥이 씨 일행의 상황이 절박하게 보이지 않았을 것이다. 우리는 항상 목숨을 걸고 모험을 했었다. 거기에 비하면 사투를 벌인 뒤에 장작을 줍는 정도는 아무것도 아니라고, 그렇게 생각했겠지. 헌터 노릇을 너무 오래해서, 뇌까지 헌터가 돼버렸다.

오랜만에 이렇게 같이 여행하고 있다. 짧은 기간이지만 반드시, 시트리를 원래의 상식적인 사람으로 되돌려놔야겠다.

진지한 표정을 지은 나한테, 시트리가 곤란하다는 것처럼 말했다.

"하지만………… 저 사람들은…… 그러니까…… 범죄자, 인데요?"

생각도 못 한 말이 시트리의 입에서 나왔다. 범죄자…… 범죄자, 인가. 듣고 보니 검둥이 씨 일행은 생김새부터가 아무리 봐도 보통 사람이 아니다. 솔직히 헌터 중에는 범죄자처럼 생긴 사람들이 워낙 많아서, 그런 패턴은 생각도 못 했었다.

하지만, 그렇다면 대체 왜 범죄자를 고용했을까? 어쩌면 갱생 조치의 일환인가 뭔가로 나라에서 의뢰한 걸까? 시트리의 인맥은 잘 모르니까 뭐라고 말할 수는 없지만, 검둥이 씨 일행을 혹사한 것도 교정 작업의 일환이었고? 아무리 그래도 너무 심한 것 같기는 하지만…… 그렇다고 하면 오히려 내가 끼어드는 게 문제가 된다. 이마에 주름을 지었더니, 시트리가 전혀 걱정할 것 없다는 것처럼 웃었다.

"그런데, 크라이 씨가 그렇게 말씀하신다면…… 너무 혹사시키는 건 그만둘게요."

"……뭐? 벌주는 게 아니었어?"

"물론, 어떤 의미에서는 벌이라고 할 수 있어요. 하지만…… 저 사람들의 성능 덕분에 대충 알았으니까요."

역시나 부품을 떼어낼 정도는 아니고, 고집할 정도도 아닌 것 같아요. 라고. 시트리가 쑥스러워하는 표정을 지으면서 고개를 갸웃거렸다.

……잘은 모르겠지만, 최근 며칠 동안에 저 사람들이 헌신적으로 일했다는 건 잘 알겠으니까, 이제 벌을 그만 줘야겠다는 얘기려나? 어쩌면 그렇게까지 무거운 벌은 아닌지도 모른다. 지금까지도 시트리의 말을 잘 들었던 것 같고…….

"그래…… 만약에 해방해주는 건, 안 되려나?"

범죄자라는 걸 알고 겁을 먹었지만, 초지일관으로 물어봤다.

지금까지 수많은 범죄자가 나를 노렸었다. 죄인들은 전부, 하나도 빠짐없이 감옥에 보내야 한다고 생각하지만, 여기까지 오는 동안 검둥이 씨네가 보여준 고생을 생각하면 불쌍하다는 생각도 든다. 살인 레벨이라면 이야기가 달라지지만, 경범죄 정도라면 인제 그만 용서해줘도 될 것 같다.

내가 용서할지 아닐지, 그런 걸 결정할 입장이 아니라는 건 굳이 말할 필요도 없는 일이지만——.

시트리는 잠깐 뭔가를 생각하는 표정을 보이더니, 다음 순간에 주머니에서 뭔가를 꺼내서는 내 손에 꼭 쥐여줬다.

"아뇨…… 대단한 죄는 아니니까, 크라이 씨가 마음대로 하셔도 돼요. 저 사람들도 크라이 씨한테 크게 감사하겠죠."

몇 초 동안 내 손을 꼭 쥐고 있다가, 살며시 손을 뗐다. 내 손에 남아 있는 것은 작은 금색 열쇠였다.

"저 사람들 목걸이 열쇠예요. 목걸이만 풀어주면, 검둥이 씨네는 자유의 몸이에요."

시트리는 거짓말을 하는 얼굴이 아니었다. 수도 없이 봐온, 마음이 따뜻해지는 웃는 얼굴이다.

꽤 간단하네…… 열쇠를 집어 들었다. 그나저나 범죄자란, 말이지. 음………… 저렇게 지친 모습을 보면 당장이라도 해방해주고 싶지만—— 범죄자란, 말이지.

뭐, 지금 풀어줘 봤자 저렇게 지쳐서는 사람들 사는 곳까지 가지도 못할 거다. 아무리 그래도 이런 곳에 던져놓는 건 너무 심한 짓이다. 아직…… 생각할 시간은 있다.

"……타이밍을 잘 생각해야겠네."

내 말을 들은 시트리가 눈을 반짝반짝 빛내면서 계속 고개를 끄덕였다.

어쩌면 내가 지적할 필요도 없이, 시트리도 같은 생각을 하고 있었던 걸까? 아니면 아무리 가도 내가 말을 꺼내지 않아서 풀어주지 못했던 걸까?

시트리도 리즈도 (솔직히 내 주위에 있는 사람들은 하나같이 그런 느낌이지만), 장식품 리더인 내 의견을 너무 존중하는 경향이 있다. 말도 안 되는 얘기는 아니다.

"아무튼, 저 사람들 일은 나한테 맡겨. 조금 피곤해 보이니까 쉬게 해주고 싶은데. 괜찮겠지?"

"알겠습니다. 언니한테도── 검둥이 씨네 일을 크라이 씨한테 맡겼다고 전해둘게요."

시트리가 볼이 발그레해지더니, 평소보다 열기가 담긴 목소리로 대답했다.

자, 저 사람들한테는 뭐라고 말해줘야 좋을까…….

『포테 드라고스』가 새로운 인간들이 왔다는 걸 알아차린 것은, 처음에 온 인간들의 생각지도 못한 전술 때문에 새로운 작전의 필요성을 느끼고 있던, 그런 때였다.

가레스트 산맥에서는 모든 것들이 자신의 편이다. 바람도, 소리도, 모든 것이 산속에서 일어나는 일을 가르쳐줬다.

먼 곳에서 확인하는 정도로, 바로 역량을 알 수 있었다. 그 일행은 상당한 힘을 지녔다. 특히 선두에 서 있는 덩치 큰 남자의 힘은 포테 드라고스한테 돌을 던졌던 그 여자에 필적했다.

어지간해서는 사람들이 들어오지 않는 산맥에 손님이 두 팀이나 연속으로 나타난 것이 우연이 아니라는 건 분명했다.

양쪽 모두 확실하게 해치워야만 한다. 하지만, 손이 부족하다. 그렇다면, 어떻게 해야 좋을까.

생각할 필요도 없었다. 간단한 일이다. 강자는 강자와 싸우게 하면 된다.

포테 드라고스에게는 지성이 있다. 상대의 약점을 파악할 만큼의 지성이. 인간의 말을 이해할 만큼의 지성이다.

정상 부근. 어둠 속에서, 산길을 따라 나아가는 커다란 마차를 보면서, 작은 눈을 가늘게 떴다.

그 초록색 신체가 일그러지고, 표피 색이 천천히 달라졌다. 살이 뿌득뿌득 소리를 내면서 융기하고, 머리카락이 자랐다. 변화하는 데 걸린 시간은 몇 초밖에 안 됐다.

그리고 포테 드라고스는 조용히 용맹한 미소를 짓고는, 긴 팔다리를 사용해서 엄청난 속도로 산에서 내려갔다.

이런 꼴을 당하느니, 범죄자 헌터로 체포당하는 쪽이 차라리 나았다.

족쇄를 채운 순간에는 화가 났었다. 바캉스에 마부로 데리고 간다는 얘기를 들었을 때는 틈만 나면 목걸이를 해제하고 반항하려고 생각했었다. 하지만, 지금 남은 것은 깊은 절망과 체념뿐이다.

흰둥이도 검둥이도 회색이도, 범죄자 헌터로서 오랫동안 헌터와 기사단을 생각하면서 살아왔다.

죽인 사람이 얼마나 되는지 기억도 못 하고, 울며불며 용서를 비는 사람의 머리를 웃으면서 쪼개버린 적도 있다.

하지만, 그런 자신들이 생각해봐도 악명 높은 《비탄의 망령》은 완전히 정신이 나갔다. 이미 저항할 기력도 없다. 지금이라면 자신들이 간단히 포박당한 이유도 알 것 같다. 헤쳐 나온 수라장의 숫자가 다르다.

노예처럼 취급받은 날들이 마치 천국이었다는 생각이 들 정도로, 그야말로 지옥 같은 밤이었다.

끝도 없이 덤벼드는 마물과의 목숨을 건 싸움 때문에, 이미 몸과 마음이 모두 한계에 달했다. 피와 기름이 찌든 칼은, 날이 들지도 않는 둔기가 돼버렸다. 입고 있던 외투는 피에 흠뻑 젖었는데, 아마 빨아도 냄새와 색은 빠지지 않을 것이다. 다음에 똑같은 상황에 부닥친다면, 틀림없이 누구 하나는 죽는다. 아니—— 셋이 다 죽어도 이상하지 않겠지.

그리고 자신들 셋이 죽어도 이 마차는 아무 일도 없었다는 것처럼 앞으로 나아갈 것이다. 그런 확신이 들었다. 그게 왠지 너무

나도 무섭다.

《천변만화》가 레벨 8 헌터인 데다 수많은 큰 사건을 해결했다는 애기는 알고 있다.

검둥이 일행이 말려든 『바캉스』는 그것을 뒷받침하는 것처럼, 강력한 마물과 트러블을 돌파하는 수라 여행이었다. 정령. 요새를 만들 정도로 모인 수많은 오크. 한눈에 봐도 이상한 숫자의 마물이 덤벼드는 가레스트 산맥을 지나오는 중에, 그런 마물들을 무차별로 공격하는 최악의 마물──『포테 드라고스』. 어느 하나를 봐도, 평소의 검둥이 일행이라면 바로 도망쳤을 상대다

하지만 《천변만화》는, 그리고 같은 파티 멤버인 《절영》 일행은, 그것을 바캉스라고 말했다.

때로는 문제를 회피하고, 때로는 다른 헌터에게 떠넘기고, 그리고 때로는 강행 돌파했다. 검둥이 일행이 죽을 각오로 뚫은 길을 웃으면서 돌진했고, 포테 드라고스한테 추적당했을 때는 미끼가 될 뻔했다.

그 행동에서, 검둥이는 강한 『익숙함』을 느꼈다.

《절영》 일행은 이 수라장에, 죽을 지경에 익숙했다. 아니, 아마도 그 이상의 상황을 경험했을 것이다.

그래서 웃으면서 멈추지 않는다. 《절영》의 인정 레벨은 6이라고 들었는데, 그 경험이나 실력을 보면 그 정도 수준이 아니라는 것은 분명했다. 당해낼 리가 없다. 힘도 경험도 각오도, 그리고── 악의조차도, 그 생김새만 봐서는 상상도 못 할 정도로 차원이 다르다.

몇 번을 상상해봐도 쓰러트린다는 이미지가 떠오르지 않는다. 이 절망에서 빠져나갈 길은 없다.

유일한 광명은—— 스스로 죽음을 선택해서 모든 것을 끝내는 것뿐이다.

하지만 과연, 검둥이 일행에게 목걸이를 채운 그 여자가, 항상 미소를 지으면서 검둥이 일행보다도 죄악감을 찾아볼 수 없는 그 여자가, 그런 구원을 허락해줄까? 무릎을 끌어안고, 현실에서 도 망치려는 것처럼 중얼거렸다. 그때, 갑자기 검둥이의 등 뒤에서 누군가가 불렀다.

"저기…… 괜찮아?"

"?!"

몽롱한 의식이 순식간에 정신이 번쩍 돌아와, 자기도 모르게 작은 소리로 비명을 질렀다. 지금까지 죽은 것처럼 쓰러져 있던 흰둥이도 의식이 있는 건지도 몰랐던 회색이도, 마치 저승사자가 자기 이름을 부르기라도 한 것처럼 벌떡 일어났다.

힘없는 목소리. 위엄 없는 목소리. 이 목소리가, 제일 무섭다.

크라이 안드리히. 《천변만화》. 《비탄의 망령》의 리더이자 《절 영》과 《최저 최악》이 전면적으로 따르는 남자. 바캉스 여행 동안 유일하게 그 힘을 보여주지 않은 남자이기도 했다. 여전히, 생긴 것만 봐서는 그 힘을 가능할 수 없다. 육체는 빈약해서 헌터로 보이지 않고, 마나 머티리얼을 대량으로 흡수한 사람 특유의 패기도 없다. 무기도 방어구도 없고, 자세에서는 빈틈만 보일 뿐이다. 시내에서 마주친다면 거친 일을 하는 사람이 아니라 일반 시민이라고 생각했을 것이다.

하지만, 그래서 무섭다. 그 검은 눈동자는 깊고 온화하며,《절영》처럼 화를 내면서 소리를 지르지도 않고,《최저 최악》처럼 아무 때나 웃지 않고, 키르키르 군처럼 대놓고 이상하지도 않았다.

지금까지 계속 엿보고 있었다. 관찰하고 있었다. 특별히 뭔가를 하는 것도 아니다. 동료들을 위해서 마물 무리 앞으로 뛰쳐나가지도 않고, 눈에 띄는 행동이나 감정 변화도 없다. 그런, 평범한 남자.

하지만 이 바캉스의 목적지를 정한 것은 틀림없이 그 남자였다.

틀림없다.《절영》과《최저 최악》은 이 남자의 정부다. 그를 볼 때면 얼굴이 요염해지고, 행동 하나하나에서 미움받지 않겠다는 심정이 보였다. 그리고 그런 사내가 제정신일 리가 없다.

처음에 아무것도 안 했는데도 처분당할 뻔했던 일을 떠올렸다. 그 둘의 두목이다. 거역하면 어떻게 될지는 생각도 하기 싫다. 쉽게 끝내주지는 않겠지.

"뭐, 뭔가요……《천변만화》님."

출발하기 전에 그렇게 건방진 태도를 보였던 회색이가 비굴한 목소리를 냈고, 그 앞에 엎드렸다.

마음은 이해한다. 정말 무서운 건 바로 분노를 폭발시키는, 그런 자가 아니다.

검둥이도 회색이를 따라서, 마찬가지로 고개를 조금 숙였다.

조금이라도 그 의식에서 벗어나도록. 그 눈을 보지 않고——넘어갈 수 있도록.

"⋯⋯⋯⋯그런 짓은 안 해도── 단도직입적으로 말할게. 난 검둥이 씨 일행을── 풀어주기로 했어. 시트리한테 허락도 받았고."

"?!"

생각지도 못한 말을 듣고 고개를 들었다. 흰둥이도 회색이도, 눈을 크게 뜨고서 멍하니 《천변만화》를 보고 있다.

풀어준다고? 지금 이 자식이── 풀어준다고 했나?

《천변만화》는 눈썹을 한 번 움찔하고 움직이더니, 눈을 가늘게 떴다. 손에는 작은 열쇠가 있다. 검둥이 일행을 옭매고 있는 목걸이의 열쇠다. 빈틈투성이였다. 회색이의 위치라면 단번에 강탈할 수 있겠지. 하지만 회색이는 꼼짝도 하지 않았다.

"물론 지금 당장 풀어주겠다는 건 아니야. 여기는 위험하고── 그리고 얘기 들었어, 세 사람⋯⋯ 범죄자라는 것 같던데. 그렇게 쉽게 풀어주면 죗값을 치를 수가 없으니까. 그렇지?"

네 입으로 할 소리냐⋯⋯. 라는 말이 튀어나오려고 했지만, 간신히 삼켰다.

확실히, 검둥이 일행은 범죄자다. 만약에 죄가 전부 드러나면 무사하지 못할 것이다.

하지만, 리즈나 시트리는 아무리 봐도 자신들보다 더 심했다.

여기서 《천변만화》가 슬쩍 웃었다. 아무리 봐도 연기가 아닌 것 같은── 자연스러운 미소. 작은 열쇠를 집어서, 마치 보란 듯이 눈앞에서 흔들었다.

"하지만, 알고 있어. 당신들 죄는 대단한 게 아니야. 최근 며칠 동안, 당신들은 시트리가 시키는 대로 잘 따라줬어. 나는 그걸로 충분히 죗값을 치렀다고, 그렇게 생각해. 안전한 곳에 도착할 때까지 얌전히 있으면── 그 목걸이를 풀고, 해방줄게."

말 자체만 보면 너무나도 사람이 좋아 보이는 말이다. 하지만, 검둥이의 위치에서는 흰둥이의 볼이 두려움 때문에 굳어져 있는 것이 훤히 보였다. 자신들은 범죄자 헌터. 온갖 죄를 저질렀고 아슬아슬하게 살아왔다. 사람도 여러 명 죽였다. 무거운 죄를 저질렀다고 자각하고 있었다.

그런데── 대단한 죄가 아니라고, 하다니.

검둥이 일행의 침묵을 어떻게 받아들인 건지, 《천변만화》가 당황한 것처럼 손을 흔들었다.

"아, 괜찮아. 여기서부터는 비교적 안전하고 전투도 없을 거야. 마부 일은 계속해줘야 하지만, 서두르는 것도 아니니까 느긋하게 가줬으면 싶고…… 바캉스니까 말이야. 알겠지?"

바캉스. 짜증 나는 말에, 자기도 모르게 몸이 떨렸다. 달콤한 말이다. 노골적으로 희망을 부추기는 말이다. 하지만, 자신들에게는 처음부터 선택지 따위는 없다. 충실한 병사처럼 그저 고개만 끄덕일 뿐이다.

흰둥이도 회색이도, 말없이 고개를 끄덕였다. 검둥이도 따라서 끄덕였다.

《천변만화》가 검둥이 일행의 표정을 보고는 안심한 것처럼 어깨에서 힘을 뺐다.

그때 기다렸다는 것처럼── 가레스트 산맥 쪽에서 빛이 번쩍였다.

"드세요. 오랜만에 스튜를 만들어봤어요. 조미료와 포션이 제한돼서 평소보다는 맛이 없지만——.

"아, 고마워. ……음, 정말 맛있다."

"다행이다. 언니가 이상한 고기만 잡아 와서, 조합하느라 고생——."

아까 그 빛은 대체 뭘까. 고개를 갸웃거리면서도 시트리가 해준 절품 스튜 맛에 입맛을 다셨다.

캠프파이어 한쪽에서는 양반다리를 하고 앉은 리즈가 무슨 고기인지도 모를, 뼈가 붙은 고기를 뜯고 있었다. 그 옆에 앉아서 얌전하게 먹고 있는 티노하고는 대조적이다.

빛은 순식간에 사라졌다. 그 뒤에도 아무 일도 없었던 걸 생각해보면 신경 쓸 필요가 없는 일일 수도 있지만, 아무래도 뭔가가 마음에 걸렸다. 자연현상이려나? 시트리도 리즈도 신경 쓰지 않는 것 같다.

똑똑한 시트리라면 그 빛의 정체도 예상할 수 있을까.

옆에 앉자 시트리가 깜짝 놀란 표정을 지었고, 어째선지 기뻐하면서 어깨가 닿을 정도로 가까이 다가왔다. 잘 손질한 머리카락에서 달콤한 냄새가 풍겨왔다. 왠지 마음이 차분해지는 냄새다.

"…………시트리, 그 빛 말인데——."

"예? 아…… 항상 있는 그거 말이죠."

?! ……그렇구나…… 항상…… 있는, 일인가.

……밖은 너무 위험하다. 바캉스를 하려고 나왔는데 엘란에 그라, 가레스트 산맥에서 벌써 세 번이나 위험과 아슬아슬하게 지나쳤다. 행상인 일 같은 걸 하는 사람들은 대체 어떻게 해서 안전하게 이동하는 걸까. 요령을 좀 배웠으면 좋겠다.

그나저나, 항상 있는 일치고는 너무 조용한데, 항상 있는 일이라면 도망치는 게 좋으려나?

"도망칠까?"

"아…… 그러니까…… 움직이기에는, 아직, 조금 이른 것 같은데요…… 식사도 아직 안 끝났고."

겁많은 나와 다르게, 시트리는 아주 차분했다. 여행에 익숙하기 때문이다.

모닥불에는 꼬치에 꿴 고깃덩어리가 여러 개 설치되어 있어, 그 고기들이 잘 익어갔다. 스튜와 물고기도 있다. 마차에 전부 싣고 갈 수는 없다.

우리는 여기서 하룻밤을 묵을 예정이었다. 이 자리를 버린다는 것은 또 야간 행군을 해야 한다는 뜻이다. 검둥이 씨네한테 혹사하지 않겠다고 말한 지 얼마나 됐다고——.

어떻게 해야 좋을지, 얼굴까지 찌푸리면서 스튜를 입에 넣는 나한테 시트리가 제안했다.

이런 상황인데도 꽤 즐거워 보인다.

"그 위치라면 여기까지 오는 데 조금 더 걸릴 거예요. 그렇지! 조금이지만…… 술도 있거든요. 한 잔 드릴까요?"

그렇구나. 여기까지 오려면 조금 더 걸리는구나…… 잠깐만,

대체 왜 여기로 오는 게 대전제인 거지? 그냥 자연현상일 수도 있잖아? 그나저나 그거 대체 뭔데?

나는 부끄러움을 무릅쓰고, 모든 것을 간파하고 있는 것 같은 시트리한테 물었다.

"그런데 말이야, 시트리는 그게 뭐라고 생각해?"

시트리가 예쁜 병과 잔을 꺼냈고, 술을 따라주면서 싱긋 웃었다.

"아놀드 씨 일행이에요."

나는 미소를 지었다. 시트리가 내미는 잔을 받아서 살짝 입에 댔다. 꽤 센 술인지, 혀끝에서부터 불에 덴 것처럼 뜨거운 느낌이 번져나갔다. 시트리가 눈을 가늘게 뜨고, 볼이 발그레해져서 밤하늘을 바라보고 있다.

어? 뭐라고? 왜 아놀드? 의미를 모르겠네.

아놀드가 저기 있는 의미도 모르겠고, 약간의 빛으로 그걸 간파한 이유도 모르겠고, 백 보 양보해서 그게 사실이라고 치더라도, 그런 상황에서 웃으면서 앉아 있는 이유를 하나도 모르겠거든.

미소를 지으면서도 머릿속에는 물음표가 가득 떠 있는 나한테, 시트리가 말했다.

"아마도, 그 뇌룡 무기의 힘이겠죠. 용 클래스의 마수 정도 되면 소재로서는 일급이니까요. 일설에 의하면 그런 환수 클래스의 짐승은, 토벌당한 뒤에도 육체 자체가 죽음을 깨닫지 못해서 생전의 힘이 남는 모양이에요. 크라이 씨, 정말 로맨틱한 이야기 같지 않나요?"

시트리가 황홀하다는 것 같은, 요염한 목소리로 그렇게 말했지만, 나는 그 기분을 전혀 이해할 수가 없었다.

아무래도 시트리랑 나는 감성이 많이 다른 것 같다. 내가 뇌룡에 대해서 알고 있는 건 그 녀석이 용 중에서도 특히 강하다는 이유로 유명하다는 것과 시트리가 소스를 발라서 구워주면 정말 맛있다는 것 정도다.

잠깐만? 뇌룡으로 만든 엄청나게 강한 무기를 가진 아놀드가, 이쪽으로 오고 있다는 거야? 지옥이잖아.

그때, 고기를 뜯어 먹고 있던 리즈가 이쪽을 보더니, 커다란 악어 고기를 꿰놓은 꼬치를 휘두르면서 소리쳤다.

"?! 시트!! 야, 크라이랑 너무 가깝잖아! 자, 떨어져, 빨리……정말 마음을 놓을 수가 없다니까!"

"죄송해요 크라이 씨. …………이다음은, 나중에."

"아앙? 다음은 무슨 얼어 죽을, 남의 물건에 손대려고 하지 말란 말이야! 상식이라는 게 없는 거냐, 앙! 크라이 너도 헬렐레하지 말고! 아까 계속 같이 있어주겠다고 약속했잖아?!"

리즈가 무슨 소리를 하고 있는 걸까. 나한테는 시트리한테 헬렐레할 여유도 없는데.

아놀드 때문에 부들부들 떨고 있단 말이야, 나는!

내 속내도 모르고, 리즈가 시트리를 떠밀고 나한테 달라붙었는데, 아까까지 호후에 들어가 있었던 탓인지 묘하게 차갑다. 부들부들에 차가운 느낌까지 더해지니까 더 부들부들했다.

잠깐만. 어떻게 해야 좋을지를 모르겠네.

"……리즈, 옷이 차가우니까 가서 말리고 와. 그러다 감기 걸리겠다."

"뭐라고?! 차가울 리가 없잖아?! 나, 옷 벗고서 물놀이했으니까! 뭐야? 방해된다고? 알았어, 벗으면 되는 거지? 말을 하지!"

"!! 언니, 안 돼요! 그런 천박한 짓은!"

주저하지 않고 옷을 벗으려는 리즈에게, 과감하게도 티노가 뒤쪽에서 매달렸다. 티노는 바로 밀려났지만, 그래도 바로 일어나서 다시 붙잡았다. 기껏 호수에서 몸을 깨끗이 씻었는데, 잘도 저러고 있네. 혼란스러워하면서 자매 싸움 같은 그 광경을 보고 있던 그때——.

——나무 뒤에서 뭔가가 튀어나왔다.

그것은, 금발이었다. 근육이 울퉁불퉁한 몸의 키는 2m에 가깝고, 눈은 금색으로 빛나고 있다.

팔다리도 잘 발달되기는 했지만 묘하게 가늘고 길다. 하지만 내 머릿속이 순간적으로 새하얘진 것은, 그 인간(?)이 알몸이었기 때문이다. 그나마 너덜너덜한 천 조각으로 사타구니를 가리고 있는 게 유일한 양심이라고 할까.

반사적으로 웃으면서 물었다. 웃는 얼굴은 내 방위 행동의 일종이니까.

"……누구지?"

의문의 금발 마초가 눈을 가늘게 뜨고, 어딘가 자신만만하게 말했다

"아놀드다. 오랜만이다."

아, 아, 아…… 아놀드?! 나도 모르게 벌떡 일어났다.

…………많이 변했네. 그러고 보니 뒤로 넘긴 긴 금발이 왠지 아놀드 같기도 했다. 눈 색깔도 아놀드 그 자체고. 하지만, 그래도, 얼핏 봐서는 아놀드라는 걸 알아차리지 못할 정도로 다르다. 뭔가가 다르다.

나는 아놀드를 빤히 관찰하고는 탁, 하고 손뼉을 쳤다.

"혹시 살 빠졌어?"

"크라이, 처음에 물어볼 게 그거야?"

"칼은 어쨌어?"

"……버렸다. 그딴 건 나약하다."

아무래도 뇌룡 소재로 만든 엄청 강한 검은 버린 것 같다. 시트리가 일어나서 끼어들었다.

"그 전에, 옷부터 입어야죠."

"시트리 언니?!"

어쩌지. 계속 경계하고 있었는데…… 너무나 예상 밖의 차림새라서 어떻게 해야 좋을지 모르겠다.

아놀드한테 대체 무슨 일이 일어난 걸까. 그 몸을 자세히 확인해봤지만, 나한테는 아무리 봐도 눈앞에 있는 이 존재가 아놀드로 보이지 않았다. 어쩌면…… 피곤해서 그런지도 모르겠다.

진정하자, 크라이 안드리히. 아놀드가 아닌 놈이 아놀드라고 할 리가 없고, 애당초 변장을 하려면 좀 더 제대로 된 꼴로 하지 않겠냐고.

즉…… 눈앞에 있는 이 남자는 아놀드다.

"일단…… 스튜라도, 먹을래? 고기도 맛있는데."

"나, 크라이 그런 점이 정말 좋아!"

"저도, 배우고 싶어요."

"마스터어는 신…… 마스터어는 신……."

"키르키르……."

"야옹?"

식사 풍경을 절대로 보여주고 싶지 않은 키르키르 군이 어디선가 나타나서 따라 했다. 먹거리도 울었다.

아놀드는 저벅저벅 걸어오더니 모닥불 속에서 익어가고 있는 고기를 그 긴 다리로 걷어차고 스튜 냄비를 뒤집어버렸다. 나를 손가락으로 가리키면서 짐승처럼 웃었다.

"널 죽인다."

아…… 이건 진짜로 아놀드다.

"죽인다 죽인다 죽인다! 다 죽인다!"

"아놀드, 진정해! 무슨 일이 있었다면 사과할게, 사과할 테니까!"

아놀드가 두 팔을 휘두르면서 크게 날뛰기 시작했다.

세워놨던 병들이 깨지고, 그릇이 바닥에 뒹굴었다. 나는 필사적으로 사과했지만 전혀 듣지 않았다. 그 팔이 기껏 만들어놓은 캠프파이어에 박혔고, 성대하게 하늘로 날려버렸다.

……정말로 사람인가?

"싸워라. 나와 싸워라."

"진정해, 아놀드! 지금까지 있었던 일, 전부 일부러 그런 게 아니야! 대체 왜 그렇게 기분이 나쁜 건데! 미안해. 전부 내가 잘못했어. 사과할 테니까 용서해줘!"

"시끄럽다. 죽어!"

아놀드가 엄청난 속도로 팔을 휘둘렀지만 나한테 맞지는 않았다. 맞지 않게 휘두른 것처럼 보였다. 도구는 엉망진창이 돼버렸지만, 거기서 아놀드의 양심이 얼핏 엿보였다.

몸을 꾸물거리는 사람 같지 않은 움직임을 보이며 날뛰는 아놀드를 필사적으로 설득했다.

엄청난 힘이다, 내가 예전에 봤던 아놀드의 위용과 또 다른 의미로 엄청나다. 이것이 안개 나라 레벨 7의 진심인가.

"아놀드! 물건을 망가트린다고 뭐가 되는 게 아니잖아! 고민이 있으면, 나라도 좋다면 들어줄게! 들을 테니까! 우리는 같은 제도에 사는 사이잖아! 엎드려 빌라고? 엎드려 빌면 되는 거야? 할게, 그러니까 그 기분 나쁜 움직임은 제발 그만해줘, 아놀드!"

나는 평화주의자다. 무슨 일이건 평화롭게 해결하고 싶다. 그러기 위해서라면 맨땅에 엎드려 비는 정도는 얼마든지 할 수 있다.

두 손을 앞으로 내밀고, 무릎을 굽히고, 신속한 동작으로 큰절 자세에 들어갔다. 성심성의껏 마음을 담아 사죄한다.

왜 하는지는 모르겠지만, 사과할 때에 이유 따위는 필요 없다.

"아놀드 님, 지금까지 있었던 일들, 정말 죄송했습니다!"

"……큭…… 무, 무, 무………… 무슨 짓을, 하는 거냐!"

갑자기, 귀에 익은 목소리가 들려왔다. 부글부글 끓는 것 같은 분노가 느껴지는 목소리다.

당황해서 고개를 들었다. 내 눈에 보인 것은──

"아…………놀, 드?"

기억에 있는 모습 그 자체의 아놀드와 동료들이었다. 아놀드의 얼굴이 시뻘겋고 완전히 일그러져 있는데, 내가 알고 있는 아놀드는 항상 그런 얼굴이었으니까 잘못 볼 리가 없다. 그 오른손에 쥐고 있는 건 자기 키만큼이나 되는 금색으로 빛나는 검이다. 뇌룡의 소재로 만든 엄청 강한 검.

하지만, 나는 무서워하지 않았다. 그저 놀랄 뿐이었다. 당황해서 엎드려서 빌고 있던 상대 쪽을 봤다.

알몸인 아놀드는 긴 팔로 팔짱을 끼고서 당당하게 서 있다.

뭐지? 이게 대체 무슨 상황이지?

"어? 이 아놀드는?"

새로 나타난 아놀드의 얼굴은 귀신같은 형상이었다. 그 단련된 육체가 떨리고, 김이 피어오르고 있다. 뒤에 있는 동료들도 비슷한 상황이었다.

유일하게, 클로에 일행만이 떨어진 곳에서 얼굴이 새파랗게 질린 채로 동향을 지켜보고 있었다.

"……어, 어디, 어디까지, 날── 야, 야."

"…………야, 야호?"

"야, 얕보지 마라! 죽어라아아아아아아아아아아!"

모든 감정을 담은 것 같은 포효를 지르며 아놀드가 덤벼들었다.

내 존재 자체를 지워버릴 것만 같은, 엄청난 위압감이었다. 시야 한가득 빛이 번쩍이고, 금색 칼날이 내 두개골을 향해 날아왔다. 빠직빠직, 전격이 터지는 소리가 들렸다.

세이프 링이 막아줬다. 나는 너무 혼란스러워서 꾸물꾸물하는 아놀드한테 도움을 청했다.

"살려줘, 아놀드!"

"또, 날 놀리는 거냐!!"

나는 천둥소리 같은 고함을 듣고, 본능적으로 이해했다.

이쪽이 진짜다. 폭력 지수가 다르다.

키르키르 군이 이쪽으로 뛰어왔다. 하지만 키르키르 군과 시트리 앞을 어디서 본 적이 있는 헌터들이 가로막았다. A였나 B였나, 아놀드의 오른팔이 회색 마초를 앞에 두고서 씩 웃었다. 재빨리 산개해서 진형을 짰다.

"어이쿠, 네 상대는 우리다."

어째서 우리는 자꾸 공격당하는 걸까?

"진정해, 진짜 아놀드, 말로 해결하자고!"

"해, 결, 은, 개뿔이이이이이이이!"

엄청난 살기다. 클로에의 얼굴이 일그러졌다.

아놀드의 발차기가 내 배에 꽂혔다. 세이프 링 덕분에 대미지는 입지 않았지만, 나한테 레벨 7의 공격은 하나같이 치사성 공격이다. 지금까지 경험상, 나는 레벨 3 헌터의 공격에 전혀 대응할 수 없었다. 일대일로 상대가 나만 노리는 경우, 옆으로 피하건 뒤로 피하건 앞으로 구르건 나는 그 공격을 회피할 수 없고, 반격 같은 건 꿈같은 얘기다.

그래서 나는 그 공격을 그대로 받아냈다. 회피할까 망설이는 시간에 세이프 링을 기동했다.

칼날이, 전격이, 내 몸에 거의 닿을 정도 위치에 쳐놓은 결계로 인해 튕겼다. 아무래도 아놀드의 전투 수법은 공격 횟수가 아니라 무거운 한 방을 이용하는 타입 같은데, 그래도 나는 일 초에 몇 번이나 날아오는지 하나도 파악하지 못했다. 하지만, 그래도 된다. 헌터란, 그런 거니까.

몇 번을 공격하건, 그 칼날이 세이프 링의 성능을 전부 알고 있는 나를 다치게 할 수는 없다.

클로에 일행이 폭풍 같은 맹공을 보고서 경직돼 있었다. 하지만, 폭풍 같은 맹공도 무한하게 이어지는 건 아니다.

화가 나서 마구 휘둘러대던 공격이 멈추고 아놀드가 한 걸음 뒤로 물러났다. 그 잘 연마된 칼날처럼 가늘게 뜬 두 눈에는 아까와 다르게, 분노뿐만이 아니라 강한 경계의 기색이 보였다.

이제야 『교섭』에 들어갈 수 있을 것 같다. 분명히 아놀드가 강하기는 하지만, 이번에, 나한테는 리즈와 시트리가 있다. 먹거리와 키르키르 군도 있고. 덕분에 평소보다 세게 나갈 수 있다.

"……직성은 풀렸어?"

"……어째서…… 어떻게 서, 있는 거냐? 말도 안 돼."

어째서? 어떻게 서 있는 거냐고? 나는 미소를 지었다.

아놀드의 공격은 위력도 속도도 엄청났다. 트레저 헌터 중에는 명성만 높고 실력이 부족한 자도 있지만(솔직히 내 얘기다), 아놀드는 다르다.

하지만, 그래도 소용없다. 하나도 소용없다. 아놀드는 모르는 것 같지만, 아놀드가 싸우는 상대는, 돌파하려는 상대는 내가 아니다.

아놀드가 돌파하려고 하는 상대는——『세이프 링』의 역사다! 고금동서, 온갖 방어수단 중에서 최강 중에 하나라고 일컬어지는 『세이프 링』의 역사 그 자체다!

세이프 링의 힘은 절대적이다. 이 보구에는 무적이라는 개념이 포함돼 있다. 내가 알고 있는 한에서, 지금까지 단 한 번도 깨진 적이 없다. 금속을 치즈처럼 갈라버리는 루크의 진심 참격조차도 버텨낼 수 있다.

나는 먼지 같은 존재지만 눈알이 튀어나올 정도로 비싼 가격에 거래되는 『세이프 링』을 열일곱 개나 장비하고 있다. 뭐 열 개는 이미 사용했으니까 남은 건 일곱 개뿐인데, 그것은 공격을 일곱 번밖에 못 막는다는 뜻이고, 일곱 번까지라면 어떤 공격이라도 막아낼 수 있다는 뜻이다.

나는 지금까지 무서운 얼굴을 한 사람들한테 셀 수도 없이 습격을 당했고, 그때마다 토할 것 같으면서도 어떻게든 헤쳐 나왔다. 크게 자랑할 일은 아니지만, 나처럼 평범한 사람이 지옥에서 살아남았을 정도니까 약소하게나마 긍지를 가져도 되겠지. 나도 모르게 자신만만하게 말하고 말았다.

"아놀드, 진정해. 이건…… 경험 차이야. 난 지금까지 수도 없이 습격을 당해왔지만—— 지금까지 날 다치게 한 사람은 없어."

"뭐……."

아놀드가 그 말을 듣고도 죽이고 싶다는 눈으로 날 노려봤다. 진짜 무섭다.

하지만 일곱 번이나 막는 동안에 누군가가 도와줄 테니까.

지금까지 가만히 보고만 있던 리즈가 손을 탁탁 털더니, 아놀드한테 지지 않을 만큼 잔혹한 미소를 지었다. 역부족이겠지만 티노도 있다. 2대 1이다.

"격의 차이, 이제 알았어? 왜 굳이 그런 표시까지 해가면서, 그쪽을 안내했을 것 같아? 레벨 7인 너 따위한테 크라이가 쓰러질 리가 없으니까 그런 게 아니겠냐고!"

"그, 웃기지도 않는 표시를 한 건, 네놈이었냐!"

"그거라도 안 했으면, 알아차리지 못했잖아? 리즈는 너무 착해~!"

저기, 잠깐만…… 표시라니, 뭐야?

무슨 말인지 이해하지 못한 내 앞에서, 리즈가 주먹을 꽉 쥐었다. 어느샌가 건틀렛도 끼고 있다.

"하지만, 이걸로 끝이야. 아무리 소용없다고 해도 크라이를 공격한 게, 리즈는, 정말 불쾌하거든! 크라이가 살살 하라고 했지만, 살살 안 할 테니까."

완전히 화가 났다. 볼이 일그러지고 눈꺼풀이 경련하고 있다.

폭력 금지라는 게 살살 하라는 뜻이 아니거든…….

하지만 리즈가 자세를 취하고 있는 아놀드 쪽으로 다가가려고 했을 때, 리즈의 몸이 엉뚱한 방향으로 날아가 버렸다.

저지른 건 아놀드—— 가짜 아놀드였다.

하지만 조금 전까지 아놀드였던 피부는 녹색으로 변했고, 머리카락도 사라졌다.

거기에 있는 건 산에서 우리를 징그럽게 쫓아왔던 포테 드라고스였다.

포테 드라고스가 달린다—— 아니, 사라졌다. 달려간 방향에 있는 건, 리즈다.

채찍처럼 긴 팔을 리즈가 자기 팔로 방어하고, 발로 걷어찼다. 고속의 발차기를, 포테 드라고스는 재주도 좋게 몸을 숙여서 회피했다.

말도 안 돼…… 변장 능력까지 있는 건가. 속았다. 사람을 속이는 마물이 그렇게 신기한 건 아니지만, 저렇게까지 고도의 변장 능력과 지성을 지닌 건 처음이다. 나는 최대한 냉정한 목소리로 말했다.

"아놀드, 칼을 거둬줘! 우리는—— 마물한테 속았던 것 같아."

돌아온 건 발차기였다. 세이프 링이 그걸 막아줬다.

"?! 진정하라고, 더 이상의 전투는 의미가 없어!"

"우, 웃기지 마라! 저딴 것에 속는 놈이 어디 있냐아아아아아!!"

있어. 여기 있다고! 엎드려서 빌 테니까 용서해줘!

솔직히 속은 나는 잘못 없지 않아? 그리고 가짜 아놀드를 괴롭힌 것도 아닌데.

아놀드가 엄청나게 화를 냈다. 마치 거기에 호응하는 것처럼,

검에서 벼락이 길게 뻗어 나왔다.

그것은, 자연 벼락에 뒤지지 않을 만큼 방대한 에너지였다.

증원은 없다. 뭐, 그래도 세이프 링이 있으니까 난 문제 없지만—— 몇 미터 옆에서, 티노가 그 엄청난 에너지를 보고서 넋이 나가 있다. 여파에 말려들 수 있는 거리다. 재빨리 땅을 박찼다.

움직인 것은, 내가 그런 행위에 익숙했기 때문이다. 티노를 꼭 끌어안은 것과 동시에, 세이프 링을 임의 기동했다.

아놀드의 벼락이 우리를 태웠다. 굉음의 중심에 있는 것은, 몇 번을 겪어도 익숙해지지 않는 일이다.

충격은 찰나였다. 벼락이 가라앉았다. 물론 나는 무사하다. 티노도 무사하고.

아놀드가 눈이 휘둥그레졌다. 자랑은 아니지만, 내가 세이프 링을 다루는 것 하나는 누구한테도 지지 않을 자신이 있거든. 솔직히 강력한 헌터가 넘쳐나는 이 시대에도, 이 긴급사태용 회피 수단을 나만큼 혹사하는 사람도 없을 거야.

일반적으로 세이프 링은 치명적인 공격에 대해서 자동으로 무적의 결계를 치는 보구라고 알려져 있지만, 정확히 따지자면 조금 다르다.

많이 알려진 건 아니지만, 세이프 링에는 몇 가지 기능이 있다. 그중의 하나가 원래 자동으로 발동하는 세이프 링을 자기 의지로 발동하는 『임의 기동』이다. 그리고 이 기동 방법을 사용하면 보통은 컨트롤할 수 없는 결계의 범위를 아주 조금 변경할 수 있다.

한마디로 그것은 잘만 사용하면 자신과 함께 다른 사람도 지켜줄 수 있다는 뜻이 된다. 나는 오랜만에 누군가를 지켰다는 데서 사소한 자기만족을 느끼며, 조금 냉정해진 아놀드에게 제안했다.

"만족했어? 그만하자고. 이 싸움에 이유는 없을 텐데."

"큭……."

아놀드의 칼에서 나오던 빛이 사라졌다. 하지만, 그 전의는 전혀 사그라지지 않은 것 같다.

저 정도의 에너지 방출을, 보구도 아닌 무기가 몇 번으로 연속으로 사용할 수 있을 것 같지는 않다.

하지만 세이프 링이 없으면 난 뭘 맞아도 죽는다. 조금이라도 시간을 벌어야 하는데…….

"칼을 뽑아라, 《천변만화》!"

"칼 같은 건 없어."

아놀드의 의도는 알고 있지만, 일부러 엉뚱한 소리를 했다.

평화주의자 헌터 따위는 존재하지 않는다. 헌터는 주먹으로 대화를 나눠야 하는 직업이다. 기술을 보여주지 않으면 얕보인다. 만약 내가 정말로 레벨 8에 상응하는 능력을 지녔고, 그것 보여줬다면 아놀드도 이미 오래전에 얌전해졌을 것이다.

그건 내가 헌터를 그만두지 못하는 이유 중의 하나이기도 했다.

"그 정도 힘을 지녔으면서! 왜 그렇게까지! 네놈은 공격을 안 하는 거냐!"

안 하는 게 아니라 못 하는 거라고. 나는 미소를 지었다.

"믿고 있으니까."

"……!"

적당히 그럴듯한 말을 했을 뿐인데, 아놀드가 칼을 휘둘렀다. 정서가 너무 없잖아.

 어차피 도망쳐봤자 소용없다. 티노를 떼어놓고, 앞으로 나섰다. 경험상 뒤로 물러나면 칼에 맞는다. 하지만 앞으로 나서면 상대가 경계하느라 공격을 멈출 가능성이 있다. 그것은, 틀림없는 내 생존 전략이다.

 아놀드의 눈에 경계하는 기색이 깃들었지만, 그래도 앞으로 나섰다. 바로 그것이 일류 헌터의 자질이다. 일류 헌터는 어떤 상황에서도 자신의 힘을 믿는다.

 칼이 찌르기 태세에 들어가 있다. 그 칼날이 내 몸을 힘차게 찌르려고 한 그 순간, 아놀드가 성대하게 앞으로 고꾸라졌다.

 "그렇겐 안 돼!"

 떨리는 목소리가 울려 퍼졌다. 앞으로 고꾸라지면서 칼날이 내 몸이 부딪쳤고, 세이프 링이 하나 줄어들었다.

 아놀드가 혀를 찼다. 칼과 몸을 재빨리 뒤로 뺐다.

 나를 지키려는 것처럼, 티노가 가로막고 서 있었다. 훤히 드러난 가느다란 어깨. 오래 써서 너덜너덜해진 리본. 싸움에 대한 흥분 때문인지 그 몸은 떨리고 있지만, 두 다리는 확실하게 대지를 밟고서 서 있었다.

 아놀드가 난입자를 노려봤다.

 "……방해된다. 너한테, 볼일은 없다…….."

 "난…… 있어."

 "흥. 두 번은 안 통한다."

대지를 후리는 동작. 아무래도 티노는 다리를 후려치려는 것 같다. 뭐 결국 칼날에 맞았으니까 아무 의미도 없었지만, 세이프 링도 없으면서, 잘도 그런 타이밍에 그런 짓을 했네.

"마스터한테…… 다시는 손 대지 못하게 할 거야. 보호만 받았지만, 이젠, 도망치지 않아. 언니가 없다면…… 내가 마스터의 검."

……멋있게 선언하는 중에 미안하지만, 티노 실력으로는 불안하거든. 티노가 혼자서 아놀드를 상대할 수 없다는 건 얼마 전에 증명됐다. 상대가 너무 나쁘다. 시간을 벌기도 힘들 것 같다.

"배짱은 좋지만, 네 실력으로는 날 이길 수 없다. 무엇보다, 그 남자에게 지킬 가치가 있나?"

"물론, 있지. 하지만…… 가르쳐주진 않아"

티노의 말에는 망설임이 없었다. 티노의 등에서 얼핏 보인 강한 느낌에, 나도 모르게 눈이 휘둥그레졌다.

하지만 감정만으로는 역량 차이를 메울 수 없다. 그건 티노도 알고 있을 것이다.

"분명히, 지금의 나는, 이길 수 없어…… 그러니까——.

티노가 손을 들어 올렸다.

그 손에 들고 있는 것은—— 내가 계속 품 안에 넣어뒀던『오버 그리드』였다.

티노의 표정은 보이지 않았다. 손이 떨리고 있었지만 주저하지 않고 가면을 들어 올렸다.

"힘을, 빌려주세요. 마스터어——."

그리고, 티노가 단숨에 가면을 얼굴로 가져갔다.

『내 힘을 바라는가, 용감한 전사여..』

목소리가 들렸다. 기분 나쁘게 달라붙는 것 감촉이 얼굴 전체를 덮었고, 티노 안으로 침투했다. 영문 모를 힘이 솟아났다. 지난번에는 저항했던 그 전능한 느낌을 받아들이면서; 티노 셰이드는 경애하는 『마스터』에 대해 생각했다.

이젠 두렵지 않아. 마스터의 훈련이 험하기는 하지만, 항상 티노를 생각해주고 있다. 그렇다면 티노도 거기에 보답할 뿐이다. 그렇게 간단한 것을 지금까지 알아차리지 못한 건, 티노가 미숙하기 때문이다.

지금 티노는 모든 것을 이해했다.

바캉스가 시작된 그때부터── 아니, 가면이 제도에 도착한 때부터, 모든 것이 시작됐다.

벼락을 맞은 것은 아놀드와 싸우기 위해서였다. 훈련을 금지하는 것은 티노의 정신을 단련하고 가면을 쓸 각오를 하게 만들기 위한 것이었다. 그리고 아놀드를 끌어들인 것은── 티노의 성장을 위한 일이다.

아놀드를 끌어들이고, 영웅의 칭호를 가진 남자를 바보 같은 연기로 화나게 해서 온 힘을 다하게 했다. 그 행위는 말로 하기에는 간단한 것이지만, 과연 얼마나 많은 사람이 그런 짓을 할 수 있을까.

언니와 시트리 언니를 멀리 떨어트린 것도, 아마도 언니들이 있으면 티노가 거기에 매달리려고 하기 때문이다. 꽤 멀리 돌아서 오고 말았다. 티노가 겨우 각오를 다진 것은, 마스터어가 몸을 던져서 티노를 전격으로부터 지켜준 뒤였다.

감싸준 순간, 티노에게서 솟아난 것은 벼락에 맞았을 때보다 격렬한 충격이었다.

마스터어는 티노를 믿고서 저항하지 않았다. 더 이상은 응석을 부릴 수 없었다.

『두려움을 버리고 힘을 받아들여라. 혼돈에 그 몸을 맡겨라.』

무시무시한 목소리다. 지난번에 가면을 썼을 때가 생각났다.

『마스터어, 아까의 저는, 제가 아니에요! 목소리가 억지로 그렇게 만들었어요!』

목소리가 갈라져서 너무나 꼴사나운 모습을 보인 티노에게, 마스터어는 모든 것을 들여다보는 미소를 지어 보였다.

『괜찮아, 진정해. 알고 있어. 아까 그 티노는 평범한 티노야. 그러니까…… 그래. 광(狂) 티노야.』

광 티노라는 게 뭐냐고, 그때의 티노는 그렇게 생각했다. 하지만, 지금이라면 그 말의 의미를 알 수 있다.

티노한테서 가면을 빼앗은 뒤에, 언니는 아무렇지도 않게 그 가면을 쓰더니 바로 벗어버렸다.

『쓸모없네…… 규정 이상의 능력이 되니까, 보안 관계상 힘을 줄 수 없다고 했어.』

이 가면은—— 평범한 보구다. 상당히 이질적이고 위험하지만, 그저 도구일 뿐이다.

그때 티노가 충동을 억누르지 못했던 것은 오로지 미숙했기 때문이다. 그때의 티노는 미지의 감각에 저항하지 못하고, 그야말로 미쳐 있었다. 지금과 다르다.

필요한 것은——확고한 의지다.

자신의 의지로, 이 도구를 사용하는 것이다. 머릿속에서 들려오는 목소리에 대답한다.

『넘기지 않아. 당신은 평범한 도구. 내가 쓰겠어.』

『호오. 그러한가. 허나, 안전상의 관점에서 초보자에게는 오토 모드를 권장합니다.』

『……No. 내가 쓰겠어.』

『좋다. 매뉴얼 모드로 전환합니다. 익숙해지기 전에는 사용 후에 신체상의 문제가 발생할 수 있습니다. 양해해주십시오.』

불꽃처럼 뜨거운 힘이 온몸에서 넘쳐나고, 강한 전능감이 영혼을 뒤흔들었다. 하지만, 티노는 냉정했다.

시야가 평소보다 높다. 몸 곳곳이 답답한 걸 보면, 몸이 성장했다는 게 느껴진다.

아놀드가 깜짝 놀라했다. 뒤를 돌아보니 짧았던 머리카락도 길게 자랐다. 끝부분이 눈처럼 하얀 건 가면의 힘으로 자랐기 때문일까. 얼굴을 만져보니 마치 자기 피부 같은 질감이 느껴졌다. 유일하게 달라진 점이라면 오른쪽 눈꺼풀 위에 뿔이 자라나 있다는 정도겠지.

지난번에 가면을 썼을 때는 얼굴만 덮었었다. 하지만, 이번에는 다르다.

두뇌는 명석했다. 몸을 사용하는 방법을 알 수 있다. 몸이 힘을 행사하는 것을 기다리고 있다.

이것이 가면의 제대로 된 사용 방법이다. 이 가면은 잠재능력을 끌어내는 물건이라고 했다. 그렇다면, 힘을 증폭시키는 것만 가지고는 부족하다.

이거라면…… 이길 수 있어. 아니, 이긴다.

친애하는 마스터어가 달라진 티노를 보고, 마치 처음부터 정해져 있었다는 것처럼 중얼거렸다.

"초(슈퍼) 티노."

역시 마스터가 하는 말은 모르겠어. 바로 떠오른 생각에서 어째선지 강한 만족감을 느낀 티노는, 대지를 박차고 눈앞에 있는 시련을 향해서 가속했다.

Epilogue 비탄의 망령은 은퇴하고 싶다④

기분 좋은 바람이 불었다. 끝도 없이 이어진 평원에는 우리를 제외한 사람은 아무도 없다.

달리는 마차 옆에서는 먹거리에 탄 키르키르 군이 기분 좋게 나란히 달리고 있다. 뭐랄까, 저 둘이 좀 더 예쁘게 생겼다면 아주 평온한 광경일 텐데.

크게 하품을 하고, 손이 심심해서 무릎 위에 있는 티노의 머리를 쓰다듬었다. 찰랑찰랑한 머리카락을 만지기만 해도 마음이 편안해진다. 그랬더니 무릎 위에 누워 있는 티노가 작은 소리를 냈다.

"음……."

"아, 잘 잤어 티노."

티노가 천천히 눈을 떴다.

푹 잤는지 눈 밑에 달라붙어 있던 다크 서클도 완전히 사라졌다.

티노는 한참 동안 멍한 눈으로 날 쳐다보더니, 상황을 이해했는지 황급히 일어나려고 하다가,

"아야……."

일어나지 못하고, 그 자리에서 신음을 냈다.

"아, 아파, 요, 마스터어……."

"원래는 움직이지도 못할 정도로 근육이 엉망이 됐으니까…… 안 움직이는 게 좋을 것 같거든? 티."

"예? 무슨, 얘기, 인가요?"

상황을 이해하지 못했는지, 티노가 눈물을 글썽이면서 나를 봤다. 그 모습에서는, 초 티노 때의 용감한 모습을 찾아볼 수 없었다. 하지만, 이걸로 됐다. 과도한 힘은 자기 몸을 망친다.

"여기는…… 아…… 으…… 아, 아놀드, 는?"

티노가 다시 몸을 경련시키면서, 물었다. 아무래도 기억이 없는 것 같다.

뭐라고 대답해야 좋을지 망설이고 있는데, 내가 조용히 넘어갈 방법을 생각하는 사이에 리즈가 질렸다는 것처럼 말했다.

"웃길 정도로, 네가 엉망으로 졌어. 움직일 수 있으면 실컷 굴려줄 텐데."

"언니, 그렇게 말할 필요는……."

충격을 받았는지 티노가 얼어붙었다. 나는 그 머리를 한 번 더 쓰다듬으면서 웃어 보였다.

"아놀드는 레벨 7이니까, 이기지 못할 건 알고 있었어. 하지만, 정말 멋졌어."

"마스터어…… 마스터는, 저한테, 더 상냥하게 대해주세요."

결론부터 말하자면 티노가 졌다.

초 티노는 엄청나게 강했지만, 아놀드는 초 엄청나게 강했다. 간단히 정리하자면 그렇게 된다.

초 티노가 펼친 신속(神速)의 공격은 리즈가 아닌가 싶을 정도로 빨랐지만, 아놀드는 그 공격들을 전부 재치 있게 막아냈다.

리즈가 말하기를, 초 티노가 패배한 이유는 기술 부족이라는 것 같다. 가면의 힘으로 신체 능력은 해방됐지만, 그 힘에 기술이 따라가지 못했다는 것 같다. 그리고 초 티노의 움직임이 엄청나게 빠르기는 했지만, 아놀드 수준은 아니었다. 그래도 뇌격을 맞았으면서도 거의 상처가 없는 걸 보면, 티노의 잠재능력은 정말 대단하다.

아쉬운 패배라고 하기는 힘들지만, 진짜 레벨 7을 상대로 선전했다고는 할 수 있겠지.

그리고 티노는 졌지만, 시간은 벌었다.

즉 티노는 졌지만, 리즈와 시트리는 이겼다. 리즈는 포테 드라고스를 산산조각을 내버렸고, 시트리는 이상한 약으로 아놀드의 동료들을 모조리 전투 불능으로 만들었다.

리즈가 산산조각을 내버린 포테 드라고스의 부속을 아놀드한테 집어던졌고, 우리는 기절한 티노를 데리고서 마차를 타고 도망쳤다. 일단 쫓아오는 사람은 없다.

내가 마지막으로 본 것은 재생한 포테 드라고스가 쓰러진 아놀드의 부하들을 공격하고 거기에 대응하는 아놀드의 모습이었다. 힘겨워 보여서 조금 불쌍하기는 했지만, 갑자기 나타나서 목숨을 노린 건 아놀드 쪽이었고, 루다 일행도 있으니까 어떻게든 되겠지.

클로에가 마지막에 뭐라고 소리를 질렀는데, 난 못 들은 척했다. 지명 의뢰라니, 바캉스 중에 그런 소리를 해도 곤란하거든.

그리고 지금, 우리는 처음에 목적한 대로 가레스트 산맥을 빠져나와서 루크네가 있다고 하는【만마의 성】을 향해 움직였다.

내 설명을 들은 티노는 잠시 아무 말이 없다가, 작은 소리로 말했다.

"죄송해요, 마스터어…… 져버렸어요."

"신경 쓰지 마, 티노. 패배해야 성장도 하는 거야.《비탄의 망령》도 항상 이기기만 했던 건 아니야. 리즈도 실컷 지면서 강해졌다고.

"언니가…… 말인가요?!"

리즈가 그만하라는 것처럼 내 어깨를 쿡 찌르고는 쑥스럽다는 것처럼 웃었다.

내 소꿉친구들은 재능이 넘쳤다. 하지만 결코 최강은 아니었다.

나는 재능이 없어서 날 위한 노력은 거의 안 했지만, 리즈네가 노력한 것도 패배한 것도, 그리고 승리도 전부 알고 있다.

끊임없는 노력과 강철같은 의지가 사람을 강하게 만든다.

리즈와 동료들이 걸어온 길은, 틀림없이 지금 티노가 걷고 있는 길이다.

"티노는 이번에, 엄청나게 강해졌어. 승패는 중요한 게 아니야. 언젠가 꼭, 티노라면 훌륭한 헌터가 될 수 있어."

특히 티노가 끌어낸『오버 그리드』의 힘은 예상 밖이었다. 그렇게까지 강력한 보구는 내 수집품 중에도 거의 없다.

하지만, 아마도 가면이 그렇게까지 힘을 발휘한 건 사용자가 티노였기 때문이겠지.

보구에는 상성이 있다.『오버 그리드』는 티노한테 줘야겠네. 성능 테스트를 하고 싶은데, 또 써주지 않으려나…….

그런 생각을 하고 있는데, 티노가 가만히 누운 채로 말했다.

"언젠가, 《비탄의 망령》에 받아주시겠어요?"

"물론이지."

머리를 쓰다듬어줬다. 내 대답에 망설임은 없다. 리즈도 시트리도, 제각기 웃고 있다.

티노가 계속 그것을 바란다면, 언젠가는 꼭 이룰 것이다. 뛰어난 헌터란 그런 것이니까.

티노는 볼이 살짝 발그레해졌지만, 마치 부끄러움을 감추려는 것처럼 다른 이야기를 꺼냈다.

"그러고 보니까, 마스터도 진 적이 있나요?"

나는 부드러운 미소를 지으며 말했다.

"없어."

클로에 벨터가 보고 있던 풍경은 쉽사리 믿을 수 없는 것이었고, 동시에 지금까지 들었던 소문이 진실이라고 뒷받침해주는 것이었다.

《천변만화》는 사람을 키운다. 그 지모로 사람의 적성을 파악하고, 미래를 조종하는 것 같은 수법으로 사람에게 시련을 부여한다. 《시작의 발자국》과 《비탄의 망령》은 그 결과다, 라고.

사람을 키우는 것은 힘든 일이다. 사람에게는 개인차가 있고

성격도 있다. 그리고 그 이상으로, 타고난 재능이 있다. 대부분이 눈에 보이지 않는 요소들을 전부 고려해서 적절한 길을 보여주다니, 바보 같은 소리다.

하지만, 레벨 4 헌터…… 티노 셰이드의 성장은 그 소문을 믿게 할 정도였다.

최종적으로 패배하기는 했지만, 드래곤 슬레이어 칭호와 별명을 가진 레벨 7에게 레벨 4가 대항하는 것은 불가능한 일이다. 기술을 따지기 전에, 마나 머티리얼 흡수량이 너무나 다르다.

하지만, 《천변만화》는 그것을 해냈다. 물론 그 이상한 가면의 힘 때문도 있겠고 티노 본인의 재능 덕분이기도 하겠지만, 그걸 고려해도 그 수완은 귀신과 같은 지모를 지녔다는 소문에 걸맞은 것이었다.

모든 것이 계산된 것이었다. 모든 것이 성장을 위한 것이었다.

그리고 냉정하게 생각해보면 모든 일이 잘 굴러가고 있다

원래 쉽게 조우할 수 없는 커다란 싸움을 두 번이나 겪으면서 경험을 쌓았다. 이 경험은 특히 《염선풍》과 루다 룬벡에게, 그리고 클로에게도 큰 재산이 될 것이다.

도시를 구하고, 현상금이 걸린 마물을 사냥했다. 포테 드라고스도 거물이다. 가레스트 산맥을 통과하는 자가 많이 늘어나지는 않겠지만, 이 명예는 제도에 온 지 얼마 안 된 《안개의 뇌룡》에게는 큰 힘이 될 것이다.

그리고 《천변만화》 쪽의 메리트는 뭘까. 말할 필요도 없이 티노 셰이드의 성장이다. 그녀는 미래의 《비탄의 망령》 멤버 후보

중의 한 사람이라고 한다. 그런 티노의 성장을 위해서《안개의 뇌룡》을 이용한 것이다.

완전히 손바닥 위에서 놀아났다. 너무나 억지로, 온갖 규칙들을 무시하면서. 게다가 지독하게 독선적이다. 하지만 그것을 알아차린다고 해도, 저항할 방법도 없고 무엇보다 굳이 저항할 이유도 없다.

이것이…… 제도에도 세 명밖에 없는 레벨 8.

이 무슨 엄청난 수완인가. 이제 와서, 그 자주 짓고 있던 한심한 미소가 무섭게 느껴진다.

벼락을 이용해서 숯덩이로 만들어버린 포테 드라고스 옆에서, 아놀드와 에이가 이야기하고 있다.

"죄송합니다, 아놀드 씨……."

"흥……상관없다. 또 쫓아가면 되니까."

아놀드의 분노는 그렇게 싸우면서도 전혀 가라앉지 않았다.

아직 아놀드가 패배하지 않았으니까 당연한 일이다. 《천변만화》의 힘 중에 일부를 보면 납득할지도 모르겠지만, 그것조차도 못 봤다.

그렇다면, 영웅은, 영웅이기에, 어느 정도의 의문을 품어도 앞으로 나아가야만 한다.

이런 레벨의 헌터들이 부딪치고 이 정도로 적은 피해를 낸 것도 신기한 일이다. 사망자가 발생하지 않도록 배려하는 건 당연한 일이지만, 중상자조차도 없다. 시트리의 약에 쓰러진 사람들도 멀쩡하다.

그리고 그것은《천변만화》의『바캉스』가 아직 끝나지 않았다는 것을 의미한다.

"젠장, 마차를 부숴버리다니……."

에이가 파괴된 마차를 확인하고 살짝 혀를 찼다.

마차를 파괴한 건 리즈가 집어던진 포테 드라고스였다. 말도 죽었다. 아무래도 쫓아오지 못하게 할 속셈이었던 것 같다.

끔찍한『불운』이지만, 루다 일행이 맞아 죽지 않은 건『행운』이라고 할 수 있다.

"하룻밤 쉬고 걸어서 도시까지 간다. 마차를 마련하면 놈들을 쫓는다. 문제없겠지, 클로에 벨터?"

크라이 안드리히는 마지막으로 한마디, 별 뜻이 없어 보이는 목소리로 이런 말을 남기고 갔다.

――미안하지만, 더 이상 상대해줄 시간 없어. 루크네를 마중 가야 하거든…….

"【만마의 성】으로 간다."

"예. 상관없습니다. 안에 들어가는 건 문제지만, 제 목적은 어디까지나 의뢰표를 전달하는 거니까요……."

아놀드가 눈살을 찌푸리고 클로에를 쳐다봤다.

과연《호뢰파섬》이《천변만화》의 의도를 알아차리면 어떻게 될까…… 그런 생각을 하다가, 클로에는 마음속에서 고개를 저었다.

아놀드 헤일은 자존심이 강하지만, 접해본 바로는 결코 생각이 없는 사람은 아니다. 지금 상황이 얼마나 부자연스러운지 눈치챘을 것이다. 그리고 알면서도 앞으로 나아갈 수밖에 없고.

이미 《천변만화》의 술수에 완전히 빠져버렸다.

아놀드가 빠져나오려면 헌터로서 소중한 것을 버릴 필요가 있겠지. 그것은 영웅이기에 더욱 곤란한 일이다.

아놀드가 호령하자 각자 야영 준비를 시작했다. 예전에 헌터로서 동경하던 광경에 흐뭇한 표정을 지으며, 클로에는 탐색자 협회의 일원으로서, 그저 사람들의 행운을 빌 뿐이었다.

세찬 빗줄기 속에서 쌍안경으로 【만마의 성】쪽을 보고 있던 시트리가, 나를 보면서 곤란하다는 것처럼 말했다.

"아…… 이미 가버린 것 같은데요. 엇갈렸나 봐요. 마차가 없네요."

"말도 안 돼……."

원래 루크네가 【만마의 성】에 머물러 있었던 것은 루크의 수행 때문이라고 했다. 수행 내용── 일대일로 싸워서 보스를 쓰러트릴 수 있게 되면 바로 돌아가는 쪽을 선택했겠지. 루크는 그런 정열과 금욕적인 면을 겸비했다.

그나저나 레벨 8 보물전의 보스를 이렇게 빨리 쓰러트릴 수 있게 된 건가…… 대단한데.

조금 아쉽기는 하지만, 뭐 이런 건 타이밍이 중요하니까 어쩔 수 없지. 기껏 폭풍에 소동에 아놀드를 회피하면서 며칠이나 걸려가지고 여기까지 왔는데, 현실은 비정하다.

"하는 수 없지, 예정대로 온천이라도 들러서 느긋하게 시간을 보내면서 돌아가자."

나는 크게 한숨을 쉬고, 검둥이 씨 일행한테 그렇게 전하기 위해서 일어났다.

Interlude　　바캉스

　시작은 대륙 끝. 가난한 나라에 자리 잡은 두 명으로 구성된 작은 도적단이었다.

　무기도 없고, 자금도 없고, 식량마저도 없다.

　유일하게 가진 것은 힘과 지혜. 한 사람은 강하고, 한 사람은 똑똑했다. 그리고 그것에는 천금과도 같은 가치가 있다.

　도적단은 다른 도적단을 흡수하고, 후원자를 얻어가며, 순식간에 세력을 키워갔다.

　대륙 끝의 나라를 탈출해서 여러 나라를 넘나들었다. 어느 나라에서나 약탈을 거듭했고, 그러면서도 단 한 번도 지지 않았던 것은 강했기 때문이고, 한 번도 잡히지 않은 것은 똑똑했기 때문이다.

　도적단의 심볼은 술통이다. 그것은 도적단이 처음으로 손에 넣은 물건이기도 했다.

　『배럴 대도적단』.

　어느샌가. 단둘이서 시작했던 도적단은 각국에서 두려워하는 존재가 됐다.

　배럴 대도적단의 모토. 강철 같은 규칙은 세 가지.

　승부하지 않는다.

　당연하게 이긴다.

인질을 잡는다.

그래서 그라디스에 몰래 보낸 첩자한테서 그 정보가 들어왔을 때, 도적단의 두령 제프로와 배럴은 당연히 그 결단을 내렸다.

"때가 됐군. 레벨 8 헌터와 승부하는 건, 의미가 없다."

그 도적단은, 강자와 싸우지 않는다. 그래서 지지 않는다.

그 도적단은, 항상 준비를 게을리하지 않는다. 그래서, 서두르지 않는다.

그 도적단은, 이동할 때 지맥을 따라가며 항상 훈련을 게을리하지 않는다. 그래서, 강하다.

두령이 결정하자 부하들이 일사불란하게 움직여서 행동을 개시했다.

자신이 넘치는 그 도적들은, 마치 군대 같았다.

외전   티노 셰이드의 발자취

티노 셰이드는 《비탄의 망령》에게 아주 조금 특별한 존재다.

우리가 제도에 와서 트레저 헌터가 된 것은 열다섯 살 무렵의 일이다. 왜 열다섯 살 때까지 기다렸냐면, 열다섯 살에 성인이 되기 때문이다. 그것은 헌터가 되겠다고 생각했을 때부터 결정한 것이다.

하지만 사실 트레저 헌터의 성지인 제도 제블디아에는 미성년자 헌터도 잔뜩 있었다.

그것은 문화 차이다. 그들은 우리가 헌터가 되겠다고 생각하기도 전부터 계속 헌터가 되기 위해서 자라왔고── 우리는 고향에서 아주 조금 훈련을 받은 뒤에 제도로 왔는데, 그래도 처음 왔을 때는 위로도 아래로도 온통 적투성이였다.

그 당시의 우리는 다른 데 신경 쓸 여유가 없었다. 리즈네는 힘을 키우느라 필사적이었고 나는 나대로 익숙치 않은 생명의 위기 때문에, 그 훈련받기 전보다 더 죽을 것 같았다.

티노는 그런 우리한테 처음으로 생긴 후배였다.

처음에 어떻게 만났는지는 잘 기억나지 않는다. 그냥, 이상한 사람들이 시비를 걸고 있었고, 그걸 구해줬다고 하면 되겠지. 당시에 리즈네는 혈기가 넘치고 항상 날카로운 상태였기 때문에, 우리한테 그런 건 일상의 일부 같은 거였다.

당시에 티노는 가끔 만나는 그냥 아는 사람 같은 입장이었다. 모험이 끝난 뒤에 운이 좋으면 만나고, 가끔 모험담을 얘기해주는, 그 정도의 존재. 그래서 그런 티노가 갑자기 헌터가 되겠다고 했을 때는 상당히 놀랐다.

말렸다. 엄청나게 말렸다. 티노는 우리한테 일상의 상징 같은 존재였다.

하지만 티노는 굳건했다. 그리고 나는 티노한테 훌륭한 헌터의 마음가짐을 말해줬다.

솔직하게 말한다. 나는 티노가 우수한 헌터가 될 거라고 생각해본 적이 전혀 없었다. 하지만 나한테는 책임이 있었다. 우리가 고향에 있을 때 헌터의 모험담을 듣고서 헌터가 되겠다고 생각한 것처럼. 티노가 헌터를 동경하기 시작한 것도 틀림없이 우리『때문』이었다.

내가 티노를 리즈의 제자로 보낸 것은 티노를 강하게 만들어주기 위해서였고, 거칠었던 리즈의 사교성을 높여주기 위해서였고, ──티노가 죽기 전에 포기하도록 만들기 위해서였다. 재능이 없는 사람이 헌터가 되려고 하는 것만큼 힘든 일도 없으니까.

리즈는 딱 봐도 지도하는 데 어울리지 않는 사람이었다. 항상 누구보다 너덜너덜해지면서 선두를 달리던 리즈는, 그것 말고는 강해지는 방법을 모른다.

차가운 이야기일지도 모르지만, 나는 티노가 바로 그만둘 거라고 생각했다. 하지만 티노는 리즈의 가혹한 지도를 견뎌냈다. 나 같은 건 순식간에 추월하고, 솔로 헌터로 활동할 수 있을 정도가 됐다. 어느새, 나는 티노를 설득하는 것을 포기했다. 나처럼 무능한 놈도 아직 헌터 노릇을 하고 있는데, 나보다 우수한 티노한테 경고하는 것도 이상한 이야기다.

생각해보면 상당히 오래된 일이다. 헌터가 된 이후로 5년 동안은 리즈가 던지는 돌멩이처럼 빠르게 지나갔고, 그러면서도 돌이켜보면 아주 옛날 일처럼 느껴진다.

마차 안에서, 편안한 표정으로 잠들어 있는 후배를 보면서, 나는 절실한 심정으로 말했다.

"그나저나, 티노도 정말 강해졌네. 옛날에는 작은 티노였는데."

이번에 티노가 아놀드과 싸울 수 있었던 것은 틀림없이 가면의 힘 덕분이지만, 난 그걸 쓰더라도 싸울 수 없으니까, 이건 틀림없는 티노의 힘이다.

하지만 내 감개무량한 말을 듣고, 시트리가 생각도 못 한 말을 했다.

"그러게요…… 하지만, 뭐, 크라이 씨가 그렇게 단련시켜도 강해지지 못했다면 헌터를 그만두는 게 좋을 것 같으니까요……."

"……뭐?"

눈이 휘둥그레진 내 무릎 위에서, 티노가 몸을 움찔하고 떨었다.

시트리 언니 말이 맞아요, 마스터어.

동경하는 마스터어의 무릎 위에서 자는 척하면서, 티노는 몸을 움찔하고 떨었다.

——그것은, 떠올리고 싶지 않은 최초의 기억. 티노가 아직 작은 티노였던 시절의 기억이다.

"뭐? 티노를 단련하라고? 내가? 하지만 크라이, 나…… 봐주는 걸 모르거든……?"

티노는 마스터어(그 시절에는 아직 아슬아슬하게 클랜을 세우지 않았을 때라서 마스터어가 아니었지만)를 정말 좋아했다. 몇 번이나 도와줬고 동경하는 헌터를 물어보면 주저하지 않고 그 이름을 말했다. 기회가 있으면 그 이름을 말했고, 가능하다면 매일 만나고 싶었다.

하지만, 그건 그렇다 치고—— 마스터어는 귀신이었다. 신이지만 귀신이었다. 한마디로 귀신이다.

그때 언니는 내키지 않는 것 같았다. 그때 티노는 새로운 세계에 대한 기대와 긴장 때문에 몸이 굳어 있었다. 마스터어는 평소대로 나쁜 뜻이 없는 웃는 얼굴로 말했다.

"안 봐줘도 돼. 티노의 의지는 진짜야. 죽지만 않게 조심하면 돼."

"나도 남을 가르칠 처지가 아닌데 말이야?"

"남을 가르치면서 배우는 것도 있다고 생각해."

"으에에…… 하지만, 봐주지 않으면 죽을 것 같은데? 솔직히, 티노는 아직 마나 머티리얼을 흡수하지도 않았고……."

티노가 생각하는 헌터는 엄하면서도 즐거운, 그런 것이었다. 지금까지 만났던 헌터들도 대부분 그런 느낌이었다. 하지만, 마스터어는 겨우 하루 만에 그런 어설픈 기대를 산산이 박살 내버렸다.

마스터어가 탁, 하고 손뼉을 치더니 마치 좋은 생각이 떠올랐다는 것처럼 말했다.

"그래. 보물전에서 특훈을 하면 되지 않을까? 마나 머티리얼도 흡수할 수 있으니까."

"…………크라이, 머리 좋다…….."

지금 생각해보면 그때부터, 언니에게 완전히 학을 뗐다.

그리고 그건 티노의 고난과 기쁨으로 가득 찬 나날의 시작이었다.

마스터어는 사람이 아니다. 신이다. 그리고 신은 사람 마음을 모른다.

티노는 언니를 스승으로 삼은 이후로 항상 죽지만 않을 정도로 엉망진창이었다. 일반인과 헌터는 신체가 근본적으로 다르다. 나중에 알게 된 일인데 훈련 방법은 약간 정신 나간 짓이었다.

지금도 티노가 솔로로 활동할 수 있는 것은, 누구보다 엄한 훈련을 받았다는 자신이 있기 때문이다.

생각할 여유도 원망할 여유도 후회할 여유도 없었다. 대련까지 했던 그 훈련에서 살아남은 것은 거의 기적 같은 일이었다. 안셈 오라버니라는 탁월한 회복 마법 사용자가 있는 《비탄의 망령》에서, 신체는 아무리 망가져도 고칠 수 있는, 그런 것이다. 오히려 망가지면 망가질수록 회복마법 훈련을 더 할 수 있어서 좋다고 생각하기까지 했다.

그리고 반죽음 상태의 티노에게, 마스터어는 매일 상냥한 목소리로 말해줬다.

"헌터한테는 좋은 일만 있는 게 아니야. 티노한테는 더 안전하고 즐거운 다른 미래가 있어. 그만두고 싶으면 언제든지 그만둬도 돼."

아마도, 그건 마스터어의 자비였다. 만약에 그때, 티노가 유혹에 넘어가서 고개를 끄덕였다면, 티노는 지금쯤 조용히 헌터를 그만뒀겠지.

하지만 그것까지 포함해서, 지금의 티노는 이렇게 생각하고 있다.

마스터어…… 더 상냥하게 대해주세요.

눈을 꼭 감고 있으니까 마스터어와 시트리 언니의 이야기 소리가 들려온다.

"뭐? 내가 무슨 짓을 했나?"

"…………."

"아니, 훈련 시킨 건 리즈잖아. 난 아무것도 안 했다고!"

──언니의 훈련은 힘들었다. 하지만, 그래도 언니는 어쩌고저쩌고하면서도 티노가 죽지 않게 조정해줬던 것 같다.

편하지는 않았다. 절대 편하지 않았고 아무리 시간이 지나도 편해지지 않았지만, 티노는 지금까지 언니한테 감사한 적은 있어도 원망한 적은 단 한 번도 없다. 없다고 생각한다

언니와의 훈련은 평범한 일반인에 그다지 활달한 성격이 아니었던 티노의 신체를 바꿔줬다. 흡수한 마나 머티리얼과 도적을 위한 훈련은 티노의 육체를 도적에 적합하게 개조해줬다. 지식도 잔뜩 때려 넣어줬다. 뭔가 실수를 하면 실전 훈련에서 실컷 얻어맞았다. 아침에도 밤도, 그때도 티노의 인생은 그야말로 헌터가 되기 위한 것이었다. 언니가 없는 날도 있었지만, 그런 날은 스스로 훈련하라고 했다. 농땡이는 생각할 수도 없었다.

　그런 생활에 변화가 생긴 건 반년쯤 지났을 무렵의 일이다.

　훈련을 마치고, 평소처럼 말을 걸어주려고 온 마스터어가 이렇게 말했다.

　"뭐? 티노, 안 쉰다고? 그건 안 좋은데. 완급은 중요한 거야. 일주일에 한 번은 쉬어야 한다고."

　무슨 소리를 하는 거야 이 마스터어는, 이라고 생각했던 것을, 티노는 똑똑히 기억하고 있다. 쉬었다간 훌륭한 헌터가 될 수 없잖아, 라고.

　지금 생각해보면 그때의 티노는 끝이 보이지 않는 훈련 때문에 망가져 가고 있었다. 그리고 그렇게까지 몰아넣으면서 티노는 마스터어에게 자신의 확고한 의지를 보여줄 수 있었다.

　하지만 그것은 새로운 무대의 개막에 불과했다.

　티노의 생활에 실전이 들어오기 시작했다. 지금까지 해왔던 실전『훈련』이 아니라, 진짜 실전이다.

　최초의 티노가 작은 티노였다면, 지금부터는 중간 티노다.

　훈련 시간이 아주 조금 줄었다. 하지만 그것은 편해진다는 의미가 아니었다. 아마도 마스터어는 더 이상 무턱대고 훈련을 계속해봤자 효율이 나쁠 뿐이라고 생각했겠지.

완급은 중요하다고, 마스터어가 말했다. 그 말대로, 마스터어는 티노의 훈련 때문에 회색으로 물들어버린 생활에 빛을 가져다줬다. 그렇다, 빛이다. 그것은 틀림없이 티노를 위한 일이었지만, 일반적으로 생각해보면 완전히 괴롭힘이었다.

희망이 있기 때문에 절망이 더욱 깊어진다. 이완이 있기 때문에 긴장이 두드러지는 법이다. 빛은 티노의 신체와 정신을 회복시켜주는 동시에, 티노에게 헌터로써 필요한 것을 가르쳐줬다.

마스터어는 들어 올렸다 떨어트리는 걸 좋아한다. 아마도 그것이 사람을 성장시키기 때문이겠지. 티노는 들어 올리고 또 들어올려도 전혀 상관없지만, 신은 그런 짓을 하지 않는다.

잊을 수 없는 첫 휴일. 오랜만의 휴식이라서 뭘 해야 좋을지 몰라 하는 티노에게, 마스터어가 단것을 먹으러 가자고 했다. 그리고 꿈꾸는 기분으로 따라갔던 티노는── 범죄자 헌터 인신매매범에게 잡혀갔다.

나중에 알게 된 일인데, 당시에 제도를 떠들썩하게 만들었던 사건의 범인이라는 것 같다. 적은 강적이었다. 아무리 훈련을 받았다고 해도 겨우 반년뿐이고 아직 성인이 되지도 않은 티노가 프로를 이길 리가 없다. 만약에 시트리 언니가 몰래 뒤따라오지 않았다면 끔찍한 꼴을 당했을 것이다.

분명히, 방심했던 티노가 잘못했다. 방심한 티노가 잘못했지만, 데이트에서 납치당하는 건 너무 심했다. 하지만, 그건 시작일 뿐이었다.

　방심은 금물. 중간 티노가 배운 것은 그것이다.

　언니와 훈련하는 중에도 귀에 못이 박히도록 들었는데, 막상 실전을 경험해보니 위기감의 차원이 달랐다. 티노는 아주 거창하게 잡혀갔다. 기습을 당하고 독을 먹었다. 그리고 물론, 아무 일도 없었던 적도 있다. 마스터어의 완급 조절은, 지금의 티노가 생각해도 완벽했다.

　추억은 양이 아니다. 질이다. 어지간한 트라우마는 사라진다. 왜냐하면, 계속해서 찾아오기 때문에 사라지지 않으면 죽어버리기 때문이다. 하지만 즐거웠던 기억은 사라지지 않는다. 왜냐하면, 무슨 일이 있을 때마다 그것을 떠올리고 양분으로 삼으면서 뛰어넘기 때문이다.

　그래서 지금도 티노는 마스터어가 같이 외출하자고 하면 어지간해서는 따라가고 있다. 그게 즐거운 추억이 될 거라는, 일말의 희망을 품고서.

　그리고 참고로, 언니 말에 의하면 익숙해지면 괴로운 추억도 즐거워진다는 것 같다.

　그렇게 안 돼도 되니까.

　"티노는 우등생이었고, 솔직해서, 가르칠 것도 거의 없었고……."
　"……맞는 말이라고 생각해요. 크라이 씨."
　시트리 언니가 포기하고 마스터한테 맞춰주기 시작했다. 아양 떨고 있다.

언니가 있으면 뭐라고 했을지도 모르지만, 파수대에 올라가 있는 것 같다.

하지만, 잘 생각해보면 어떤 의미에서는 마스터어의 말이 옳았다.

티노는 마스터어한테 뭔가를 배운 기억이 거의 없다.

마스터어는 말로 가르치는 타입이 아니라 행동으로 보여주는 타입이니까.

──지옥 같은 훈련과 악랄한 실전은 당연히 티노를 강하게 해줬다. 《비탄의 망령》은 이미 이름이 알려져 있었고, 거기에서 배운다는 이유로 또래 아이들이 시비를 걸어오는 일도 있었지만, 지지 않았다.

어느샌가 또래 아이 중에 티노를 이기는 사람이 없어졌다. 지금 생각해보면 신이 단련시켜준 사람은 거의 없었을 테니까, 당연한 일이다.

그리고 티노는 아주 조금 건방지게 굴었다. 훈련만 하던 티노에게 힘을 행사하는 것은 쾌감이었다. 그것도 재능이 아니라 지금까지 쌓아온 것에 의한 힘이니까, 콧대가 높아지는 것도 어쩔수 없는 일이겠지. 마스터어와 언니는 너무 먼 존재라서 비교 대상도 안 된다.

마스터어가 티노를 부른 건, 그런 때였다.

"다음 보물전, 같이 갈 거지?"

처음 듣는 요청이었다. 그 무렵, 마스터어가 공략하는 보물전 레벨은 가속도적으로 올라가고 있었다. 완전히 겁을 먹고 이유를 묻는 티노에게, 마스터어가 감언이설을 늘어놨다.

"티노도 강해졌으니까, 슬슬 괜찮을 것 같아서."

티노는 그 말에 넘어갔다. 아니, 애당초 선택지 따위는 없었다.

그리고 예정대로 지옥을 봤다.

그때 갔던 보물전은 당시의 《비탄의 망령》에게도 꽤나 버거운 곳이었다. 티노가 할 수 있는 건 아무것도 없었고, 언니들도 공략하느라 필사적이다 보니 티노를 지켜줄 수가 없어서, 바퀴벌레처럼 도망 다니면서 살아남는 게 고작이었다. 티노는 그 경험을 거치면서 자신의 힘이 얼마나 작은 것인지를 깨달았다. 그리고 자신보다 약한 헌터와 비교하는 것이 얼마나 무의미한지도 실감했고.

하지만, 아무리 티노라도 그때만은 불만을 말하고 말았다. 티노의 불만에, 마스터어는 정말 미안하다는 것처럼 말했다.

"미안해, 정말로 티노라면 할 수 있을 거라고 생각했는데······ 내 계산이 잘못됐나 보네."

마스터어는 귀신이었다.

마스터어가 감개무량하다는 것처럼 말했다. 어째선지 살짝 낯간지러운 기분이었다

"그런데, 정말 다시 볼 정도야. 아직 어리다는 이미지였는데, 이젠 어엿한 헌터라니까."

"뭐······ 이젠 어른이니까요. 하지만 손대면 안 돼요. 제 거니까요."

어느새 시트리 언니 것이 돼 있었다. 티노는 자기도 모르게 말을 하려다가 간신히 참았다.

시트리 언니가 관심이 있는 건 티노가 아니라 마스터어. 한 마디로 티노를 빼앗길까 걱정하는 게 아니라, 티노한테 마스터어를 빼앗길까 걱정하는 것이다. 뭐, 반대라도 시트리 언니한테는 똑같은 일이겠지만……

시트리 언니는 티노를 경계하고 있다. 절대로 적으로 삼아서는 안 된다.

많은 일이 있었다. 보물전에 들어가게 된 뒤로, 더더욱 심한 고생을 하게 됐다.

독을 먹었고, 벼락도 맞았다. 불에 지져지기도 했고, 팔이 날아가 버린 적도 있다. 티노는 그런 일들을 겪으면서 사람의 몸이 얼마나 튼튼한지를 알았고, 아픔에 대한 내성과 공포와 싸우는 방법을 배웠다.

즉, 큰 티노다. 마스터어가 보기에는 아직도 중간 티노일 수도 있고, 어쩌면 작은 티노로 보일 가능성도 조금이나마 남아 있지만, 큰 티노라고 생각하고 싶다.

훈련은 힘들고 시련에서도 번번이 죽을 것 같은 경험을 하고 있지만, 지금의 티노는 그것만으로는 부족하다는 걸 알고 있다.

《비탄의 망령》에 들어가려면 주어진 훈련을 수행하는 건 물론이고 앞으로 나아가야만 한다.

스스로 죽을 것 같은 위기에 뛰어들어야만 한다. 아마도 리즈 언니와 티노의 차이는, 티노에게 부족한 것은, 헤쳐나온 수라장의 숫자다.

티노는 위대한 신인 마스터가 여러 번 시련을 내려줬지만, 두 언니는 그런 마스터와 같이 걷고 있다.

생각해야만 한다. 오버 그리드는 티노에게 일시적인 힘을 주는 것만이 아니라, 티노의 가능성을 보여줬다.

초 티노는 티노의 몸에 잠들어 있는 미래다. 성장의 미래다.

한마디로 그것은 아직도, 이만큼 했는데도 노력과 의지가 부족하다는 것을 보여줬다.

아아, 트레저 헌터는 정말로 깊이가 있는 세계다.

처음에 티노가 헌터가 되겠다고 결심했을 때 품었던 생각은, 단순하고 어렴풋한 동경이었다. 하지만 실컷 고생한 지금도 그 동경은 사라지지 않았다.

언젠가 최강의 헌터가 되겠다. 그리고 동경하는 마스터어와 어깨를 나란히 하겠다.

그걸 위해서라면 뭐든지 하겠다. 좌절하고 있을 틈은 없다.

……그런데 초 티노라느니 작은 티노라느니, 그게 대체 뭘까.

남몰래 결의를 굳히면서 자는 척하는 티노의 머리카락에 손이 닿았다.

그 자애가 담긴 손놀림에 가슴이 두근거리고 있는데, 갑자기 마스터어가 엄청난 말을 했다.

"그렇지. 슬슬, 『절영』 같은 것도 가르쳐도 되지 않을까? 그걸 쓸 수 있으면 아놀드한테도 이길 수 있었을지도 모르는데……."

?! 나도 모르게, 몸이 굳어졌다.

『절영』이란, 어떤 고명한 도적이 만들어낸 도적 전투술의 이름이다. 습득하면 그림자조차 남기지 않는 빠른 속도를 발휘하게 되는 그 기술은, 그 유용성 대신에 난이도와 위험 부담이 너무 크다 보니 굳이 숨긴 것도 아닌데 사용하는 사람이 거의 없는 기술이다. 언니가 그 기술과 같은 별명을 가지고 있는 건, 그것을 전수받았기 때문이다. 한마디로 그것은 배우기만 해도 별명을 얻을 수 있을 정도의 기술이라는 뜻이다.

그리고——『절영』은 습득에 실패하면 심장이 파열돼서 죽는다. 너무 사용해도 죽는다.

시트리 언니가 한참 동안 침묵한 뒤에, 조용히 말했다.

"……죽을 텐데요?"

"너무 거창하네…… 아마 티노라면 괜찮을 거야. 또 이런 일이 있으면 위험하니까…… 안셈이 대기하고 있으면 어떻게든 되지 않을까?"

그런 말도 안 되는 소리가…… 아무리 회복마법이 뛰어난 안셈 오라버니라고 해도, 심장이 파열되면 어쩔 도리가 없을 텐데. 마스터어…… 무리예요.

조용히 전율하는 티노를 무시하고 시트리 언니가 짝, 하고 손뼉을 치면서 말했다.

"알겠습니다. 크라이 씨가 그렇게 말한다면…… 시험해볼까요. 괜찮아요, 아깝기는 하지만…… 티의 죽음을 헛되게 하지는 않을

게요. 맡겨만 주세요."

　시트리 언니…… 더 열심히 해주세요.

　티노는 포기하고, 눈을 뜨고서 천천히 몸을 일으켰다.

작가 후기

이 졸작을 구입해주셔서 정말 감사합니다.

4권에서도 뵙게 돼서 정말 기쁩니다. 작자 츠키카게입니다.

4권씩이나 되면 후기에 쓸 소재도 떨어집니다. 게다가 페이지가 남아버려서 후반에 SS까지 썼습니다. 후기 페이지를 늘리고 SS도 쓰는 일석이조의 작전입니다.

오늘의 나는…… 머리가 잘 돌아가나?

자, 역시 내용이 내용이다 보니 잘 전해지지 않습니다만, 이번 권은 바캉스 편 전반에 해당하는 내용입니다. 즐거워 보이는 크라이와 리즈와 시트리, 열심히 하지만 죽을 뻔하는 티노와 역동감 넘치는 키르키르 군과 먹거리, 미칠 듯 화를 내는 아놀드 씨 일행을 즐길 수 있는 스페셜 세트입니다.

새 캐릭터도 등장합니다만, 여러모로 장난이 심했다는 느낌이 있습니다.

이제 와서 하는 말이지만 이 작품은 복선이 한 권에서 완결되지 않습니다. 다음 권에서는 드디어 《비탄의 망령》 멤버가 등장하고, 티노가 온천에 들어갈 예정입니다. 5권도 잘 부탁드리겠습니다.

~~안 나오면 미안해요!~~

그리고 항상 말씀드리는 것 같은 기분이 들지만, 이번 권도 표지 일러스트가 정말 훌륭합니다.

치코 님의 수비 범위는 말할 필요도 없고, 담당 편집자님의 꼼꼼한 체크에도 그저 놀랄 따름입니다.

종이책으로 구입하신 분은 띠지를 벗기면 불쌍한 티노를 확인할 수 있으니까, 꼭 벗겨봐 주세요. 그래야 티노도 보답을 받을 겁니다.

내용물에 대해서는, 이번에는 다양한 마물들이 나왔습니다. 키르키르 군도 나왔고, 먹거리도 나왔고, 여자애들을 좀 더 추가해야 할까요. 뭐 다음에는 온천에서 아비규환이니까, 이번 권 정도는 용서해주시겠죠.

물론 귀엽고 귀여운 리즈도 있습니다! 후기부터 읽은 분은 기대해주세요!

그리고 만화판 연재에 계속되면서, 2019년 10월 26일에 단행본 1권이 일본에서 무사히 발매되었습니다.

헤비노 라이 님 덕분에 멋있는 점도 귀여운 점도 그리고 불쌍한 점도 대폭 강화됐습니다!

티노가 뿅뿅 뛰고 크라이가 축 처집니다. 아직 안 보신 분은 꼭 봐주세요!

마지막에는 항상 하던 대로 감사 인사로 마무리하겠습니다.

이번에도 지난번에 이어서 훌륭한 일러스트를 그려주신 일러스트레이터 치코 님. 정말 감사합니다. 이번에는 초 티노를 내보내고 싶다는 구체성이라고는 털끝만큼도 없는 요구도, 먹거리한 테 키르키르 군을 태우자는 뜬금없는 부탁에도 완벽한 일러스트를 그려주시다니 그저 감사할 따름입니다. 다음 권에는(아마도) 온천 드래곤이 나옵니다. 앞으로도 부디 잘 부탁드리겠습니다.

담당 편집자 카와구치 님. 그리고 GC 노벨즈 편집부 여러분과 관계 각사 여러분. 이번에도 많은 신세를 졌습니다. 계속 늘어나는 커버 일러스트에 대한 요구에도 계속 응해주시는 자세는 그야말로 프로 중의 프로라고 생각합니다. 정말 감사합니다. 앞으로도 잘 부탁드립니다. 잠은 잘 챙겨서 주무세요.

그리고 무엇보다, 지금까지 응원해주신 독자 여러분께 깊은 감사 드립니다.

정말 감사합니다!

2019년 12월 츠키카게

후기 단편 「힘내라 시트리!」

부엌에서 바쁘게 식사 준비를 하고 있는 시트리를 보면서, 나는 팔짱을 끼고 신음소리를 냈다.

"시트리는 말이야, 뭘 좋아할까."

"뭐? 무슨 소리야, 갑자기."

"아니, 시트리는 정말 대단하다 싶어서."

시트리는 대단하다. 정말 믿음직하다. 폐를 많이 끼치고 있다. 게다가 그게 어제오늘 일이 아니다. 항상 그러고 있다.

연금술사로서 많은 사람에게 부탁을 받는 시트리는 항상 바쁘다. 그런데도 내 돌발적인 바캉스 제안에도 싫은 기색 하나 보이지 않았다. 여행 짐도 준비해줬고 검둥이 흰둥이 회색이 씨를 데리고 온 것도 시트리다. 마차는 에바가 준비해줬지만, 만약 시트리한테 먼저 말했다면 시트리가 준비했겠지. 중간에 노숙 준비도 거의 시트리가 담당했고, 엘란에서 은신처도, 지금 그라의 은신처도 시트리가 준비한 것이다.

미차 안에서는 계속 꿍해 있는 티노한테 말을 걸어서 달래줬고, 시트리한테는 정말 신세를 많이 졌다. 그리고 현재 진행형으로 식사 준비까지 도맡아 있다.

부엌에서는 왠지 기분이 좋은 것 같고 리드미컬한 식칼로 도마 두드리는 소리가 들려오고 있다.

나는 예전부터 시트리와 사이가 좋았고, 게다가 예전부터 계속 신세만 지고 있는데, 이렇게까지 잘 해주면 나도 어떻게든 해주고 싶은 기분이 든다.

"뭐, 옛날부터 생각하는 걸 잘했으니까…… 시트는. 최근에는 이래저래 걱정이 너무 많은 것 같지만. 적재적소 아니겠어."

리즈가 편하게 쉬는 것처럼, 소파 위에서 발을 흔들흔들하면서 말했다. 리즈는 강하고 재주도 좋지만, 기본적으로 일을 안 한다.

주방에 도와주러 갔다가 쫓겨난 티노가 약간 쓸쓸해 하면서 말했다.

"시트리 언니는 대단해요. 저도…… 여러모로, 배우고 싶어요."

"가끔은 답례도 하고 싶으니까……."

친한 사이에도 예의는 지켜야 한다는 말이 있다. 아무리 시트리가 우수하다고 해도 계속 호의를 받아들이기만 하는 건 너무 한심하다.

"아냐~ 괜찮다니까 크라이. 시트는 자기가 좋아서 하는 거야. 크라이 밥을 만드는 게 상이나 마찬가지거든? 처음에는 나도 한다고 했다가 쫓겨났다니까……."

식사 당번이 상이라니, 그게 대체 무슨 상인데…….

하지만 시트리는 분명히 정말 즐겁게 요리를 하고 있고, 내가 맛있다고 하면 진심으로 기뻐하는 표정을 보여준다. 그리고 실제로 맛있기도 하고.

시트리 스마트는 전체적으로 빈틈이 없다. 내가 할 수 있는 일은 시트리도 할 수 있고, 게다가 나보다 좋은 성과를 내기 때문에, 내가 도와줄 수 있는 일은 거의 없다. 오히려 민폐만 끼칠 것 같다.

그렇다면 선물을 주는 건 어떨까?

"시트리는 뭔가 갖고 싶은 것이 있을까?"

"음⋯⋯⋯⋯⋯⋯⋯ 크라이?"

"? 뭐?"

갑자기 내 이름을 불러서 리즈를 봤다. 리즈는 눈을 깜박이고 고개를 크게 저었다.

"⋯⋯⋯⋯으음~ 아무것도 아냐. 시트, 말이지⋯⋯⋯⋯ 크라이가 주는 선물이라면 뭐든지 좋아할 것 같은데⋯⋯."

분명히 기뻐할 것 같다. 하지만 그래서는 곤란하다. 시트리는 여러모로 너무 많이 신경을 쓰고 있으니까.

그리고 벌써 10년도 넘게 어울리고 있는데, 시트리가 갖고 싶은 게 뭔지도 모르는 내가 너무 싫다.

"⋯⋯액세서리 같은 것도 바라지 않겠지."

시트리는 평소에도 빈틈이 없고 매력적이기는 하지만, 꾸미는 모습을 본 기억이 거의 없다. 애당초 연구자이자 상인인 시트리한테 중요한 건 실리겠지.

고개를 갸웃거리는 날 보며, 리즈가 눈이 휘둥그레졌다.

한참 동안 뭔가를 생각하는 표정을 하더니, 몸을 일으키고 슬금슬금 다가왔다.

"아⋯⋯ 분명히, 시트는 필요 없을지도 모르겠네. 저기, 크라이⋯⋯ 그럼 나한테 줄래? 나 주면 정말 기뻐할 텐데?"

리즈도 시트리처럼 뭘 줘도 기뻐하니까. 싫어하는 표정을 본 횟수를 손으로 꼽을 수 있을 정도로.

리즈는 꾸미는 걸 아주 좋아한다. 나도 종종 쇼핑하는 데 따라가고 있고. 그래서 정말로 액세서리를 주면 좋아할 텐데, 시트리는 어떨지 모르겠다.

티노가 슬쩍슬쩍 이쪽 눈치를 보면서 말했다.

"저기…… 마스터어. 마스터어는, 시트리 언니한테 빚이 있지 않나요……."

"윽."

그랬다. 완전히 잊고 있었다. 빚이 있는 주제에 선물이라니, 분수를 모르는 것도 정도가 있지.

무엇보다 시트리는 부자다. 내가 선물할 수 있는 물건 정도는 자기가 살 수 있겠지. 시트리라면 마음이 기쁘다고 말할 수도 있지만, 내가 납득하지 못하니까.

"선물은 안 되려나…… 하지만 내가 할 수 있는 일이 하나도 없어서 말이야."

조금 전까지 규칙적인 소리가 울리던 부엌에서 덜컥덜컥 소리가 들려온다.

리즈가 두 팔을 뻗어서 나한테 매달리며 말했다. 응석 부리는 목소리다.

"맞다. 저기, 크라이. 배 쓰다듬어주는 건 어때? 으, 쓰다듬어줄래?"

아무래도 늑대였던 시절의 일을 기억하고 있는 것 같다. 티노가 얼굴이 새빨개져서 언니를 보고 있다.

그 시절에는 나도 젊었지…… 소꿉친구 여자애한테 할 짓이 아니다. 대신에 머리카락을 쓰다듬어줬다.

"지금은 시트리한테 해줄 수 있는 게 없는지 생각하고 있어. 설마, 시트리 배를 쓰다듬어줄 수는 없잖아……."

시트리는 리즈랑 다르게 항상 두꺼운 로브를 입고, 안 입더라도 숙녀가. 만에 하나라도 좋아할 리가 없겠지. 사이가 나빠질지도 모른다.

"하긴, 시트는 그런 거…… 안 좋아할지도. 스킨십 같은 데도 깐깐하고…… 저기, 크라이. 복잡한 시트는 내버려 두고 나와 놀래?"

"안 놀아. 그나저나 단 음식을 싫어하는 시트리를 데리고 제과점에 갈 수도 없고 말이야."

기껏 초콜릿으로 유명한 그라에 왔으니까 초콜릿을 먹으러 가고 싶은데, 단 음식을 싫어하는 시트리를 데리고 갈 수도 없고 말이야. 기뻐는 해줄 테지만, 그렇게 신경을 써주면 아무 의미가 없다.

항상 웃는 얼굴이기 때문에 뭣 때문에 웃어주는지를 도무지 알 수가 없다.

"음~ 어렵다."

뭔가 딱딱한 물건이라도 자르고 있는지 부엌 쪽에서 쾅쾅, 하고 식칼로 때리는 소리가 들려온다.

그 소리를 들은 티노가 깜짝 놀라서 몸을 움찔거리고, 살짝 고개를 숙이고서 말했다.

"마, 마스터어…… 마스터어는, 저기…… 혹시, 시트리 언니한테 원한이라도 있는 건가요?"

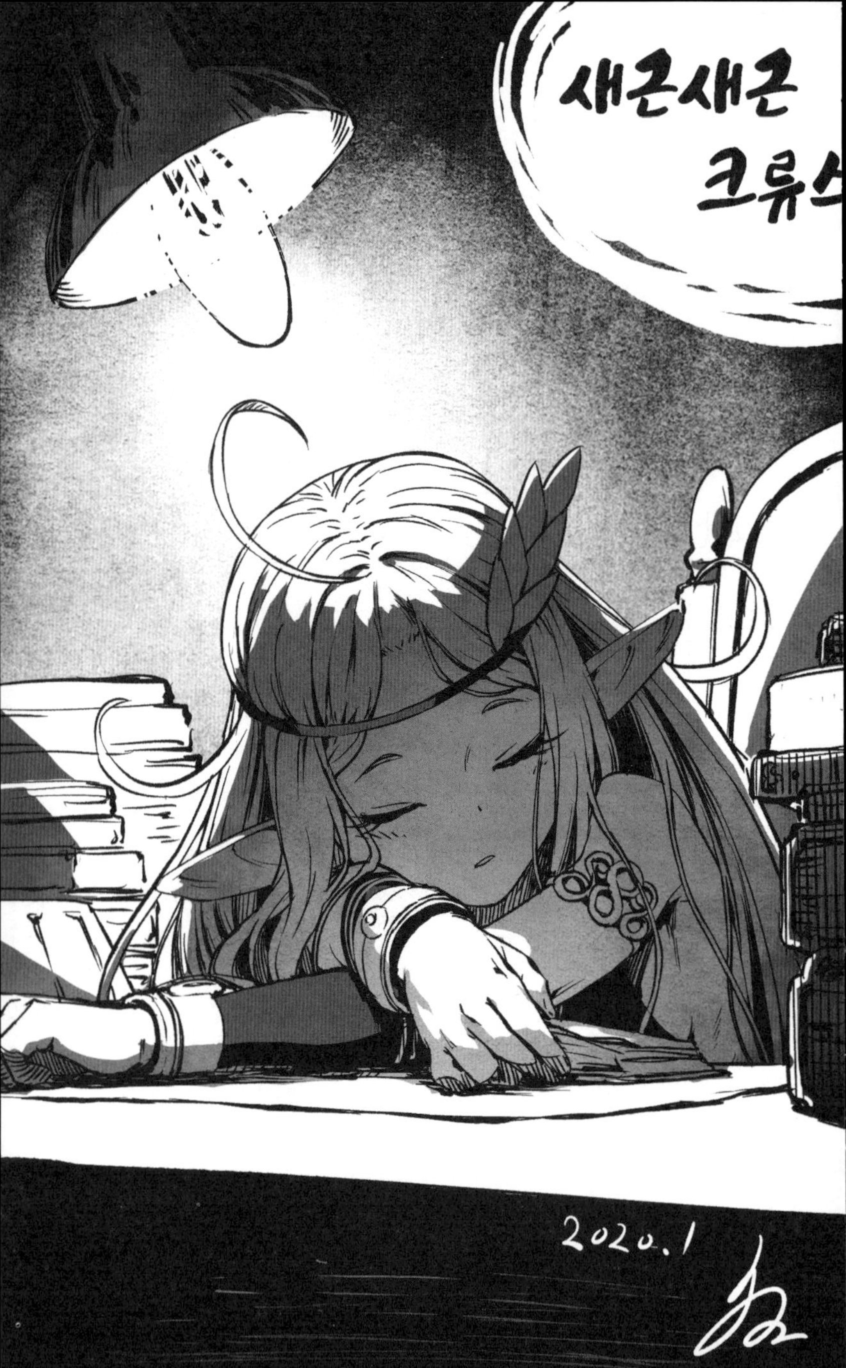
새근새근
크큐스
2020.1

咲ちゃんと霊は
引退したい
4巻発売!!
おめでとうーございます!

비탄의 망령은 은퇴하고 싶다 4

2021년 6월 30일 1판 2쇄 발행

저 자	츠키카게
일 러 스 트	치코
옮 긴 이	김정규
발 행 인	유재옥
본 부 장	조병권
편집부장	성명신
담당편집자	김민지
편집 1팀	이준환 정현희
편집 2팀	정영길 김민지 조찬희
편집 3팀	오준영 곽혜민 김혜주
편집 4팀	성명신
미 술	김보라 서정원
라이츠담당	김슬비 한주원
디 지 털	박상섭 이성호 최서윤
물 류	허석용
발 행 처	㈜소미미디어
등 록	제2015-000008호
제 작 처	코리아피앤피
주 소	서울시 마포구 토정로222, 403호(신수동, 한국출판콘텐츠센터)
판 매	㈜소미미디어
마 케 팅	한민지 이주희
전 화	편집부 (070)4164-3962, 3963 기획실 (02)567-3388
	판매 및 마케팅 (070)4165-6688, Fax (02)322-7665

ISBN 979-11-6611-633-9
      979-11-6507-865-2 (세트)